Irmhild-Marie Otto

Marie.
Lebensturbulenzen

Biografischer Roman

Bibliografische Information der Deutschen Nationalbibliothek:
Die Deutsche Nationalbibliothek verzeichnet diese Publikation in der
Deutschen Nationalbibliografie; detaillierte bibliografische Daten sind
im Internet über http://dnb.dnb.de abrufbar.

TWENTYSIX – Der Self-Publishing-Verlag
Eine Kooperation zwischen der Verlagsgruppe Random House und BoD
– Books on Demand

Herstellung und Verlag: BoD – Books on Demand, Norderstedt
ISBN: 978-3-740728199

Es ist noch früh am Morgen. Auf dem Weg durch unser Treppenhaus werfe ich einen Blick durch das Fenster auf den Bauernhof gegenüber. Erste Sonnenstrahlen treffen auf das Kopfsteinpflaster der Hofeinfahrt und versprechen einen warmen Frühlingstag. Gedankenverloren bleibe ich stehen und beobachte eine Amsel, die laut schimpfend auf dem Zaun zwischen unserem und dem Nachbargrundstück hin- und her hüpft und die Erinnerung überfällt mich in eindringlichen Bildern an das, was sich vor einem Jahr auf dem Hof des Bauern abgespielt hat. Ich kann sie wieder spüren, diese Angst, diese Ohnmacht. Es fühlt sich an, als wäre es gestern gewesen.

1.

Hitler hatte den Krieg verloren. Am 5. April 1945 waren, fast einen Monat vor der offiziellen Kapitulation, die Amerikaner mit ihren Bodentruppen bei uns in Grebenstein, einem Städtchen in Nordhessen, einmarschiert. Sie hatten das Anwesen nebenan beschlagnahmt, um ein Sammellager für ihre Gefangenen einzurichten. Der Bauernhof eignete sich gut dazu. Er besteht aus einem Wohnhaus und mehreren Wirtschaftsgebäuden. Der gepflasterte Hof grenzt direkt an unsere Zufahrt.

Ich heiße Marie Graf, bin siebenundfünfzig Jahre alt, mein Mann Karl ist zwanzig Jahre älter. An diesem Morgen war alle Kraft von ihm gewichen. Sonst war doch immer er derjenige, der mir in ausweglos erscheinenden Situationen Mut machte! *Wir finden schon einen Weg* ist normalerweise seine Devise. Aber jetzt hatte auch Karl alle Hoffnung verloren. Blass und hilflos, mit eingefallenen Wangen, stand er neben mir. Er, von seiner körperlichen Konstitution her stark wie ein Bär, wirkte zerbrochen.

Am Tag zuvor hatte ein Nachbar gesehen, wie Max, unser Sohn, zusammen mit anderen Gefangenen in eine der Scheunen des Bauernhofes gebracht worden war. Er war also ganz nah bei uns. Er lebte! Endlich hatten wir Gewissheit! Schon länger hatten wir kein Lebenszeichen mehr von ihm erhalten und uns große Sorgen gemacht. Max gehörte zur Nachhut von Kindern und Alten, zum letzten Aufgebot, dem Volkssturm, den Hitler zum Ende des Krieges zur Rettung des Vaterlandes dem Feind entgegenwerfen wollte.

Es war etwa halb sechs Uhr morgens, als Karl mich an diesem Tag weckte und sagte: „Ich glaube, dort drüben tut sich etwas. Komm, schnell, zieh dir eine Jacke über, wir gehen zum Treppenhausfenster. Vielleicht sehen wir unseren Jüngsten." Wir hörten schwere Fahrzeuge von der Straße her auf das Nachgrundstück einbiegen und laut gebellte Befehle auf Englisch drangen bis in unser Schlafzimmer.

Auf dem Bauernhof herrschte hektisches Treiben. Es regnete in Strömen. Die Amerikaner trieben die Gefangenen zu bereitstehenden Militärlastwagen. Unwirsche Rufe, wie „Come on guys, hurry up, Nazis!", waren zu hören. Ich sah die Gesichter der amerikanischen Soldaten. So junge Gesichter, vom Krieg hart und unbarmherzig geworden. Ab und zu versetzte einer von ihnen einem der Gefangenen einen Gewehrstoß in den Rücken. Man wollte die Aktion, die begleitet war von Hass und Misstrauen, beschleunigen. Diese gefangen genommenen Männer waren für die Amis Kriegsverbrecher, Feinde, vor denen sie sich noch bis vor kurzem gefürchtet hatten, durch deren Hand womöglich Kameraden von ihnen gestorben waren.

Die Deutschen waren schmutzig und sahen müde und bedrückt aus. Sie blickten mutlos zu Boden, nicht wissend, was sie erwartete. Erschöpft erklommen sie die Ladefläche eines Transporters. Was diese Männer alles erlebt hatten bis zu ihrer Gefangennahme, konnte man deutlich erahnen, wenn man sie sah. Mitleid und Traurigkeit erfüllte uns. Wir kannten ein paar von ihnen, die aus Grebenstein stammten, und wussten, dass diese Menschen in einen Krieg gezogen waren, in dem so ziemlich alle das Fürchten gelernt hatten. Nicht jeder war freiwillig Soldat geworden. Und die, die es freiwillig geworden waren, hatten sehr schnell die grausame Realität kennengelernt.

Ein kleiner Trupp stand vor einem weiteren Wagen und wartete darauf, dass die Plane hochgerollt wurde. Die Uniformen der Männer mussten längst komplett durchnässt sein. Und dann sahen wir ihn, unseren Sohn Max! Zusammen mit anderen Gefangenen, nicht wenige ebenso jung wie er, wurde er zu einem der Lastwagen gebracht. Wie dünn er aussah! So ängstlich! Seine Kleidung klebte am Körper, die blonden Haare hingen nass in sein Gesicht. Er schaute zu unserem Haus herüber und entdeckte uns am Fenster stehend. Tränen schossen ihm in die Augen und liefen ihm die Wangen herunter. Er war doch erst sechzehn! Noch ein Kind! Mein Kind! Es zerriss mir das Herz.

Wie konnte es geschehen, dass Hitler selbst noch die Kinder des Landes in diesen mörderischen Krieg mit hineingerissen hatte! Wir mussten tatenlos zusehen, wie Max die Ladefläche des Militärfahrzeugs erklomm. Zuvor wandte er sich noch einmal um und ein letzter, flehender Blick traf uns, die Plane fiel herunter. Wir sahen ihn nicht mehr.

Karl und ich blieben bewegungslos am Fenster im Treppenhaus stehen und waren noch lange, nachdem auch der LKW mit Max abgefahren war, unfähig, uns zu rühren. Furcht und eine tiefe Beklemmung hatten uns gelähmt.

Unterdessen wurde es ruhiger auf dem Nachbargrundstück. Die Amis patrouillierten wieder in dem gewohnten Rhythmus der letzten

Tage. Gerade so, als wenn nichts geschehen wäre. Und doch war so viel geschehen! Was würde aus Max und unseren beiden anderen Söhnen werden, würden wir sie wiedersehen? Was würde aus diesem Land werden? Noch wurde anderswo gekämpft. Noch erteilte Hitler Befehle aus seinem Hauptquartier in Berlin. Die Gedanken schossen mir wirr durch den Kopf.

Ich riss mich los. „Komm, wir gehen in die Küche und ich brühe uns einen Kaffee auf", forderte ich irgendwann meinen Mann auf. Wir waren vollkommen durchgefroren. „Schlafen können wir jetzt sowieso nicht mehr." Karl folgte mir, wir setzten uns in unseren Wintergarten, nahmen uns in die Arme und weinten.

Heute, im April 1946, ein Jahr später, haben wir neue Hoffnung geschöpft, dass das völlig aus den Fugen geratene Leben wieder in normaleren, ruhigeren Bahnen verlaufen wird.

2.

Meine Heimat ist das Elsass. Dort bin ich am 15. Februar im Jahr 1889 in dem kleinen Ort Erstein zur Welt gekommen. Meine Mutter erinnerte sich an viele Details dieses Tages und erzählte oft, dass es bitterkalt war, als ich geboren wurde.

„Du warst so dünn und zart. Ich habe dich in dicke Decken gepackt, unter denen man kaum dein kleines Gesichtchen hervorgucken sah", erzählte sie mir. Ich war ein Nachzügler, das jüngste Kind in der nun sechsköpfigen Familie. Mein ältester Bruder Vincent war bereits acht Jahre alt.

Zum Zeitpunkt meiner Geburt lag die Einwanderung meiner Eltern ins Elsass schon achtzehn Jahre zurück. Ursprünglich wollten sie sich in Berlin eine Existenz aufbauen. Aber das Schicksal entschied anders.

Am 25. Februar 1871 hatten der königlich preußische Geometer Otto Ludwig Grüneberg, mein Großvater, und seine Frau Katharina, zu einem Fest im Hause Grüneberg in Zehdenick eingeladen. Der Ort liegt unweit von Berlin in Brandenburg an der Havel. Alle Verwandten aus Stettin, Lindow und Berlin waren angereist.

Franz, der Sohn der Grünebergs, später mein Vater, beabsichtigte eine junge Frau aus Berlin, Elise, zu heiraten. Meine Großeltern waren sehr stolz auf ihren ältesten Sohn. Er war zu einem stattlichen jungen Mann herangereift und als Bausekretär mit großem Eifer in seinem Metier in Berlin tätig. Von seinen Vorgesetzten hörte mein Großvater nur das größte Lob über ihn.

Nach der kirchlichen Trauung in der evangelischen Kirche verlief die Hochzeitsfeier in fröhlicher Stimmung. Meine Großmutter freute sich in der Familie nun eine junge, freundliche Frau aus gutem Hause begrüßen zu können.

Zu dem jüngeren Bruder meines Vaters, Wilhelm, hatte Elise bereits eine freundschaftliche Beziehung aufbauen können. Er war zwar noch fast ein Kind, aber sehr aufgeschlossen und interessiert an allem.

„Du kannst uns einmal in Berlin besuchen kommen, Willi. Dann zeige ich dir das Aquarium. Es ist vor zwei Jahren eröffnet worden. Dort gibt es natürlich Fische, aber auch Schlangen, Echsen, Biber, Seehunde, Papageien und ganz viele andere Tiere. Du wirst staunen!", lud sie ihren zukünftigen jugendlichen Schwager ein.

Elise hatte ihm einen Goldfisch in einem Kugelglas mitgebracht. Der Fisch stammte aus dem „Venusbassin" des Großen Tiergartens der Stadt. Wenn die Tiere im Winter in eissichere Wasserbecken gebracht wurden, konnte man die überschüssigen Jungen günstig erwerben.

Willi hatte zuvor noch niemals einen Goldfisch gesehen und war sofort von dem Geschenk begeistert. Jahre später schenkte er Elise ein selbstgemaltes Stillleben mit dem Goldfischglas in seinem Zimmer.

Man fand den Jungen meistens in irgendeiner Ecke zeichnend oder malend vor. Zur der Hochzeitsfeier porträtierte er neben dem Brautpaar auch viele der anwesenden Gäste. Die Zeichnungen waren exakt ausgeführt, alle Betrachter waren des Lobes voll.

„Bestimmt wirst du einmal ein Künstler", waren sie sich einig.

Nun, darüber war mein Großvater allerdings gar nicht erfreut. „Malerei ist keine Beschäftigung, mit der man seinen Lebensunterhalt bestreiten kann. Er sollte besser Lehrer werden", entschied er. Und bekräftigend fügte er meiner Großmutter gegenüber, die das Talent ihres Jüngsten gern gefördert hätte, hinzu: „Die Schulmeister haben so viel freie Zeit, da hat Willi genügend Gelegenheit, zu malen und zu zeichnen."

Am Morgen nach der Vermählung fuhren meine Eltern mit der Bahn nach Stettin. Von dort aus ging es über die Landstraße weiter nach Stralsund und dann mit der Fähre nach Rügen. In einem Logierhaus in Binz verbrachte das junge Paar die Flitterwochen. Die Ostsee war zwar rau und kalt zu dieser Jahreszeit, es war Ende März, aber die beiden liebten es, in der frischen Luft spazieren zu gehen.

„Man muss sich nur warm genug anziehen, dann kann einem das schlimmste Wetter nichts anhaben", war schon damals die Devise meines Vaters, die er später auch gern an uns Kinder weitergab.

Die Logierhäuser auf Rügen waren gerade erst erbaut worden. Im Stil der Bäderarchitektur, der in vielen Ostseeerholungsorten zu finden ist, waren sie meist weiß gestrichen und wiesen Balkone und Veranden auf. Damals gab es zu der Jahreszeit nur wenige andere Gäste auf der Insel und so genossen Franz und Elise ein paar romantische Tage weitab der Großstadt an der See.

In Berlin hatten sie zuvor eine Wohnung in einem mehrstöckigen Haus in Schöneberg, einem angesehenen Stadtteil, gemietet. Als sie aus dem Urlaub zurückkamen, wartete jede Menge Arbeit auf die junge

Frau. Nur das Schlafzimmer und ein Teil der Küche waren bereits fertig eingerichtet. Gardinen waren zu nähen, der Möbeltischler wurde mit der Fertigung von Schränken beauftragt, Kisten standen zum Ausräumen bereit. Während Elise noch mit den vielen neuen Aufgaben beschäftigt war, platzte eine unerwartete Nachricht über sie herein, die ihr Glück, das so perfekt schien, trübte. Mein Vater, Franz Grüneberg, war auf das Bauamt nach Straßburg versetzt worden.

Das Elsass und ein Teil Lothringens waren nach dem Deutsch-Französischen Krieg 1870/71 dem deutschen Kaiserreich zugesprochen worden. Die französische Regierung in Paris hatte daraufhin umgehend höhere Beamte und Richter aufgefordert, ihre Aufgaben nicht länger wahrzunehmen und ins Mutterland Frankreich zu kommen. Insgesamt etwa 50 000 Bürger waren mit Hab und Gut abgewandert. Wichtige Posten in Verwaltung und Politik mussten schnell neu besetzt werden.

Als mein Vater die Nachricht von seiner Versetzung nach Straßburg am Abend seiner jungen Frau mitteilte, stieß er auf großen Widerstand. Aber damit hatte er gerechnet.

„Warum ausgerechnet nach Straßburg!?", protestierte Elise entsetzt. „Ich will nicht weg aus Berlin!"

„Man benötigt im Elsass dringend Beamte wie mich", erklärte Franz kleinlaut und fügte bekräftigend hinzu: „Der Kaiser braucht verlässliche Protestanten aus Preußen, um das entstandene Vakuum zu füllen. Es ist meine Pflicht, dorthin zu gehen."

Elise beeindruckte das nur wenig und sie versuchte weiterhin ihren Mann umzustimmen. „Sollen wir alle unsere Verwandten und Freunde zurücklassen? Straßburg ist eine beschwerliche Tagesreise von Berlin entfernt! Wir könnten sie nur noch selten besuchen."

Aber alles Jammern half nichts, schließlich musste Elise sich ins Unvermeidbare fügen. Das junge Paar nahm Abschied von Freunden, Bekannten, Verwandten und der gewohnten Umgebung und auch von den Grünebergs im Havelland. Willi, der jüngere Bruder von Franz, befand sich gerade in der Pubertät und war besonders traurig darüber, seinen engen Vertrauten, der regelmäßig das Elternhaus besuchte, zu verlieren.

„Wir können uns Briefe schreiben und vielleicht besuchst du uns manchmal in den Ferien. Das Eisenbahnnetz ist ja inzwischen gut ausgebaut", versuchte der Ältere ihn und irgendwie auch sich selbst zu trösten, denn der Abschied fiel ihm genauso schwer wie dem Jungen.

Der Aufbruch in eine völlig neue Umgebung, ins Unbekannte, weit weg von den Eltern und allem bisher Vertrautem, hat natürlich auch seinen Reiz für junge Leute. Und so brachen Franz und Elise ein bisschen wehmütig, aber am Ende auch sehr neugierig in Richtung Straßburg auf.

Die Stadt war die Hauptstadt des nun zusammengefasst verwalteten Elsass-Lothringens geworden. Eingebettet in sanfte Weinberge, im Hintergrund die Vogesen, vermittelte Straßburg den Neuankömmlingen einen reizenden ersten Eindruck. Franz und Elise bestaunten die Fachwerkidylle mit gotischem Münster, gemütlichen „Winstubs" und einem bunten Treiben auf den Straßen. Das junge Paar bekam zunächst eine Wohnung zugewiesen, in der zuvor nach Paris abgewanderte Franzosen gewohnt hatten. Schnell wurden die neu aus Berlin Zugewanderten in die Gemeinschaft der anderen Preußen aufgenommen. Man blieb hauptsächlich unter sich. Die Elsässer wollten sich von den „Altdeutschen", wie sie die Neuzugezogenen nannten, nicht wieder germanisieren lassen. Mehrfach hatte das Elsass im Verlaufe der Geschichte die politische Zugehörigkeit gewechselt, mal war die Region deutsch gewesen, dann wieder französisch. Seit dem Krieg 1870/71 gehörte es erneut zum Kaiserreich.

„Man kann die Ablehnung und den Argwohn der Menschen uns Altdeutschen gegenüber täglich auf den Straßen spüren", bedauerte Elise einmal, als sie und Franz bei neuen Freunden eingeladen waren. Dieses Thema beschäftigte alle Gäste in der Runde.

„Die Leute hier machen es unseren Beamten und Militärs sehr schwer", sagte daraufhin der Gastgeber, ein Kollege von Franz.

„Kann man es ihnen verdenken?", antwortete Franz. „Sie haben es sich nicht ausgesucht, unter unserer Herrschaft zu leben. Gerade haben sie sich daran gewöhnt, Franzosen zu sein, und schon sollen sie akzeptieren, wieder Deutsche zu werden."

„Sie werden damit leben müssen." Man merkte, dass der Hausherr ungeduldig wurde. Er war schon seit Monaten hier und hatte seine Erfahrungen gemacht. „Auf uns wartet jedenfalls eine Menge Arbeit. Allein das Sozialsystem muss dringend erneuert werden. Die Armen schicken ihre Kinder nicht zum Zahnarzt, weil es keine gesetzliche Krankenversicherung gibt und sie die Honorare nicht bezahlen können. Den Kleinen faulen die Zähne im Mund weg."

Dass die Armut in vielen Teilen Straßburgs deutlich sichtbar war, war auch Franz und Elise auf ihren Spaziergängen, die sie in der Zeit seit ihrer Ankunft unternommen hatten, nicht verborgen geblieben. In manchen Stadtvierteln ging es teilweise fast noch zu wie im Mittelalter.

„Man müsste Zahnärzte und Ärzte an die Schulen schicken. Wäre die Behandlung für die Eltern kostenfrei, könnte man das Übel an der Wurzel fassen", schlug ein anderer Kollege von Franz vor und gab damit den Anstoß für die weitere Erörterung des Themas.

Elise und Franz fühlten sich sehr wohl in ihrem neuen Bekanntenkreis. Man traf sich regelmäßig alle zwei Wochen am Abend und allein die Erinnerungen an Berlin, die ausgetauscht wurden, vermittelten ein Gefühl der Geborgenheit. Doch schon nach zwei Monaten mussten sie Straßburg den Rücken kehren. Franz wurde nach Gondrexange oder Gunderchingen, wie es nach dem Krieg von den Deutschen wieder genannt wurde, einer kleinen Gemeinde in Lothringen, versetzt. Dort sollte er für die kaiserliche Baubehörde die Projektbeurteilungen und Kontrollen bei Erneuerungs- und Ausbauarbeiten des 1853 errichteten Rhein-Marne-Kanals durchführen, indem er sie an Fachleute delegierte.

Gunderchingen liegt eingebettet in eine wald- und seenreiche Landschaft an einem großen Weiher. Die neue idyllische Umgebung zog meine Eltern in ihren Bann, als sie in das, ihnen zugewiesene Haus in der Rue Liberté einzogen.

Sogar Elise, die Großstädterin, erfreute sich zunächst an der schönen Landschaft. „Man kann viele Spaziergänge unternehmen und die Ruhe genießen", stellte sie fest. „Straßburg liegt allerdings über achtzig Kilometer mit dem Zug entfernt und ich habe noch niemals auf dem Land gelebt", ergänzte sie nachdenklich. „Überhaupt gibt es hier weit und breit keine größere Stadt. Nancy liegt bereits in Frankreich und ist über siebzig Kilometer weit weg."

„Wir können ja mal einen Ausflug mit dem Zug nach Luneville machen, wenn du willst. Das ist etwas näher. Es gibt dort ein schönes Schloss aus dem 18. Jahrhundert zu besichtigen."

„Ist Luneville nicht auch fast fünfzig Kilometer weit entfernt?" Elise merkte, dass sie der Gedanke, weitab vom pulsierenden Leben der größeren Städte zu leben, mehr beunruhigte, als sie sich zuvor vorstellen konnte.

Wie sich bald herausstellte, war es nicht nur das Landleben, das ihr Probleme bereiten sollte. Die Dorfbevölkerung und auch viele andere Lothringer, mit denen es das junge Ehepaar zu tun bekam, waren damals ganz und gar nicht erfreut über die Zuwanderer. Man sprach hier ausschließlich Französisch, fühlte sich als Franzose, beäugte die Altdeutschen misstrauisch und ließ sie eine abweisende Kälte spüren.

Zweihundert Jahre lang hatten diese Menschen die französische Kultur gelebt. Auch der katholische Glaube der Einheimischen erwies sich als Keil zwischen ihnen und den zugereisten evangelischen Preußen. Während zuvor der Klerus mit Schulschwestern und Schulbrüdern die Kinder unterrichtet hatte, wurde nun die allgemeine Schulpflicht eingeführt und staatlich bezahlte Lehrmeister wurden eingesetzt. In den Schulen war Deutsch die alleinige Unterrichtssprache.

Die Feindseligkeiten gegenüber den Neuankömmlingen machten selbst vor den Kindern nicht Halt. So bekamen die Kinder eines Kollegen meines Vaters, der mit seiner Familie ebenfalls aus der Gegend von Berlin stammte, auf der Straße von einheimischen Kindern oftmals Beschimpfungen wie „Sales Prussiens", „Tête carée" oder „Sales Protestants" zu hören.

Ein weiteres Problem war, dass Franz und Elise die fremde Sprache nicht beherrschten.

„Ich fühle mich isoliert", beklagte sich die junge Frau nach einiger Zeit. „Die Menschen im Dorf wollen nichts mit uns zu tun haben."

„Nun, schließlich waren wir ihre Erzfeinde und haben sie gerade besiegt", antwortete Franz. „Sie fühlen sich Frankreich zugehörig."

„Dann sollten sie aber der Gerechtigkeit halber auch sehen, dass sie uns zuerst angegriffen haben!", empörte sie sich.

Die Einsamkeit in der neuen Umgebung und die Ablehnung durch die eingeschworene Dorfgemeinschaft machten Elise zu schaffen und riefen immer stärkeres Heimweh bei ihr wach. Als sie im Sommer nach Gunderchingen gezogen waren, hatte sie draußen noch die herrliche Natur genießen können. Dann im Winter wurde ihr an den Tagen, die sie vorwiegend im Haus verbrachte, immer mehr bewusst, wie einsam sie war. Meine Eltern wussten, dass mein Vater nach einiger Zeit wieder zurück nach Straßburg versetzt werden würde. Zuvor aber musste er eine Zeit der praxisbezogenen Arbeit durchlaufen, um in seinem Beruf bestehen zu können. Hilflos und bestürzt nahm er wahr, wie unglücklich meine Mutter war. Wenn er abends von der Baustelle kam, versuchte er stets sie aufzuheitern, indem er mit ihr, manchmal bei einem Glas Wein, lange Gespräche führte, Gesellschaftsspiele spielte oder ihr etwas auf dem Klavier vorspielte, während sie stickte.

„Ich weiß nicht, wie ich meine Tage verbringen soll. Man kann hier überhaupt nichts tun", jammerte Elise. „Im Sommer hatte ich noch die Gartenarbeit. Der Ort ist einfach zu klein und ich fühle mich ausgegrenzt."

„Du könntest dich doch öfter einmal mit Anna treffen", schlug Franz vor. Anna war die Frau eines Kollegen, die Familie stammte ebenfalls aus Berlin.

„Ach, Anna ist so beschäftigt mit ihren drei Kindern! Sie hat ganz andere Interessen als ich!", gab Elise zu bedenken. „Den Tag verbringt sie mit waschen, kochen und putzen. Da bleibt keine Zeit mehr für unterhaltsame Schwätzchen."

„Bald werden wir eigene Kinder haben und du wirst dich ausgefüllt und glücklich fühlen", versuchte Franz liebevoll seine Frau zu beruhigen. Aber so sehr sie sich Nachwuchs auch ersehnten, er wollte sich nicht einstellen. Die Jahre vergingen und Elise war sehr unglücklich in dieser ersten Zeit ihrer Ehe.

Es war in jenen Jahren, als mein Großvater mütterlicherseits in Berlin ernsthaft erkrankte.

„Fahr zu deinen Eltern und hilf deiner Mutter bei der Betreuung deines Vaters", überwand sich Franz nach einiger Zeit zu sagen, während es ihm fast das Herz zerriss.

Es blieb auch gar keine andere Möglichkeit. Elise packte ihre Dinge zusammen und fuhr allein mit der Bahn zu ihren Eltern. Diese hatten ihren Metzgereibetrieb schon vor Jahren verkaufen müssen und wohnten nun in einer Wohnung am Rande von Berlin-Wilmersdorf.

Die Krankheit meines Großvaters sollte sich, womit niemand gerechnet hatte, über Jahre hinziehen. Die Hilfe meiner Mutter war dringend notwendig und sie kümmerte sich nun liebevoll um ihre alten Eltern. Trotz vieler Pflichten war Elise auch froh, wieder in ihrem geliebten Berlin zu sein, wo das Leben um sie herum pulsierte und wo sie sich willkommen fühlte. Hier hatte sie einen Freundeskreis, der sie auffing und ihr half, die Sehnsucht nach ihrem Mann zurückzudrängen.

Jeden Freitag brachte ihr der Postbote einen Brief von Franz. Immer wartete sie inständig darauf. Auf der Baustelle ihres Mannes in Lothringen rissen die Probleme nicht ab und forderten dessen Anwesenheit. Die Zeit verging ohne Aussicht auf eine schnelle Änderung der Situation.

Meine Eltern lebten nun schon seit längerer Zeit eine Tagesreise voneinander entfernt. Ihre Liebe und ihr Zugehörigkeitsgefühl waren über all die Jahre hinweg noch gewachsen. Den ausgefüllten Tagen beider folgten oft einsame Abende. Sie fehlten einander. Sie gehörten einfach zusammen. Die Briefe konnten die Anwesenheit des anderen nicht ersetzen und die kostspieligen und umständlichen Besuche waren zu kurz.

Als mein Großvater in Berlin-Wilmersdorf starb und seine Frau ein Jahr später ebenfalls zu Grabe getragen wurde, zog Elise wieder nach Gunderchingen zu meinem Vater. Ewig würde es nicht mehr dauern, bis er zu einer anderen Baustelle versetzt werden würde, das wussten beide. Damit war die schwierigste Zeit ihrer Ehe überstanden.

Die Menschen in Lothringen zeigten sich inzwischen den Fremden gegenüber teilweise schon aufgeschlossener. Man gewöhnte sich allmählich an die Altdeutschen. Zu Elises Wohlbefinden trug ebenfalls bei, dass sie in der Berliner Zeit Französisch gelernt hatte. Dafür hatte sie sich, neben all der Arbeit, Zeit genommen. Sie konnte sich jetzt mit den Dorfbewohnern verständigen und lernte vor Ort schnell ihre Sprachkenntnisse zu verbessern.

Es sollte aber noch weitere fünf Jahre dauern, bis sich endlich der ersehnte Nachwuchs einstellte. 1881 wurde ein kleiner Sohn geboren. So lange hatten meine Eltern auf ihn gewartet! Jetzt konnten sie das Wunder kaum fassen. Sie nannten ihn Vincent. Schon ein Jahr später erblickte eine Tochter, Meta, das Licht der Welt. Das Glück war wieder in ihre Ehe eingekehrt.

Wie schon vorauszusehen, sollte mein Vater noch weitere Baustellen kennenlernen, um sich zu profilieren. So musste die junge Familie bald darauf erneut umziehen. Diesmal nach Erstein im Elsass. Diese Gemeinde war wesentlich größer als Gunderchingen und nur 29 Kilometer von Straßburg entfernt. Hier fühlte meine Mutter sich wesentlich wohler. Nun befand man sich im Elsass. In der Region wurde vorwiegend „Elsasserditsch" gesprochen, was die Deutschen gut verstehen konnten, und die Elsässer hatten schon von ihrer Art her eine besondere Herzlichkeit. Hier war man den Altdeutschen von Anfang an wesentlich offener gegenübergetreten und hatte sich inzwischen auch daran gewöhnt, zum Kaiserreich zu gehören. Erstein war durch eine Pferdebahn an das Schienennetz nach Straßburg angebunden, was gelegentliche Straßburg-Besuche erleichterte.

1886 bekamen Vincent und Meta noch einen kleinen Bruder, Ernst mit Namen. Drei Jahre später wurde ich, Marie Grüneberg, als viertes Kind meiner Eltern in Erstein geboren. „Glückwunsch zu euer neuen kleinen Elsässerin!", las ich Jahre später auf einer Karte von Onkel Willi aus Berlin anlässlich meiner Geburt, die meine Mutter wegen der von ihm angefertigten kunstvollen Lithographie auf der Vorderseite aufbewahrt hatte. Er war inzwischen Lehrer geworden und verdiente sich nebenbei Geld als freier Lithograph.

Es dauerte nicht lange und meine Eltern mussten erneut umziehen. Diesmal verschlug es sie zurück nach Straßburg, wo mein Vater nun endlich seine feste Arbeitsstelle als kaiserlicher Oberbausekretär in der Hauptverwaltung der Stadt antrat.

Sicher war es vor allem für meine Mutter nach all der Zeit auf dem Lande eine Wohltat, wieder in der Großstadt zu wohnen, jetzt allerdings mit einem großen Haushalt und der Erziehung von vier Kindern betraut. In Straßburg sprach man wiederum einen anderen Dialekt, den meine Eltern aber gut verstehen konnten und den sie ja vor Jahren bereits kennengelernt hatten. Straßburg hatte im Laufe der Jahrhunderte eine eigene Version des Elsasserditsch entwickelt, so wie es auch Wienerisch oder Berlinerisch gibt. Obwohl Elsass und Lothringen seit Ende des 17. Jahrhunderts zu Frankreich gehört hatten, hatte sich die Sprache nicht überall durchsetzen können. Natürlich wurde auch weiterhin Franzö-

sisch gesprochen. Aber das betraf einen kleineren Prozentsatz der Bevölkerung.

Da ich damals, als wir in die Stadt zogen, erst ein Jahr alt war, ist
Straßburg für mich meine Heimatstadt. Die Familie Grüneberg mietete
1890 eine großzügige, schöne, helle Wohnung in der Feggasse 9. Wie
Lutetia, meine gute Freundin, mir einmal erzählte, haben die Franzosen
die Straße später, nach dem Ersten Weltkrieg, in „Rue des balay-
eurs" umbenannt.

Meine Mutter war begeistert von der neuen Situation und mein Vater
empfand einen gewissen Stolz auf seinen guten Posten und all das, was
er seiner Familie nun bieten konnte. Hier, im Stadtbezirk Krutenau von
Straßburg, wuchs ich auf und wohnte dort, bis meine Eltern fünfund-
zwanzig Jahre später, 1915, in das etwa zwanzig Kilometer von
Straßburg entfernte Wanzenau zogen.

Die Feggasse war nicht etwa eng und schmal, wie der Name vermuten lässt, sondern eine großzügige, breite Straße. Unsere Straße war
tagsüber bevölkert von Pferdedroschken, Fußgängern und Fahrzeugen
des Militärs. Es waren Husaren, die am Ende der Straße in der Niklaus-
Kaserne stationiert waren.

Wie an vielen anderen Stellen der Stadt hatten auch hier die Deutschen zwischen den bestehenden Bauten aus älterer Zeit neue Häuser
errichtet. Unsere Wohnung befand sich in einem dieser jüngst erbauten
Mehrfamilienhäuser im ersten Stockwerk. Das Haus verfügte über einen
großzügigen, hellen, sonnigen Treppenaufgang und aus der Wohnung

konnte man auf die Straße blicken. Unter dem Dach standen meinen Eltern zwei weitere Zimmer zur Verfügung, die sie für Besucher nutzten.

Der Bezirk Krutenau gehörte, so empfand ich es, zu den schönsten der Stadt. Die Feggasse liegt nur wenige Minuten von der romantischen Uferpromenade der Ill mit ihren schmiedeeisernen Brücken entfernt. Auf dem Weg dorthin passierte man die Schulen und Kindergärten, die meine Geschwister und ich besuchten. Auf der gegenüberliegenden Seite der Ill erhebt sich das berühmte Straßburger Münster.

Entfernte man sich von unserer Wohnung in eine andere Richtung, war zu Fuß auch die Orangerie mit einem schönen, großen Park nach englischem Vorbild und einem kleinen See erreichbar. Dieser Park war in meiner Jugend ein beliebter Treffpunkt für Verliebte, Familien mit Kindern und Studenten. Ich habe im Kreise von Freunden dort oft meine freie Zeit verbracht. Auch der Botanische Garten und das Universitätsgelände mit dem angrenzenden Wilhelminischen Viertel, das damals gerade entstand, waren von unserem Haus aus fußläufig rasch zu erreichen. Den alten Kern der Stadt prägten mittelalterliche Fachwerkhäuser. Hinzu kamen nun Gebäude in dem neuen Baustil, die ihr einen weiteren interessanten Aspekt verliehen.

„Ach, ist es gut, wieder in einer Großstadt zu wohnen", diesen Stoßseufzer habe ich von meiner Mutter oft vernommen. Sie schätzte neben unserer zentralen Wohnlage auch die anderen Vorzüge von Straßburg. So gab es hier zahlreiche Lebensmittel zu kaufen, die man anderswo vergeblich suchte. Pfirsiche und Mirabellen lieferte ganz frisch die hiesige Landwirtschaft und sie schmeckten besonders süß und saftig. Wenn wir Besuch bekamen, besorgte meine Mutter Südfrüchte, die unter anderem aus Italien und Südfrankreich stammten und auf dem Markt angeboten wurden. Die Anbindung an die Schifffahrtswege und das, noch unter französischer Herrschaft gut ausgebaute Eisenbahnnetz, begünstigten einen regen Handel.

3.

In unserem Haus und den Nachbarhäusern gab es viele Kinder, die meisten waren aber schon älter als ich. So musste meine sieben Jahre ältere Schwester Meta oft auf mich aufpassen, was ihr meist gar nicht gefiel.

„Du bist wie eine Klette, Marie!", schimpfte sie manchmal. Aber das haben jüngere Geschwister nun mal so an sich.

Als ich fünf Jahre alt war, zog ein kleines Mädchen, Charlotte, mit ihren Eltern und zwei Brüdern in den anderen Flügel unseres Hauses ein. Die Familie kam aus Berlin. Meine Mutter freute sich, dass ich nun eine Spielgefährtin in meinem Alter bekam. Charlotte wurde meine erste „beste Freundin". Endlich besaß ich eine Verbündete. Kleine Mädchen merken ja schon sehr früh, dass eine „beste Freundin" notwendig ist, um durchs Leben zu kommen. Es gibt so vieles zu besprechen und unzählige Geheimnisse, die man jemandem anvertrauen muss.

Wir zwei waren sehr unterschiedlich. Ich etwas dünn und noch recht klein, das Nesthäkchen der Familie, außerdem eher zurückhaltend und brav. Charlotte überragte mich um einen halben Kopf. Eine rothaarige Göre mit Sommersprossen auf der Stupsnase, die nichts so leicht erschüttern konnte. Es war für sie nichts Ungewöhnliches, es mit einem gleichaltrigen Jungen aufzunehmen, wenn sie sich von ihm geärgert fühlte. Mit ihr entdeckte ich unsere kleine persönliche Welt in Straßburg, Ecken, in denen man spielen oder das Treiben auf der Feggasse beobachten konnte. Als wir älter wurden, schwärmten wir weiter aus und zogen immer größere Kreise.

Was meine Schwester Meta und mich einte, war, dass wir uns überhaupt nicht für häusliche Dinge interessierten. Bei Charlotte war das anders. Ihre Mutter war eine kreative Köchin und begeistert von der elsässischen Küche, die sich sehr von der Berliner Küche unterschied, und Charlotte liebte es, ihrer Mutter in der Küche zu helfen. Bei den Sperbers, so hieß Charlotte mit Nachnamen, duftete es nicht selten verführerisch nach Flammkuchen und anderen neu entdeckten typisch elsässischen Köstlichkeiten. Frau Sperber bekam die Rezepte meistens von ihrer Waschfrau. Was mich damals sehr verwunderte, war, dass Charlotte so gerne die Sauerkrautsuppe, ebenfalls eine elsässische Spezialität, aß, die ihre Mutter der Familie oft vorsetzte.

„Komm, wir fragen mal deine Mama, ob sie mit uns zusammen einen Gugelhupf backen möchte", schlug Charlotte einmal vor, als wir bei regnerischem Wetter nicht draußen spielen konnten.

Meine Mutter griff den Vorschlag gern auf. Charlotte erbat von ihrer Mutter das Rezept und wir drei buken meinen ersten Gugelhupf. Aber auf Dauer sprang Charlottes Begeisterung nicht auf mich über. Zwar spielte ich wie die meisten Mädchen gern mit Puppen und war eine perfekte Puppenmutter, die ihre Puppe gut „erzog" und versorgte, aber mit Küchendingen konnte ich mich einfach nicht anfreunden.

Charlotte und ich verbrachten bis zu unserem zwölften Lebensjahr einen Großteil des Tages miteinander. Wir gingen morgens in denselben Kindergarten, der sich in einer Nachbarstraße befand, und später in dieselbe Schule und sogar Schulklasse. Wir hielten zusammen wie Pech und Schwefel, wie man so sagt, auch, wenn uns die Jungs im Haus einmal wieder ärgerten. Und das gehörte offenbar zu deren Lieblingsbeschäftigungen. Manchmal empfand meine Mutter Mitleid mit uns, wenn sie uns gar nicht in Ruhe ließen. Dann durften wir in einem der Dachzimmer spielen und ihre abgelegten Kleider und Hüte anprobieren. Im Nu verwandelten wir uns in vornehme Damen. Ich erinnere mich, wie heimelig es war, wenn wir uns unserem Spiel hingaben, draußen der Regen gegen die Dachfenster platschte und uns nicht einmal die Nachbarsjungen in unserer Versunkenheit stören konnten.

Beide hatten wir bei derselben Lehrerin Klavierunterricht und durften in den Ferien abwechselnd mal bei der einen, mal bei der anderen übernachten. Wir waren unzertrennlich.

„Schwörst du mir, dass du immer und ewig meine Freundin bleiben wirst?", fragte Charlotte einmal, und mein Ja kam aus tiefstem Herzen, denn das war für mich das Selbstverständlichste auf der Welt.

Straßburg wurde in der Zeit, in der wir dort wohnten, immer noch schöner. In einem wahren Baufieber wuchsen zahlreiche repräsentative Gebäude empor, darunter reich geschmückte Jugendstilbauten. Die Straßen wurden großzügig und luftig, mit vielen Bäumen, nach Pariser und Berliner Vorbild, als Alleen angelegt. In viele Häusern waren die für jene Zeit typischen Materialien, Glas und Metall, aufwändig verbaut. Das Wilhelminische Viertel der Stadt mit seiner neuen Universität war ein Meisterstück der damaligen Architektur. Hier ließen wohlhabende Deutsche schöne Villen im Jugendstil erbauen. Die Architekten waren Künstler, denen es gelang, das Zeitgefühl exakt in den Bauten widerzuspiegeln.

Es war jeden Tag aufs Neue aufregend, in dieser Stadt zu wohnen und all das zu entdecken und zu bewundern, was die Menschen hier im Laufe der Geschichte geschaffen hatten und was an Modernem hinzukam. Ich fühlte mich frei und unbeschwert, als ich in Straßburg aufwuchs, die Welt stand mir offen. Ich liebte die Stadt, kannte die schönsten Winkel. Das hatte auch damit zu tun, dass meine Eltern an jedem Sonntagnachmittag ein neues Ziel aussuchten, das wir zu Fuß oder mit der Pferdebahn gemeinsam ansteuerten. Zu diesen Gelegenheiten zogen wir unsere feine Sonntagskleidung an, ich weiße oder zartlila Hängerkleidchen. Helle Kleidung trugen wir nur sonntags, da das Waschen bei einer Familie mit vier Kindern große Mühe bedeutete. Meine dunklen lockigen Haare fielen mir inzwischen lang über den Rücken, sonntags durfte ich sie offen tragen, verziert mit einer Schleife auf dem Kopf. Mutter legte sehr viel Wert auf ihr Äußeres. An kühlen Tage kleidete sie sich mit einem dunkelblauen, taillierten Wollmantel, der etwas kürzer war als die darunter hervorschauenden Röcke. Stets passte ihr Sonnenschirm bzw. Regenschirm farblich zu ihrer Kleidung und ihre Hüte mit den darauf befestigten Seidenblumen durften nicht zu üppig ausfallen. Oft betrachtete ich stolz meine elegante Mutter und war stets selbst darauf bedacht, mich und meinen Sonntagsstaat nicht zu beschmutzen.

Manchmal durfte ich mit ihr zum Einkaufen in das Kaufhaus M. Knopf gehen. Warenhäuser mit einem breiten Spektrum von Produkten waren eine neuartige Erfindung in jener Zeit, meist wurden sie von jüdischen Besitzern geführt. Früher war es nicht ungewöhnlich, in den kleinen Einzelhandelsgeschäften, die es natürlich auch noch gab, um den Preis zu feilschen und anschreiben zu lassen, wenn das Geld gerade knapp wurde. In dem Kaufhaus musste man sofort nach Erhalt der Ware bezahlen. Es gab Festpreise und man konnte die gekauften Gegenstände umtauschen oder zurückbringen. Auch das war ein Zug der neuen Zeit. Meine Mutter liebte es, bei Knopf einzukaufen, und ich liebte es, sie dabei zu begleiten.

„Diese großen Warenhäuser vernichten die kleinen Einzelhandelsgeschäfte in der Stadt", gab mein Vater meiner Mutter gegenüber zu bedenken. „Außerdem verleiten sie dazu, überflüssige Dinge zu kaufen. In der Gazette steht auch, dass diese Luxustempel zum Diebstahl verleiten. Die Gendarmen haben dort alle Hände voll zu tun", fügte er noch hinzu.

Aber welche Frau denkt schon an die sozialen Hintergründe und Diebstahlsdelikte, wenn es darum geht, ein schönes Kleid zu kaufen! Meistens erwarb meine Mutter allerdings nur den Stoff für ihre Roben und ließ sich manches teure und schicke Modell, das gerade aus Paris eingetroffen war, von ihrer Schneiderin nachnähen. Das war dann wesentlich billiger.

Ab 1878 verkehrten in Straßburg neben Pferdedroschken und Pferdeomnibussen auch Pferdebahnen auf Schienen. In Außenbezirken wurden mitunter kleinere Dampflokomotiven eingesetzt. So konnten die Straßburger auch die ländlichen Gegenden umstandslos besuchen. Für Ausflüge in die nahegelegenen Wälder am Rhein stellte die Bahn in der warmen Jahreszeit Sommerwaggons zur Verfügung, die auf Fensterscheiben aus Glas verzichteten und luftig und offen waren, damit die Fahrgäste die Fahrt durch die schöne Landschaft unumschränkt genießen konnten.

Wie auch die nähere und weitere Umgebung bot die Stadt selbst unendlich viele schöne Plätze, Museen und Sehenswürdigkeiten, die man besuchen konnte. Als wir älter wurden, kannten wir die Geschichte fast jedes historischen Bauwerks unserer Heimatstadt.

4.

Wenn Onkel Willi, der Bruder meines Vaters, aus Berlin zu Besuch kam, zog ihn Straßburg jedes Mal erneut in seinen Bann. Da er nicht nur als Lehrer, sondern auch als Lithograph und Kunstmaler tätig war, interessierte er sich sehr für die Kunstgewerbeschule, an der wir vorbei-liefen, wenn wir in Richtung Ill und Kathedrale gingen. Sie lag in unserem Stadtteil Krutenau.

Das Haus ist 1892 von den Deutschen erbaut worden; ein wunder-schönes Beispiel des Jugendstils. Anton Seder, der Direkter des Instituts, gilt als einer der qualifiziertesten Vertreter dieser Kunstrich-tung, die nach der Münchner Zeitschrift *Jugend* benannt worden war.

Einmal stand Onkel Willi tatsächlich kurz davor, nach Straßburg zu übersiedeln, um dann an der Kunstgewerbeschule zu arbeiten. Er hatte sich sogar schon bei Herrn Seder vorgestellt. „Man würde mich als Zei-chen- und Kunstlehrer einstellen. Ich muss nur noch zusagen", berichtete er anschließend beim gemeinsamen Essen unserer Familie.

Meine Mutter, die sich ihm seit seiner Jugend sehr verbunden fühlte, war beglückt. „Wir werden für dich und deine Familie bestimmt eine angenehme Wohnung finden. Ach, wäre das schön, wenn ihr nach Straßburg ziehen würdet! Dann wäre ein Teil der Familie wieder zu-sammen!", blickte sie hoffnungsvoll in die Zukunft.

Aber dann zerschlugen sich die Pläne. Nicht lange nach der Rück-kehr Onkel Willis nach Berlin wurde Tante Klara, seine Frau, schwer krank und außerdem war sie nicht bereit, aus Schmargendorf wegzuziehen. Niemals hat sie Onkel Willi auf seinen Reisen begleitet. Ein Umzug war für sie, wie sich herausstellte, völlig undenkbar. So blieb die Familie in Berlin.

Sie wohnten schon sehr lange in Schmargendorf. Der Ort gehörte anfangs noch nicht zu Berlin, sondern war eine kleine Landgemeinde im Landkreis Teltow. Erst später, 1920, wurde sie ein Teil Groß-Berlins. Meine Tante Klara hatte das Haus, in dem die Familie wohnte, und ein paar Acker Land am Grunewald geerbt. Ihre Vorfahren hatten jahrhundertelang die markgräflichen Felder bestellt. Anfang des 19. Jahrhunderts konnten die Bauern den Grund, den sie bearbeiteten, kaufen. In diesem Zug hatten die Großeltern von Tante Klara ihren Besitz erworben und die Familie lebte weiter von der Landwirtschaft, bis die Eltern meiner Tante starben. Klara, als einziges Kind, erbte das Haus und das Land. Mein Onkel und Tante Klara verließen Zehdenick, wo sie zu der Zeit lebten, und zogen nach Schmargendorf. Hier kam ihr Sohn Walter, der zwei Jahre älter ist als ich, zur Welt.

Zusehends wuchs der kleine Ort Schmargendorf um die Jahrhundertwende und verlor in rasantem Tempo seinen dörflichen Charakter. Unsere Familie fuhr früher jedes Jahr einmal mit der Bahn dorthin, um unseren Verwandten einen Besuch abzustatten und Großvater Grüneberg aus Zehdenick zu sehen, der inzwischen sehr alt war und nun bei Onkel Willi, seinem jüngeren Sohn, wohnte. In dem Haus war genügend Platz für uns alle.

Später setzte ich diese Tradition auch allein fort. Als ich erwachsen war, war der jährliche Berlin-Besuch für mich obligatorisch. Mit meinem Cousin Walter fuhr ich dann häufig von Schmargendorf aus mit der Bahn nach Charlottenburg. Unser Ziel war der Kurfürstendamm, die Prachtstraße Berlins, auf der wir im Strom vieler anderer Passanten gern entlangschlenderten. Der Ausflug endete meistens im Lieblingscafé meines Onkels. Aber davon erzähle ich später.

Als Onkel Willi uns wieder einmal in Straßburg besuchte, tat er kund, dass man beabsichtigte, eine Villenkolonie in einem Teil des Grunewalds, der an Schmargendorf angrenzte, anzulegen. „Riesige Areale sind schon aufgekauft", berichtete er. „Die neue Kolonie soll eine Ansammlung von Millionärsvillen, kleinen Einfamilienhäusern und Mietvillen werden. Man ist schon an uns herangetreten und möchte auch von uns Land kaufen."

Jahr für Jahr konnten wir von nun an bei unseren Besuchen in Schmargendorf beobachten, in welch rasantem Tempo sich die Umgebung veränderte. Schon bald waren ganze Waldgebiete gerodet und sumpfiges Gelände durch Anlegen von künstlichen Seen trockengelegt. Überall wuchsen herrschaftliche Häuser empor, in exklusiver Lage am See gelegen. Leider war den Spaziergängern von da ab der Zugang zu den Seen auf den Privatgrundstücken fast überall versperrt.

„Es gibt strenge Auflagen beim Verkauf und bei der Bebauung der Grundstücke. So werden nur sehr große, zusammenhängende Grundstücke verkauft, die sich allein eine reiche Oberschicht leisten kann", erklärte Onkel Willi meinem Vater einmal bei einem Streifzug durch das, im Entstehen begriffene Viertel der Wohlhabenden. An seinem Tonfall konnte ich erkennen, dass er das nicht in Ordnung fand. Oft nahmen sie mich auf ihre Spaziergänge mit. Ich erinnere mich, wie Onkel Willi bei einer solchen Gelegenheit sagte: „Selbst Handwerksbetriebe dürfen dort nicht kaufen."

Trotz der kritischen Worte meines Onkels bestaunte ich die schönen Häuser. Reiche Bankiers und Industrielle, Rechtsanwälte, Ärzte, Architekten, Wissenschaftler, Künstler, Verleger und Schriftsteller zogen in die neue Kolonie. Sehr viele davon waren jüdischen Glaubens. Der Grunewald wurde ein Ort der Kreativität. Teesalons wurden eröffnet und zu Mittelpunkten geistigen Austausches. Privatkonzerte und Ausstellungen wurden organisiert, große Empfänge gegeben, Wohltätigkeitsveranstaltungen initiiert. Viele der betuchten Bewohner engagierten sich sozial und kulturpolitisch.

Der Bau der Villenkolonie Grunewald veränderte nicht zuletzt auch das Leben meines Onkels. Durch den Verkauf von Land war er zu etwas Wohlstand gekommen. Als das Realgymnasium zu Grunewald 1903 eröffnete, bekam er einen Posten als Lehrer zugewiesen. Das Gymnasium war eine Knabenschule und äußerst großzügig mit Lehr- und Anschauungsmaterialien ausgestattet, was den Lehrern sehr viel größere Möglichkeiten zur Ausgestaltung des Unterrichts bot als an gewöhnlichen öffentlichen Schulen. Die reiche Elternschaft der neuen Villenkolonie hatte es sich nicht nehmen lassen, großzügig für die Schule ihrer Kinder zu spenden.

In den prächtigen Villen war Onkel Willi bald ein gern gesehener Gast. Man schätzte die Lehrer der Kinder. Das breite Spektrum an Wissen auf dem Gebiet der Kunst machte meinen Onkel interessant.

Außerdem konnte er charmant und witzig plaudern, eine Gabe, über die schon sein Vater, mein Opa aus Zehdenick, verfügte. Da er nun etwas Geld besaß, gelang es ihm endlich, seine Träume vom Reisen in fremde Länder zu verwirklichen. Als Lehrer standen ihm zehn Wochen Ferien im Jahr zur Verfügung. Er bereiste hauptsächlich Italien, wo er fasziniert all die Orte aufsuchte, die für ihre Kunst- und Kulturschätze bekannt waren.

Von all dem erzählte er mir, wenn er nach Straßburg kam. Oft unternahmen wir beide dann gemeinsame Ausflüge in die Umgebung, auf denen ich ihm fasziniert zuhörte. Onkel Willi war eine wichtige Person für mich. Die Gespräche mit ihm regten meinen Geist und meine Fantasie an. Er erzählte von den wunderbaren Gemäldesammlungen, die er in Italien gesehen hatte, wir sprachen über die modernen Kunstrichtungen. Seine Berichte waren von solcher Lebhaftigkeit, dass mir selbst die Obst- und Gemüsemärkte in Südtirol, die er beschrieb, als lebendig bunte Bilder vor Augen standen. Aber er berichtete auch über die Beschwerlichkeit des Reisens über den Brenner und andere Widrigkeiten. Ich war eine aufmerksame Zuhörerin und er freute sich darüber. Sein liebstes Reiseziel war Venedig, wo er einige beeindruckende Bilder malte, die den Betrachter den ganzen Zauber der Stadt, so wie mein Onkel sie sah, erahnen lassen.

Ein beliebtes Ziel unserer Spaziergänge durch Straßburg war der nahegelegene Botanische Garten. Wir liefen an der Akademie vorbei zum Niklaus-Ring, der stets stark belebt war von Menschen, Pferdebahnen, Kutschen und Autos, über eine kleine Querstraße zur Universitätsstraße, am Botanischen Institut vorbei und schon waren wir bei dieser kleinen Oase der Ruhe in der Großstadt angelangt.

Einer dieser Spaziergänge, an den ich mich gut erinnere, fiel in den Monat September. Es war bereits etwas frisch. Am frühen Morgen waren, wie so oft im Herbst, die Nebel von der Ill heraufgezogen und hatten einen feuchten Film auf die Stadt gelegt. Aber nun, am Nachmittag, schien die Sonne und wir setzten uns auf eine Steinbank zwischen die letzten noch blühenden Blumen und unterhielten uns. Infolge des sehr warmen Sommers war es ein paar Rosen gelungen, nochmals Knospen zu treiben, und ich hatte den Eindruck, dass sie jetzt noch mehr dufteten als in ihrer eigentlichen Blütezeit.

„Man darf sich nicht täuschen, Marie", sagte Onkel Willi. „Der Herbst ist schon kräftig im Kommen."

„Ach, könnte man die Zeit doch festhalten", gab ich nachdenklich zur Antwort.

Zu den Lieblingsthemen meines Onkels gehörte die Kunstszene in Berlin. So erfuhr ich durch ihn von den neuesten Entwicklungen und Auseinandersetzungen dort, die ihn beschäftigten, und war informiert darüber, dass es beispielsweise einen Verein von Künstlern gab, die jährlich in den Ausstellungshallen in der Lehrter Straße die „Große Berliner Kunstausstellung" veranstalteten. Onkel Willi, der Neuem gegenüber stets aufgeschlossen war, bewertete aber einige Tendenzen des Vereins und eines Teils seiner Mitglieder äußerst kritisch.

„Weißt du, mein Kind, diese Leute sind so konservativ, dass einem die Haare zu Berge stehen. Und unser Kaiser, der das Ganze stark fördert, ist derjenige, der am meisten am Alten festhält. Die gesamte Kunstszene in Berlin hat sich bereits gespalten. Man hat die Ausstellung eines modernen Malers aus Norwegen nach wenigen Tagen wieder geschlossen, weil sie den Herren als eine Provokation erschien. Dieser Maler heißt Munch. Hast du schon von ihm gehört?", richtete er die Frage an mich.

Als ich verneinte, fing er an zu erklären und seine Augen funkelten vor Begeisterung: „Seine Art zu malen ist völlig neu! Das muss man ganz einfach so sagen! Seine Bilder wirken, als wären sie spontan und ungeordnet auf die Leinwand geworfen. Aber wenn du sie betrachtest, spürst du die unglaubliche Kraft dahinter. Nur – in Berlin will man das nicht sehen. Diese Form der Malerei ist etwas ganz anderes als die skizzenhaften, atmosphärischen Bildszenen der Impressionisten, die natürlich auch einen großen Reiz ausüben. Wenn man bei uns die Einstellung zur Kunst nicht ändert, werden die Pariser Maler an uns in Deutschland vorbeiziehen."

Ich staunte darüber, dass in der Kunstszene solche Machtspiele stattfanden. Onkel Willi fuhr mit der Hand, wie er es so oft tat, nachdenklich über seinen Schnauzbart. „Marie, erinnerst du dich, ich erzählte dir mal von Max Liebermann."

Ja, dieser Maler war mir ein Begriff.

„Er hat jetzt mit anderen zusammen die sogenannte ‚Sezession‘, einen neuen, modernen Kunstverein, gegründet. Wenn du mal wieder nach Berlin kommst, zeige ich dir die ausgestellten Werke. Durch die Erfindung der Tuben-Ölfarben kann man nun auch im Freien spontane

Eindrücke und Zufälligkeiten durch Licht, Farbe und Sinneswahrneh-
mungen auf Papier bringen. Die Gemälde werden dir gefallen."

Onkel Willis Leidenschaft für die Kunst weckte bei mir ein bleiben-
des Interesse und ich liebte ihn für seine Hingabe. Wenn er sprach,
wirkte er jung und voller Energie. Er selbst malte naturalistisch, mit
Aquarellfarben. Aber seine Hauptleidenschaft waren Lithographien.
„Die Leichtigkeit der jungen Generation, Neues in der Malerei zu schaffen, gelingt mir nicht mehr", beklagte er einmal. Doch meine Familie
schätzte seine Kunst auch damals schon außerordentlich. Viele seiner
Werke zierten die Wände unserer Wohnung, darunter zahlreiche aus-
drucksstarke Naturdarstellungen.

Inzwischen war es zu kühl geworden, um länger auf der Steinbank
zu verweilen. Wir liefen noch ein wenig durch den Botanischen Garten
und ich zeigte ihm die neu erbauten Villen bei der Orangerie, bevor wir
zurückmussten, weil Mutter das Abendessen vorbereitet hatte.

Ich fand es schon damals interessant, dass mein Onkel so unternehmungslustig war und fremde Länder bereiste. Die zehn Wochen
Schulferien im Jahr gestatteten ihm Freiheiten, die andere nicht hatten.
Man konnte buchstäblich fühlen und sehen, wie ihn diese Reisen berei-
cherten, und ich war glücklich, mit ihm diesen Reichtum und dieses
Lebensgefühl teilen zu dürfen. Es war zu dieser Zeit allerdings ein Privileg, verreisen zu können, und eigentlich hauptsächlich dem wohlhabenden Bürgertum vorbehalten. Während mein Onkel eher bescheiden reiste, er war ja nicht wirklich reich und unternahm auch vor allem
Bildungsreisen, bevorzugten die Industriellen und anderen Besitzenden

als Reiseziel vor allem die Schweiz und waren gerade dabei, Norwegen für sich zu entdecken. Im krassen Gegensatz dazu musste die Arbeiterschicht, die diesen Wohlstand letztlich erwirtschaftete, manchmal bis zu zehn Stunden täglich arbeiten. Ihre Freizeit beschränkte sich auf die Sonntage.

Onkel Willi ging stets allein auf Reisen, seine Familie ließ er in Berlin. Tante Klara, so scheint mir, verhielt sich meinem Onkel gegenüber sehr großzügig. Sie ließ ihn verreisen, wann immer er wollte, und liebte ihn, obwohl er sie oft allein ließ, sehr. Das konnte ich, wenn ich zu Besuch war, deutlich an kleinen Gesten sehen. Aber wahrscheinlich wusste sie, dass sie ihn ohnehin nicht hätte aufhalten können. Er war so voller Tatendrang und neugierig auf das Leben, Einschränkungen hätten ihn unglücklich gemacht. Und Tante Klara war sogar froh, nicht mitreisen zu müssen! Ich erwähnte ja bereits, dass sie am liebsten in Schmargendorf blieb. Manche Menschen sind am glücklichsten in ihrer vertrauten Umgebung. Das gibt ihnen Sicherheit und die innere Ruhe, die sie brauchen. Sie wollen nicht das Neue, scheuen sich vor Veränderung.

Ich frage mich, ob meine Mutter sich genauso verständnisvoll verhalten hätte, wenn mein Vater die gleichen Ambitionen, was das Reisen angeht, gehabt hätte. Aber sie musste sich darum gar keine Sorgen machen. Mein Vater war ein Familienmensch und hing so sehr an seiner Elise, dass es ihr eher manchmal zu viel wurde. Aber, das beobachtete ich öfter, sie schaffte sich den von ihr benötigten Freiraum auf eine leichte, nette Art. Einmal, ich erinnere mich, war ich dabei, als sie vorsichtig bei ihm vorfühlte: „Gestern habe ich Leon auf der Straße getroffen. Er hatte nicht viel Zeit, weil er zum Kartenspielen gehen wollte. Bei Anton findet seit kurzem jeden Dienstagabend eine Skatrunde statt. Wäre das nicht auch etwas für dich?" Von nun an ging Vater einmal in der Woche zu den Männerabenden und meine Mutter genoss die Zeit, die sie für sich allein gewonnen hatte, beim Lesen. Wenn er heimkam, freute sie sich, wenn er Neues von Bekannten zu berichten wusste.

5.

Im November 1903 heiratete mein ältester Bruder Vincent. Wenn ich Vincent beschreiben sollte, würde ich sagen, er geht beschwingt durchs Leben. Wenn er mich sieht, reizt es ihn, eine schelmische Bemerkung zu machen. Das ist seine Art, die Geschwisterliebe zum Ausdruck zu bringen. Da ich einen Draht zu seinem Humor habe, bekommt er meistens die passende Antwort. Humor ist etwas, das stark verbindet. Obwohl er so viel älter ist als ich, sind wir zwei auf eine besondere Art Verschworene.

Vincents Frau heißt Marie. Sie kam aus Sufflenheim, am Nordrand des Elsass gelegen, wo auch die Hochzeit stattfand. Meine Eltern waren glücklich, dass ihr Ältester eine so nette, adrette junge Frau gefunden hatte, die gut in unsere Familie passte. Marie ist klug und die Vernünftigere von den beiden. Sie ist ähnlich wie unsere Mutter diejenige, die alles Wichtige im Privatleben regelt und mit Ruhe und Überlegung schwierige Situationen meistert. Vincent hatte das kaiserliche Technikum besucht und war Meliorations-Techniker geworden und Vater konnte ihm eine Stelle bei der Bauverwaltung vermitteln.

Das Paar fand nach der Hochzeit eine Wohnung in Straßburg/Neudorf in der Sundgauerstraße. Die beiden kamen jetzt oft am Wochenende bei uns vorbei. Vincent war also der Erste von uns vier Geschwistern, der die elterliche Wohnung verlassen hatte. Marie ist, wie Vincent, acht Jahre älter als ich, trotzdem mochten wir uns sofort. Sie nahm mich ernst, obwohl ich noch ein Kind war. Später, als ich älter wurde, verwischte sich der Altersunterschied und heute sind wir einfach gute, freundschaftlich verbundene Schwägerinnen.

Als wir unsere gemeinsame Realschulzeit beendet hatten, entschloss sich meine Freundin Charlotte, an einem Lehrerinnenseminar teilzunehmen. Ihr Traum war es, an einer Mädchenschule zu unterrichten. Dieser Beruf passte gut zu ihr. Es hatte ihr immer Spaß gemacht, wenn man ihr Aufmerksamkeit zollte und sie im Mittelpunkt stand. Dann spielte sie mit ihrem Charme und Witz und verzauberte die Umgebung. Viele Mädchen schlugen damals diesen Berufsweg ein. Man benötigte dafür kein Abitur. Für mich wäre eine solche Tätigkeit nicht in Frage gekommen. Ich hielt mich lieber im Hintergrund und war eher der leise Typ. Da wir, Charlotte und ich, so unterschiedlich sind, ergänzen wir uns ja auch so gut. Charlotte brachte mich unter die Menschen und ich gab ihr ein Quäntchen Ruhe und Ausgeglichenheit in ihrem unruhigen Leben.

Jetzt begann für jede von uns ein neuer Lebensabschnitt. Für mich stand nach Beendigung der Realschulzeit fest, dass ich Dentistin werden wollte. Dazu war ebenfalls keine akademische Ausbildung notwendig. Drei Jahre lang lernte man in der Praxis eines Dentisten, dann folgte eine einjährige Ausbildung in Prothetik bei einem Zahnarzt, anschließend folgten vier Semester an einem Lehrinstitut für Dentisten mit abschließender Prüfung. Da wir in Straßburg ein dentistisches Ausbildungsinstitut, das für die viersemestrige Ausbildung notwendig war, sozusagen „vor der Haustür" hatten, war es ein Weg, der ohne große Hürden zu meistern war.

Mein Vater war angetan davon, dass ich mich für diesen Werdegang entschieden hatte, und half mir eine Ausbildungsstelle für die ersten drei Jahre zu finden. „Ich denke, dieser Beruf wird dir viel Freude bereiten", lobte er meine Entscheidung. „Du hast schon immer sehr gut Feinarbeiten erledigen können, während es deinen Geschwistern an Geduld und Genauigkeit gefehlt hat."

Durch das Zutun meines Vaters bekam ich einen Ausbildungsplatz in der Städtischen Schulzahnklinik, die der Universitätszahnklinik der Kaiser-Wilhelm-Universität angeschlossen war. Sie war erst ein Jahr zuvor eröffnet worden und befand sich ganz in unserer Nähe. In der Einrichtung herrschte Aufbruchsstimmung. Die jungen Dentisten und Zahnärzte arbeiteten mit viel Enthusiasmus in ihrem Beruf. Die Kinder aus den ärmeren Gesellschaftsschichten hatten oft so schlechte Zähne, dass man dem Übel nur noch mit der Zange beikommen konnte. Es mangelte an Zahnhygiene und guter Ernährung.

Außer mir gab es noch andere Auszubildende. Eine dieser zukünftigen Dentistinnen war Lutetia. Sie hatte zwei Monate vor mir in der Klinik angefangen. Lutetia zählte zum französischen Teil der Bevölkerung in Straßburg. Ihre Eltern waren keine gebürtigen Elsässer, sondern stammten aus Innerfrankreich und gehörten zu einer Bevölkerungsschicht, die man „arrivés" nannte. In Straßburg gab es damals nur noch drei- bis viertausend Personen, die Französisch als Muttersprache sprachen. Lutetia ist in Straßburg geboren und aufgewachsen. Sie spricht, wie ich auch, neben Französisch und Hochdeutsch den Straßburger Dialekt. Wenn wir zusammen sind, reden wir oft in einem Sprachenmischmasch, wechseln vom Dialekt ins Französische und umgekehrt. Lutetia und ich empfanden sofort Sympathie füreinander. Wenn ich morgens zur Arbeit kam, war sie in der Regel schon da und empfing mich mit einem strahlenden Lächeln. Ihre positive Ausstrahlung nahm mich sofort für sie ein. Sie ist schlank, mit hellem Teint und dunklen Locken. Obwohl ich im Gegensatz zu ihr keine französischen Wurzeln habe, hätte man uns für Schwestern halten können.

Als wir schon gute Freundinnen waren, übernachtete ich manchmal bei ihr. Sie wohnte ebenfalls noch bei ihren Eltern in Straßburg, allerdings, von uns aus gesehen, auf der anderen Seite der Ill in der Nähe vom Münster. Energiegeladen riss sie mich dann oft morgens aus dem Tiefschlaf und rief aus: „Ach, was für ein herrlicher Tag! Nun, was fangen wir damit an?" Sie wusch sich in Windeseile, kämmte sich ihre langen dunklen Haare, steckte sie hoch und war fünfzehn Minuten später fertig zum Frühstücken. Ich räkelte mich noch im Bett und hätte gern etwas länger geschlafen. Aber dann steckte sie mich mit ihrer Lebensfreude und Dynamik an und es wurde in der Regel ein schöner Tag. Lutetia wurde innerhalb kurzer Zeit zu meiner zweiten „besten Freundin" im Leben.

Sie hatte einen netten französischstämmigen Freundeskreis, den sie mir vorstellte und mit dem wir uns dann regelmäßig trafen. Die Gruppe um Lutetia bestand größtenteils aus Studenten. Interessanterweise hatten diese ein Gesellschaftshaus für ihre „Schlagende Verbindung", die „Réunion des Arts", direkt gegenüber unserer Wohnung in der Feggasse. Bereits die Väter unserer Freunde hatten in ihrer Jugend diese

Verbindung gegründet. Meine Eltern erzählten uns, dass sie – die meisten von ihnen waren Medizinstudenten – „Pariser Sitten" mitgebracht hätten, was die damaligen Nachbarn des neuen Verbindungshauses gar nicht schätzten. In dem Haus auf der anderen Straßenseite muss es seinerzeit ähnlich zugegangen sein, wie man es sich von den Tanzlokalen des Quartier Latin und am Montmartre in Paris vorstellte.

„Mindestens einmal in der Woche brachten die jungen Herren ihre Damen mit und dann wurde kräftig gefeiert", erinnerte sich meine Mutter.

Inzwischen hatten die Söhne der „arrivés" das Haus übernommen. Diese waren sehr viel braver und strebsamer als ihre Väter. In den rund dreißig Jahren deutscher Besatzung war die Universität in Straßburg, die als Deutsche Universität 1872 neu gegründet worden war, zu einer „Arbeitsuniversität" geworden. Die Straßburger Studenten waren für ihren Fleiß bekannt. Natürlich hatten auch sie Treffpunkte, wie die Studenten anderer Universitätsstädte, zum Beispiel das Münchner Kindl, angesagte Winstubs und Cafés. Aber für ein ausschweifendes Studentenleben bot Straßburg keinen Nährboden. Hierher kam man, um das Studium zügig zu Ende zu bringen.

Wenn das Wetter es zuließ, traf sich unser Freundeskreis sonntags gern im Park der Orangerie am See, einer der grünen Oasen der Stadt. Nahe der hübschen Skulptur des Gänseliesels breiteten wir unsere Decken aus, picknickten und diskutierten über Kunst, Politik und das Leben. Wir genossen die Leichtigkeit dieser Tage, ob wir nun schon arbeiteten oder noch studierten, und liebten unser Leben, unsere unbeschwerte Jugend, in einer für uns unglaublich glücklichen Zeit, in der man dachte, es wäre normal, dass das Leben täglich ein bisschen angenehmer und schöner wird.

1904 wurden mein Bruder Vincent und seine Frau Marie zum ersten Mal Eltern. Sie nannten ihren kleinen Sohn Siegfried. Ich war entzückt von dem ersten Baby in unserer Familie. Mein kleiner Neffe wurde mein Lieblingskind. So oft wie möglich fuhr ich nach Neudorf in die Sundgauerstraße, um ihn zu sehen. Zur Freude von Marie. Zwei Jahre später bekam Siegfried ein Brüderchen, Anton. Die beiden wuchsen zu einem Gespann wie Pech und Schwefel heran. Eigentlich hätten sie Max und Moritz heißen müssen, dachte ich manchmal schmunzelnd. Aus dem 1865 erstmals veröffentlichten Buch von Wilhelm Busch, das auch meine und die Kindheit meiner Geschwister begleitete, las ich ihnen später immer wieder vor, wenn ich die zwei besuchte. Wie das Brüderpaar im Buch waren sie richtige kleine Lausbuben. Immer dachten sie sich neue Streiche aus. Andererseits waren sie dann auch wieder so liebenswert, dass man es ihnen nicht übelnahm.

6.

Als Lutetia und ich 1907 das achtzehnte Lebensjahr vollendet hatten, erlaubten uns unsere Eltern, Lutetias Tante in Paris zu besuchen. Sie war seit ein paar Jahren Witwe und wohnte damals wie heute in einer Querstraße zum Canal St.-Martin, in der Rue des Récollets in einem mehrstöckigen Bürgerhaus.

Zum ersten Mal durften wir allein mit der Bahn eine längere Strecke fahren. Die gut ausgebaute Verbindung zwischen Straßburg und Paris machte es möglich, dass wir nicht umsteigen mussten. Die Bahnlinie, die durch Lothringen, die Champagne und die Region Île de France führte, gehörte auch zu einer Teilstrecke des luxuriösen Orient-Express.

Früh am Morgen fuhr ich von der Feggasse aus mit meinem Gepäck in einer Pferdedroschke Richtung Bahnhof. Die Sonne warf bereits ihre Schatten auf die gepflasterten Straßen der erwachenden Stadt. In der Nacht hatte es ein gewaltiges Gewitter gegeben, jetzt war die Luft feucht und frisch. Menschen liefen geschäftig durch den Eingang des Bahnhofsgebäudes, als die Droschke ihr Ziel erreichte und anhielt, um mich aussteigen zu lassen. Lutetia stand bereits unter dem Vordach des zweistöckigen, in Neorenaissance errichteten Bauwerks. Sie hatte einen großen, braunen Koffer und ein Behältnis für einen Hut neben sich platziert und sah erwartungsvoll in meine Richtung. Während ich meistens pünktlich war, war sie eher jemand, der oft zu früh kam und dann ungeduldig wartete. So war es auch diesmal.

„Ich warte schon auf dich", beschwerte sie sich.

„Sieh mal auf die Uhr. Ich bin pünktlich. Wir haben noch genügend Zeit bis der Zug abfährt." Alles, was ihr dazu einfiel, war ein charmantes Lächeln.

„Wir müssen einen Träger holen, der unsere Koffer zu den Bahnsteigen bringt. Wir selbst werden es nicht schaffen, sie über die Treppen der Empfangshalle hoch zu den Gleisen zu schleppen", bemerkte ich mit einem kritischen Blick auf unser Gepäck.

Geruch von Kohle und Dampf kam uns entgegen, als wir zu den Bahnsteigen kamen. Das Rattern der Wagenräder eines gerade abfahrenden Zuges über die Schienen und die stoßenden, puffenden Geräusche der Lok machten einen Höllenlärm. Der Zug nach Paris wartete bereits auf dem Gleis. Wir suchten uns zwei Plätze in einem Waggon der dritten Klasse.

Diese Klasse nannte man auch Holzklasse, weil die Sitzbänke aus Holzleisten bestanden. In der ersten und zweiten Klasse gab es gepolsterte Sessel und Bänke. Uns berührte der Umstand, in der dritten Klasse zu reisen, nicht weiter. Der Unterschied von 4,0 Reichspfennig in der Holzklasse zu 6,0 Reichspfennig pro zu fahrenden Kilometer in der zweiten Klasse, war für unseren Geldbeutel ausschlaggebend. Lieber wollten wir in Paris etwas von unserem Gespartem ausgeben. Außerdem konnte man vom Schaffner für die harten Holzbänke ein Sitzkissen mieten.

Als der Zug endlich abfuhr, sahen wir gespannt aus dem Fenster, beobachteten wie er den Bahnhof verließ und nach kurzer Zeit lag unsere Heimatstadt hinter uns. Es ging zunächst Richtung Lothringen. Uns gegenüber saß ein etwa dreißigjähriger Mann, der gleich zu Beginn der Reise ein kleines rotes Buch hervorholte und aufmerksam darin las. Währenddessen packten Lutetia und ich unsere Butterbrote aus, da die Zeit für ein gemütliches Frühstück zu Hause nicht gereicht hatte und verspeisten sie genüsslich. Anschließend widmete Lutetia sich ihrem mitgebrachten Buch. Sie liebte Literatur von George Sand, hinter dem sich in Wahrheit eine französische Schriftstellerin, eine Frau, verbarg. Lutetia war im Herzen eine Rebellin und die sozialkritischen und feministischen Gedanken dieser Autorin gefielen ihr.

Ich sah aus dem Fenster und ließ die Landschaft an mir vorbeiziehen. Mutter hatte mich darauf aufmerksam gemacht, dass wir auf unserer Reise an Gunderchingen, dem Ort, in dem sie und Vater ihre ersten Jahre in Elsass-Lothringen verbracht hatten, vorbeikommen würden. Nachdem wir durch einen Tunnel unter dem Rhein-Marne Kanal gefahren waren, passierten wir etwas später das kleine Bahnhofsgebäude von Gunderchingen.

„Hier ist wirklich das Ende der Welt", bemerkte ich, an meine Freundin gerichtet. Lutetia sah nur kurz auf und widmete sich dann wieder ihrem Buch.

„Mmh", war ihr gedankenverlorener Kommentar dazu. Jetzt sah der Mann, der uns gegenübersaß, von seiner Lektüre auf.

„Ich bin am Ende der Welt geboren und aufgewachsen", bemerkte er, genüsslich grinsend.

„Oh! Entschuldigung! Sie kommen von hier?!", entfuhr es mir.

„Sie müssen sich nicht entschuldigen. Sie haben ja recht. Gondrexange oder Gunderchingen, wie es jetzt wieder heißt, liegt tatsächlich weit weg von dem pulsierenden Leben der großen Städte. Meine Eltern haben dort einen Bauernhof. Ich lebe und arbeite seit ein paar Jahren als freier Journalist in Paris."

„Für welche Zeitung arbeiten Sie?", fragte ich neugierig.

„Zurzeit schreibe ich Artikel für 'Le Petit Journal', eine Pariser Tageszeitung. Aber, nun muss ich mich bei Ihnen entschuldigen, ich habe mich noch nicht vorgestellt. Mein Name ist Jean-Claude Brochier." Inzwischen hatte auch Lutetia interessiert von ihrer Lektüre aufgesehen. Ich stellte uns kurz vor.

„Lutetia Lambert", mit einer Handbewegung deutete ich auf meine Freundin. „Ich bin Marie Grüneberg. Meine Eltern haben von 1871 bis 1883 in Gunderchingen gewohnt. Deshalb meine Bemerkung", erklärte ich anschließend.

„Dann war ich sechs Jahre, als Ihre Eltern wegzogen. Es gibt im Ort immer noch zugewanderte Preußen. Aber an eine Familie Grüneberg erinnere ich mich nicht."

Der Zug erreichte die Grenze bei Avricourt. Zollbeamten liefen durch die Abteile und kontrollierten die Ausweise. Die Fahrt ging weiter Richtung Nancy. Flüsse, wie die Meurthe und später die Mosel, durchzogen die Landschaft und verliefen teilweise mit dem Rhein-Marne Kanal und der Bahnlinie parallel. Wir kamen durch bewaldete Gegenden, Berge und Täler, fuhren an kleinen Dörfern vorbei.

„Achten Sie auf den Baustil der französischen Fachwerkhäuser",
machte uns Monsieur Brochier aufmerksam. „Sehr oft waren hier phan-
tasievolle Künstler am Werk."

In der, von Hügeln geprägten anschließenden Region Champagne
sahen wir Hänge, an denen der Weißwein für den berühmten „Cham-
pagner" angebaut wurde. Unser Gegenüber erklärte uns, dass große
Flächen des Landes von der Landwirtschaft genutzt werden, was der
Gegend wohl auch den Namen gegeben hatte. „Les Champs" heißt ja
auf Deutsch „Die Felder".

Wir erreichten den letzten Teil unserer Reise, die Region Île de
France. Jetzt war es nicht mehr weit bis Paris. Auch hier zeigte es sich,
dass es sehr interessant war, jemanden kennengelernt zu haben, der die
Reiseroute bestens kannte. Wir hatten inzwischen erfahren, dass Monsieur Brochier oft zwischen Paris und Straßburg pendelte, weil im Elsass
seine Verlobte wohnte.

„Der Name dieser Region erklärt sich wahrscheinlich aus seiner Lage", beschrieb unser Mitreisender. „Île de France liegt eingebettet wie
eine Insel zwischen den Flüssen Seine, Marne, Oise und Beuvron-
ne." Während wir die Pariser Vororte erreichten, wandte er sich an
Lutetia. „Wissen Sie, dass Ihr wunderschöner Vorname keltischen Ur-
sprungs ist und der antike Name von Paris war? Lutetia war der
Wohnort eines keltischen Stammes, der sich Parisii nannte."

„Ja, das ist mir bekannt", lächelte Lutetia ihn an.

Inzwischen fuhr der Zug in den Pariser Bahnhof Gare de l`Est ein
und unsere Aufregung stieg so stark an, dass wir rote Wangen bekamen.

Monsieur Brochier bemerkte es mit einem Lächeln. „Nun muss ich mich von Ihnen verabschieden", sagte er bedauernd. „Es war nett Sie kennenzulernen. Darf ich Ihnen zum Abschied dieses Büchlein schenken?" Er überreichte mir das kleine rote Buch, in dem er im Laufe der Reise gelesen hatte und erklärte: „Es ist ein Baedeker Stadtführer von Paris und ganz aktuell vor zwei Jahren erschienen. Bestimmt wird er Ihnen bei Ihrem Aufenthalt in der Stadt hilfreich sein. Ich habe ihn in Straßburg gekauft, weil mich interessierte, wie der Autor die Stadt in der ich lebe und das nördliche Frankreich sieht." Erfreut bedankte ich mich bei ihm. Wir verabschiedeten uns von ihm und stiegen aus dem Zug aus.

Madame Cuvier, die Tante von Lutetia, holte uns in der Empfangshalle des Gebäudeflügels für ankommende Fahrgäste des Gare de l'Est ab. Sie war eine etwa fünfunddreißigjährige Frau, die durch ihre aparte und lebhafte Erscheinung noch jugendlicher erschien, als sie war. Heftig schwenkte sie ihren Schirm, um uns auf sich aufmerksam zu machen.

„Lutetia, Lutetia, ici!", rief sie von weitem und lenkte damit die Blicke vieler Reisenden auf unsere kleine Gruppe. Sie war mir auf Anhieb sympathisch. Lutetia war es eher unangenehm, die Aufmerksamkeit derart auf sich zu ziehen.

Vor dem Bahnhof stiegen wir mit unseren Koffern, die alle Habseligkeiten für die nächsten zwei Wochen enthielten, in eine Pferdedroschke um. Auf dem Weg in die Rue des Récollets stellte Madame allerlei Fragen zur Reise und wandte sich auch an mich.

Ich antwortete ihr höflich in fließendem Französisch: „Oh, die Reise war wundervoll. Wir saßen beide am Fenster und konnten die Landschaft an uns vorbeiziehen lassen. Außerdem haben wir einen Journalisten kennengelernt, der uns unterwegs alles Wissenswerte erklären konnte."

Madame Cuvier stockte, verzog kaum merklich das Gesicht, ich sah, wie sie schluckte und ein paar Sekunden brauchte, um sich zu fangen und die Konversation fortzuführen. Lutetia, die es bemerkt hatte, fing an zu lachen und ich war noch mehr irritiert. Dann klärte mich meine Freundin darüber auf, worüber ihre Tante etwas pikiert war: Wir Elsässer haben für die Ohren von Parisern einen schrecklichen Dialekt, wenn wir französisch sprechen. Die Bewohner der Île de France und besonders die Pariser, sind sehr stolz auf ihren Dialekt. Die französische Standardsprache beruht darauf. Mir war es etwas unangenehm, aber für die nächsten zwei Wochen würde Madame meinen „Sprachfehler" aushalten müssen.

In der Rue des Récollets angekommen, half uns der Kutscher die Koffer bis zum Fahrstuhl zu bringen. Glücklicherweise mussten wir mit unserem schweren Gepäck nicht die Treppe nehmen. Inzwischen unterhielt sich Madame Cuvier mit der Concierge. Diese bewohnte die ebenerdige Wohnung und kümmerte sich um sämtliche Belange der Hausbewohner. Sie war auch immer bestens über neue Ereignisse informiert und achtete strikt darauf, dass jeder sich an die Hausordnung hielt.

Die Wohnung von Lutetias Tante lag im dritten Stockwerk und war sehr geräumig, das Haus war im Atrium gebaut. Wir Mädchen teilten uns ein Zimmer, aus dessen Fenster man in einen kleinen Garten sehen konnte, der zur untersten Wohnung gehörte. Auf der Rasenfläche entdeckten wir eine Voliere, in der ein Papagei gehalten wurde, der den ganzen Tag lang in feinstem Pariser Französisch schimpfte. Die Küche von Madame Cuvier lag zum Hof hinaus. Durch die hohen, gardinenlosen Fenster konnte man direkt in die Küche der gegenüberliegenden Wohnung sehen. Wenn ich morgens mit Lutetia – um 7 Uhr wohlbemerkt, denn das war Lutetias bevorzugte Zeit – aufstand, eine viertel Stunde später am Tisch Platz nahm und wir unser „Petit Dejeuner" einnahmen, das aus einem frischen Croissant vom Bäcker nebenan und jeder Menge Kaffee bestand, war in der Nachbarwohnung schon reges Treiben zu beobachten. Wir versuchten nicht so auffällig hinüberzugucken, aber für uns war es eine neue Erfahrung, dass sich einander völlig fremde Menschen auf diese Weise quasi beim Leben zuschauen konnten.

Madame von gegenüber, noch vollkommen zerzaust von der Nacht, deckte den Tisch, Monsieur lief ständig rein und raus, nahm zwischendurch einen Schluck Kaffee zu sich und redete auf sie ein.

„Was er wohl die ganze Zeit redet?", fragte Lutetia kopfschüttelnd.

Wenn er verschwunden war, begann jeden Morgen das gleiche Procedere. Madame setzte sich und verschnaufte ein paar Minuten. Dann tauchte die Nachbarin, die in einem der unteren Stockwerke wohnte, auf und beide frühstückten ausgiebig. Mit Morgenmantel bekleidet und mit unfrisierten Haaren lachten und scherzten sie miteinander, ohne jemals zu uns herüberzusehen, und beendeten diesen morgendlichen Plausch nie vor zwei Stunden.

Während wir frühstückten und das Schauspiel gegenüber aus den Augenwinkeln beobachteten, schmiedeten Lutetia und ich Pläne für den bevorstehenden Tag. Dabei orientierten wir uns an dem Baedeker Stadtführer von Monsieur Brochier, der sich nun als eine willkommene Hilfe erwies. Nebenbei bestaunten wir hin und wieder den Nippes und die Kuriositäten, die Lutetias Tante auf Regalen und Schränken dekoriert hatte. Madame Cuvier musste viel gereist sein, um all diese Dinge, die man nicht nur in ihrer Küche, sondern über die ganze Wohnung verteilt bewundern konnte, zusammenzutragen. Sie dokumentierten das bunte Leben unserer Gastgeberin. Sehr viele Gegenstände stammten aus orientalischen Ländern. In manche Zimmerecken standen ägyptische Statuen, die sich dort einfügten, als hätten sie niemals woanders gestanden. Schwere, dunkelblaue Samtvorhänge an den Fenstern und bunte Teppiche an den Wänden schufen eine Atmosphäre von malerischer Geborgenheit. Die Wände zierten Fotos, einige aufgenommen auf sicher recht abenteuerlichen Reisen durch arabische Länder. Aber auch Gemälde von zeitgenössischen Malern schmückten die Räume und moderne Gegenstände, die uns faszinierten, und all das harmonierte überraschenderweise bestens miteinander und fügte sich zu einem geschmackvollen Ganzen.

Ich selbst bin keine Sammlerin von Dingen. Nur sparsamer Zierrat hier und dort, darauf beschränkte es sich in meinem Zimmer in Straßburg. Ich fand die Wohnung der Rue des Récollets anheimelnd, ich selbst aber hätte es wohl auf Dauer erdrückend gefunden, von so vielen Erinnerungsstücken umgeben zu sein. Von der Mühe des Staubwischens gar nicht zu reden.

Um 9 Uhr schließlich beliebte Madame Cuvier im Morgenmantel am Frühstückstisch zu erscheinen. Sie trank unglaublich viel Kaffee, den sie zur Hälfte mit heißer Milch auffüllte, las die Zeitung und wollte auf gar keinen Fall ein Wort reden. Hunger hatte sie offenbar morgens nie. Bis sie mit allem fertig war, hatten Lutetia und ich meist schon wieder einen neuen Teil der hinreißenden Stadt erkundet, wobei uns der kleine rote Stadtführer von Jean-Claude viele Anregungen gab.

7.

Es war die Epoche der Belle Epoque damals, eine Zeit des Auf-
schwungs in Wirtschaft und Kultur, nicht nur in Deutschland und
Frankreich. Bei unserem Paris-Besuch 1907 konnte man diesen Auf-
wind im Leben der Menschen deutlich spüren. Die Straßen waren voller
gut gekleideter Leute. Dem Bürgertum ging es hervorragend, man sah
optimistisch in die Zukunft. Die Technik entwickelte sich im Eiltempo
und, wie es schien, in eine Richtung, in der die neuen Errungenschaften
das Dasein leichter machten. Nach dem Krieg 1870/71 waren viele Leute, besonders die Fabrikbesitzer, wohlhabend geworden. Reiche Bürger
hatten mit ihren Besitzständen die reichen Adeligen abgelöst. Die Arbeiter lebten allerdings auch in Frankreich nach wie vor unter schlechten
Bedingungen. Sie gingen auf die Straßen und demonstrierten für bessere
Löhne.

„Franzosen demonstrieren gern", kommentierte Madame Cuvier diesen Umstand. Sie schien es zu akzeptieren, aber man merkte deutlich,
dass sie das Verhalten der schlechter Gestellten nicht schätzte.

Auch in Paris ratterten bereits Autos durch die Straßen und ersetzten
mehr und mehr die Pferdedroschken. Lutetia und ich waren schon ein
paar Mal ins Kino gegangen, ein neues, faszinierendes Medium, selbst-
vergessen hatten wir uns in die fremden Welten auf der Leinwand
entführen lassen. Unzählige Menschen bevölkerten die Cafés, es gab
Kunst- und Kulturangebote zuhauf, man ging ins Cabaret, in die Oper.
Der Eiffelturm, mitten in der Stadt, wirkte als Magnet für Touristen aus

der ganzen Welt. Überall prangten einem Reklameplakate entgegen, reichlich verziert mit Jugendstilelementen, die den Eindruck vermittelten, dass Überflüssiges am notwendigsten war. Ornamente und Verzierungen überall an den Fassaden, Portalen und Brücken. Ich empfand Paris, diese aufregende Stadt, verstärkt durch meine Jugend, als ein einziges riesiges Abenteuer. Von Onkel Willi wusste ich, dass die farbigen Plakate an den Säulen auf den Gehwegen Lithographien waren. Auch er verkaufte von Zeit zu Zeit solche Steindrucke, die dann für die Litfaßsäulen vervielfältigt wurden.

Auch den Hügel des Montmartre besuchten wir natürlich, auf dessen höchstem Punkt seit 1876 strahlend weiß die Kirche Sacré Coeur als weithin sichtbares Wahrzeichen thront. Auf dem Montmartre hatten sich zahlreiche Künstler und auch Kunsthändler angesiedelt, die dort ein freieres Leben führen konnten als im Zentrum der Stadt, wo die Mieten sehr teuer geworden waren. Beliebte Anlaufpunkte der Künstler und der Pariser Ausflügler auf dem Hügel waren Gaststuben, Kabaretts und Tanzlokale wie „Le Moulin Rouge".

Hitze hing an jenem Tag über der Stadt, als Lutetia und ich dieses Viertel erkundeten. Vor einem Laden, vor dem zahlreiche moderne Gemälde zum Kauf ausgestellt waren, hielten wir inne. Der Händler hatte einen Tisch und Stühle unter eine alte Kastanie auf den breiten Gehweg gestellt und saß draußen im Schatten, während wir die Kunstwerke betrachteten. Der Mann, etwa fünfzigjährig und mit einem kräftigen Schnauzbart, beobachtete uns wohlwollend.

„Setzen Sie sich doch ein wenig zu mir und ruhen Sie sich aus, meine Damen. Bei der Hitze wird Ihnen ein Schluck kühles Wasser guttun", meinte er einladend und stellte sich als Monsieur Legrand vor. Gern kamen wir seiner Aufforderung nach. Er stand auf und verschwand im Innern des Ladens, um kurz darauf mit Gläsern und einer Wasserkaraffe wiederzukommen. Er fragte, ob uns Paris gefiele, dann lenkte er das Gespräch auf moderne Malerei. Zwischen den Sätzen zog er immer wieder genussvoll an seiner Pfeife.

„Waren Sie schon in der Künstlerkolonie Les Fusains in der Rue Tourlaque, gleich am Fuß dieses Hügels? Dort haben sich Künstler aus aller Welt niedergelassen. Paris ist die Hauptstadt der Kunst", behauptete er kühn und voller Stolz.

Als wir verneinten, fuhr er fort: „Sie könnten sich, wenn es Sie interessiert, auch das ‚Bateau-Lavoir‘, ein Atelier-Haus, ansehen, es ist gleich um die Ecke. Im Le Bateau-Lavoir wohnen etliche junge Maler. Sie selbst sehen sich als die Spitze der Moderne in der Malerei. Aber das ist natürlich etwas übertrieben." Ein Schmunzeln überzog bei diesen Worten das Gesicht von Monsieur Legrand. Allerdings sind dort Vertreter der Pariser Avantgarde, wie beispielsweise Georges Braque anzutreffen. Sie sind ja alle untereinander bekannt."

Erstaunt fragte ich ihn: „Und wieso heißt das Haus Le Bateau-Lavoir?" Zu Lutetia gewandt, bemerkte ich: „Waschboot ist wirklich ein merkwürdiger Name für ein Haus, nicht wahr?"

„Es sieht aus wie eines der Seineboote, auf denen die Mädchen noch vor ein paar Jahren Wäsche gewaschen haben, behaupten manche", erklärte Monsieur Legrand. „Aber um diesen Vergleich treffend zu finden, benötigt man wohl ein wenig Phantasie", ergänzte er grinsend.

Beim Abschied beschrieb er uns den Weg zu dem Haus. Um uns zu vergewissern, dass wir in der richtigen Straße waren, sprachen wir eine alte Frau auf das „Bateau-Lavoir" und seine Bewohner an.

Sie schüttelte nur den Kopf und warnte uns: „Was wollt ihr dort? Da wohnen Leute, die nicht putzen, die Tapeten hängen von den Wänden herunter. Es ist kein Ort für zwei junge Damen wie euch. Es ist die gro-ße Holzbaracke dort drüben." Sie wies auf ein Haus am Hang, das auf der einen Seite ein Stockwerk aufwies und auf der anderen Seite fünf Stockwerke tief an den Berg gebaut war. Wir gingen daran vorbei und konnten nichts Interessantes entdecken.

Viele Jahre später las ich, dass, als Lutetia und ich 1907 in Paris wa-ren, der junge Pablo Picasso, inzwischen ein sehr bekannter Künstler, damals im Bateau-Lavoir lebte und arbeitete. Im selben Jahr ist auch sein berühmtes Bild „Demoiselles d'Avignon" entstanden. Es zeigt fünf nackte Prostituierte, von denen eine einen Vorhang zur Seite schiebt und den Betrachter einlädt, ihr zu folgen. Un scandale!

Auf dem Weg zum Louvre passierten wir die Rue de Rivoli, wo sich das elegante Geschäftshaus des bekannten Pafumeurs Jaques Guerlain befand. Fast ehrfürchtig betraten wir diesen Tempel der Düfte, der eine magische Anziehungskraft auf uns ausübte. Eine Melange aus vielen Aromen empfing uns. Sie entströmten Badesalzen, Seifen und unzähli-gen Parfumfläschchen. Wunderschönen Flacons reihten sich aneinander. Eine überaus gepflegte Verkäuferin kam auf uns zu und fragte nach unseren Wünschen. Als ich an diesem und jenem Fläschchen schnupperte, entdeckte ich einen Duft, der mich sofort faszinierte. Er heißt „Jicky" und ist eine Komposition aus frischen und blumigen, würzigen und orientalischen Duftnoten. Die Note, dazu die ausgefallene, exquisite Gestalt des Flacons, schaltete bei mir wie von selbst jegliche Vernunft aus. Ich investierte einen Großteil meiner mitgebrachten Ersparnisse und kaufte dieses Parfum.

„Jicky", klärte mich die Verkäuferin auf, „ist eine Kreation aus dem Jahre 1889."

„Oh, was für ein Zufall! Das ist dein Geburtsjahr, Marie!", rief Lutetia verblüfft.

Es erschien mir als höchstes Glück, diesen Duft zu besitzen. Als ich am Abend einen Tropfen davon auf meiner Haut verstrich, wusste ich, dass mein sündhaft teurer Kauf richtig gewesen war. Ich fühlte mich frisch und leicht wie nie zuvor. Niemand sollte die Wirkung von Düften unterschätzen. Sie können tief in uns Gefühle hervorrufen, die auf unsere Stimmung wirken. Mein Lieblingsduft begleitete mich durch meine ganze Jugend und auch noch viele Jahre später.

Parfums waren früher ein Luxusgut. Nur die Reichsten der Reichen konnten sich die betörenden Düfte leisten. Jicky gehörte zu den ersten Kreationen, die neben natürlichen Inhaltsstoffen auch synthetische Ingredienzien enthielten und somit für Frauen wie mich erschwinglich wurden. Ich empfand viele Düfte als zu aufdringlich und zu schwer. Jicky passte zu mir. Es ist beschwingt und spritzig und doch auch irgendwie sinnlich.

Madame Cuvier, unsere Gastgeberin, führte ein reges gesellschaftliches Leben. Ihr früh verstorbener Mann hatte ihr ein kleines, aber ausreichendes Vermögen hinterlassen, das ihr erlaubte, nicht arbeiten gehen zu müssen. Wenn Lutetia und ich nach unseren Entdeckungstouren durch Paris in die Wohnung in der Rue des Récollets zurückkehrten, fanden wir entweder Gäste vor, die es sich auf den Chaiselongues und anderen Sitzmöbeln bequem gemacht hatten und plauderten, oder Madame war selbst außer Haus zu allerlei geselligen Anlässen. Was für ein Unterschied zu dem Leben meiner Mutter, die morgens spätestens um 7 Uhr aufstand und einen großen Teil des Tages ihrem Haushalt und ihrer Familie widmete! Das Leben meiner Mutter war durchorganisiert und geordnet. Das Leben von Madame Cuvier war das Gegenteil davon.

Manchmal beseitigten wir zunächst das Chaos, wenn wir in die Wohnung kamen und noch die Kaffeetassen mit Resten alten Kaffees und anderes herumstanden. Wir räumten dann erst einmal auf, bevor wir es uns gemütlich machten. Einmal in der Woche kam zwar Rosalie, Madame Cuviers Haushaltshilfe, zum Putzen. Aber deren Einsatz reichte bei Weitem nicht aus, um eine einigermaßen nachhaltige Ordnung sicherzustellen, wie wir sie von zu Hause gewöhnt waren. Madame ignorierte die Tatsache, dass, wenn sie nach Hause kam, alles aufgeräumt war, und verlor kein Wort darüber.

Als Lutetia und ich nach dem Aufenthalt in Paris abfahren mussten, versprachen wir Madame Cuvier, sie möglichst bald wieder zu besuchen. Leider ist es nie dazu gekommen.

8.

Im Jahr 1908 zog mein Bruder Vincent mit seiner Familie in die Kleinstadt Château Salins im Bezirk Lothringen. Sie lag 120 km von Straßburg entfernt und somit konnte ich meine beiden kleinen Neffen, inzwischen vier und zwei Jahre alt, nicht mehr so oft sehen, wie ich es mir gewünscht hätte. Auch die stimmungsvollen Musikabende unserer Familie, an denen Vincent Zither spielte, von mir am Klavier begleitet, während die anderen dazu sangen, würden nun selten werden. Ich richtete es so ein, dass ich ab und zu mit der Bahn nach Château Salins fahren konnte, denn meine beiden Neffen waren mir ans Herz gewachsen. Ich selbst war ja ungebunden und hatte noch keine eigene Familie.

Die Familie meines Bruders wohnte in einem großen Haus in der Straßburger Straße mit herrlichem Blumengarten auf der straßenabgewandten Seite. Manchmal holte mich meine Schwägerin Marie mit den Kindern vom Bahnhof ab. Die Aufmerksamkeit der Jungen richtete sich dann zunächst meist auf die Dampflok, ehe sie mich erblickten und auf mich zuliefen.

„Tante Marie! Tante Marie!", hörte ich sie rufen, lief ihnen entgegen und wirbelte sie glücklich herum.

Die Nachmittage verbrachten wir oft im Garten mit seiner bunten Blumenpracht. Besonders liebte ich den Goldlack, der rings um die Terrasse seinen wunderbaren Duft verströmte. Diese Pflanzen sind zwar giftig, aber eine Augenweide. In einem Winkel des Gartens befanden sich Kaninchenställe. Diese Fellbündel waren für die Kinder geduldige

Spielkameraden. Die flauschig-weichen Tiere zogen regelmäßig auch zwei kleine Nachbarsmädchen magisch an. Ich war ja selbst ganz hingerissen, wenn ich die winzigen niedlichen Kaninchenjungen sah. Marie und Vincent waren stillschweigend übereingekommen, dass ihre Tiere nicht auf den Mittagstisch kamen. Wenn die kleinen Nager überhandnahmen, verkaufte Vincent sie an einen Kollegen. Was weiter mit ihnen geschah, davon wollten wir jedoch nichts wissen.

Für meine beiden Neffen war das freie Landleben abenteuerlich-schön. Und auch ich genoss die geruhsam-friedlichen Tage in Château Salins mit der Familie meines Bruders. Doch nach ein paar Tagen Kleinstadtleben war ich meist froh, wieder ins betriebsame Straßburg zu reisen. Ich liebte diese Stadt. Das wurde mir jedes Mal aufs Neue bewusst, wenn ich nach der Ankunft am Bahnhof, durch die vertrauten Straßen und Gassen kam.

Im selben Jahr, in dem Vincent und seine Familie weggezogen waren, lernte meine Schwester Meta ihren späteren Mann, den Husaren Emil Schirmann kennen. Seine Kompanie war in der Niklaus-Kaserne am Ende unserer Straße stationiert. Es war das „2. Rheinische Husaren-Regiment Nr. 9". Nach dem Krieg 1870/71 war Straßburg zu einer deutschen Garnisonsstadt ausgebaut geworden. Jeder zehnte Einwohner diente als Soldat. Das Stadtbild war von Männern in Uniform und Militärfahrzeugen geprägt. Die Husaren waren besonders stolze, kaisertreue Soldaten.

Meta war damals sechsundzwanzig Jahre alt und arbeitete in einem Büro der Militärs. Dort hatte Emil Schirmann meine hübsche „kleine

Schwester" zum ersten Mal erblickt. Zwar war Meta in Wahrheit sieben Jahre älter als ich, aber mittlerweile überragte ich sie, inzwischen neunzehn Jahre alt, fast um einen halben Kopf. Schon längere Zeit, bevor Meta unserer Familie ihren Emil vorstellte, war Mutter aufgefallen, dass sie neuerdings besonderen Wert auf modische Frisuren und schicke Kleidung legte. Emil wurde in der Familie mit offenen Armen aufgenommen, er stammt aus Gerdauen in Ostpreußen.

Metas Benehmen war das einer Dame. Sie handelte stets vernunftbestimmt und versuchte in allem, was sie tat, perfekt zu sein. In ihrer Umgebung herrschte allzeit Ordnung und es fand sich kein Staubkorn, ihre Kleidung saß in jeder Lebenslage tadellos. Mir gegenüber trat sie als strenge, ältere Schwester auf. Diese Rolle hat sie bis heute nicht abgelegt.

„Eine Mutter reicht mir, und außerdem bin ich erwachsen", lehnte ich mich manchmal gegen sie auf, wenn mir ihre Ratschläge zu viel wurden.

Meta lachte dann nur und antwortete: „Ach Marie, du bist eben mein ‚erstes Kind'."

Meta und Emil bezogen ein kleines Haus auf dem Gelände der Kaserne, das ihnen das Militär zur Verfügung stellte. Meine Eltern und ich waren froh, dass Meta uns weiterhin räumlich so nah blieb.

Emil war durch und durch Soldat. Dem Kaiser zu dienen, war sein Lebensinhalt. Aber er ist auch ein lustiger, liebenswerter Mensch, der oft zu Scherzen aufgelegt ist. Wenn meine Neffen Siegfried und Anton uns besuchten, waren sie jedes Mal ganz erpicht darauf, zu Emil in die

Kaserne zu gehen. Es ist schon merkwürdig, wie unterschiedlich kleine Mädchen und Jungen offenbar von Natur aus sind. Mein Schwager nahm dann die Jungen mit zu dem Exerzierplatz oder der Esplanade, wo die Husaren mit ihren blauen Uniformen und Pelzmützen den Kleinen mächtig imponierten. Mit blitzenden Stiefeln, an der Seite einen Degen und kerzengerade emporgereckten, mit bunten Fähnchen geschmückten Lanzen gaben die Berittenen tatsächlich ein verwegenes Bild ab. Wenn dann auch noch die Musikkapelle auf dem Exerzierplatz spielte, strahlten die Kinderaugen.

Zu Hause ging das „Konzert" dann weiter, Topfdeckel aneinanderschlagend zogen die Jungen durch die Wohnung. Ebenso fasziniert waren sie, wenn im Haus gegenüber, dem Verbindungshaus der „Réunion des Arts", die Fenster offenstanden und man hineinsehen konnte. Drüben waren die Wände mit bunten Wappen geschmückt und manchmal konnte man den Studenten, mit denen ich ja zum Teil befreundet war, beim Kämpfen zusehen. Wie hypnotisiert verfolgten die beiden dann das Geschehen. Und natürlich musste auch dies nachgespielt werden. Die Kochlöffel meiner Mutter taugten hervorragend als Schwerter. Zu unserer Freude waren diese Zweikämpfe nicht halb so laut wie das Spiel mit den improvisierten Schellen.

Mein drei Jahre älterer Bruder Ernst hatte wie Vincent, der Älteste, das Technikum in Straßburg absolviert. Er war Eisenbahnbau-Techniker geworden. Nach der Ausbildung trat er eine Stelle als Bahnmeister in Molsheim an. Der Ort liegt an der Elsässischen Weinstraße, am Fuße der Vogesen, etwa dreißig Kilometer von Straßburg entfernt. Die Eisenbahngesellschaft hatte ihm ein kleines Häuschen zur Verfügung gestellt.

Im Gegensatz zu meinem Bruder Vincent, der einen schelmischen Witz besitzt, ist Ernst – der Name passt zu ihm - eher ein ernsthafter, aber auch sehr gutmütiger Mensch.

„Durch seine zurückgenommene Art hat er es schwer, eine Frau zu finden", bedauerte mein Vater. „Er sollte mehr ausgehen."

„Wenn er die Richtige trifft, wird er schon den Mut finden, sie anzusprechen", antwortete Mutter. Und später sollte sich auch erweisen, dass sie damit recht hatte.

Jetzt war ich die Einzige von uns vier Kindern, die noch zu Hause in der Feggasse wohnte.

Ernst reiste ebenfalls öfter nach Château Salins zu Vincent und dessen Familie. Er liebte es, mit Siegfried und Anton zu spielen und zu basteln. Mit Feuereifer bauten die Jungen unter seiner Anleitung Modellflugzeuge aus Draht und Stoff. In der gesamten Familie gab es nur technisch interessierte Männer. Ich ahnte schon, dass auch aus meinen beiden Neffen einmal Techniker werden würden. Ich denke, dass es Männern Spaß macht, beim Spielen mit ihren Söhnen, Neffen oder dergleichen noch einmal den „kleinen Jungen in sich" zu entdecken, in Erinnerung an die eigene Kindheit. Ihre Töchter oder kleine Mädchen finden Väter allgemein zwar entzückend, können sich aber kaum in ihre Gefühlswelt hineinversetzen.

Ich beendete 1909 erfolgreich meine Ausbildung und arbeitete nun in der Zahnklinik als Dentistin, was mir viel Freude bereitete. Die meisten weiblichen Bekannten in meinem Alter waren jetzt bereits verheiratet. In der Regel hatten sie ihre zukünftigen Männer blutjung kennengelernt und hatten mit zwanzig Jahren oft schon Kinder.

Auch meine Freundin Charlotte beabsichtigte demnächst zu heiraten und Straßburg zu verlassen. Ihr zukünftiger Ehemann war ein wohlhabender Kaufmann aus Osnabrück. Noch immer trafen wir uns etwa einmal im Monat regelmäßig, um Neuigkeiten auszutauschen und gemeinsam etwas zu unternehmen. Aus der pfiffigen Berliner Göre Charlotte war eine sehr hübsche, wohlgerundete junge Frau geworden, nach der sich die Männer umdrehten. Ihre dichten roten Haare waren einige Töne dunkler als früher und strahlten in einem nicht alltäglichen Rot. Johannes, Charlottes zukünftiger Mann, hatte sich auf der Stelle in ihre Schönheit und ihren Charme verliebt.

„Ich bin ja nicht aus der Welt", beruhigte sie mich, als sie mir von ihrer bevorstehenden Hochzeit erzählte. Wenig später verließ sie Straßburg und zog nach Osnabrück.

Seitdem haben wir uns aufgrund der weiten Entfernung nur noch selten gesehen, schreiben uns aber regelmäßig Briefe und Karten. Ich freue mich immer, wenn ich Post von ihr im Briefkasten habe, denn es handelt sich oft um „Bildpost", das heißt als Postkarten verschickte Fotos, die ihre Familie, ihr Zuhause oder ihrem Alltag zeigen. Ähnlich halte ich es auch, und so sind wir stets auf dem Laufenden, was unser Leben betrifft.

Im Mai 1909 fuhr ich zur Hochzeit von Charlotte und Johannes nach Osnabrück. Das Wetter meinte es gut mit dem Brautpaar. Als ich am

Bahnhof ankam, waren die Temperaturen schon so angenehm, dass ich meinen Mantel ausziehen konnte.

Charlotte holte mich mit dem Auto ihres Mannes ab, das von einem Chauffeur gelenkt wurde. „Endlich bist du da!", rief sie aus, schon von weitem winkend. Ihre wuscheligen roten Haare lösten sich ein wenig aus dem Knoten, als sie mir entgegeneilte und um den Hals fiel. Sie wirkte so glücklich, dass es mich rührte. „Johannes konnte leider nicht mitkommen, du weißt schon, Geschäfte", sagte sie und verzog schelmisch das Gesicht.

Die beiden wohnten in einer im klassizistischen Stil erbauten Villa in der Innenstadt. Charlotte hatte mir zwar von ihrem zukünftigen Zuhause erzählt, aber ich war dennoch sehr beeindruckt. Dieses Haus war in seiner Gediegenheit durchaus vergleichbar mit den Prachtvillen in unserem Wilhelminischen Viertel in Straßburg, auch wenn es „nur" das Eckhaus einer Häuserreihe war. An der Tür empfing uns ein Hausmädchen, das dafür sorgte, dass der Chauffeur meinen Koffer auf das mir zugedachte Zimmer brachte. Den Eingangsbereich verzierten stilisierte an die Antike erinnernde Säulen. Eine großzügige, breite, geschwungene Treppe führte zum ersten Stockwerk des Gebäudes, wo Charlotte einen Raum mit Blick auf den Garten voller blühender Apfelbäume für mich hatte herrichten lassen. Ich ließ meinen Blick schweifen. So ein wunderschönes Zimmer!

Die Hochzeittafel war im Garten gedeckt. Ungefähr dreißig Gäste nahmen an dem stilvoll gedeckten Tisch Platz. Gegen Abend, als es frischer wurde, zog sich die Gesellschaft in den Salon zurück. Ich ließ mich von der Feierstimmung mitreißen und genoss es, unter all den interessanten Menschen zu sein, obwohl ich selbst keine große Unterhalterin bin. Während des Essen saßen rechts und links von mir zwei ansehnliche Junggesellen, die mir auch fleißig den Hof machten. Charlotte hatte sie dort platziert, in der Hoffnung, dass ein Funke überspringt und es mich, wer weiß, vielleicht sogar auf diese Weise in ihre Gegend verschlagen würde.

„Schade, dass es nicht geklappt hat", bestätigte sie später lächelnd meine Vermutung, als sie mich zum Bahnhof brachte.

Aber die beiden Herren waren leider nicht mein Fall. Trotzdem hatten wir einen sehr lustigen, angenehmen Tag zusammen.

Charlotte sah hinreißend aus an ihrem Hochzeitstag. Sie hatte sich ein langes, cremeweißes Kleid nähen lassen, das ihre weiblichen Rundungen vorteilhaft unterstrich und ausnehmend gut zu ihren Haaren passte. Ich merkte, wie häufig Johannes sie bewundernd anblickte. Wie schön, dass sie jemanden gefunden hatte, der sie so sehr liebte.

„Besuchst du mich im Sommer wieder?", fragte Charlotte, als sie mich verabschiedete. „Dann habe ich mehr Zeit für dich, zeige dir die Stadt und wir können in aller Ruhe Ausflüge in die Umgebung unternehmen."

Ich versprach es ihr ganz fest. Sie schwärmte von der wunderschönen Landschaft mit ihren Hügeln und Auen rund um Osnabrück. Allerdings bezweifelte ich, dass Charlotte dann wirklich so viel Zeit haben würde, wie sie es sich gerade ausmalte. Ich kannte sie und wusste, dass sie sich in ihrem neuen Leben sicher nicht langweilen und ihre Zeit schnell ausgefüllt sein würde.

Das Leben an Johannes Seite war für Charlotte ein angenehmes und sorgenfreies Dasein. Es gab Personal für den Garten, den Haushalt und die Küche. Sie hatte lediglich die Aufgabe zu organisieren, was natürlich trotzdem Zeit beanspruchte und Weitsicht erforderte. Da Johannes oft Kunden mit nach Hause brachte und einen großen Freundes- und Bekanntenkreis pflegte, musste Charlotte auch repräsentieren, was ihr auf ihre burschikose, charmante Art auf das Beste gelang. Zusätzlich hatte sie durchgesetzt, wieder als Lehrerin in einer höheren Töchterschule zu arbeiten, worüber Johannes überhaupt nicht erfreut war. Ihren Briefen entnahm ich, welchen Kampf sie auszufechten hatte, um ihren Beruf weiterhin ausüben zu können.

„Glaubst du, dass ich als Dame des Hauses den ganzen Tag darauf warten könnte, dass Johannes nach Hause kommt, meine liebe Marie? Sicher nicht!", schrieb sie einmal.

Nein, das konnte ich mir tatsächlich nicht vorstellen. Aber Charlotte überzeugte Johannes am Ende, so wie ich es auch nicht anders von ihr erwartet hätte, sonst wäre sie nicht Charlotte gewesen. Ich denke, dass Johannes sie ja auch deshalb geheiratet hat, weil sie willensstark, tatkräftig und mutig ist.

9.

Zu der Zeit, in der meine Freundin Charlotte in Osnabrück damit beschäftigt war, sich ihr neues Leben einzurichten, war ich einundzwanzig
Jahre alt. Ich kannte durchaus junge Männer, die mich interessant fanden, aber meine Gedanken rankten sich seit kurzem um einen
bestimmten Mann. Ich hatte ihn durch meinen Cousin Walter, den Sohn
von Onkel Willi, in Berlin kennengelernt.

Meine Eltern hatten jetzt das sechzigste Lebensjahr überschritten
und reisten nicht mehr gern. Seit mein Großvater Otto Grüneberg aus
Zehdenick 1908 im Alter von achtundachtzig Jahren gestorben war, waren sie nicht mehr in Berlin gewesen. Ich war unabhängig und verdiente
mein eigenes Geld. So leistete ich mir jährlich einen Besuch bei den
Berliner Grünebergs.

Walter war wie sein Vater Lehrer geworden und noch unverheiratet.
Letzteres war verwunderlich, denn er besaß einen umwerfenden
Charme und manches Mädchen schwärmte für ihn. Er war nur um We-
niges älter als ich, ein schlaksiger junger Mann mit einer Nickelbrille,
was ihm ein intellektuelles Aussehen verlieh. Die Frauenherzen flogen
ihm nur so zu. Er musste gar nichts Besonderes tun.

„Warum sollte ich mich jetzt schon an eine einzige Frau binden?",
sagte er schmunzelnd, als wir einmal dieses Thema ansprachen.

Unsere Streifzüge durch Berlin genossen wir beide. Endlich konnte
ich einmal die Kunstausstellung in der Kantstraße im Stadtteil Charlottenburg ansehen, von der Onkel Willi so oft erzählt hatte. Durch Walter

lernte ich auch das legendäre „Café Größenwahn", eigentlich hieß es „Café des Westens", kennen, in dem Onkel Willi verkehrte. Er hatte einen großen Bekanntenkreis, der vorwiegend aus Lehrern und Künstlern bestand. Sie kamen häufig zu ihm zu Besuch, oder er traf sich mit ihnen in diesem Café, das damals der wichtigste Treffpunkt der Berliner Künstler und Journalisten war. Die Berliner hatten es respektlos „Café Größenwahn" getauft, weil hier die Bohème verkehrte, teils Exzentriker und Selbstdarsteller. Tatsächlich wurden dort viele große Ideen geboren und zu den Stammgästen gehörten zahlreiche Berühmtheiten und überragende Künstler wie Max Liebermann, Richard Strauss und andere.

Meistens trafen wir im „Größenwahn", wie wir es kurz nannten, Bekannte von Walter und Onkel Willi an. Und genau wie die Berühmtheiten an den Nachbartischen, bei denen wir manchmal Mäuschen spielten, diskutierten wir über die aktuellen Themen in Kunst, Kultur und Politik.

Zwei alte Postkarten des Cafés fand ich neulich beim Sortieren in einer Schublade. Es sind so viele Erinnerungen damit verbunden. Die vier Jahre von 1910 bis zu Beginn des Ersten Weltkrieges 1914 gehörten zu meinen glücklichsten Jahren als junge Frau und das Café des Westens ist eng damit verbunden.

Nur noch bis 1915 existierte das „Größenwahn". Durch den Briefwechsel mit Walter erfuhr ich viele Jahre später, dass sich in den 20er Jahren vorübergehend ein Kabarett in den Räumen etabliert hatte und dann wieder ein Cafébetrieb einzog. Aber die Blütezeit des ehemals so populären Cafés mit all seinen außergewöhnlichen Gästen war längst vorbei. Alles hat seine Zeit und man kann es nicht wiederholen.

Auch an jenem Tag, als ich Viktor zum ersten Mal sah, es war im Sommer 1910, waren Walter und ich, nach einem Spaziergang im Schlosspark Charlottenburg, im Café Größenwahn gelandet. Das Lokal war wie immer gut besucht und wir suchten einen freien Tisch. In einer Nische bemerkte mein Cousin seinen Vater mit drei anderen Männern sitzend. Einer von ihnen fiel mir sofort auf. Sein markantes Gesicht, der Schnauzbart und die dunklen Haare wirkten anziehend auf mich. Es heißt ja, dass es Liebe auf den ersten Blick geben soll. Bisher hatte ich das für Unsinn gehalten. Aber wenn ich es aus heutiger Sicht betrachte, muss es wohl genau dies gewesen sein.

Der Mann, der meinen Blick magisch anzog, schien amüsiert zu sein über die Dinge, die mein Onkel gerade gesagt hatte, dabei zog er genüsslich an einer Zigarre. Wir gingen zu den Männern, die ihr Gespräch kurzzeitig unterbrachen. Walter grüßte in die Runde und Onkel Willi stellte mich vor:

„Meine Nichte aus Straßburg. Marie Grüneberg."

Der Mann, ich schätzte ihn auf etwa acht Jahre älter als mich, also neunundzwanzig Jahre, war sich seiner Wirkung auf Frauen offenbar bewusst. Im Gegensatz zu den anderen stand er galant auf und küsste mir die Hand. Ich fand das zwar etwas altmodisch, aber die alten Sitten verfehlen oft ihre Wirkung nicht.

„Setzt euch doch zu uns an den Tisch", lud mein Onkel seinen Sohn und mich ein. „Es sind ja noch Plätze frei."

Das wiederaufgenommene Gespräch drehte sich um Themen wie Lithographie, Malerei und die neuesten Entwicklungen in der Kunstszene. Wie ich erfuhr, war der junge Mann, der mein Interesse geweckt hatte, von Beruf Gebrauchsgraphiker und hieß Viktor Simon. Er arbeitete in einer Kunstdruckerei, für die mein Onkel von Zeit zu Zeit Lithographien anfertigte. Film-, Theater- und Werbeplakate, Etiketten für Konservendosen und viele andere Druckerzeugnisse wurden dort gedruckt.

„Die moderne Lithographie hat sich abgewendet von der Opulenz des Jugendstils", erklärte Viktor Simon, der sich mir zugewandt hatte. „Ist Ihnen das aufgefallen? Alles wird klarer, sachlicher." Und er fuhr fort: „Die Gebrauchsgraphik verzichtet auf das Verspielte und Überflüssige. Unsere Entwürfe nehmen einfache Formen und Strukturen auf und preisen das zu verkaufende Produkt und den Markennamen ohne großes Drumherum an."

Hierüber hatte ich mich schon mit Onkel Willi unterhalten und konnte meine Meinung dazu äußern. Wenig später verabschiedete sich Viktor Simon zu meinem Bedauern, da er noch einen Termin wahrzunehmen hatte. Zu gern hätte ich noch mehr über ihn erfahren, aber zu spät.

Meinem Onkel waren offenbar meine interessierten Blicke aufgefallen und wie nebenbei ließ er die Bemerkung fallen: „Herr Simon wohnt in Charlottenburg, dort betreibt er, neben seiner Berufstätigkeit in Wilmersdorf, noch ein kleines Künstleratelier."

„Ah, ja?", murmelte ich verlegen. Ich versuchte die Information möglichst unbeteiligt zur Kenntnis zu nehmen. Dann ging man zu anderen Themen über.

Mein Onkel, der schon immer in meinem Gesicht zu lesen vermochte, konnte sich ein kleines Grinsen nicht verkneifen.

Am folgenden Tag machte ich mich im Garten von Onkel Willi etwas nützlich. Sein Haus, das er im Laufe der Jahre immer wieder umgebaut hatte, besaß einen Wintergarten mit Blick in den liebevoll angelegten Garten, der von einer Steinmauer umgeben war und im Sommer von den vielen blühenden Hortensienbüschen, die ich sehr liebe, fast überwuchert wurde. Auf die dazwischenstehende Steinbank setzte ich mich gern, wenn ich zu Besuch war, um zu lesen. Tante Klara, die vor einiger Zeit gestorben war, hatte in einer Ecke an der Mauer ein Gemüsebeet angelegt und verschiedene Kräuter gepflanzt. Seit ihrem Tod war alles verwildert. Und so kämpfte ich, wenn ich zu Besuch in Schmargendorf war, ein bisschen gegen den Wildwuchs, aber es war nur ein „Tropfen auf den heißen Stein". Onkel Willi hätte wieder eine tatkräftige Frau gebraucht, die sich um alles kümmerte, aber bei seinem unsteten Lebenswandel und seiner ausgeprägten Reiselust wäre es schwierig gewesen, eine ebenso duldsame neue Ehefrau wie Tante Klara zu finden.

„Warum lässt du dich nicht von einem Hausmädchen unterstützen?", fragte ich ihn.

Er wolle nicht den ganzen Tag eine fremde Person um sich haben, meinte er. Einmal in der Woche eine Putzfrau kommen zu lassen, das war für ihn in Ordnung. Ich gab es auf, ihn zu drängen, und entschloss mich dazu, immer wenn ich zu Besuch kam, eines der Zimmer gründlich aufzuräumen.

Ein paar Tage später sah ich Viktor Simon wieder, als er zu Onkel Willi nach Schmargendorf kam, um eine von dessen Lithographien abzuholen. Ich war gerade dabei, Ordnung in die Küche des Junggesellenhaushalts zu bringen, wo seit Tante Claras Tod nichts mehr an dem Ort zu finden war, an den es eigentlich gehörte. Viele Stücke der schönen Service bekannter Porzellanmanufakturen, die meine Tante zusammengetragen hatte, waren angeschlagen und ich sortierte sie aus. Die Männer gaben sich beim Abwasch offenbar nicht so viel Mühe, wie es eine Frau tun würde.

Durchs Fenster sah ich, dass der leichte Sommerregen, der an diesem schwülwarmen Tag eben noch niedergegangen war, aufgehört hatte. Die ersten Sonnenstrahlen brachen wieder durch die Wolken. Das Fenster gab den Blick frei auf den Eingangsbereich des Hauses. Und dort gewahrte ich im nächsten Moment einen Mann, der mit eiligen Schritten auf das Haus zukam. Ich erkannte ihn sofort und ein Blitz durchfuhr mich. Mit klopfendem Herzen ging ich zur Tür.

„Na, mein Fräulein, auch hier?", sagte er ganz gelöst, als wäre es das Selbstverständlichste auf der Welt, dass ich ihm die Tür öffnete.

Eigentlich ein ganz banaler Satz, aber ich bemerkte, wie mir augenblicklich die Röte ins Gesicht schoss. Wie konnte es sein, dass mich eine so simple Bemerkung derart aus der Fassung brachte? Ich war doch keine Jugendliche mehr, die bei jeder Unsicherheit errötete, sondern ei-

ne selbstbewusste, bereits berufstätige Frau. Ich ärgerte mich über mich
selbst. Ich weiß nicht mehr, was ich geantwortet habe, es war sicher
nicht sehr geistreich, weil ich vollkommen irritiert über mein Gefühls-
leben war.

Onkel Willi hatte ihn kommen hören und gesellte sich zu uns. Er
führte Viktor Simon in sein Atelier unter dem Dach und ich brühte ihm
und seinem Gast einen Tee auf. Das verschaffte mir eine kleine Pause,
um mein Gleichgewicht wiederzugewinnen. Ich deckte im Wintergarten
den Tisch, als die Männer auch schon wieder herunterkamen und Onkel
Willi mich aufforderte, mich zu ihnen zu setzen. Ihm war nicht entgangen, wie verwirrt ich war, und es schien ihn zu amüsieren.

„Ja, setzen Sie sich doch zu uns", bat nun auch Viktor. „Ihr Onkel
hat mir erzählt, dass Sie als Dentistin in Straßburg arbeiten", fuhr er,
ohne weitere Umschweife, fort. „Schade, ich kenne die Stadt nicht und
weiß nur wenig über sie. Dabei wäre sie sicher einmal ein interessantes
Reiseziel. Selbstverständlich ist mir bekannt, dass viele Berliner nach
dem Krieg dorthin gegangen sind, und mir ist auch zu Ohren gekommen, dass die Deutschen in Straßburg ein gutes Sozialsystem aufgebaut
haben. Ach ja, die Universität und das Münster sind mir natürlich ein
Begriff."

Ich versuchte, ihm, mit wenigen Worten, einen Eindruck von meiner
Heimatstadt und dem Elsass zu vermitteln und erzählte auch von meiner
Tätigkeit in der Zahnklinik. Er hörte aufmerksam zu.

Als mein Onkel ihn bei seinem Aufbruch später zur Tür begleitete,
drehte er sich beim Abschied noch einmal zu mir um und fragte: „Ha-

ben Sie morgen schon etwas vor?" Als ich verneinte, erklärte er: „Das Wetter scheint schön zu bleiben und ich werde mit ein paar Bekannten zum Wannsee fahren. Wir wollen dort spazieren gehen und uns anschließend einen netten Platz am Ufer suchen, um dort zu lagern. Hätten Sie Lust mitzukommen? Wir würden Sie hier abholen."

Mit einem kleinen Zittern in der Stimme sagte ich zu und hoffte, dass er davon nichts bemerkt hatte.

Als am nächsten Tag die Autos der Freundesgruppe vor Onkel Willis Haus hielten, strahlte, wie erwartet, die Sonne vom Himmel. Walter hatte sich entschlossen auch mitzukommen. Dass die jungen Leute bereits eigene Autos besaßen, beeindruckte mich natürlich. Leider hatten auch unzählige andere Menschen die gleiche Idee gehabt wie wir. Ganz Berlin schien es zu den Ufern des Wannsees gezogen zu haben, um diesen schönen Sonnentag am Wasser zu genießen. Die Ausflugslokale waren sämtlich überfüllt, sodass wir gar nicht erst versuchten, einen Platz zu ergattern. Auch die Badeplätze waren dicht bevölkert, die Menschen dösten auf ihren mitgebrachten Decken, lasen, picknickten, spielten Ball und unterhielten sich. Hin und wieder sprangen sie zur Abkühlung ins Wasser, um sich anschließend wieder dem süßen Nichtstun hinzugeben. An jeder Ecke spielten lärmende Kinder.

„Hier ist es einfach zu voll", stellte Walter fest. Wir hatten den Vorteil, Autos zur Verfügung zu haben, und so fuhren wir in Ufernähe umher, bis wir einen versteckteren, romantischen Platz fanden. Von hier aus unternahmen wir einen langen Spaziergang. Unsere kleine Gruppe bestand aus zwei jungen Ehepaaren, Walter, mir und Viktor Simon, der, wie nicht zu übersehen war, nur noch Augen für mich hatte. Wann immer sich Walter unbeobachtet glaubte, suchte er meinen Blick und feixte. Ich hätte ihn erwürgen können und hoffte inständig, dass die anderen es nicht bemerkten.

Zurück vom Spaziergang breiteten wir an unserem Lagerplatz die mitgebrachten Decken aus, verteilten die Lebensmittel, die Viktor und seine Freunde eingepackt hatten und machten es uns gemütlich. Wie von ungefähr hockten nach einiger Zeit die Männer zusammen und unterhielten sich über Autos und andere imponierende Errungenschaften der Technik, während sich auf einer anderen Decke die Frauen zusammenfanden und plauderten. Ich erfuhr von Projekten, die die jungen Frauen planten, wie zum Beispiel einer Wohltätigkeitsveranstaltung, deren Erlös Kindern in Heimen zufließen sollte. Ihre Ehemänner waren mit Viktor Simon schon seit der gemeinsamen Gymnasialzeit befreundet. Sie hatten anschließend studiert und waren Ärzte geworden. Am Abend brachten die Freunde Walter und mich wieder nach Schmargendorf zurück.

Beim Abschied fragte Viktor mich plötzlich: „Was halten Sie davon, noch ein Stündchen mit in die Stadt zu fahren? Wir könnten uns irgendwo ein nettes Restaurant suchen, plaudern und anschließend bringe ich Sie natürlich wieder zurück nach Schmargendorf."

Das war genau das, was ich mir wünschte nach diesem wundervollen Tag. Walter konnte sich ein breites Grinsen nicht verkneifen. Das würde er mir büßen, bedeutete ich ihm mit einem heimlichen Stirnrunzeln.

In den Straßen von Berlin pulsierte auch an diesem warmen Abend noch das Leben. Pferdekutschen, Straßenbahnen und Autos bahnten sich ihren Weg. Ab und zu querte ein Pferdeomnibus das Verkehrschaos. Die Polizisten an den größeren Kreuzungen und Plätzen hatten alle Hände voll zu tun, den Verkehr zu dirigieren, da es noch keine geregelte Verkehrsordnung gab. Viele Fußgänger flanierten auf den Gehwegen. Die Frauen trugen Hüte, manche mit regelrechten Blumengärten auf den ausladendenden Kreationen.

„Erstaunlich, wie viele Margeriten so ein Hutmacher auf einem einzelnen Hut platzieren kann", flüsterte mir mein Begleiter amüsiert zu, als eine Dame mit besonders üppigem Kopfschmuck an uns vorbeistolzierte und ich musste ein aufkommendes Kichern unterdrücken.

Wir wählten ein kleines Restaurant an einer Ecke des Kurfürstendammes. Anscheinend war Viktor hier gut bekannt. Der Kellner eilte sofort herbei und sprach ihn mit Namen an. „Guten Abend, Herr Simon. Darf ich Ihnen und Ihrer Begleiterin einen Aperitif bringen?"

Als das Getränk auf dem Tisch stand, sah Viktor mir in die Augen. „Auf diesen schönen Tag und diese schöne Frau!", prostete er mir zu.

Wir aßen bei Kerzenschein zu Abend und unsere Gespräche zeigten mir, dass es viele gemeinsame Interessen gab. Dazu zählten die Liebe zur Malerei und Kunst allgemein, der Wunsch später einmal Italien zu bereisen, wie Onkel Willi es tat und eine intensive Naturverbundenheit. Im Laufe des Abends wurde unsere Unterhaltung vertraulicher. Wie ich erfuhr, kam Viktor aus einer gutbürgerlichen Familie. Sein Vater war Beamter in der Stadtverwaltung in Berlin. Leider schien das Verhältnis zwischen ihm und Viktor nicht sehr gut zu sein. Wie Viktor berichtete, war er in den Augen seines Vaters zu unangepasst, setzte stets seinen eigenen Kopf durch. So hätte der Vater nach Viktors Abitur gern gesehen, dass sein Sohn studiert hätte. Gebrauchsgraphiker war so gar nicht das, was er sich für sein Kind vorgestellt hatte. Aber das war nur ein Punkt, an dem Vater und Sohn aneinandergerieten. Meistens musste Viktors Mutter zwischen den Männern vermitteln. Viktor erzählte ganz offen über all diese Dinge.

Irgendwann, während des Gesprächs, ergriff er kurz meine Hand. Das Glück durchfuhr meinen gesamten Körper. Als Viktor Simon und ich uns später in Schmargendorf verabschiedeten, wussten wir beide, dass zwischen uns etwas geschehen war. Etwas, das man fühlt und das plötzlich da ist.

Von nun an versuchten wir uns so oft wie möglich zu sehen. Zum Glück gab es eine gute Bahnverbindung zwischen Straßburg und Berlin. Wenn mein Zug einfuhr, stand Viktor schon ungeduldig auf dem Bahnsteig und erwartete mich. Aus jener Zeit habe ich eine alte Postkarte aufbewahrt, die er mir damals nach Straßburg schickte. Sie zeigt den Bahnhof Friedrichstraße, an dem er mich stets abholte, wenn ich in Berlin ankam. Wenn ich die Karte ansehe, steigen die Erinnerungen hoch. Ich sehe ihn wieder vor mir, wie er mit sehnsüchtigen Blicken an den Gleisen des Bahnhofs stand und auf mich wartete. Wenn es nicht gerade sehr warm war, trug er über seiner Kleidung einen weiten, lässig bis zum Knie fallenden Mantel, der seine Größe noch betonte. Ich liebte

seine vollen Lippen, seinen dunklen Schnauzbart und seine grünen blitzenden Augen, wenn er mich anlächelte.

„Na, Kleine, willst du mal wieder die Luft von 'ner richtigen Großstadt schnuppern?", fragte er neckisch. Für ihn war ich damals mit
meinen einundzwanzig Jahren noch ein Küken. Er hatte einen ähnlichen
Humor wie mein Bruder Vincent. Damit verstand ich umzugehen. Da
ich es von klein auf geübt hatte, fielen mir jetzt bei Viktor meistens die
passenden Antworten auf seine Neckereien ein. Ich ahnte es schon im
Voraus, wenn Viktor einen bestimmten, verräterischen Ausdruck in den
Augen hatte, dass gleich wieder eine seiner typischen Bemerkungen fallen würde.

Wenn er mich umarmte, vergrub er oft sein Gesicht für einen Moment in meinem Haar. Es war nur ein kurzer Moment, der aber einen
regelrechten Schwindel bei mir hervorrief, wenn ich seinen warmen
Atem auf meiner Haut spürte. Vom Bahnhof aus fuhren wir dann zu
meinem Onkel Willi, bei dem ich auch wohnte.

Viktor und Berlin. Zum einen war da diese moderne, junge, lebhafte,
sprühende Stadt mit ihren kunstvollen Jugendstilbauten, umsäumt von
großzügigen breiten Alleestraßen, die vielen Museen, Theater, Kunstausstellungen und natürlich nicht zu vergessen, der köstliche Duft von
frischen „Schusterjungen" (Roggenbrötchen), der morgens vor den
kleinen Bäckereien in der Luft lag. Und dann gab es dort diesen wunderbaren Mann mit seiner charmanten, geschmeidigen Art, der so gut zu
dieser Umgebung passte.

„Du und Berlin, ihr seid beide unwiderstehlich, irgendwann bleibe ich hier", sagte ich einmal leichthin, von momentanen Gefühlen geleitet, zu Viktor. Ich wunderte mich augenblicklich selbst über meine Aussage, denn im Herzen liebte ich „mein" Straßburg mehr als alle anderen Orte auf dieser Welt.

Viktor stutzte, er wusste, wie sehr ich an meiner Heimatstadt hing. Manchmal schien mir, als könne er in mir wie in einem Buch lesen. Nach seinem erstaunten Blick ging ein verstehendes Lächeln über sein Gesicht. Er hatte begriffen, dass meine Aussage ein Augenblicksgefühl war.

Ab und zu fuhr ich allein mit dem Bus in den Stadtteil Charlottenburg und bummelte den Kudamm hinunter, um die berühmte „Berliner Luft" zu schnuppern, die Leute zu beobachten und die Auslagen der Geschäfte zu betrachten. Aber ich genoss es auch, einfach in den Seitenstraßen die Atmosphäre der Stadt einzusaugen und die Eindrücke vom Alltagsleben der Bewohner aufzunehmen.

In einer dieser Seitenstraßen des betriebsamen Kudamms, in der Droysenstraße in Charlottenburg, wohnte Viktor und hatte dort auch ein kleines Künstleratelier. Wenn er nicht in Wilmersdorf, in der Druckerei war, holte ich ihn oft in der Droysenstraße ab. Gleich gegenüber buk der nach unserer Meinung beste Bäcker von Berlin köstliche Schusterjungen, mit denen mich Viktor stets versorgte. Ich aß sie am liebsten, wenn sie noch warm und knusprig waren, bestrichen mit Griebenschmalz, das auf dem warmen Gebäck zerschmolz.

Viktor war ein guter „Fremdenführer". Durch ihn lernte ich Berlin in all seinen Facetten, all seinem Glanz und Elend, kennen und kam in Gegenden, in die es andere Ortsfremde und Besucher selten verschlug.

Meistens holte er mich für unsere Streifzüge mit dem Auto bei meinem Onkel ab. In Viktors Umgebung lebten hauptsächlich gebildete, wohlhabende, alteingesessene Juden, neu zugewanderte aus Russland und erfolgreiche Handwerker. Ein vergleichbar gut situiertes Stadtviertel war Wilmersdorf. Aber neben dieser Sonnenseite von Berlin, dem neureichen Bürgertum und den gut verdienenden Handwerkern gab es auch die Schattenseite. Stadtteile, wie Wedding, Luisenstadt und Moabit, in denen eine bitterarme Arbeiterschicht, dicht zusammengedrängt, lebte. Für sie stand nicht genügend bezahlbarer Wohnraum zur Verfügung. Um die Existenz der Familien zu sichern, mussten selbst die Kinder, die nachmittags nach der Schule einfachere Arbeiten verrichteten, zum Lebensunterhalt beitragen. Nach Beendigung der Schulzeit wurden die Mädchen oft als „Mädchen für alles" in bürgerlichen Kreisen eingestellt. Dies bedeutete, dass sie niedere Dienstmägde waren, ein 14-Stunden-Arbeitstag war für sie nicht selten.

„In Straßburg verdient ein Dienstmädchen im Schnitt 200 Mark im Jahr. Ist das in Berlin ähnlich?", fragte ich Viktor einmal.

„Ja, ich denke schon. Aber so bitter das klingt: Diese schlecht bezahlten Stellen in den Haushalten sind begehrt, nicht nur bei den Mädchen aus der Stadt. Viele der jungen Mädchen kommen auch vom Land, um hier ihren Lebensunterhalt zu verdienen." Ich war von der so offensichtlichen Bedürftigkeit vieler Menschen in den Arbeitervierteln, wie beispielsweise auch im Scheunenviertel der Spandauer Vorstadt, erschüttert. Hier war man zwar damit beschäftigt, wie in Straßburg, durch Abriss und Sanierung das größte Elend zu beseitigen, aber die Armut war immer noch offensichtlich.

„Man muss auch die Kehrseite unserer heutigen modernen, im Wandel begriffenen Welt kennen, Marie", sagte Viktor ernst.

Viktor und ich diskutierten oft darüber, wie man die Gesellschaft positiv verändern könnte, fanden aber keinen wirklich guten Ausweg. Wir waren eher sozial eingestellte Theoretiker, und mich tangierte Politik nicht wirklich.

Einmal kam Lutetia mit nach Berlin. Sie wollte meinen Liebsten kennenlernen, auf dessen Gegenbesuch in Straßburg ich bis dahin vergeblich wartete. Wie jedes Mal stand Viktor schon auf dem Bahnsteig, sein Mantel flatterte etwas, als der Zug einfuhr und man konnte die perfekt sitzende Weste über einem weißen Hemd mit Stehkragen darunter erkennen. Aus dem Zugfenster zeigte ich ihn meiner Freundin.

„Genauso hatte ich ihn mir vorgestellt", stellte Lutetia zufrieden fest. Sie war das erste Mal im Leben in Berlin. „Die großzügig angelegten Straßen mit den bezaubernden Jugendstilfassaden, die Lebendigkeit, das Rastlose, der nicht abreißende Verkehr – all das erinnert mich an Paris", bemerkte sie auf der Fahrt mit Viktors Auto auf dem Weg nach Schmargendorf.

Freudig und neugierig auf meine Freundin nahm Onkel Willi uns in seinem Haus in Empfang. Als Walter von der Arbeit kam und meine Freundin sah, loderte in seinen Augen sofort Interesse auf. Ich kannte meinen Cousin und hatte es geahnt. Sie gefiel ihm. Und umgekehrt fühlte sich Lutetia von der lockeren, lebenslustigen und unkomplizierten Art meines Cousins angezogen. Die beiden waren sich sehr ähnlich. Es dauerte nur kurze Zeit und man sah die Funken zwischen ihnen sprühen. Es ist ja oft so, dass sich Menschen verlieben, weil sie sich ineinander spiegeln. Allerdings haben sie dann auch ständig die eigenen Charakterproblematiken vor Augen und es entwickeln sich häufig die bekannten Machtkämpfe. Ich bin eigentlich von meiner Natur her keine Pessimistin, aber diese aufflammende Liebe zwischen Walter und Lutetia sah ich als problematisch an. Ich kannte beide nur zu gut. Meinen Cousin, den Liebling aller Frauen, den ich mir nicht in einer festen Beziehung vorstellen konnte, und Lutetia, die Schöne, um die sich die Männer rissen, die aber stets strikte Grenzen setzte, wenn sie zu nah kamen und die wie ein Schmetterling weiterflog, wenn es ihr zu eng wurde. Die etwas genauso schnell verwarf, wie sie sich zuvor dafür begeistert hatte.

Viktor, Walter und ich zeigten meiner Freundin nun das von Berlin, was wir an der Stadt liebten, inklusive Zoobesuch, Stippvisite im Café des Westens und Ausflug zum Wannsee. Bei der Nationalgalerie war gerade eine riesige Baugrube ausgehoben worden, weil dort eine neue U-Bahn-Strecke in den Boden getrieben wurde. Wie sehr sich die Welt ständig änderte, konnte man wie unter einem Brennglas besonders gut in der Metropole Berlin beobachten.

Lutetia zeigte sich beeindruckt von der Hauptstadt, mehr aber noch von meinem Cousin. Es entspannen sich zarte Bande zwischen den beiden. Sie suchten die Nähe, steckten die Köpfe zusammen und kicherten bei jeder Gelegenheit wie Backfische.

Während ich nach wie vor skeptisch war, beurteilte Viktor die Situation gelassener. „Sie sind erwachsen und wissen, was sie tun", meinte er.

Beim Abschied erklärten uns die beiden Männer, dass sie beschlossen hatten, uns in Straßburg zu besuchen.

10.

Schon zwei Monate später realisierten sie ihr Vorhaben. Endlich sollten meine Eltern meinen, das stand inzwischen fest, zukünftigen Mann kennenlernen. Zu ihrer Freude kam er in Begleitung ihres geliebten Neffen, den sie lange nicht gesehen hatten. Mutter war stets entzückt, wenn sie Walter sah. Schon als Kleinkind war das quirlige, schelmische Kerlchen einer ihrer Lieblinge gewesen. Und später mochte sie ihn für seine einnehmende, charmante Art, die er jedermann gegenüber zeigte und der niemand widerstehen konnte. Alle Frauen, ob junge oder ältere, liebten eben Walter. Aber ich war mir sicher, dass auch Viktor mit seiner etwas leiseren Art die Herzen meiner Eltern im Nu erobern würde.

Lutetia und ich holten Viktor und Walter am Bahnhof ab. Je näher der Ankunftstermin des Zuges rückte, desto größer wurde unsere Aufregung. Als schließlich die Waggons unter Fauchen und Quietschen zum Stehen kamen, wetteiferten unsere Wangen bereits um das tiefste Rot. Nur mit Mühe gelang es uns, Contenance zu bewahren. Fremde Leute stiegen aus, wurden erwartet, Grüppchen schlenderten in angeregter Unterhaltung an uns vorbei. Und endlich, endlich sahen wir aus der Ferne aus einem der letzten Wagen auch die von uns so sehnlichst Erwarteten aussteigen. Jetzt gab es für Lutetia kein Halten mehr. Sie raffte ihre Röcke und rannte los. Ich hinterher. Quer durch das Menschengewühl auf dem Bahnsteig.

„Hoppla!", sagte Viktor grinsend, als ich ihm in die Arme fiel.

Ich erwähnte ja schon, dass meine Eltern unter dem Dach des Hauses noch zwei Räume gemietet hatten. Hier wurden die jungen Männer einquartiert. Eine schmale Treppe führte hinauf zum Dachgeschoss. Links der Treppe befand sich ein offener Raum mit einem kleinen Tischchen und zwei Sesseln. Dort konnte man gemütlich sitzen und lesen. Rechts der Treppe zweigte ein Flur ab, von dem die beiden in Richtung Hof ausgerichteten Zimmer abgingen. Viktor und Walter bewohnten zusammen einen dieser beiden Räume. In dem anderen stand Mutters Nähmaschine, die besonders in unserer Kindheit unverzichtbar für sie war. In einer Familie mit vier Kindern gab es immer etwas zu schneidern, ändern und flicken.

Am Abend der Ankunft der beiden Männer gab Mutter ein Essen, zu dem auch Lutetia, ihre Eltern, Meta und Emil eingeladen waren. Ich hatte ihr am Tag zuvor geholfen „Bäckeoffe", einen typischen Elsässer Eintopf, vorzubereiten. Dazu hatten wir das Fleisch in Marinade eingelegt, am nächsten Tag musste dann das ganze Gericht noch vier Stunden garen. Diese Mahlzeit vereinte auf delikate Art die badische und französische Küche. Die Berliner waren begeistert.

In der Zeit des Aufenthaltes von Viktor und Walter brachte meine Mutter noch mehr elsässische Köstlichkeiten auf den Tisch. Kulinarisch ist die Region eine Fundgrube und meine Mutter hatte viele der typischen Rezepte inzwischen in den Speiseplan der Familie aufgenommen. Etwas geschmortes oder gegrilltes Schweinefleisch mit Sauerkraut und schon hatte sie ein Choucroute auf dem Tisch. Wenn wir abends von unseren Exkursionen nach Hause kamen, duftete Mutters Flamkuchen uns schon im Treppenhaus entgegen. Zu den deftigen Essen schmeckte besonders ein guter elsässischer Wein oder auch ein frisches Bier aus der Region. Unsere beiden Gäste waren begeistert.

Wir zeigten den Berlinern die schönsten Orte von Straßburg. Nachmittags zog es uns oft ins Café Broglie und abends in eine der Weinstuben, genannt Winstubs, wo wir bei einem Glas Gewürztraminer und etwas Munsterkäse den Tag beschlossen. Leider spielte das Wetter nicht mit. Meistens regnete es in Strömen. Aber das störte uns nicht weiter. Unbeschwert liefen wir durch die Straßen, auf die der Regen herunterplatschte, wechselten manchmal in die Pferdebahn, bestiegen einmal ein Dampfschiff und schipperten die Ill herunter.

„Wie gut, dass in Straßburg alles so nah beieinander liegt", meinte Viktor. „In Berlin muss man viel zu oft weite Strecken zurücklegen, um von A nach B zu gelangen."

Meine Eltern mochten Viktor auf Anhieb. Während Walter die Menschen mit tausenderlei Ideen und seiner lebhaften Art bezauberte, überzeugte Viktor durch seine ruhige Besonnenheit und Klugheit.

„Er ist im Gegensatz zu Walter schon erwachsen", stellte mein Vater fest und fügte hinzu: „Aber etwas Schelmisches hat er auch."

Allerdings konnte ich, wenn wir zu viert unterwegs waren, schon nach wenigen Tagen deutlich die kleinen Spitzen bemerken, die zwischen Lutetia und Walter hin- und herflogen. Mein erster Eindruck, den ich damals in Berlin gewonnen hatte, festigte sich. Die zwei waren sich zu ähnlich. Nach diesem Besuch kappte dann auch Lutetia die Bande zu

Walter, die doch eigentlich noch gar keine Gelegenheit bekommen hatten, sich zu festigen.

„Ich ziehe nur aus Vernunftgründen einen Schlussstrich", schluchzte meine liebe Freundin unter Tränen.

Ich nahm sie in den Arm und drückte sie. Sie tat mir so leid. Aber ich wusste, dass sie über ihre Traurigkeit hinwegkommen würde, und so war es dann auch schon bald.

Am 12.8.1911 bekam Straßburg eine neue kleine Bewohnerin. Ruth, das Kind meiner Schwester Meta, wurde geboren. Freudig begrüßten wir sie im Schoß unserer Familie. Da Meta mit ihrer Familie am Ende der Straße wohnte, konnten wir Ruth aufwachsen sehen. Oft lief ich abends nach der Arbeit noch schnell zu Meta, um meine kleine Nichte in den Armen zu wiegen. Ruth war auch sehr oft in meinem Elternhaus und wir waren alle verliebt in sie. Ein braves, blondes, versonnenes Kind. Im Gegensatz zu meinen Neffen, die am liebsten wild herumtollten, liebte es Ruth, an ihrem kleinen Tischchen bei Mutter in der Küche zu sitzen und zu malen, oder sie kleidete geduldig ihre Puppe an und aus, fütterte sie oder brachte sie ins Bettchen. Aber sie war auch glücklich, wenn man ihr eine Schüssel mit etwas Wasser gab und sie „pempeln" durfte. Als sie anfing zu sprechen, erkannten wir, dass sie in vielen Dingen eine eigene Logik entwickelte, die uns amüsierte.

„Sie denkt sich ihre eigene Welt", sagte meine Mutter liebevoll.

Einmal erzählte mein Bruder Vincent, dass die Kleine wohl etwas falsch verstanden haben musste. Wenn die Schirmanns, so hieß meine Schwester seit ihrer Heirat, in Château Salins zu Besuch waren, nannte

Ruth meine Schwägerin immer „Tante Vincent" statt „Tante Marie", und das konnte ihr auch niemand austreiben. Mal dieses, mal jenes Familienmitglied versuchte sich darin, ihr zu erklären, wie es sich richtig verhielt. Aber Ruth ließ sich nicht beirren. Sie zeigte eine unglaubliche Standfestigkeit, wenn sie von Dingen überzeugt war. Ihre beiden Cousins, Siegfried und Anton, hänselten sie ständig deswegen. Aber das bewegte die Kleine nicht weiter. Meine Schwägerin hieß auch noch „Tante Vincent", als Ruth erwachsen wurde. Später erklärte Ruth uns, dass die Namensgleichheit mit mir der Grund für das „Umtaufen" war. „Tante Marie" hatte sie eben mir zugeordnet, und für meine Schwägerin hatte sie „Tante Vincent" erfunden, um einen Unterschied zwischen ihren Tanten zu machen.

Zur Fastnacht 1911 besuchte mein Bruder Ernst, der ja in Molsheim wohnte, wieder einmal Marie und Vincent in Château Salins. Die Fastnacht wird im Elsass stets groß gefeiert. Groß und Klein ziehen in Umzügen durch die Straßen. Die Teilnehmer wetteifern dabei um die phantasievollsten Kostüme. Dieses Mal stellte Vincent ihm während der Fastnachtzeremonien die junge Elsässerin Clara Kepper vor. Clara war bei der Kreisdirektion in Château Salins als Sekretärin beschäftigt. Ihre Eltern lebten in Wanzenau, wenige Kilometer von Straßburg entfernt, und bewirtschafteten dort einen Bauernhof. Ernst verliebte sich auf der Stelle in die junge Frau. Von nun an besuchte er Vincent und seine Familie sehr häufig, zur Freude seiner Verwandten und besonders der Kinder. Schon wenig später, 1912, heiratete mein Bruder Ernst seine Clara.

Die Hochzeit fand in Wanzenau auf dem mitten im Dorf gelegenen Hof der Familie Kepper statt. Diese waren alteingesessene Elsässer. In Wanzenau spricht man hauptsächlich „Elsasserditsch". Hier, im kleinen Dorfverband, spürte man die Herzlichkeit dieses Menschenschlags besonders deutlich. Die meisten Hochzeitsgäste erschienen in Trachten. Clara Kepper lebte in einem festen Familienverband, der schon lange in Wanzenau und Umgebung ansässig und tief mit dem Elsass verwurzelt war. Allein schon die vielköpfige Verwandtschaft Claras hätte einen ganzen Saal füllen können, hinzu kamen außerdem noch die Nachbarn und Freunde. Sämtliche weibliche Verwandten halfen mit, die Torten zu backen, den Bäckeoffe vorzubereiten, die Tafel einzudecken und vieles mehr. Wir verlebten einen wunderschönen Tag in Wanzenau und zählten nun eine liebenswerte elsässische Großfamilie zu unserer weiteren Verwandtschaft.

Meine Eltern ließen sich verzaubern von dem kleinen Ort und seinen freundlichen Bewohnern. Als wir wieder nach Hause fuhren, überraschte mein Vater meine Mutter mit der Bemerkung: „Wenn ich in ein paar Jahren pensioniert werde, ziehen wir nach Wanzenau", und schien es ernst zu meinen.

Von nun an besuchten wir die Keppers manchmal übers Wochenende. Nach dem Alltag in der Stadt behagte uns das für uns Gäste geruhsame Landleben. Zur warmen Jahreszeit nisteten auf den umliegenden Stall- und Scheunendächern zahlreiche Störche. In den Nächten konnte man die Nachtigallen schlagen hören und morgens wurde man von den Glocken der örtlichen Kirche geweckt. Für uns Stadtmenschen war das eine andere Welt.

11.

Mein letzter Besuch in Berlin vor dem Ersten Weltkrieg, Ende September 1913, war mit einem besonderen Ereignis verbunden. Es war meine Verlobung mit Victor. Bei einem Spaziergang im Grunewald führte er mich zu einer Bank, vergrub seinen Kopf kurz in meinem Haar und flüsterte dabei in mein Ohr:

„Willst du mich heiraten?" Die Frage kam eigentlich nicht wirklich überraschend für mich, aber in diesem Moment nahm sie mir fast den Atem. Lächelnd zog er anschließend aus seiner Jackentasche eine kleine Schachtel mit einem schmalen, aber sehr geschmackvollen Smaragdring und streifte ihn mir über den Finger.

Unsere romantische und unkonventionelle Verlobung war allerdings gar nicht im Sinne seiner Eltern. Diese hätten gern ein großes Fest zu unseren Ehren gegeben und mit allen Freunden und Verwandten gefeiert. Aber Viktor war kein Freund solcher Festlichkeiten und ich muss sagen, es war ein wundervoller Augenblick, als wir uns, ganz für uns allein, das Eheversprechen gaben. Wir sahen in diesem Moment nur uns beide und die Welt schien ausschließlich für uns zu existieren.

„Gefällt dir der Ring, Marie?", fragte er zärtlich.

Und ob er mir gefiel und der Mann, der ihn mir gab, war einfach wunderbar. Aber das größte und beste Geschenk, das er mir machte, war, dass er beschlossen hatte, nach Straßburg zu ziehen. Ihm war klargeworden, wie sehr ich sowohl an meiner Heimatstadt als auch an meinen Eltern hing und wie schwer mir die Trennung von meiner vertrauten Umgebung fallen würde. Er selbst war unternehmungslustig und neugierig genug, um diesen Schritt zu wagen.

Am Nachmittag unserer Verlobung besuchten wir die „Große Berliner Kunstausstellung", die gerade stattfand. Einer meiner Lieblingsmaler, Viktor Schlichting, war in diesem Jahr mit einigen Exponaten dort vertreten. Seine Bilder leuchteten in hellen Farben, die dem auf die Leinwand gebrachten Leichtigkeit und etwas Flirrendes gaben, genauso, wie ich in dieser Zeit die Welt sah.

„Wenn wir heiraten, kaufe ich dir ein Bild von ihm", versprach Viktor.

In diesem Augenblick standen die schönsten Vorstellungen von unserem gemeinsamen Leben vor meinem inneren Auge. Aber dann kam alles anders als gedacht.

Viktor zog im April 1914 nach Straßburg. Er mietete eine helle, geräumige Wohnung in Krutenau, dem Stadtbezirk, in dem ich auch mit meinen Eltern wohnte. Das Haus lag an den Fischerstaden, direkt an der Ill. Bis zu unserer Hochzeit, so war es ausgemacht, würde er dort allein wohnen. In der Zwischenzeit blieb uns eine ausreichende Frist, Möbel zu kaufen, Gardinen nähen zu lassen und einige Einbauten nach unseren Wünschen vornehmen zu lassen. Mein Vater hatte ihm durch seine Beziehungen diese Unterkunft vermitteln können. Da es zu jener Zeit schwer war, in Straßburg eine Wohnung zu finden, waren wir froh, dass er über Kontakte verfügte, auf die man bei solchen Gelegenheiten zurückgreifen konnte.

Viktor hatte schon von Berlin aus eine neue Arbeitsstelle in einer Straßburger Druckerei gefunden. Zusätzlich fertigte er privat weiterhin Kunst-Lithographien an, die bei seinen Kunden sehr begehrt waren.

Während wir mit unseren persönlichen Planungen für eine glückliche Zukunft beschäftigt waren, bahnte sich auf politischem Gebiet eine Katastrophe an. Am 28. Juni 1914 wurde der österreichisch-ungarische Thronfolger mit seiner Frau in Sarajevo von einem nationalistischen serbischen Attentäter ermordet. Wir haben diesem Ereignis, von dem am darauffolgenden Morgen alle Straßburger Zeitungen in großer Aufmachung berichteten, zunächst keine größere Bedeutung beigemessen. Aber dann, als Österreich-Ungarn mit Rückendeckung des Deutschen Kaiserreichs am 23. Juli eine gerichtliche Untersuchung des Vorfalls mit Beteiligung eigener Untersuchungsorgane von Serbien forderte, berief Serbien sich, gestützt durch Russland, auf seine Souveränität und der schwelende Konflikt eskalierte. Auf den Straßen in Straßburg bildeten sich ganze Menschentrauben vor den Vitrinen, in denen die aktuellsten Zeitungen ausgehängt waren. Gerüchte flogen von Mund zu Mund. Hier und dort hörte man es schon: „Krieg! Das bedeutet Krieg!"

Drei Tage später waren Lutetia, Viktor und ich nachmittags mit ein paar Freunden im Café Broglie am Broglieplatz verabredet. Viktor war, als er nach Straßburg zog, sofort mit großer Herzlichkeit in unseren Freundeskreis aufgenommen worden. Unsere Clique hatte zwei beliebte Treffpunkte, an denen wir uns regelmäßig trafen. Der eine war das Goldene Lamm in der Feggasse, das gleich neben der Husarenkaserne am Ende unserer Straße lag, der andere das Café Broglie. Üblicherweise spielten die Männer im Café Broglie zunächst eine Partie Billard, während wir Frauen zusammensaßen und uns interessierende Themen besprachen. Aber an diesem Tag war es anders. Wir hatten uns um einen der Tische, die der Cafébesitzer im Sommer stets auf den belebten Platz stellte, versammelt und besprachen beunruhigt die jüngsten alarmierenden Neuigkeiten. Auch wir vermuteten bereits, dass viele politische Schachzüge der verschiedenen Seiten in diesen Tagen auf einen Krieg hindeuteten. Was wir nicht ahnten, war, welche Ausmaße er annehmen und in welchen bodenlosen Abgrund er uns reißen würde.

„Wenn Österreich die Serben angreifen sollte, wird Russland seinen Verbündeten Serbien stützen. Dann muss Deutschland, das dem Dreibund mit Österreich-Ungarn und Italien angehört, wiederum seinem österreichisch-ungarischen Bruder beistehen. Frankreich und England sind mit Russland durch die Triple Entente verbunden, und schon sind alle Beteiligten, die halbe Welt, in einen Krieg verwickelt", formulierte Marcel seine, uns alle beunruhigenden Gedanken.

„Was tun wir, wenn wir gegen die Franzosen kämpfen müssen?", rief jemand von uns entrüstet aus und fuhr fort: „Wir haben Verwandte drüben. Soll ich auf meinen Cousin oder meinen Onkel schießen?"

Alle in unserem Kreis, der ja zum großen Teil französische Wurzeln hatte, jeder Einzelne von uns, waren sich darüber einig, dass wir auf keinen Fall einen Krieg wollten. Doch vernahmen wir an den Nachbartischen, an denen ebenfalls erregt diskutiert wurde, auch andere, den Krieg befürwortende Stimmen.

„Was geht uns Serbien an?", schimpfte Lutetia.

„In welchem Verhältnis steht es, wenn wegen der Ermordung zweier Menschen ein Krieg, der viele Zehntausende das Leben kosten könnte, begonnen wird!", empörte auch ich mich und sah angstvoll in die geliebten Augen von Viktor.

Am 28. Juli 1914 erklärte Österreich-Ungarn den Serben den Krieg. Und wie Marcel es vorausgesagt hatte, waren der Dreibund und die Triple Entente schnell in die Auseinandersetzungen verwickelt. Plötzlich wurden die Grenzen nach Frankreich dichtgemacht. Kein Franzose durfte mehr nach Deutschland einreisen und umgekehrt kein Deutscher nach Frankreich ausreisen.

Aufgeregte, verstörte Menschen sammelten sich täglich vor den Depeschen. Erinnerungen an den letzten Krieg von 1870/71 wurden wach. An den Hunger und das Elend, an die Toten, die die Familien zu beklagen hatten. Eilig fingen die Leute an Lebensmittel zu horten. Mutter kaufte alles an Lebensnotwendigem ein, was sie bekommen konnte und was über einen längeren Zeitraum haltbar war. In unserem Vorratsraum stapelten sich Mehl, Nudeln, Getreide, Zucker, Kaffee und vieles mehr.

Am Abend des 1. August 1914 erklärte Deutschland Russland den Krieg. Es folgte am 3. August die deutsche Kriegserklärung an Frankreich.

Nach der Verletzung der Souveränität Belgiens und Luxemburgs durch deutsche Truppen, griff dann auch Großbritannien in das Kriegsgeschehen ein.

Unter unseren Fenstern in der Feggasse sahen wir Truppenteile vorbeimarschieren, Geschütze wurden durch die Straße transportiert und plötzlich vernahm man wieder, Frankreich sei der „Erzfeind".

In ganz Deutschland und auch in Straßburg hatte unterdessen ein Kriegstaumel große Teile der Bevölkerung erfasst. Seit einigen Tagen sah man in meiner Heimatstadt Reservisten durch die Straßen ziehen und hörte Rufe wie: „Hoch Deutschland! Nieder mit Frankreich!"

Wie konnte es zu einem solchen Stimmungswechsel in großen Teilen der Bevölkerung in so kurzer Zeit kommen, fragte ich mich. Die allgemeine Kriegsbegeisterung beängstigte mich aufs Tiefste. Aber wenn ich in die Gesichter der Frauen, Ehefrauen, Mütter sah, konnte ich auch viele besorgte Mienen wahrnehmen.

Viktor wurde unmittelbar nach Beginn des Krieges Anfang August eingezogen. Wieder gab es eine Abschiedsszene zwischen uns am Bahnhof, wie früher so oft in Berlin. Doch diesmal war alles anders und der Abschied fiel ungleich schwerer. Mir zerriss es fast das Herz, ihn gehen lassen zu müssen. Bevor Viktor in den Zug stieg, um zu seinem Regiment zu fahren, umarmten wir uns ein letztes Mal.

„Wenn wir gewonnen haben, werden wir heiraten und zusammen unsere schöne neue Wohnung beziehen", tröstete er mich.

Der Zug sollte Richtung Belgien gehen. In schmucken, neuen Uniformen, in stolzer Haltung mit der Zuversicht des Stärkeren stiegen die Männer in die Eisenbahnwagen. Auch Viktor war davon überzeugt, dass ein schneller Sieg sicher wäre. Wir jungen Frauen blieben allein und bedrückt zurück, wir standen noch minutenlang auf dem Bahnsteig, als der Zug schon längst nicht mehr zu sehen war, und rangen um Fassung. Dann gingen wir zurück an die Arbeit, lebten unseren Alltag, und das Einzige, was uns blieb, war zu beten und zu hoffen, dass unsere Geliebten gesund zurückkommen würden.

Der Fortgang der Ereignisse ist bekannt: Die Hoffnungen auf einen schnellen Sieg zerschlugen sich rasch. Der Krieg tobte in einer Grausamkeit, die alle bisher gekannten Schrecknisse übertraf. Mehrere Jahre sollte der verlustreiche Stellungskrieg in den Schützengräben Nordfrankreichs andauern. Viktor befand sich mittendrin. Manchmal erreichten mich Briefe von ihm, geschrieben in den Feuerpausen. Einer der Briefe trug die Absenderadresse Bazentin-le-Grand in Nordfrankreich.

Eindringlich beschrieb Viktor den Horror der Grabenkämpfe. „Man darf nicht mal eine Hand aus dem Graben strecken, sie würde sofort weggeschossen", schrieb er. Für Unzählige wurden die Gräben zugleich ihr Grab.

Einmal steckte in einem seiner Briefe eine kleine Bleistiftzeichnung, ein Porträt meines Liebsten, das ein Kriegskamerad während einer längeren Feuerpause angefertigt hatte. Der Kamerad war ein wirklich guter Zeichner. Das Porträt wirkte wie ein Foto. Ich steckte es in meine Geldbörse und holte es bei jeder sich bietenden Gelegenheit hervor, um es mir anzusehen. Ich sah in seine lieben ernsten Augen. Der Schmerz, um sein Leben fürchten zu müssen, schnürte sich wie eine Klammer um mein Herz. Tagsüber ging ich meiner Arbeit in der Zahnklinik nach. Hier waren inzwischen fast nur noch Frauen beschäftigt.

Doch das Jahr 1914 brachte auch Freude mit sich. Mein Bruder Ernst und seine Frau Clara bekamen einen kleinen Sohn, den sie Richard-Josef nannten. Wir waren einmal mehr entzückt davon, ein neues Baby in der Familie begrüßen zu können. Die junge Familie wohnte nun in Straßburg.

Anfang 1915 wurde mein Vater pensioniert. Als ehemaliger höherer Beamter bezog er eine Rente, von der meine Eltern weiterhin gut leben konnten. Schon kurz nach seiner Pensionierung griff er den Plan wieder auf, den er meiner Mutter nach der Hochzeit von Ernst und Clara unterbreitet hatte: gemeinsam den Lebensabend in Wanzenau zu verbringen. Bald war ein schönes Haus auf dem Lande gefunden. Am Frühstückstisch erörterten wir zu dritt die Entscheidung meiner Eltern.

„Wirst du nicht die Großstadt, die kulturellen Angebote, deine Freundinnen vermissen?", fragte ich meine Mutter.

Mutter ließ es sich im Allgemeinen nicht nehmen, bei den Entscheidungen meines Vaters ein Wort mitzusprechen, war aber meistens mit ihnen einverstanden. Diesmal wunderte ich mich allerdings, dass sie einwilligte aus der liebgewordenen Umgebung wegzuziehen. Hier hatte sie entscheidende Jahre ihres Lebens, glückliche Zeiten, verbracht. Ich selbst hatte in unserer Wohnung in der Feggasse meine gesamte Kindheit und Jugend verlebt. Es war unser Zuhause. Auf Mutter wartete in Wanzenau ein großer Garten, der viel Arbeit bedeutete. Sie war mittlerweile auch schon dreiundsechzig Jahre alt.

„Natürlich werde ich meine Freundinnen vermissen und vielleicht manche Straßburger Annehmlichkeit auch", antwortete sie. „Doch ich freue mich auf unseren neuen Lebensabschnitt in Wanzenau. Das schöne Haus, in dem ich schalten und walten kann, wie ich will, wobei ich auf keinen Nachbarn Rücksicht nehmen muss. Auf die Ruhe und Beschaulichkeit ohne Straßenlärm und ohne vorbeifahrende Militärfahrzeuge. Und nicht zuletzt", fügte sie hinzu, „fehlt mir mit zunehmendem Alter der Kontakt zur Natur. Vielleicht ist es auch besser, auf dem Dorf zu wohnen, sollte Straßburg mit in den Krieg hineingerissen werden. Wir könnten uns dann leichter selbst versorgen, falls die Lebensmittel knapp werden." Das waren viele Argumente, die für einen Umzug sprachen.

Dass ich in Straßburg bleiben würde, stand von Anfang an fest, weshalb meine Mutter vorschlug: „Du könntest in Viktors Wohnung ziehen, bis er aus dem Krieg zurückkommt."

Und so wurde es gemacht: Meine Eltern bezogen in Wanzenau eine kleine Villa mit einem Holzbalkon, in die sich meine Mutter auf den ersten Blick verliebt hatte. Und ich packte meine Sachen und zog in Viktors Wohnung an den Fischerstaden in Straßburg, wohin ich eigentlich erst nach unserer Hochzeit hatte ziehen wollen.

Zum ersten Mal in meinem Leben wohnte ich ganz allein. Einerseits genoss ich meine neu gewonnene Unabhängigkeit, aber andererseits vermisste ich in manchen Augenblicken auch die Nestwärme meiner Familie. Neue Haushaltspflichten kamen auf mich zu. Natürlich hatte ich, solange ich bei meinen Eltern gewohnt hatte, meiner Mutter geholfen, soweit es möglich war. Doch war zum Beispiel für die Wäsche bis jetzt eine Waschfrau zuständig gewesen. Sie war Witwe und finanzierte sich und ihren Kindern auf diese Art den Lebensunterhalt. In dem Haus an den Fischerstaden gab es eine Waschküche und ich entschloss mich meine Wäsche selbst zu waschen. Die Hausbewohner mussten sich untereinander absprechen, wer wann diesen Raum nutzen durfte. Gleich eines der ersten Gespräche, die ich in meiner neuen Bleibe mit einer Nachbarin führte, drehte sich um die Nutzung des Waschraums. Die resolute Frau wohnte mit ihren zwei Kindern in der Wohnung unmittelbar nebenan. Ihr Mann kämpfte ebenfalls im Krieg und sie musste für die Familie sorgen. Sie sprach mich im Treppenhaus an.

„Sie sind ja alleinstehend", stellte sie spitz fest. „Es macht Ihnen doch sicher nichts aus, wenn ich weiterhin montags die Waschküche nutze."

Natürlich war es mir egal, wann ich waschen konnte. Ich hatte sowieso nur abends dazu Zeit und wusste, dass die Frauen mit Familien sonntags größere Portionen vorkochten, um auch noch den darauffolgenden Tag davon essen zu können. Dann blieb ihnen montags Zeit zu waschen, was unter Umständen bei einer mehrköpfigen Familie einen ganzen Tag in Anspruch nahm. Deshalb war der Montag ein begehrter Waschtag. Zum Glück hatte ich nicht viel Wäsche und im äußersten Notfall würde ich die Kleider in ein Waschhaus bringen. Nur die bestimmende Art der Frau fand ich unangenehm. Mit ihr würde ich mich sicher nicht anfreunden.

Nach der Arbeit traf ich mich weiterhin öfter mit Lutetia und anderen Frauen aus unserem Freundeskreis. Es tat gut, zusammen zu sein und die Sorgen um die Männer im Krieg gemeinsam zu tragen. Man fühlte sich nicht so alleingelassen. Wir tauschten die Informationen aus, die wir von der Front erhielten. Wir hatten die Hoffnung verloren, dass der Krieg in absehbarer Zeit gewonnen werden könnte. Auf uns lastete die Angst. Wenn eine von uns Geburtstag hatte, veranstalteten wir öfter Bleigießen und klammerten uns an positive Orakel.

Während bei Craonne erfolgreich gegen die Franzosen gekämpft wurde, feierte man in Straßburg, unabhängig vom Kriegsgeschehen, am 27. Januar 1915 den Geburtstag des Kaisers. Er wurde, wie jedes Jahr, auf dem Kleberplatz zelebriert. In der Vergangenheit, in der sorglos unbeschwerten Vorkriegszeit, war es eines der Feste gewesen, bei dem Lutetia und ich nie fehlten. Auch in diesem Jahr zogen wir unseren Sonntagsstaat an und mischten uns unter die Menge, die sich auf dem Platz versammelt hatte. Doch war die Stimmung dort diesmal eine völlig andere, voller Schwere und Ernsthaftigkeit. Ein großes Militäraufgebot gab unserem Monarchen die Ehre. Der Altdeutsche Martin Spahn hielt die Festrede, die stark patriotische Anklänge hatte und die Verbindung des Herrscherhauses mit dem Elsass nachdrücklich betonte. Der Festvortrag endete wie üblich mit dem Deutschlandlied. Wir sangen die Hymne mit, dabei liefen uns wie so vielen anderen die Tränen an den Wangen herunter. Was würde noch alles geschehen?

Am Wochenende fuhr ich manchmal zu meinen Eltern nach Wanzenau. Was meine Eltern sich vom Landleben erhofft hatten, war eingetroffen. Jetzt, in diesen Kriegszeiten, in denen die Männer an der Front waren, hielt die verbleibende Dorfgemeinschaft noch enger zusammen als schon zuvor. Ich unternahm lange Spaziergänge mit meiner

Mutter, auf denen wir uns unsere Sorgen von der Seele redeten. Mein Vater blieb meistens lieber zu Hause, um zu lesen. Seit er pensioniert war, bekam man den Eindruck, dass er ganze Bücherberge verschlang und all das Lesepensum nachholen wollte, zu dem ihm bisher berufsbedingt die Zeit gefehlt hatte.

Wenn wir von unseren Ausflügen in die Umgebung ins Dorf zurückkehrten und durch die Straßen von Wanzenau liefen, wurde meine Mutter von allen Seiten gegrüßt. Herzlich grüßte sie zurück und blieb einmal hier und einmal dort zu einem kurzen Gespräch stehen. Ich begriff, dass es für meine Eltern die richtige Entscheidung gewesen war, nach Wanzenau zu ziehen. Die Sehnsucht nach der Großstadt, die meine Mutter noch als junge Frau in Gunderchingen und Erstein empfunden hatte, gehörte der Vergangenheit an. Und das, was sie damals als einen Nachteil empfunden hatte, die Nähe und Verbundenheit zu den Nachbarn, der Gemeinschaft, erschien ihr jetzt als Vorteil. „Man stützt sich untereinander und kann sich aufeinander verlassen", sagte sie des Öfteren.

Auch die verwandtschaftlichen Bindungen zur Familie ihrer Schwiegertochter Clara erwiesen sich jetzt, in Notzeiten, für meine Eltern als Glücksfall. Wenn auf dem Hof der Keppers geschlachtet wurde, erhielten auch meine Eltern einen Anteil von dem Geschlachteten. Und oft durfte ich davon etwas mit nach Straßburg nehmen, wenn ich sie besuchte. Häufig hörte ich von meiner Mutter zu dieser Zeit: „Du musst zunehmen, Kind, du bist so dünn geworden."

Ja, ich hatte tatsächlich stark abgenommen seitdem die Lebensmittel, bedingt durch den Krieg, rationiert geworden waren. In der Stadt standen die Menschen für ein halbes Pfund Fleisch in langen Schlangen vor den Schlachterläden an. Fleisch war zur Rarität geworden.

Im Sommer 1915 kamen die Söhne meines Bruders Vincent, Siegfried und Anton, und die Tochter meiner Schwester Meta, Ruth, nach Wanzenau zu Besuch, um dort für einige Tage bei meinen Eltern zu wohnen. Die Frau meines Bruders Ernst, Clara, war bereits mit ihren zwei kleinen Kindern bei ihren Eltern, der Familie Kepper, eingetroffen. Ernst und Clara hatten jetzt einen Sohn, den einjährigen Richard-Josef, und ein neugeborenes Baby, Ann-Elise. Meine Eltern freuten sich, ihre ganze Enkelschar einmal nach Herzenslust verwöhnen zu können. Ich nahm Urlaub, um sie zu unterstützen und die Kinder allesamt zu sehen. Für ein paar Tage hoffte ich die beunruhigenden Nachrichten, die ich regelmäßig von Viktor von der Front erhielt, verdrängen zu können. Der Krieg war so grausam und Viktor steckte mittendrin in diesem Höllenschlund.

Meine Mutter holte mich mit der inzwischen vierjährigen Ruth vom Bahnhof ab. „Du bist ja noch dünner geworden, seit ich dich das letzte Mal gesehen habe", begrüßte sie mich.

Ich schloss sie und Ruthchen in die Arme. Die Kleine war wie immer recht schweigsam und ernst, als wir zum Haus meiner Eltern liefen.

„Dieses kleine Mädchen hängt mir den ganzen Tag am Rockzipfel und weicht nicht von meiner Seite", sagte lächelnd meine Mutter mit einem liebevollen Blick auf ihre Enkelin.

Für die Kinder war Wanzenau ein Abenteuerland, auch aus diesem Grund hatte sich der Umzug meiner Eltern aus ihrer Sicht gelohnt. Ihre Enkel tollten im Garten herum, manchmal so wild, dass mein Vater mit aller Strenge eingreifen musste. Wenn sich die Lausejungen überhaupt nicht mehr bändigen ließen, schickten wir sie zu Keppers und Clara auf den Bauernhof. Die Eltern von Clara waren zwar mit der Hofarbeit ausgelastet, hatten aber viel Verständnis für die Bedürfnisse der Kinder, und meine Schwägerin kümmerte sich um sie. Und wie aufregend war es erst, einen ganzen Bauernhof zum Spielplatz zu haben! Verstecken auf dem Heuboden, Eiersammeln im Hühnerstall, Helfen beim Schweinefüttern und Herausfahren zu den Kühen mit dem Bauern, hoch oben auf dem Ochsenwagen, all das war genau nach ihrem Geschmack. Siegfried, inzwischen elf Jahre alt und somit der Ältere, hatte die Aufgabe, auf seinen Bruder aufzupassen.

Die Kinder der Altdeutschen, die im Elsass aufwuchsen, beherrschten damals in der Regel Hochdeutsch, Elsasserditsch und Französisch. Bei der Familie Kepper sprach man Elsasserditsch und so hatten die Kleinen keine Probleme, sich an die Umgebung anzupassen.

Es war August und Keppers fuhren täglich auf die Felder zum „Hopfe-Zopfe" (Hopfenpflücken). Einmal bot ich mich an zu helfen und nahm die Jungen mit. Da die Männer, bis auf die Alten, fehlten, war jede zusätzliche Arbeitskraft willkommen. Es war eine schwere Arbeit, aber die Frauen bezwangen sie. Wir standen in aller Frühe auf, frühstückten zusammen und fuhren dann auf das Feld. Wie Lianen wand sich der Hopfen an den aufgestellten Holzgestellen hoch. Während der

Arbeit sangen die Frauen und ich stimmte mit ein. Es wurde viel gelacht. In den Köpfen war der Krieg zumindest vorübergehend
ausgeschaltet und die Welt wirkte friedlich, die Natur um uns herum
heil. Die Kinder sahen fasziniert den zahlreichen Störchen auf einer
weiter entfernten feuchten Wiese dabei zu, wie sie Frösche fingen. Später saßen wir noch bis in die Dunkelheit hinein im Hof des
Kepper'schen Anwesens und trennten die kleinen aromatischen Dolden
von den Pflanzen, um sie dann in den bereitgestellten Weidenkörben zu
sammeln. Die Jungen sprangen ausgelassen um uns herum, froh, an diesem Tag ausnahmsweise einmal später schlafen gehen zu dürfen als
gewöhnlich.

Nach Ablauf einer Woche holten meine Schwester Meta und meine
Schwägerin Marie ihren Nachwuchs wieder ab. Meine Eltern und ich
nutzten die paar stillen Stunden, bis ich zurück nach Straßburg fuhr, um
im herrlichen Garten ein wenig auszuruhen. Mit dem Haus gemeinsam
hatten meine Eltern einen üppigen farbenfrohen Blumengarten von den
Vorbesitzern übernommen. Mutters Ehrgeiz war es, diese Pracht zu erhalten, und sie kümmerte sich liebevoll um jede einzelne Pflanze. Rund
um eine angebaute Veranda blühten Rosen und verbreiteten ihren zarten
Duft. Ich konnte meine Eltern gut verstehen, dass sie sich in diesen Ort
verliebt hatten. Es war ein Ort der Ruhe und Geborgenheit.

12.

Der Sommer 1915 hielt trotz aller Schrecken des Krieges glückliche Tage für mich bereit. Wie anders aber erlebte ich den Sommer 1916! Im Juli begannen die furchtbaren Kämpfe an der Somme, jenem Fluss, an dem auch der Ort Bazentin liegt. Aus dem Sommegebiet hatte ich den letzten längeren Feldpostbrief von Viktor erhalten. Beteiligt an dem Gemetzel waren Engländer, Franzosen und Deutsche.

Die Angst hielt mich in ihrem Würgegriff. Täglich erreichten uns neue Schreckensnachrichten von der Front, die Zeitungen veröffentlichten regelmäßig Listen mit den Namen von Gefallenen. „Auf dem Felde der Ehre gefallen" hieß es immer öfter in den Todesanzeigen von Hinterbliebenen.

Wenn auch unregelmäßig, erhielt ich bis zum Herbst noch kurze Lebenszeichen von Viktor. Dann blieben die Nachrichten aus. Es war im November 1916, als ich erneut Post von der Front bekam. Ein grauer, amtlicher Umschlag. Mit zitternden Händen entnahm ich ihn dem Briefkasten, ging unsicheren Schrittes in meine Wohnung und setzte mich an meinen Küchentisch. Der Umschlag verursachte mir heftiges Herzklopfen. Ich starrte darauf und wagte nicht ihn aufzureißen. Er lag da und ich wusste, sein Inhalt würde alles verändern.

Als ich ihn endlich geöffnet hatte, lag mein Leben in Scherben. Viktor war bei Bazentin le Grand gefallen.

Die Nachricht drang nur langsam bis zu meinem Herz vor. Ohnmacht, Unglaube und Abwehr waren die erste Reaktion. Dann überrollte eine mächtige Lawine mein Inneres, eine fühlbare Verwüstung machte sich breit und hinterließ eine klaffende, tiefe Wunde. Ich weiß nicht, wie lange ich in meiner Küche saß, unfähig mich zu rühren oder einen klaren Gedanken zu fassen. Irgendwann fand ich die Kraft zu Lutetia zu laufen, die mich wortlos in ihre Arme schloss, als sie die Tür geöffnet hatte. Sie wusste auch so, was passiert war. Dazu bedurfte es keiner Worte. Jetzt erst spürte ich die Tränen, die mir an den Wangen herunterrannen und Lutetias Bluse durchnässten.

Das Schlachten an der Somme endete am 18. November 1916. Während der Kämpfe wurden über eine Million Soldaten getötet, verwundet oder blieben vermisst. Hinter jedem Einzelnen stand ein Schicksal, ein zerstörtes Leben.

„Wofür?!", fragte ich mich. „Bestimmt nicht für eine bessere Welt!"

In der Zeit der tiefen Trauer war es wichtig für mich, die Bilder von glücklichen Zeiten mit Viktor immer wieder heraufzubeschwören, mir seine Stimme zu vergegenwärtigen und jede Einzelheit seiner Persönlichkeit in mein Gedächtnis zu rufen, um nicht zu vergessen. Ich wollte ihn für mich bewahren. In mein Leben war eine tiefe Leerstelle gerissen.

Noch heute überfällt mich Traurigkeit, wenn ich an ihn denke. Er wird immer in meinem Herzen bleiben. Seine Briefe, Fotos, das letzte zeigt ihn in seiner Uniform auf dem Bahnhof in Straßburg, das gezeichnete Porträt und meine Gedanken an ihn sind Kostbares, das mir niemand nehmen kann.

Viel später erfuhr ich, dass Viktor auf einem Soldatenfriedhof in Fricourt in einem Massengrab seine letzte Ruhestätte gefunden hat.

Meine ganze Lebensplanung war von heute auf morgen hinfällig, ich musste mich nun neu orientieren, eine andere werden. Wie gut, dass ich einen Beruf ausübte, der mich befriedigte, ernährte und der mich forderte, so dass ich wenigstens bei der Arbeit etwas Ablenkung fand.

Meine Eltern bemühten sich, mich aufzufangen. Sie kamen sogleich nach Straßburg und umsorgten mich. Jetzt zeigte es sich einmal mehr, wie wichtig für mich die Aufgehobenheit in meiner Familie und der Rückhalt meiner Freunde waren. Wann immer ich das Bedürfnis hatte, von den schönen Zeiten mit Viktor zu erzählen, ließen meine Liebsten mich reden. Auch wenn sie die immer gleichen Geschichten schon x-mal gehört hatten und längst bis ins Detail kannten.

Auch Charlotte in Osnabrück war für mich da. In langen Briefen an sie schrieb ich mir meinen Kummer von der Seele. In ihren Antwortbriefen fand sie genau die richtigen Worte, um mir Trost zu spenden.

13.

Während wir in Straßburg und Wanzenau von den schlimmsten Auswirkungen des Krieges und direkten Kampfhandlungen verschont blieben, wurde die Familie meines Bruders Vincent in Château Salins direkt ins Kriegsgeschehen mit hineingerissen.

Die Stellungen der deutschen Truppen lagen von Château Salins aus gesehen etwa zehn bis fünfzehn Kilometer weiter westlich. Die Truppenteile hatten sich dort in Schützengräben eingegraben. Schon im September 1914 fand hier ein Stellungskrieg statt. Viele deutsche Soldaten hatten sich seit der Zeit im Ort in Privathäusern einquartiert. Auch meine Schwägerin Marie musste die Belegung ihres Hauses dulden.

Der Mann meiner Schwester Meta, Emil, kämpfte zu der Zeit bei den deutschen Verbänden, die zu der Schlacht an der Marne zusammengezogen wurden. Als die deutschen Truppen sich zurückziehen mussten, wurde Emil in die Vogesen zum Stellungskampf verlegt und überlebte dort am Hartmannsweiler-Kopf die schwersten Kämpfe bis zum Kriegsende. Wie es danach in seiner Seele aussah, konnte man nur ahnen. Aber er versuchte mit dem Erlebten fertigzuwerden und sich dem normalen Leben wieder zu stellen. Vielen der Männer, die wie er aus dem Krieg heimkamen, gelang das nicht.

Mein Bruder Vincent war, wie Viktor, Ernst und mein Schwager E-mil, sofort zu Beginn des Krieges eingezogen worden. Marie, seine Frau, und die beiden Kinder mussten allein fertigwerden. Marie wusste oft kaum, wie sie die viele Arbeit bewältigen sollte. Als es beruflich passte, es war im Sommer 1918, fuhr ich mit dem Zug zu ihr und half bei den anfallenden Arbeiten so gut es ging. Die Kinder schienen diese schrecklichen Kriegszeiten relativ unbeschadet zu überstehen. Sie waren Lausbuben wie eh und je. Wovon wir nichts ahnten, war, dass sie neben harmlosen Dingen wie französischen Käppis heimlich außerdem Granatsplitter, Schrappnell-Kugeln, Patronenhülsen und andere gefährliche Kriegsüberbleibsel sammelten und sich dabei größten Gefahren aussetzten. Wir Erwachsenen hatten keine Zeit, uns ausreichend um die Jungen zu kümmern. Wir waren zu stark damit beschäftigt, unser aller Überleben zu sichern, sodass wir abends todmüde von den Anstrengungen des Tages ins Bett fielen. Erst viel später erzählte Siegfried einmal von dem gefahrvollen Kinderspiel, und wir waren froh, dass daraus nicht blutiger Ernst geworden war.

Vom 22. Juni bis 28. Juli, fanden erneut Stellungskämpfe bei Château Salins statt. Die Situation spitzte sich so stark zu, dass es höchste Zeit wurde, den Ort zu verlassen. Die Behörden begannen eilig die Bevölkerung zu evakuieren. „Halten Sie sich für den Abtransport bereit", hieß die kurze Nachricht, die an alle Zivilisten ging.

„Ob wir dieses Haus jemals wiedersehen werden?", fragte Marie unter Tränen. Seit die Evakuierung unumgänglich geworden war, weinte sie ohne Unterlass. Château Salins war ihre Heimat geworden. In dem Haus steckten tausend Erinnerungen. Hastig packten wir die Koffer.

„Nimm nur das Nötigste mit", riet ich ihr. „Du weißt nicht, wo ihr unterkommen werdet, und bedenke auch, dass du, wenn wir uns trennen, das ganze Gepäck allein schultern musst."

„Ach, mein Herz hängt an so vielem, wo soll ich nur anfangen?",
fragte sie hilflos.

So kannte ich die sonst so tatkräftige Marie gar nicht. Alle Kraft
schien aus ihr gewichen. Ich entschloss mich für sie die Entscheidungen
zu treffen. Die Zeit drängte und wenig später hatten wir die Koffer mit
dem Nötigsten gepackt. Am Bahnhof standen schon die Züge bereit, die
die Bevölkerung zunächst nach Forbach in Lothringen bringen sollten.

Ich selbst erwischte einen Zug nach Straßburg. Von dort aus fuhr ich
nach Wanzenau zu meinen Eltern. Was für eine schlimme Zeit war das,
in der wir damals lebten! Mir gingen die Bilder der vielen Verwundeten
nicht aus dem Kopf, die ich gesehen hatte. Und ich hatte auch die Angst
in den Augen der jungen Soldaten erkannt, die in die Schlacht ziehen
mussten. Diese Szenen verfolgten mich noch über Jahre hinweg. Wie
anders waren die Bilder zu Kriegsbeginn bei der Verabschiedung der
Soldaten am Bahnhof gewesen: Stolz und siegesgewiss waren sie in die
Züge gestiegen, voller Zuversicht, schnell und als Sieger aus diesem
Krieg wieder heimzukehren. Wie unendlich lange war das schon her!

Die Erleichterung meiner Eltern war groß, als ich in Wanzenau ein-
traf und ihnen davon berichtete, dass Marie und die Kinder vorerst in
Sicherheit waren. „Marie hat vor, von Forbach aus später nach Trier
weiterzufahren, weil Vincent dort stationiert ist", informierte ich meine
Eltern.

„Wir sind vor Angst fast vergangen als wir erfuhren, dass Château
Salins unter Beschuss steht", sagte mein Vater mit nassen Augen. „Wir

haben gebetet und gefleht, dass ihr es rechtzeitig schafft, den Ort zu verlassen."

Der Erste Weltkrieg dauerte vier unvorstellbar lange Jahre. Er kostete Millionen Todesopfer und Verwundete. Es war eine Schreckenszeit. Viele der Toten wurden, wie Viktor, in Massengräbern beerdigt. Die Versehrten mit abgetrennten Beinen oder Armen prägten von nun an das Straßenbild. Was man nicht sah, waren die Verwundungen der Seelen.

Am 11. November 1918 wurde der Waffenstillstand unterzeichnet und trat auch am selben Tag noch in Kraft. Kaiser Wilhelm II. war nach Holland ins Exil geflohen.

Am 7. Mai 1919 wurden einer deutschen Delegation die Bedingungen des Versailler Vertrages eröffnet. Clemenceau überreicht sie mit den Worten: „Die Stunde der Abrechnung ist da."

Man gab Deutschland und seinen Verbündeten die Alleinschuld an diesem Krieg. Riesige Landabtretungen wurden beschlossen, Deutschland verlor sämtliche Kolonien, zumeist an England. Auslandsvermögen und Industriepatente wurden konfisziert. Riesige Reparationszahlungen wurden dem Land auferlegt. Das Heer wurde auf ein Minimum beschränkt.

Elsass-Lothringen erklärte man zunächst zur unabhängigen Republik, dann aber besetzten französische Militärs die beiden Länder nachträglich, ohne Volksabstimmung kamen sie anschließend zu Frankreich. Seit dem 17. Oktober 1919 wurden wir nun von einer Generaldirektion in Paris verwaltet.

„Was soll jetzt aus uns werden?", fragte mein Vater und bezweifelte, dass wir im Elsass bleiben konnten.

Er sollte Recht behalten. Die Franzosen vollzogen ab 14. Dezember 1919 eine gezielte Assimilierungspolitik. Um eine möglichst schnelle Anpassung an Frankreich zu erreichen, wurden die Bewohner von Elsass-Lothringen in vier ethnische Gruppen eingeteilt. Je nach Abstammung in Vollfranzosen, Teilfranzosen, Ausländer und Reichsdeutsche (Altdeutsche). Wie es hieß, wollte man die Regionen schnellstmöglich von deutschen Elementen „säubern", um die nationale Homogenisierung zu erreichen. Da meine Eltern beide deutschstämmig waren, gehörten wir zu der ethnischen Gruppierung, die vertrieben werden sollte.

14.

Mein Bruder Vincent befand sich zu der Zeit in Lahr, in Baden. Seine Familie lebte in Trier. Dort, in Lahr, arbeitete er beim Reichsministerium und kümmerte sich um die Menschen, die Elsass-Lothringen verlassen mussten. Wir hatten eine Nachricht von ihm bekommen, in der er uns dringend riet, uns schnell um Unterlagen zur Ausreise in das rechtsrheinische Gebiet, und zwar nach Kassel, zu bemühen. Es herrschte Ungewissheit darüber, wie die Franzosen sich im Weiteren uns Altdeutschen gegenüber verhalten würden.

„Eine große Anzahl von Elsässern befindet sich bereits in Baden", schrieb er. „Wegen der vom Krieg verursachten starken Wohnungsnot und Lebensmittelknappheit sind die vielen Vertriebenen dort nicht gern gesehen. Oft, wenn sie ankommen, irren sie umher und wissen nicht, wohin. Deshalb ist es besser, wenn Ihr weiter ins Landesinnere geht."

Für uns und zunächst zweihunderttausend andere Deutschstämmige aus Elsass-Lothringen bedeuteten das Ende des Krieges und der Verlust der Gebiete an Frankreich, dass wir innerhalb eines Monats all unser Hab und Gut und auch unsere Arbeitsstellen verloren. Das Haus meiner Eltern mit dem gesamten Mobiliar wurde beschlagnahmt, meine neuen, mit Viktor zusammen erworbenen Möbel und den Hausrat verschenkte ich noch rechtzeitig an Lutetia und meinen Bruder Ernst. Das Schlimmste aber war, dass wir das Land, meine geliebte Heimat, verlassen mussten.

Mein Schwager Emil Schirmann und mein Bruder Vincent hatten ein Zusammentreffen der Familie in Grebenstein, einem kleinen Städtchen bei Kassel, vorbereitet. Dort hatte Familie Schirmann für uns Quartiere besorgt. Emils Regiment war in Hofgeismar, einem Nachbarort von Grebenstein, aufgelöst worden. Er und seine Familie waren bereits in Grebenstein in einer kleinen Wohnung untergekommen.

„Hier ist man uns Vertriebenen gegenüber recht freundlich und aufgeschlossen, anders als zum Beispiel in Freiburg, das von Flüchtlingen in Massen überfallen wird, wie ich gerade gehört habe", hatte Emil meinem Bruder Vincent mitgeteilt.

Währenddessen sorgten im Elsass die neuen Machthaber dafür, dass uns das Leben schwergemacht wurde. Mein Vater war damals schon dreiundsiebzig Jahre alt und seit fünf Jahren Pensionär. Sein Ausweis war abgelaufen. So ging ich mit ihm zu dem zuständigen Amt, in dem jetzt französische Beamte schalteten und walteten. Sie waren sehr unwirsch uns gegenüber. Als wir endlich die Papiere bekamen, staunten wir nicht schlecht. Man hatte den Namen meines Vaters, „Franz Grüneberg", in „François Gruneberg" geändert. Außerdem hatte man bei unserem Haus eine falsche Hausnummer angegeben. Statt des schönen Hauses mit dem Holzbalkon, das meine Eltern vor fünf Jahren rechtmäßig erworben hatten, dichtete man ihnen ein altes kleines, verfallenes und leerstehendes Haus an. Ob man Angst hatte, dass wir irgendwann unseren Besitz zurückverlangen könnten?

„Jetzt hat man aus dir einen Franzosen gemacht, Papa. Man will uns verhöhnen", sagte ich kopfschüttelnd.

Der Tag des endgültigen Abschieds kam Anfang Januar 1920. Schweren Herzens musste meine Familie das Land, in dem sie achtundvierzig Jahre lang gelebt hatte, in dem wir vier Kinder geboren und aufgewachsen waren, verlassen. Das Haus in Wanzenau hatten die Franzosen bereits an die neuen Bewohner übergeben. Wir waren jetzt wieder die „Sales Prussiens" und man wollte uns möglichst schnell aus dem Weg haben. Außer dem Inhalt von ein paar Koffern blieb uns nichts mehr. Mir wurde schmerzhaft bewusst, dass es keine wirkliche Sicherheit gibt im Leben. Wir hatten im Elsass ein Gefühl der Geborgenheit, des Glücks und der Beständigkeit empfunden. Es war unser Zuhause. Nun war diese Sicherheit wie eine Seifenblase zerplatzt, unsere Heimat wurde uns genommen, wir mussten auf die Hilfe fremder Menschen hoffen. Zum Glück würde mein Vater weiterhin seine Rente erhalten und meine Eltern waren krankenversichert dank des guten Sozialsystems im Elsass, das Deutschland weiterhin anerkannte.

Der Abschied fiel unendlich schwer. Alles, was uns lieb und teuer war, inklusive unserer Freunde und Bekannten, mussten wir zurücklassen. Diejenigen von ihnen, die zu den Altdeutschen zählten, hatten entweder das Land bereits verlassen und waren in alle Winde zerstreut, andere packten, wie wir, hastig ihre Dinge zusammen. Tausende teilten unser Schicksal. Die meisten gingen immer noch nach Baden.

Lutetia und einige Freunde in Straßburg hatten mich zuvor noch zu einem kleinen Abschiedstreffen in der Wohnung eines Bekannten eingeladen. Unser Kreis war kleiner geworden. Viktor und einer unserer Freunde, François, waren im gerade erst beendeten Krieg gefallen, zwei andere Freunde so stark verletzt worden, dass sie an dem Treffen nicht teilnehmen konnten. Es war ein sehr trauriges Zusammentreffen. Auch unser Freundeskreis war gezeichnet von den vier Kriegsjahren und jetzt musste ich, ein Schlag mehr für uns, auch noch das Land verlassen.

„Es ist schäbig, wie die Franzosen euch behandeln", sagte Antoine kritisch seinen Landsleuten gegenüber. Er selbst war französischstämmig, fühlte sich aber als Elsässer.

„Wenn sich die Zeiten wieder ändern, werde ich zurückkommen", versprach ich beim Abschied und zweifelte insgeheim an meiner eigenen Aussage, so sehr ich meine Heimat auch liebte.

Wir verließen Straßburg mit dem Zug. Ernst hatte sich Urlaub genommen und begleitete uns zu unserem Bestimmungsort. Er wollte helfen die vollen Koffer in den Zug zu heben und einfach bei uns sein in dieser schweren Stunde. Jede Person durfte nur zwei Koffer mitnehmen. Aber durch die Hilfe meines Bruders hatten wir ein paar Dinge mehr einpacken können, an denen unser Herz hing.

Dicht gedrängt standen die Menschen auf den Bahnsteigen, viele weinten, als sie sich von den vertrauten Menschen, die sie zurückließen, verabschiedeten.

Lutetia erschien in der letzten Sekunde auf dem Bahnsteig. Sie war im Labor aufgehalten worden und hätte es beinahe nicht geschafft uns noch zu verabschieden.

„Ich werde dich besuchen, sobald es möglich sein wird", versprach sie mit tränenverhangenem Blick. Meine Eltern klagten nicht, aber ich sah, dass mein alter Vater stark mit seinen Gefühlen kämpfte. Der Zug fuhr an. Lutetia lief noch einige Schritte neben dem Wagen her. Dann verlor ich sie aus den Augen. Während wir uns immer weiter entfernten, warfen wir letzte Blicke auf die wunderschöne, liebgewonnene, vertraute Silhouette von Straßburg. Würden wir die Stadt jemals wiedersehen? Wir ahnten schon, dass es ein Abschied für immer war, auch wenn wir es nicht glauben wollten.

Ernst fuhr, als er uns an unser Ziel gebracht hatte, wieder ins Elsass zurück. Da Clara gebürtige Elsässerin ist und ihre Familie vor 1871 schon dort lebte, konnte auch mein Bruder, als ihr Ehemann, dortbleiben. Er hatte 1919 die französische Staatsangehörigkeit erhalten.

15.

Neben dem Nötigsten an Gepäck hatten wir an diesem Januartag aber auch noch Puck, unseren Kurzhaardackel, bei unserem Aufbruch ins Ungewisse dabei. Er zeigte sich auf der Fahrt nach Grebenstein, unserem Reiseziel, von seiner artigsten Seite. Dem Ansinnen meines Vaters, den Hund auf dem Hof der Keppers bei unserer Übersiedlung zurückzulassen, hatte meine Mutter vehement widerstanden. Auch Vaters Einwand, dass wir in Begleitung eines Hundes womöglich Schwierigkeiten in der neuen Unterkunft bekommen könnten, ließ sie nicht gelten. Für meine Mutter gab es keinen Zweifel daran, dass Puck, der damals noch recht jung war, mitkam.

Mutter war eine große Verehrerin von William Shakespeare. Deshalb hatte sie ihren Hund nach dem Kobold aus dem „Sommernachtstraum" benannt. Der Name passte ganz genau zu diesem Tier. Er war tatsächlich ein richtiger Kobold, neckisch und verspielt, und wir liebten ihn alle sehr. Tiere bemerken oft die Stimmung der Menschen. So auch Puck, der während der ganzen langen Bahnfahrt still unter dem Sitz meiner Mutter saß und sich nicht rührte.

Wir fuhren bis Kassel und stiegen dann in den Bummelzug nach Grebenstein um. Ich war Ernst sehr dankbar, dass er uns begleitete. Er war derjenige, der nicht nur mit dem Gepäck und bei der Orientierung half. Er wirkte ausgleichend und beruhigend auf unsere Eltern und mich.

Nach einiger Zeit kündigte der Schaffner, der durch die Reihen lief, die Haltestellen Immenhausen und Grebenstein an. Die ganze Zeit hatten wir schon neugierig aus dem Fenster nach unserem Zielort Ausschau gehalten. Wenig später sahen wir einen Hügel, auf dem sich eine Burgruine erhob. Der Zug ratterte über eine kleine Brücke und schon hielt er vor einem Bahnhofsgebäude aus roten Backsteinen, davor ein Schild mit der Aufschrift „Grebenstein". Meta, Emil und Ruth warteten unmittelbar neben den Gleisen auf uns. War das eine Freude, die drei wiederzusehen! Für einen kurzen Moment verflog die auf uns lastende Traurigkeit.

„Wir haben Notunterkünfte für euch und auch für Vincents Familie besorgt", informierte uns Emil und meine Schwester Meta fuhr fort:

„Marie wird mit den beiden Jungen später nachkommen. Sie hat noch ein paar Dinge zu erledigen. Vincent bleibt vorerst in Baden"

Wir erfuhren von Emil, dass wir in einem Haus am Grebensteiner „Eulenberg", in dem ein älteres, kinderloses Ehepaar wohnte, untergebracht werden sollten. Emil hatte einen Handwagen organisiert, auf dem er die Koffer verstaute. Von der Anhöhe des Bahnhofs aus ging es einen holprigen Weg hinunter, der auf eine gepflasterte Straße stieß, die, wie Emil erklärte, Richtung Innenstadt führte. Eine leichte, bereits bei jedem Schritt in Matsch übergehende Schneedecke bedeckte teilweise die Wege. Wir liefen, unseren eingeschüchterten Hund eng bei uns, durch die Straßen der alten nordhessischen Kleinstadt, vorbei an einem langgestreckten Gebäude, einem ehemaligen Hospital, wie wir von meinem Schwager erfuhren, gegenüber sahen wir die Wirtschaftsgebäude einer

alten Wassermühle. Weiter ging es, vorbei an historischen Fachwerkhäusern, immer entlang eines Mühlgrabens und schließlich erreichten
wir den Eulenberg. Wir waren müde, hungrig und durchgefroren.

Mit wie viel Freundlichkeit und Mitgefühl uns die Hausbesitzerin
Frau Jessen empfing, damit hatten wir nicht gerechnet. Sie und ihr
Mann wussten, dass uns alles genommen worden war und wir nicht
freiwillig diesen Weg gewählt hatten.

„Wie schön, dass Sie da sind", sagte die mollige kleine Frau, als wir
bei dem Haus am Hang ankamen und zog die Tür weit auf. „Kommen
Sie doch erst einmal herein. Es ist so kalt draußen. Wir haben die Wohnung im ersten Stockwerk für Sie hergerichtet, dort stehen noch die
alten Möbel meiner Eltern. Sie dürfen alles benutzen, als wäre es Ihr
Eigenes. Kommen Sie!" Sie lief voran, wir folgten ihr. „Die Betten sind
bezogen, da ja sicherlich keine Wäsche im Gepäck Platz hatte, und kräftig eingeheizt hat mein Mann auch", bemerkte sie auf der Treppe. Sie
öffnete die Tür zu einer einfach ausgestatteten, blitzsauberen Wohnung.
„Wenn Sie Ihr Gepäck untergebracht haben, möchte ich Sie gern zu einer Tasse Tee und einem kleinen Imbiss einladen, damit Sie Atem holen
und sich aufwärmen können," sagte sie in ihrer netten Art. Angesichts
all dieser Fürsorge wurde uns ganz warm ums Herz und wir waren unendlich dankbar. Erschöpft traten wir ein.

Wir warfen einen Blick aus den Fenstern in die Januarlandschaft,
bevor wir das restliche Gepäck von draußen holten. Das Haus liegt direkt an dem Mühlgraben, an dem wir entlanggelaufen waren. Ein großer
Grasgarten schließt daran an. Das Städtchen wirkte, als die Sonne sich

für einen Moment zeigte, unter der leichten Schneehülle verschlafen und verträumt. Frau Jessen hatte in die zwei Schlafzimmer jeweils eine Waschschüssel mit gefüllten Wasserkrügen gestellt, so dass wir uns noch etwas erfrischen konnten, bevor wir wieder hinuntergingen.

In der unteren Etage empfing uns der Duft von frisch gebrühtem Pfefferminztee. Brot, Butter und Wurst standen auf dem Tisch der „guten Stube", die hauptsächlich benutzt wurde, wenn Gäste kamen. Unsere neuen Hausherren waren alteigesessene Grebensteiner. Ein tiefes Heimatgefühl verband sie mit dem kleinen Ort und deshalb freute sich das Paar, als wir interessierte Fragen stellten.

„Grebenstein gliedert sich in eine Unter- und eine Oberstadt", erklärte Herr Jessen, der sich bisher im Hintergrund gehalten hatte, stolz. „Es gibt eine alte Stadtmauer mit zum Teil noch gut erhaltenen Wehrtürmen. Einer davon steht, das werden Sie bald sehen, bei uns im Garten. Der Ortskern besteht aus alten Fachwerkhäusern, die mittlerweile krumm und schief, aber immer noch bewohnt sind. Durch die Unterstadt, unterhalb des Mühlbaches, fließt die Esse, ein kleiner Fluss, von der der Müller seinen Mühlbach abgeleitet hat. Wenn Sie ein wenig zur Ruhe gekommen sind, führe ich Sie gern umher, damit Sie sich mit Ihrer neuen Umgebung vertraut machen können. Sie wird Ihnen bestimmt gefallen", sagte er.

„Aber jetzt erzählen Sie, wie es Ihnen ergangen ist", unterbrach ihn seine Frau.

Wir berichteten kurz und waren dann froh auf unsere Zimmer zu gehen und uns ein wenig ausruhen zu können. Am nächsten Tag musste

Ernst zurück nach Straßburg und wir wollten in der verbleibenden Zeit beisammen sein, denn wir wussten nicht, wann wir ihn wiedersehen würden. Als wir meinen Bruder am darauffolgenden Tag zum Bahnhof brachten, wir durch die fremden Straßen liefen, unbekannte Menschen an uns vorübergingen, überkam mich ein unendliches Gefühl der Fremdheit, Traurigkeit und Verzweiflung. Ich glaubte mich niemals hier in der unbekannten Umgebung eingewöhnen zu können. Wo sollte ich Arbeit finden? Was sollte aus mir werden? Ich war nach dem Tod von Viktor allein zurückgeblieben, hatte keine Kinder, keinen Mann, keine Heimat. Während ich all dies dachte, stieg ein starkes Gefühl der Ablehnung gegen diesen kleinen unschuldigen Ort in mir auf.

In der folgenden Zeit versuchten wir mit der neuen Lebenssituation fertigzuwerden. In dem übersichtlichen Örtchen hatte sich wie ein Lauffeuer verbreitet, dass Vertriebene aus dem Elsass bei den Jessens untergekommen waren. Zu unserer Überraschung sprach man uns oftmals auf der Straße an, viele hatten ein paar nette Worte für uns übrig. Das machte die Eingewöhnung leichter und meine Gedanken wurden versöhnlicher. Hier war ja niemand verantwortlich für unser Schicksal.

Marie, meine Schwägerin, und ihre beiden Jungen, Siegfried und Anton, trafen einige Zeit, später aus Trier kommend, in Grebenstein ein und wurden vorübergehend im örtlichen Hotel „Zum Reichskanzler" untergebracht. Diese Unterkunft war im Krieg als Lazarett für verwundete Soldaten genutzt worden.

„Hier ist es nicht sehr nobel", entschuldigte sich Meta, die ja das schöne Haus meines Bruders und seiner Familie in Château Salins kannte. „Im Augenblick war aber nichts Anderes für euch zu finden."

„Wir sind Entbehrungen gewöhnt", antwortete Marie. „Es ist ja nur eine vorübergehende Bleibe. Da müssen wir eben zusammenrücken. Die Hauptsache ist, dass wir zusammen sind." Sie ging pragmatisch mit ihrer Situation um und versuchte das Beste daraus zu machen. Kurze Zeit später kam Vincent nach und die ganze Familie zog in das alte Haus des Gutsbesitzers Hofer am Steinweg ein. Mein Bruder fand schnell eine Anstellung in Kassel bei der Straßenbaubehörde. Für den täglichen Arbeitsweg nutzte er die gute Bahnverbindung. Siegfried war inzwischen siebzehn und Anton fünfzehn Jahre alt. Siegfried wurde auf das Gymnasium in Hofgeismar geschickt, wo er das Abitur machen sollte. Äußerlich war er zu einem jungen Mann herangereift, dem allerdings immer noch allerlei kindliche Streiche einfielen. Mehr als einmal Mal wurden seine Eltern nach Hofgeismar in die Schule zitiert, weil er und seine Freunde wieder irgendetwas angestellt hatten. Einmal hatten sie bei einer Rauferei im Zug nach Grebenstein die Notbremse gezogen, angeblich aus Versehen.

Anton beendete in Grebenstein die Hauptschule. Durch die Wirren des Krieges war die schulische Ausbildung der Kinder etwas vernachlässigt worden. Siegfried, der eigentlich sehr intelligent ist, benötigte Nachhilfeunterricht, um den Anschluss an den Wissensstand im Gymnasium zu gewinnen.

Jedes Familienmitglied richtete sich nach und nach im neuen Leben in Grebenstein ein. Ich ging auf die Suche nach einer Arbeitsstelle. Als Dentistin besaß ich keine Approbation und stellte schnell fest, dass die Zahnärzte in den kleineren Orten nicht die finanziellen Mittel und den Bedarf hatten, mich als Fachfrau einzustellen. So nahm ich bei einem der beiden Grebensteiner Zahnärzte, Herrn Dr. Zanner, eine Stelle als Helferin an. Meine Ausbildung und die jahrelange Berufserfahrung nutzten mir also sehr wenig. Der Vorteil war, dass ich nur wenige Minuten zu gehen hatte, um zur Arbeit zu kommen. Mein Gehalt reichte gerade für das Nötigste. An Sparen war nicht zu denken.

Nach wie vor zehrte das Heimweh an uns, aber es half alles nichts. Wir mussten uns mit den Gegebenheiten anfreunden. Ein großer Trost für meine Eltern war, dass gleich drei ihrer Kinder im selben Ort in unmittelbarer Nähe wohnten und dass sie am Leben ihrer Enkelkinder Siegfried, Anton und Ruth teilhaben konnten. Unsere Heimat, unser geliebtes Elsass, hatten wir verloren. Wir glaubten nicht, dass wir dorthin jemals würden zurückkehren können. Verloren und in alle Winde zerstreut waren auch unsere Freunde und Bekannten aus den Straßburger Jahren. Die schöne Zeit war vorbei.

„Man muss nach vorn schauen, Marie", versuchte meine Mutter mich und wohl auch sich selbst öfter zu trösten, wenn uns wieder einmal das Heimweh packte. „Aus dem Vergangenen können wir lernen. Es wird uns gelingen, hier etwa Neues aufzubauen. Haben wir nicht sogar Glück im Unglück? Grebenstein ist ein schöner kleiner Ort und wir sind hier willkommen." Ihre Devise lautete: „Jammern hilft nichts. Jede Zeit hat ihre schlechten, aber auch ihre positiven Seiten."

Aber die erste Zeit in der neuen Umgebung war nicht einfach. Das Wohnen war beengt, das Winterwetter meistens grau und nebelig. Und dann wurde es, wenn auch zaghaft, Frühling und der kleine Ort wirkte von Tag zu Tag freundlicher und bezaubernder. Jetzt fing ich an die wunderschönen Ecken dieses liebenswerten Städtchens zu entdecken, seine Bewohner und das Familiäre im Umgang untereinander zu schätzen. Morgens, wenn ich zur Arbeit ging, die Zahnarztpraxis lag in der Oberstadt, lief ich den Eulenberg hinauf, oft grüßten mich dann fremde Passanten, denen ich begegnete, und ich grüßte erfreut zurück, und überall blühte und duftete das neu erwachte Leben der Natur. Manchmal, wenn die Unterstadt morgens im Nebel lag, wirkte sie regelrecht verwunschen. Ich ging durch die Straßen und umarmte diese kleine Stadt mit ihrer gemütlichen, ruhigen, mittelalterlichen Ausstrahlung und ihren geschichtsträchtigen Ecken in Gedanken. Ganz langsam fing ich an, mich mit meinem Schicksal auszusöhnen.

So wie das Elsass war auch Berlin aus meinem Gesichtskreis so gut wie verschwunden. Die einstigen jährlichen Stippvisiten in die Hauptstadt fehlten mir. Aber mit meinem mageren Gehalt war es mir nicht möglich, Geld für Reisen zur Seite zu legen. Doch den regen Kontakt zu Onkel Willi in Schmargendorf pflegten wir nach wie vor und jedes Jahr einmal besuchte er uns in Grebenstein, es zog ihn dann mit Pinsel und Farben hinaus in die Landschaft oder zur pittoresken Burgruine. Viele von den in Grebenstein und Umgebung entstandenen Aquarellen schenkte er uns und einige davon zieren heute meine Wände.

Walter, sein Sohn, hatte den Krieg auch gut überstanden und schrieb mir von Zeit zu Zeit Briefe nach Grebenstein, über die ich mich ebenfalls sehr freute. Er berichtete vom Wiedererwachen des Lebens in Berlin, dem Wiederaufblühen von Kunst und Kultur nach dem verheerenden Krieg. Besonders aber blühte das Nachtleben. Unzählige Bars, Jazz-Lokale, Revuen und Tanzpaläste zogen die jungen Berliner Nachtschwärmer an. Es war der Beginn der Zwanziger Jahre, eine Phase des Aufatmens und der Hoffnung für die Menschen in Deutschland. Sie waren ausgehungert nach Leben.

„Wenn du mal zu Besuch kommst, was hoffentlich bald sein wird, wirst du die Stadt kaum wiedererkennen", behauptete Walter. „Stell dir vor", schrieb er, „der neu eröffnete ‚Ufa-Palast' in Charlottenburg bietet Platz für 1 740 Kinobesucher! Und sicher hast du schon von dem neuen Tanz, dem Charleston, gehört. Du weißt ja, wie leidenschaftlich gern ich tanze, und ahnst sicher, wo ich nun oft zu finden bin."

Ja, das passte zu Walter, dachte ich schmunzelnd. Er war inzwischen dreiunddreißig Jahre alt und, wie mein Onkel Willi versicherte, immer noch schlank und sehr sportlich. Walter war wie ich noch nicht verheiratet und arbeitete als Lehrer.

In einem seiner nächsten Briefe berichtete er: „Mein Vater ist, wie eh und je, immer noch aufgeschlossen allem Neuen gegenüber. Und um ja nichts zu verpassen, was in Berlin passiert, hat er nun einen neuen Lieblingsplatz: einen Klappstuhl Unter den Linden. Er liebt es, dort zu sein.

Für fünf Pfennig kann man die Klappstühle ausleihen, sich mit Gleichgesinnten unterhalten und dabei das pulsierende Leben ringsherum beobachten."

Was für ein Unterschied war das zu meinem Leben! In Grebenstein zogen die Tage gleichförmig dahin. Die Menschen hier lebten bescheiden und hatten wenig Zeit für Dinge, die nicht unbedingt notwendig waren. Man ging seiner Arbeit nach, tat seine Pflicht. Es war einfach eine ganz andere Welt im Vergleich zur Großstadt. Wie man mir erzählte, hat Grebenstein erst 1914 elektrisches Licht bekommen. Und so ähnlich verhielt es sich in allem. Es wirkte auf mich, als wäre die neue Zeit spurlos an Grebenstein vorbeigegangen. Aber das war auch irgendwie schön und beruhigend so. Alles in der Welt schritt so rasch voran. Seit meiner Kindheit hatte sich, hauptsächlich spürbar in den Städten, so unglaublich viel verändert, war das Leben so viel hektischer geworden. Automobile hatten die Kutschen ersetzt, motorisierte Busse, die mit Petroleum oder Gas betrieben wurden, die Pferdeomnibusse. Als neue Verkehrsmittel für den Post- und Passagiertransport beherrschten nun Flugzeuge die Lüfte. Manchmal hatte ich den Wunsch, die Zeit, die davonlief, einfach anzuhalten.

Oft dachte ich daran, wie schön es wäre, wenn ich in Grebenstein eine Freundin zum „Schnuddeln", wie man hier sagt, finden würde. Mit einunddreißig Jahren war es für mich als alleinstehende junge Frau nicht einfach, neue Kontakte zu knüpfen. Gleichaltrige Frauen, die als Freundinnen in Betracht gekommen wären, waren stark beschäftigt mit ihren kleinen und größeren Kindern und dem Führen des Haushalts. Die wenigen freien Stunden verbrachten sie meist in Familie oder mit ihren Männern. Ihr Tagesablauf hatte mit meinem so gut wie nichts gemeinsam. Abgesehen von den Interessenunterschieden, die uns trennten. Das war natürlich auch bedingt durch die unterschiedlichen Lebensformen. Ihr Arbeitstag begann in der Regel sehr früh am Morgen und endete spät am Abend. Einmal in der Woche wurde Wäsche gewaschen, was mühevolle Handarbeit bedeutete. In einem Kessel kochte man die gröberen Materialien, wie Baumwolle und Leinen. Zuvor mussten sie über Nacht eingeweicht werden, am Morgen wurden sie mit Kernseife an den schmutzigen Stellen eingerieben und nochmals in Lauge eingeweicht. Erst dann konnte man sie kochen, in laugenfreiem Wasser auswaschen, auswringen und endlich aufhängen. Die feineren Sachen mussten gleich mit der Hand herausgewaschen werden.

Zu essen gab es, was der Garten hergab, und dazu musste man das ganze Jahr über pflanzen, gießen, hacken, ernten. Obst und Gemüse waren im Laden in Grebenstein fast nicht zu finden. Wir waren es von Straßburg her gewohnt, auf dem Markt auch exotischere Früchte aus dem Süden kaufen zu können. Das gab es hier nicht. Hier auf dem Land in Nordhessen aßen die Leute den Winter über die eingelagerten Äpfel und Kartoffeln, aber es gab auch frisch geerntetes, wunderbares Wintergemüse, wie Feldsalat, Strünkchen und Grünkohl und andere Kohlsorten und natürlich das im Sommer Geerntete, das die Hausfrauen eingekocht hatten. Für uns völlig neu waren Kasseler Strünkchen, manche Leute hier in Hessen sagen auch „Schlupperkohl" dazu. Als wir das Gericht zum ersten Mal aßen, waren wir bei unseren Nachbarn eingeladen. Was da auf den Tisch kam, sah etwas ungewohnt aus, schmeckte aber köstlich. Schlupperkohl sieht so aus, wie der Name vermuten lässt, und ist, wie man uns aufklärte, eine nordhessische Spezialität. Verwendet werden Strünke von der in die Blüte übergehenden Romanasalat-Pflanze.

Der Alltag einer Hausfrau in Grebenstein bedeutet auch heute, 1946, noch harte Arbeit, straffe Organisation und sehr frühes Aufstehen. Selten haben die jungen Mütter Zeit, sich um ihre Kinder so aufmerksam zu kümmern, wie ich es bei meiner Schwägerin Marie in Château Salins mit ihren Kindern beobachtet hatte. Aber, das muss ich fairerweise sagen, Marie hatte eine Waschfrau, die ihr einen Teil der Arbeit abnahm. Es gibt natürlich auch in Grebenstein wohlhabendere Frauen, wie zum Beispiel die Frauen von Ärzten und Zahnärzten, Pfarrern, reichen Bauern oder erfolgreichen Geschäftsleuten. Diese Damen haben Hausmädchen, die sich um die Haushaltsbelange kümmern. Die benötigten Lebensmittel werden eingekauft oder von Hilfskräften angebaut und bearbeitet.

16.

Im Frühjahr 1921, wir wohnten jetzt schon über ein Jahr in dem Haus am Eulenberg, kündigte Lutetia, meine liebe Freundin aus Straßburg, mir ihren Besuch an. Endlich. Ich konnte ihre Ankunft kaum erwarten. Von dem Moment an, als wir beide uns auf dem Bahnhof in die Arme fielen, bis zu dem Augenblick, als sie mir kurz vor der Abfahrt des Zuges aus dem Fenster noch einmal ihre Hände reichte, standen unsere Münder nicht still. Es gab so unendlich viel zu erzählen. Nach diesem Besuch von Lutetia war die Welt ein bisschen bunter für mich.

Lutetia sah nach der langen, beschwerlichen Bahnfahrt frisch und munter aus. Ich hatte einen kleinen Handwagen mitgenommen, um ihren Koffer zu transportieren. So konnten wir bequem zum Haus der Jessens laufen, uns dabei unterhaken und unbeschwert plaudern.

„Nicht so viele Fragen auf einmal, Marie", ermahnte mich Lutetia lachend. „Ich werde versuchen, sie dir alle nach und nach zu beantworten." Neben all den Neuigkeiten aus unserem Freundeskreis und der Zahnklinik berichtete sie später auch von den Problemen der elsässischen Bevölkerung mit den neuen französischen Machthabern.

Wir konnten an dem lauen Nachmittag mit meinen Eltern bereits im Grasgarten der Familie Jessen sitzen und Kaffee trinken. Der Garten grenzt direkt an die Stadtmauer und den Eulenturm aus dem Spätmittelalter. Die Frühjahrssonne gewann in diesen Tagen immer mehr an Kraft und an dem geschützten Ort brannte sie teilweise sogar schon recht heiß.

138

„Ach, erzähl uns doch von Straßburg", bat nun auch meine Mutter. Auch mein Vater sah sie erwartungsvoll an und Lutetia berichtete aus unserer geliebten Heimat.

„Vieles hat sich verändert, seit ihr Altdeutschen weg seid. Die Elsässer sind zum Teil gar nicht froh darüber, wie autoritär die Franzosen mit ihrem Land verfahren. Nie haben sie eine Wahl, wie sie leben möchten. Immer wird ihnen eine Lebensweise aufgezwungen, die nicht der ihren entspricht", entrüstete sie sich und fuhr fort: „Die neue Regierung hat nun Deutsch zur Fremdsprache deklariert, Elsässisch betrachtet man als eine folkloristische Mundart. Amts- und Schulsprache ist Französisch. Unsere Kultur wird mit aller Macht verändert."

„Wenn man es genau betrachtet, wenden diese Nachfahren der Jakobiner in Paris jetzt ähnliche Mittel an wie wir Deutschen nach dem Krieg 1871. Die armen Elsässer sind immer die Leidtragenden", bemerkte meine Mutter, trotz aller aktuellen Problematik, nicht unkritisch.

Lutetia nahm den Faden wieder auf: „Man denkt zurzeit sogar darüber nach, die Trennung von Kirche und Staat zu vollziehen, um uns noch mehr ans französische Mutterland anzugleichen. Außerdem greifen nun zusehends die wirtschaftlichen und politischen Probleme Frankreichs auf uns über."

Inzwischen war das Ehepaar Jessen in den Garten getreten und Mutter fragte, ob sie sich nicht zu uns setzen wollten. Auch sie waren sehr interessiert an dem Bericht Lutetias und erfreut, meine Freundin kennenzulernen.

„Mit den Grünebergs ist wieder Leben in unser Haus eingezogen", versicherte Frau Jessen meiner Freundin. „Das tut uns gut." Herr Jessen, der politisch sehr interessiert war, fragte gezielt nach den Aktivitäten der Autonomiebewegung in Straßburg. Er habe davon im Radio gehört.

Lutetia berichtete: „In Straßburg ist die Meinung der Bevölkerung gespalten. Eine Gruppe bevorzugt die enge Anbindung an Frankreich und Französisch als Amtssprache. Auf der anderen Seite steht die heterogene Gruppe der Autonomisten. Letztere wollen teils die Zweisprachigkeit erhalten und plädieren für das Weiterbestehen der vorhandenen Regelungen in den Schulen und im Religionswesen. Sich zu dieser Gruppierung zu bekennen, ist nicht ungefährlich. Die Franzosen reagieren gereizt und haben schon genügend Probleme mit autonomen Bewegungen der Basken und Korsen."

Zu diesem Zeitpunkt, als wir friedlich im Garten der Jessens über die Entwicklungen im Elsass diskutierten, ahnten wir noch nicht, dass mein Bruder Ernst und einer seiner Söhne später große Probleme bekommen sollten, weil sie politisch als Gegner Frankreichs eingestuft wurden.

Während Lutetia mit ihrer herzerfrischenden Art erzählte, betrachtete ich von der Seite ab und zu meine Eltern. Waren sie mir in den Jahren in Wanzenau noch rüstig vorgekommen, wirkten sie jetzt beide müde und sichtlich gealtert. Mein Vater war schon immer ein sehr ruhiger Mensch gewesen. Aber an diesem Nachmittag saß er, nachdem ihn Lutetias Berichte kurzzeitig belebt hatten, still auf dem Gartensessel und sagte fast nichts mehr. Mutter, die noch in den letzten Tagen im Elsass tatkräftig und aktiv die Vorbereitungen unserer Übersiedlung in die

Hand genommen hatte, wirkte nun viel zerbrechlicher und matter als früher. War es mir nur in all den Wirren der letzten Zeit nicht aufgefallen, dass meine Eltern alt geworden waren? Oder hatte die Vertreibung – dieser Bruch in ihrem Leben, der im höheren Alter sicher schwerer zu verkraften war als in jüngeren Jahren – ihre Veränderung sowohl körperlich als auch seelisch bewirkt?

Es ist nun mal so, dass Menschen alt und gebrechlich werden, dachte ich für mich. Ich muss es akzeptieren. Mein Vater war zu dem Zeitpunkt vierundsiebzig Jahre alt und hatte schon den Tod einiger seiner Freunde hinnehmen müssen. In diesem Moment war ich von Herzen dankbar dafür, meine Liebsten so nah bei mir zu haben.

Während ihrer Zeit in Grebenstein wohnte Lutetia bei mir im Zimmer unter dem Dach. Aus den Fenstern bot sich uns von dort ein direkter Blick auf den Mühlbach und den kopfsteingepflasterten Weg am Eulenberg, der in die Oberstadt Grebensteins führte. Ich hatte mir ein paar Tage Urlaub genommen und zeigte ihr das Städtchen, das ich inzwischen liebgewonnen hatte. Es waren die ersten schönen Frühlingstage nach einer längeren Kälte- und Regenperiode. Die Natur explodierte regelrecht. Das Wetter war sonnig und teilweise kletterten die Temperaturen nach den frischeren Morgenstunden schon auf bis fast zwanzig Grad. Der Burgberg war zu dieser Zeit übersät mit gelben und weißen zarten Frühlingsblumen. An einem dieser Tage machten wir auf halbem Weg zur Burg Halt und setzten uns auf eine Wiese, von der aus wir das mittelalterliche Städtchen und die fließende Hügellandschaft mit ihren schon kräftig grünenden Feldern weithin überblicken konnten.

„Was für ein schöner Tag! Dieser Ort hat eine bezaubernde Ausstrahlung", bemerkte Lutetia fasziniert.

Ja, sie hat Recht, dachte ich, plötzlich von einem Glücksgefühl übermannt. Das Heimweh, das mich von Zeit zu Zeit überfiel, trat in diesem Moment vollständig in den Hintergrund.

„Man spürt, dass du dich schon gut eingelebt hast, Marie", sagte meine Freundin einfühlsam.

„Ach, Lutetia, ja, der Ort ist sehr romantisch, das Leben hier beschaulich. Aber ich hätte nie gedacht, dass es mich einmal in eine Kleinstadt verschlagen würde", antwortete ich. Und plötzlich, ohne jede Vorwarnung, zum ersten Mal seit unserer Flucht, weinte ich bitterlich über all die erlittenen Verluste. Unaufhörlich rannen mir Tränen über das Gesicht und obwohl Lutetia tröstend den Arm um mich legte, gelang es mir nur langsam, mich zu beruhigen. Als auch die letzten Schluchzer verebbt waren, gestand ich: „Ich vermisse mein Leben in Straßburg so sehr. Eigentlich denke ich, dass ich mich auch in Grebenstein wohl fühlen könnte, aber wenn ich die Gedanken an das Elsass zulasse, bin ich unglücklich und verloren. Ich kann nicht glauben, dass ich wahrscheinlich nie wieder ins Café Broglie, in die Winstub und zu all den Plätzen, die ich so sehr liebe, gehen kann. Dass ich unsere Freunde nie wiedersehen werde und meine frühere Arbeit nun jemand anderes macht."

Lutetia verstand mich und wusste auch, dass ich mich immer bemühte stark zu sein und die Dinge positiv zu sehen.

„Vielleicht kannst du nach Kassel ziehen?", schlug sie vor. „Dort, in der Großstadt, hättest du eventuell die Möglichkeit, deinen Beruf wieder auszuüben."

Darüber hatte ich auch schon nachgedacht. Aber Kassel war nun mal nicht Straßburg und ich hatte dort niemanden, den ich kannte. Außerdem verspürte ich Verpflichtungen gegenüber meinen Eltern.

„Ich kann meine Eltern nicht mehr allein lassen. Und man könnte sie in ihrem Alter nicht ein weiteres Mal verpflanzen. Das würden sie nicht verkraften. Mit Kassel verbindet mich nichts. Das Einzige wäre tatsächlich, dass ich dort vielleicht eine Stelle als Dentistin bekäme, aber …", ich dachte den Gedanken nicht zu Ende und verwarf die Idee ganz schnell wieder.

„Wie gefällt dir deine Arbeitsstelle, Marie?", fragte Lutetia.

„Ich sehe es als vorübergehende Lösung an", sagte ich. „Momentan finde ich nichts Anderes und muss froh sein, Geld verdienen zu können. Es ist praktisch, dass ich gleich um die Ecke arbeiten kann. So verliere ich nicht viel Zeit durch Bahn- und Straßenbahnfahrten. Wenn etwas mit den Eltern sein sollte, bin ich gleich zur Stelle."

„Warum nimmt Meta sie nicht zu sich? Sagtest du nicht, dass sie mit ihrer Familie in einem Nachbarort ein geräumiges Haus bewohnt? Ruth ist schließlich kein Kleinkind mehr, um das sie sich ständig kümmern müsste."

„Meta hat genug mit sich selbst zu tun, das war schon immer so. Ihr Mann hat sie in der Vergangenheit so sehr verwöhnt, dass sie mit einer Umstellung ihres Lebensrhythmus nicht zurechtkäme."

143

„Und das sagt die ‚kleine' Schwester", stellte Lutetia belustigt fest. Aber sie kannte Meta ja recht gut und wusste, dass ich Recht hatte.

„Hättest du Lust, meine Schwester mal in Hofgeismar zu besuchen?", fragte ich sie. „Sie würde sich sicher sehr freuen, dich zu sehen." Diesen Vorschlag setzten wir gleich am nächsten Morgen in die Tat um.

„Welch nette Überraschung!", rief Meta verblüfft aus, als sie uns die Tür öffnete. Sie war noch genauso schlank wie zu der Zeit, als Lutetia sie das letzte Mal gesehen hatte, aber es zeigten sich hier und da bereits graue Strähnen in ihren kastanienbraunen Haaren, die ihr jedoch etwas Apartes verliehen. Sie führte uns durch ihr Wohnzimmer auf die zum Haus gehörige, etwas renovierungsbedürftige Terrasse, wo sie uns Plätze anbot.

Auch für Meta war ein Besuch aus Straßburg etwas ganz Besonderes. Uns alle, jedes Mitglied unserer Familie, die wir jetzt in Hessen wohnten, überfiel regelmäßig eine große Sehnsucht nach Straßburg, nach dem Elsass. Und Lutetia war eine Botin von dort, verkörperte ein kleines Stück dieser Heimat. Die Zeit im Gespräch mit Meta verging wie im Flug. Meta führte zwar ein angenehmes Leben in Hofgeismar, aber sie und Emil hatten, seit sie das Elsass verlassen mussten, keinen vergleichbaren Freundeskreis aufbauen können.

„Unsere Freunde und Bekannte sind fast alle nach Baden oder Brandenburg gegangen", erklärte meine Schwester bedrückt.

Da sie so gut wie nie aus Hofgeismar herauskam, beschlossen Lutetia und ich mit Meta am darauffolgenden Tag nach Kassel zu fahren.

Feingemacht und unsere modischen „Topfhüte" auf dem Kopf (sie waren damals der letzte Schrei) liefen wir am nächsten Morgen zum Grebensteiner Bahnhof. Meta saß bereits im Zug aus Hofgeismar, als Lutetia und ich einstiegen. Wir fuhren bis Kassel Hauptbahnhof. Aus dem stillen, verwunschenen Grebenstein in die lärmende, lebhafte Großstadt zu kommen, erschien uns fast wie eine kleine Weltreise. Wir flanierten die Königsstraße entlang, pausierten in einem Café, bummelten über den Königsplatz, betraten mal dieses, mal jenes Geschäft, redeten und lachten die ganze Zeit und fuhren abends glücklich nach Hause. Am nächsten Tag musste Lutetia zurück nach Straßburg. Die Woche war wie im Flug vergangen.

Weil die Wohnung im Haus am Eulenberg auf Dauer sehr klein war, zogen meine Eltern und ich ein paar Monate später innerhalb Grebensteins um in die Burgstraße, in eine Wohnung im Hause des Sanitätsrates Dr. Cranz. Dort hatten wir mehr Platz und die Räumlichkeiten waren sehr schön. Die Wohnung liegt unmittelbar unterhalb des Burgbergs und wir durften den großen Garten, der als Begrenzung auch wieder die alte Stadtmauer hatte, mitbenutzen.

Lutetia besuchte mich bereits im Winter erneut. Auf der Bahnfahrt lernte sie einen Mann kennen. Heinrich kommt aus Kassel-Wehlheiden und ist – ein wirklich unglaublicher Zufall – Zahnarzt.

Schon als ich sie vom Bahnhof abholte, bemerkte ich, dass sie noch beschwingter wirkte als sonst und ihre Augen funkelten. Kaum hatten wir uns begrüßt, erzählte sie auch schon von ihrer netten Zugbekanntschaft. „Er hat gefragt, ob ich mich mit ihm in Kassel im Café treffe, bevor ich zurück nach Straßburg fahre!'", flüsterte sie mir später mit leicht geröteten Wangen zu, als wir in der Küche das Geschirr abwuschen.

In diesem Augenblick schien sie die sechzehnjährige Lutetia zu sein, mit der ich damals als Backfisch gekichert hatte, wenn wir über Jungen sprachen oder andere große Geheimnisse austauschten. Sie hatte diesen Mann nur wenige Stunden zuvor flüchtig kennengelernt, und doch erzählte sie kaum noch von etwas anderem. Jedes Detail des Erlebten schien ihr wichtig und verursachte ihr Herzklopfen. Ich spürte sofort, dass diese Begegnung etwas Besonderes für sie war, und ich sollte mich nicht irren. Es war genau so, wie ich es vermutet hatte. Die beiden hatten sich Hals über Kopf ineinander verliebt. Nun kam Lutetia regelmäßig zu Besuch nach Grebenstein zu mir, um von hier aus nach Kassel zu den Treffen mit Heinrich zu fahren. Welcher Glücksfall für mich!

Heinrich ist das genaue Gegenteil meines Cousins Walter, in den sich Lutetia während ihres Berlinbesuchs damals verliebt hatte. Er ist ein vernünftiger, ruhiger Mann, der meiner immer aktiven, quirligen Freundin Geborgenheit vermittelt.

Heinrich und Lutetia nahmen mich nun manchmal mit, wenn sie in Kassel ins Kino oder Theater gingen. So kam es, dass ich die beiden zur Eröffnung des Freiluftkinos in Kassel begleitete. Die Einweihung war das Ereignis schlechthin und sämtliche Zeitungen berichteten darüber, weil es das erste Freiluftkino in Deutschland war. An einem klaren Sommerabend, es war der 18. Juni 1921, fand die Eröffnung im Kasseler „Stadtpark" statt. Bei dem „Stadtpark" handelte es sich um einen größeren Gastronomiebetrieb an der Wilhelmsstraße. Er war von einem schönen Garten mit altem Baumbestand umgeben, im Gebäude selbst fanden ein paar Hundert Besucher Platz. Drinnen veranstaltete man oft große Sportveranstaltungen wie zum Beispiel Boxkämpfe. Heinrich liebte es, zu den Kämpfen zu gehen. Er hätte uns gern einmal mitgenommen, aber diese martialische Sportart interessierte uns überhaupt nicht.

Am Tag der Eröffnung des Freilichtkinos holte Heinrich uns am Bahnhof ab. Ich hatte mir zuvor ein modernes Kleid genäht, das nur bis zu den Waden reichte. Es fiel locker an mir herunter und wurde in der Taille mit einer Schärpe gehalten. Dazu hatte ich zwei Tropfen „Jicky", das Lutetia mir aus Straßburg mitgebracht hatte, hinter die Ohren getupft. Ein solches Parfum zu besitzen, war in Grebenstein etwas ganz Besonderes. Die Mehrzahl der Frauen dort verwendete, wenn überhaupt, „4711 Kölnisch Wasser". Für sie war Parfum nichts, was in ihren Alltag gepasst hätte.

Lutetia hatte ein zipfeliges Blumenkleid an, das ihr auch ausnehmend gut stand. Ihre Tante hatte es aus Paris geschickt. Da ich solche Verbindungen nicht hatte, war ich dazu übergegangen, meine Kleider nach Schnittmustern des Ullstein Verlags selbst zu schneidern. Manchmal nähte auch meine Mutter etwas für mich. Aber ihre Augen waren schlechter geworden und es fiel ihr schwer, die feinen Arbeiten auszuführen.

„Oh, là, là!", rief Heinrich aus, als er uns sah. „Es ist mir ein Vergnügen, mit zwei so hinreißenden Frauen auszugehen."

Ich war seit Ewigkeiten nicht mehr im Kino gewesen und freute mich umso mehr auf die Vorstellung. Als wir im „Stadtpark" ankamen, war der Garten schon voller Menschen. Die Presse war anwesend, über uns spannte sich ein sternenklarer Himmel. Heinrich hatte seine Beziehungen spielen und für uns drei Plätze reservieren lassen. Wir nahmen unter alten Bäumen an einem Holztisch Platz, bestellten Getränke und wenig später lief der Film an: *Die Austernprinzessin* von Ernst Lubitsch.

Die rasante Verwechslungskomödie, die sich durch groteske Komik und nuancierten Witz auszeichnete, riss uns und die Menschen um uns herum vollkommen mit. Ossi Oswalda, die damals sehr bekannte Stummfilmdiva, verzauberte alle mit ihrer Natürlichkeit und ihrem Charme. Der Vorführapparat stand hinter der Leinwand, diese musste während des Films ständig mit Wasser nass gehalten werden. Aber das störte niemanden. Im „Stadtpark"-Garten herrschte eine unbeschreiblich gute Stimmung. Es wurde viel gelacht und während der Pause brachten die Kellner Nachschub an Getränken.

Heinrich und Lutetia saßen mir gegenüber. Was für ein schönes Paar", dachte ich für mich. Lutetia war damals ebenso wie ich schon Anfang dreißig, hatte aber von ihrer wunderbaren fröhlich-jugendlichen Ausstrahlung noch nichts verloren. Heinrich war ein Jahr älter als wir und recht groß, er erinnerte mich mit seinen hellblonden Haaren und seinem muskulösen Körperbau an einen Wikinger. Bei besonders komischen Szenen des Films übertönte seine kräftige, tiefe Bassstimme alle anderen, wenn er lachte. Seinen Beruf, der ja Feinarbeit erforderte, traute man ihm gar nicht zu. Aber er hatte viele Patienten, war sehr erfolgreich und musste somit ein guter Zahnarzt sein.

Wenn wir miteinander ausgingen, gaben mir die beiden nicht das Gefühl, überflüssig zu sein. Doch manchmal, wenn ich sah, wie verliebt sich die zwei anlächelten, stieg ganz natürlich der Wunsch in mir auf, nicht mehr allein zu sein, jemanden kennenzulernen, so wie damals in Berlin. Einen Mann, der mit mir ausging, mich in die Arme nahm, der mich liebte.

Bei unseren Besuchen in Kassel bekamen wir bereits die beginnende Inflation zu spüren, eine Folge des „Großen Krieges". 1921 stiegen die Lebensmittelpreise rasant an, das konnte man auf dem Königsplatz, der im Herzen der Stadt liegt und wo die Bauern der Umgebung ihre Waren anboten, deutlich beobachten. In Grebenstein spürten wir die Preissteigerungen nicht so stark, da die Bauern ihre Waren direkt an uns verkauften oder Tauschgeschäfte stattfanden. Zusätzlich bewirtschaftete fast jeder im Ort seinen eigenen kleinen Gemüsegarten und hielt ein paar Hühner, Gänse, Schweine oder auch eine Kuh zur Selbstversorgung. Das zahlte sich in Notzeiten aus. Wurde der Mann arbeitslos, hatte man zumindest noch genug zu essen.

Die Hauptleidtragenden der Inflation, die später zu einer Hyperinflation auswuchs, waren die Massen der Arbeiter und Angestellten in den großen Städten. Dort stieg die Arbeitslosigkeit sprunghaft an. Aber auch diejenigen, die Geldvermögen ihr Eigen nannten, wurden durch die Hyperinflation quasi enteignet. Die Mittelschicht fand sich in bitterer Armut wieder. Menschen, die ihr angehörten, verloren oft über Nacht ihr gesamtes Vermögen, Rentiers ihr Erspartes, Unternehmen erlitten Bankrott, Banken waren ruiniert. Aktien und Staatsanleihen waren nichts mehr wert.

Aber es gab auch Gewinner der Inflation. Grundeigentümer, auf deren Häusern und Grundstücken Schulden lasteten, wurden durch die Geldentwertung fast vollständig entschuldet, während die Immobilien ihren Wert behielten.

17.

Mein Bruder Vincent bekam 1921 einen Posten als Straßenmeister in Hessisch Lichtenau. Im Dezember zogen Vincent, Marie und die Kinder deshalb aus ihrem Haus in Grebenstein aus und wohnten fortan im Gebäude des Amtsgerichts in Hessisch Lichtenau. Dort hatte man ihnen eine schöne geräumige Wohnung zur Verfügung gestellt.

„Wir müssen die gesamte Wohnung möblieren. Ich weiß nicht, woher ich das Geld nehmen soll", klagte Marie, als sie von dem bevorstehenden Umzug erfuhr. Das Haus in Grebenstein hatten sie möbliert gemietet gehabt.

Doch es fanden sich Lösungen. Meine Eltern gaben einen Zuschuss, und viele Grebensteiner verkauften günstig gebrauchte Möbel und Haushaltsgegenstände an die Familie oder schenkten sie ihr sogar. Nun wurde am Tag des Umzugs, es war trübe und bitterkalt, ein gemieteter Lastwagen mit den neu erworbenen Dingen vollgepackt. Frierend und traurig nahmen wir voneinander Abschied. Besonders die Jungen, inzwischen fünfzehn und siebzehn Jahre alt, waren unglücklich darüber aus ihren Freundeskreisen herausgerissen zu werden. Und die Großeltern bangten, dass sie nun ihre Enkel nicht mehr so häufig sehen würden wie zuvor. Selbst mein sonst immer positiv denkender Bruder flüchtete sich angesichts der gedrückten Stimmung in Ironie. Er nannte Grebenstein immer das „Hessische Nürnberg".

„Jetzt geht es vom ‚Hessischen Nürnberg' ins ‚Hessische Sibirien'", bemerkte er. Der Ort liegt im östlichen Nordhessen. Schon am ersten

Tag, als er in Grebenstein ankam, hatte er den Ort wegen des mittelalterlichen Stadtbildes als das „Hessische Nürnberg" bezeichnet.

„Übertreib mal nicht, lieber Vincent", sagte meine Mutter lächelnd.
„Lichtenau liegt ja mit einer Entfernung von zweiundvierzig Kilometern
nicht aus der Welt. Du wirst sehen, die noble Wohnung wird euch
schnell mit der neuen Umgebung versöhnen."

Wir konnten die Gefühle der Wehmut, die bei Marie und Vincent
aufkamen, gut verstehen. Hatten wir doch selbst inzwischen das Städtchen und seine liebenswerten Bewohner, die uns Flüchtlingen aus dem
Elsass so viel Freundlichkeit und Wärme entgegenbrachten, schätzen
gelernt. Ich denke, der wirkliche Grund für Vincents Wehmut war aber
der, dass er künftig so weit von uns entfernt wohnen würde, dass er
nicht mehr mal ebenso auf einen kurzen Besuch bei uns vorbeikommen
konnte. Der schmerzliche Verlust unserer Heimat hatte uns alle getroffen. Jetzt zerstreute sich auch noch die Familie. Ernst war ja schon aus
unserem Umfeld verschwunden.

„Ich werde euch ganz oft besuchen", versprach Siegfried, Vincents
Sohn, voller Überzeugung und sein Bruder Anton schloss sich ihm an.

Die Familie lebte sich aber schneller in Hessisch Lichtenau ein, als
sie es selbst zunächst für möglich gehalten hätte, und wir fanden das in
eine Talsenke zwischen sanfte Höhenzüge gebettete Fachwerkstädtchen
bei unseren Besuchen auch sehr schön.

Zu Weihnachten 1921 machte Heinrich Lutetia einen Heiratsantrag
Den Hochzeitstermin legten sie auf den 20. April 1922, Lutetias Geburtstag, fest. Sie hofften, dass dann das Wetter bereits günstig sein

würde. Das war leider nicht der Fall. Als wir in Kassel in die Kirche gingen, trugen wir Wintersachen. Die Temperaturen lagen bei null Grad. Trotzdem wurde es ein Tag, der mir im Gedächtnis haften blieb. Für die Gäste hatte Heinrich Zimmer in einem Hotel in Wilhelmshöhe reserviert. Dort fand auch die Hochzeitsfeier statt. Heinrich war recht wohlhabend, neben der Zahnarztpraxis gehörten ihm einige Immobilien in Kassel.

Aus Straßburg war Lutetias gesamte Familie angereist. Ich freute mich sehr all die vertrauten Gesichter wiederzusehen. Besonders interessierte es mich, Madame Cuvier aus Paris zu treffen. Seit ich achtzehn Jahre alt war, hatte ich sie nicht mehr gesehen. Das war nun fünfzehn Jahre her. Als ich ihr gegenüberstand, stellte ich fest, dass sie zwar älter geworden war, aber immer noch attraktiv wirkte auf ihre lebenslustige, etwas exzentrische Art. Madame war meine Tischnachbarin. Für mich war es schön, einmal wieder französisch sprechen zu können.

Lutetias Tante hatte viel von Paris zu berichten, wobei sie oft mit den Händen gestikulierte, was den Blick auf ihre Ringe und Armbänder lenkte. Sie liebte auffälligen Schmuck mit großen, gefassten Steinen. Ich erzählte ihr, dass wir einst das Bâteau-Lavoire gesehen hatten, in dem Picasso wohnte. Mittlerweile war er weltberühmt.

„Ah, diesen Schuppen habt ihr euch damals angesehen? Weißt du, dass in der Zeit sein Gemälde ‚Demoiselles d'Avignon' entstanden ist? Selbst einige meiner freisinnigen Freunde fanden das Bild seinerzeit unmoralisch und unmöglich: Quel scandale!" Sie ließ ein amüsiertes Lachen hören. Und dann gab sie eine weitere Anekdote, die ihr dazu einfiel, zum Besten: „Hast du davon gehört, Marie, dass Picasso sogar einmal des Diebstahls der Mona Lisa verdächtigt wurde?"

Verblüfft sah ich Madame an. Natürlich ging damals die Nachricht um die Welt, dass das Gemälde für einige Zeit aus dem Louvre verschwunden war. Die Presse verfolgte das Geschehen und wir diskutierten auch in Straßburg über diesen spektakulären Raub. Aber dass auch Picasso unter Verdacht geriet, war mir neu.

„Einem Belgier war es bereits 1907 gelungen Skulpturen aus dem Louvre zu stehlen. Zwei davon verkaufte er über Picassos Freund Apollinaire an Picasso. Dann gab es diesen Diebstahl der Mona Lisa. Um der Welt zu beweisen, wie einfach es war etwas aus dem Louvre zu stehlen, brachte der Belgier eine der damals gestohlenen Skulpturen zu einer Pariser Zeitung, die darüber berichtete. Um nicht mit dem Diebesgut in Verbindung gebracht zu werden, entschlossen Picasso und Apollinaire sich nun die beiden käuflich erworbenen Figuren ebenfalls zu dieser Zeitung zu bringen. Die Polizei erfuhr davon und nahm Apollinaire fest. Bei den Verhören zog er Picasso mit in die Affaire hinein. Man verhörte Picasso, ließ ihn aber wieder gehen. Vor Gericht konnte man sowohl Apollinaire, als auch Picasso keine Mittäterschaft am Diebstahl der Skulpturen nachweisen. Und, wie du sicher weißt, wurde der Dieb der Mona Lisa, ein italienischer Anstreicher, erst zwei Jahre später gefasst."

Ich staunte, als Madame fortfuhr: „Das Bâteau-Lavoire und das lose Leben gehören für Picasso längst der Vergangenheit an. Der Ruhm hat ihn verändert. Er lebt jetzt mit einer Primaballerina des ‚Ballets Russes' zusammen. In der Stadt belächelt man es, wenn er in seinem Automobil von einem Chauffeur durch die Straßen gefahren wird. Für Ordnung in seinem Haushalt sorgt jetzt das Personal, wie ich hörte.“ Madame zögerte kurz und sagte dann: „Aber warum soll er seinen Wohlstand nicht genießen?“

„Das würde wohl ziemlich jeder tun, der viel Geld besitzt“, antwortete ich zustimmend. Da wir uns beide für Kunst interessierten und uns das Thema einen unerschöpflichen Gesprächsstoff bot, berichtete sie weiter über das Geschehen in Paris.

Die Hochzeitstafel war inzwischen aufgehoben worden und wir hatten an einem kleinen Tischchen mit bequemen Ledersesseln im Foyer des Hotels Platz genommen. Ich erfuhr, dass Madame vor kurzem in einer Ausstellung des Dadaisten Man Ray in der Galerie Librairie Six gewesen war.

„Es ist erstaunlich. Die Darstellungen der Dadaisten haben nichts mehr mit herkömmlicher Kunst zu tun. Kannst du mit dem Begriff Dadaismus etwas anfangen, Marie?“, fragte sie. Dann lachte sie auf: „Ach, selbst die Dadaisten wissen ja nicht, was das ist. Sie wollen sich nicht festlegen auf das, was Kunst und Literatur sein soll.“ Madame schaute mich erwartungsvoll an.

Zwischen meinem Leben in Grebenstein und meinem Vorkriegsleben, in dem Kunst und Kultur eine große Rolle gespielt hatten, ich zahlreiche Ausstellungen in Berlin besucht und mit Viktor und meinem Onkel Willi endlos über Kunst diskutiert hatte, schienen mir auf einmal Welten zu liegen. Paris und Grebenstein – weiter konnte die Lücke nicht auseinanderklaffen. So freute ich mich, als sie auf eine interessierte Frage meinerseits zu dem Thema Dadaismus weitererzählte, mit der ihr eigenen theatralischen Gestik und Mimik. Ich saugte es regelrecht auf, was sie zu sagen hatte.

„Der Dadaismus ist, wenn man es näher betrachtet, eine regelrechte Revolte nicht nur gegen die hergebrachte Kunst, sondern gegen unsere bürgerliche Gesellschaft", empörte sie sich. „Ob Fotomontagen, Collagen aus Fotos und Alltagsgegenständen, groteske Gedichte oder Tänze – all das erklären die Dadaisten zu Kunst. Vom ästhetischen Standpunkt her widerspricht das meiste dem guten Geschmack", flocht sie mit einem verächtlichen Gesichtsausdruck ein. „Ich würde mir solche Arbeiten niemals kaufen. Aber ich muss zugeben, man kann ihren Werken nach längerem Nachdenken eine durchaus berechtigte, ironische Doppeldeutigkeit zubilligen. Vielleicht kann man es so verstehen, dass sie der Sinnlosigkeit des Krieges, den viele dieser Künstler hautnah an der Front erlebt haben, den Nonsens in der Kunst entgegensetzen wollen. Diejenigen anklagen wollen, die es zugelassen haben, dass ein Weltkrieg entfacht wurde." Die Wangen von Madame Cuvier hatten sich im Eifer ihres Vortrags gerötet, und sie fuhr fort: „Wie alle Kunstrichtungen wird auch der Dadaismus wahrscheinlich nur eine Zeiterscheinung sein, die sicher schon bald von einer anderen abgelöst werden wird. Eines der Exponate dieses amerikanischen Künstlers soll übrigens auf merkwürdige Art verschwunden sein. Es war ein Bügeleisen, das auf der Unterseite mit Nägeln bestückt war. Ich erwähne gerade dieses Teil, um dir anschaulich zu machen, was uns da Unglaubliches als Kunst präsentiert wird. Es ist wirklich eine Provokation, findest du nicht auch, Marie?"

Mir erschien es völlig verrückt, dass es Menschen gab, die sich darauf einließen, ein nägelbestücktes Bügeleisen überhaupt als Kunst zu betrachten. „Ist dieser Man Ray durch das Bügeleisen bekannt geworden?", fragte ich Madame Cuvier.

„Oh nein! Er hat eigentlich überhaupt keinen Erfolg auf dem Gebiet der Malerei und Objektdarstellung. Inzwischen hat er sich auf Fotografie spezialisiert. Sein Studio ist ein Treffpunkt der Pariser Kunstszene geworden und viele seiner Künstlerfreunde hat er inzwischen fotografiert. Man muss sagen, dass er auf ganz ungewöhnliche Art mit Licht und Schatten arbeitet und seine Fotoporträts sind auch bei meinen Bekannten sehr gefragt."

Anschließend berichtete Madame auch von den weniger spektakulären Pariser Alltagserscheinungen. So konnte man, wie ich erfuhr, aus ihrem Küchenfenster noch immer in die Wohnung ihrer Nachbarin blicken, so wie damals, bei unserem Paris-Besuch vor fünfzehn Jahren. Und diese Nachbarin trug nun, wie Madame naserümpfend beobachtet hatte, eine Bubikopffrisur, genau wie ihre morgendliche Kaffeeklatschfreundin. Das widersprach Madame Cuviers Auffassung von Eleganz und Weiblichkeit. Ich sagte nichts dazu, denn ich selbst hatte auch schon damit geliebäugelt, mir einen Bubikopf schneiden zu lassen. In Kassel sah man inzwischen immer häufiger junge Frauen mit dieser modernen, praktischen, fast jungenhaften Frisur auf den Straßen. Das imponierte mir, es wirkte selbstbewusst, doch ich war nicht mutig ge-

nug meinen dicken Zopf zu opfern, der morgens zu einem Knoten ge-
bunden wurde. Ich war mir auch nicht sicher, ob sich meine lockigen
Haare zu einem Bubikopf bändigen lassen würden.

Langsam klang die Feier aus. Spätabends verabschiedeten sich Lutetia und Heinrich von der Hochzeitsgesellschaft und fuhren zum
Bahnhof. Von dort brachte sie der Zug in die Schweiz, wo sie ihre Flitterwochen verbringen wollten. Anschließend beabsichtigten sie ihr
frisch renoviertes Haus in Wehlheiden zu beziehen. Von nun an würde
meine beste Freundin wieder ganz in meiner Nähe wohnen. Wie wunderbar! Lutetia hatte mir erzählt, dass sie bald auch ihre Eltern aus
Straßburg nach Kassel nachholen wollte. Sie sollten im Nachbarhaus
eine schöne Wohnung beziehen.

„Dann kommst du öfter zu uns zum Essen", kündigte sie an. „Du
weißt ja, wie hervorragend meine Mutter kocht." Ich leckte mir in Gedanken schon die Lippen. Die traditionelle französische Küche hatte ich
schon länger nicht mehr genießen können. Ob man in Kassel wohl alle
benötigten Zutaten bekam? Aber ein gutes Coq au Vin und eine Tarte au
Citron konnte sie bestimmt zusammenzaubern. Ich würde mich überraschen lassen.

Von meiner zweiten lieben Freundin, Charlotte, trennte mich eine
größere Entfernung. Charlotte ist nur zwei Mal zu mir nach Grebenstein
gekommen. Sie war so stark eingebunden in ihr neues Leben, dass ihr
für längere Besuche die Zeit fehlte. Allerdings habe ich sie nach ihrer
Heirat auch nicht öfter in Osnabrück besucht. Für mich bedeutete eine

solche Reise, dass ich zunächst Geld dafür sparen musste. Solche Probleme kannte Charlotte nicht.

Im Juli 1922 passte es, dass ich zu ihr fahren konnte. Wie bei meinem letzten Besuch begrüßte sie mich am Bahnhof Hasetor. Sie war rundlicher geworden. Das fiel mir sofort auf. Aber es stand ihr gut. Die roten Haare leuchteten wie eh und je und ihre einnehmende Ausstrahlung war auch dieselbe geblieben. Charlotte ging immer noch als Lehrerin arbeiten.

„In Osnabrück sind gerade Schulferien und die anderen Termine habe ich allesamt abgesagt. Jetzt habe ich eine Woche Zeit nur für dich. Wir können Ausflüge machen, Museen besuchen, Kaffee trinken gehen, alles, was du willst", sagte sie. „Johannes ist auf Dienstreise in Argentinien, wohin er neuerdings Geschäftsverbindungen geknüpft hat."

Charlotte verwandte wirklich sehr viel Mühe darauf, mir alle Dinge so angenehm wie möglich zu machen. Auf dem Tisch in meinem Zimmer empfing mich ein großer Strauß Rosen, und sie ließ die Köchin alle Elsässer Spezialitäten kochen, die ich gern aß. Charlotte und ihr Mann lebten in Wohlstand. Während zu dieser Zeit viele ihr Kapital verloren hatten, war Johannes, der Mann meiner Freundin, klug genug gewesen, sein Geld so anzulegen, dass ihm die Wirtschaftskrise nichts anhaben konnte.

Auf einem Spaziergang zeigte mir Charlotte die Städtische Höhere Mädchenschule, an der sie unterrichtete. Sie trug den ungewöhnlichen Namen „In der Wüste".

„Der Namensgeber muss Humor gehabt haben", sagte ich.

Charlotte lächelte, weil sie die Verwunderung Fremder über diesen Namen längst kannte. „Ja, wenn man bedenkt, dass sie bereits 1848 eingeweiht wurde. Anscheinend waren die Großväter der Stadt schon sehr humorvoll. Der Name der Schule lehnt sich allerdings an den Namen des Stadtteils an, dessen Terrain wohl früher einer Wüstenlandschaft geglichen haben muss. Der gesamte Stadtteil, in dem wir uns gerade befinden, heißt ‚Wüste'. Es gibt sogar eine ‚Vordere Wüste' und eine ‚Hintere Wüste'. Jeder Ortsfremde findet das komisch. Manche Bewohner machen sich selbst über ihren Stadtteil lustig und nennen sich ‚Wüstlinge'.“

Jetzt musste ich wirklich herzlich lachen.

„Diese Schule wurde als Gegengewicht zu den bestehenden katholischen Lehreinrichtungen geschaffen“, erklärte mir meine Freundin. „Wir unterrichten hier Religion, Literatur, Handarbeit, Französisch und Englisch. Besonderen Wert legt man natürlich auf den Handarbeitsunterricht.“

„Wie schade, dass die Mädchen so wenig Möglichkeiten haben, ihr Abitur abzulegen“, bemerkte ich.

Charlotte erwiderte stolz: „Man plant auch bei uns, einen Ausbildungsgang mit Abitur einzuführen. Was es bereits gibt, ist eine Seminarklasse zur Vorbereitung auf Lehrerinnenseminare.“

Charlotte unterrichtete Französisch und Literatur. Sie war schon immer sehr begeisterungsfähig gewesen und als sie mir von ihrer Tätigkeit erzählte und mir ihre Wirkungsstätte zeigte, strahlten ihre Augen und man merkte deutlich, dass ihr Beruf für sie eine Passion bedeutete. Sie fügte sich überhaupt nicht in das Bild einer strengen Lehrerin ein, wie wir es in unserer Schulzeit kennengelernt hatten. Aber vielleicht hatten sich die Zeiten geändert. Ich konnte mir gut vorstellen, dass ihre Schülerinnen sie verehrten.

Im Jahr darauf besuchte mich Charlotte in Grebenstein. Während Lutetia und ich modisch eher unseren natürlicheren Typ unterstrichen, legte Charlotte von jeher viel Wert auf Eleganz. Als ich sie am Bahnhof abholte, bemerkte ich gleich die vielen Gepäckstücke für ihre Roben, die sie mitgebracht hatte. Ich kenne ja meine Charlotte und hatte vorsichtshalber einen größeren Handwagen für ihre Koffer mitgenommen. Charlotte erregte, wie überall, Aufsehen mit ihren roten Haaren und ihrem, für Grebenstein während eines normalen Wochentages, ungewöhnlich schicken Kleid. Die Leute hatten sicher noch eine ganze Weile etwas zu reden, als Charlotte schon längst wieder abgefahren war.

„Wenn du mich besuchst, solltest du praktischere Kleidung wählen", sagte ich mit einem Augenzwinkern. Sie hatte selber schon sehr bald bemerkt, dass sich unser Kopfsteinpflaster nur schlecht mit ihren modernen Schuhen vertrug.

Charlottes Ehe steckte damals schon in einer Krise. Johannes Eigensinn war mit den Jahren immer deutlicher zutage getreten. Ein großes Problem war für sie und Johannes ihre Kinderlosigkeit. Ich spürte die Traurigkeit, die sich hinter Charlottes munterer Art verbarg. Sie hatte, so schien es nach außen hin, alles, was man sich wünschen konnte an Komfort und Abwechslung. Aber das Wichtigste im Leben fehlte. Johannes und sie unternahmen größere Reisen, Charlotte war in Venedig,

Rom, London gewesen, Sehnsuchtsorte für viele, aber ihre eigentliche Sehnsucht erfüllte sich nicht. Wenn sie von all dem, was ihr Leben ausmachte, erzählte, wurde mir klar, wie sehr es sich von meinem unterschied. Wenn ich heute darüber nachdenke, hätten unsere Lebenswege unterschiedlicher nicht sein können. Unsere Interessen mussten sich zwangsläufig auseinanderdividieren. Aber Charlotte gehört zu meinem Leben dazu und ich wohl auch zu ihrem. Ich glaube, sie empfand ähnlich damals, nur haben wir nicht darüber gesprochen. Heute bekomme ich einmal im Vierteljahr einen Bericht über die Dinge, die ihr wichtig sind.

Inzwischen hat sich auch ihr Leben gravierend verändert. Johannes ist am 22. August 1925 mit dem Schiff „Sierra Morena" nach Argentinien ausgewandert, um dort eine neue Existenz aufzubauen, von der er sich noch mehr Wohlstand versprach. Charlotte musste in eines der weniger prachtvollen Häuser umziehen, die Johannes in Osnabrück besaß. Die beiden haben sich nie scheiden lassen, aber jeder führte von da ab sein eigenes Leben ohne den anderen.

Sehr zu meiner Überraschung hatte ich kurz vor Johannes Abreise eine Foto-Postkarte von Charlotte erhalten, die sie und Johannes in trauter Zweisamkeit vor ihrem neuen Zuhause abbildete. Auf ihrer Karte deutete Charlotte mit keinem Wort das neue Haus und die Veränderungen in ihrem Leben an, sie wünschte uns lediglich frohe Ostern und erwähnte kurz Johannes Vorhaben. Später ließ sie einen sehr traurigen, erklärenden Brief folgen, als ihr endgültig bewusstgeworden war, dass ihr Mann sie für immer verlassen hatte.

„Man glaubt es nicht, will es nicht wahrhaben und plötzlich ist es Realität", schrieb sie ehrlich. Sie tat mir so leid.

Johannes lebt heute noch in Südamerika, Charlotte wohnt allein in ihrem Haus in Osnabrück und geht ihrer Tätigkeit als Lehrerin nach.

18.

Im Sommer 1923 besuchte uns die kleine Ann-Elise, die Tochter meines Bruders Ernst, von Straßburg aus in Grebenstein. Ernst hatte sie Lutetia anvertraut, als diese zu Besuch bei Freunden im Elsass war. Auf der Rückfahrt brachte meine Freundin die Kleine mit. Wir hatten meiner kleinen Nichte in einem Zimmer ein Bett hergerichtet und ein paar alte Spielsachen von Nachbarn ausgeliehen. Aber die Achtjährige fühlte sich in Grebenstein nicht wohl. Wir waren praktisch Fremde für sie. Die ganze Zeit weinte sie und wurde von furchtbarem Heimweh geplagt. Schließlich musste Ernst, der eigentlich erst später nachkommen wollte, vorzeitig anreisen, um sie wieder abzuholen.

Die einzigen Verwandten, die wir regelmäßig sahen, waren meine Schwester Meta, ihr Mann Emil und die heranwachsende Ruth. Sie kamen einmal im Monat aus Hofgeismar mit der Bahn nach Grebenstein und besuchten uns. Wenigstens eine ihrer Enkelinnen konnten meine Eltern also mit ihrer Fürsorge umgeben und genossen die Nachmittage, an denen sie zu Besuch war.

Irgendwann einmal nahm mich Frau Cranz, unsere Hausherrin, mit zur Probe des Grebensteiner Kirchenchors. Gesang liebte ich schon immer und ich entschloss mich, in den Chor einzutreten. Wir trafen uns jeden Freitag zum Üben und sangen bei festlichen Gelegenheiten in unserer evangelischen Kirche die erlernten Lieder. Oft trafen wir uns auch zu Feiern im Vereinshaus und ich lernte ein paar nette Frauen kennen.

Zu Feiertagen gaben wir manchmal Konzerte mit anderen Chören zusammen. Bei einer dieser Gelegenheiten sah ich zum ersten Mal Karl Graf, der Mitglied im Oberstädter Männergesangverein war. Er fiel mir, obwohl schon älter, auf, weil er im Gegensatz zu den meisten anderen Männern seines Alters noch gut aussah mit seinem vollen weißen Haar und dem Schnauzbart. Damals interessierte ich mich allerdings noch nicht weiter für ihn. Er war immerhin zwanzig Jahre älter als ich. Jemand hatte erzählt, dass er verheiratet war und drei kleinere Kinder zu Hause hatte. Einige Damen unseres Chores fanden ihn offenbar trotzdem sehr attraktiv. Das war einfach nicht zu übersehen. Käthe Hoffmann schoss sofort die Röte ins Gesicht, wenn sie ihn sah.

Karl Graf war selbständiger Schreinermeister und wohnte in der Oberstadt. Eines Tages hörte ich, wie man sich erzählte, dass seine noch sehr junge Frau auf tragische Weise gestorben sei und dass er nun allein mit drei Söhnen zurechtkommen musste. Von nun an war das ein unerschöpfliches Gesprächsthema bei besagten Damen. Man wusste plötzlich unglaublich viel aus dem Leben der Verstorbenen zu erzählen. Ich hatte mich mittlerweile daran gewöhnt, dass in dem kleinen Ort gern geredet wurde.

Einige Zeit später ließ sich Frau Cranz in Karl Grafs Werkstatt eine Wäschetruhe anfertigen. Anscheinend hatte sie da so eine Idee im Hinterkopf, als sie mich und meine Mutter gerade an dem Nachmittag zu einer Tasse Kaffee im Garten einlud, an dem der Schreinermeister mit einem Gesellen zusammen die fertiggestellte Truhe bringen wollte.

Einnehmend fragte ihn Frau Cranz, als der Meister ihr die Rechnung überreichte und gehen wollte: „Ach, Herr Graf, wenn Sie einen Moment warten, hole ich Ihnen Ihren Lohn. Das Geld liegt oben." Sie deutete auf das Obergeschoss. „Vielleicht haben Sie Lust, sich so lange zu unseren Mieterinnen in den Garten zu setzen? Ich bin gleich wieder da." Während der Geselle zurück an seine Arbeit ging, kam Karl in den Garten, begrüßte uns höflich und setzte sich zu uns. Meine Mutter fing sogleich ein Gespräch mit ihm an. Nach einer kurzen Bemerkung über das herrliche Wetter sagte sie: „Sie kennen meine Tochter ja sicher von den gemeinsamen Konzerten der beiden Chöre, in denen Sie und Marie singen. Ich war schon ein paar Mal bei den Konzerten dabei und meine, Sie im Oberstädter Männerchor gesehen zu haben."

Das war mir nun ein wenig peinlich, zumal ich noch nie ein Wort mit diesem Mann gewechselt hatte. Aber er lächelte und sagte zu meiner Überraschung: „Ja, sie ist mir schon aufgefallen." Dann wandte er sich an mich: „Sie sind noch nicht sehr lange dabei. Wie gefällt es Ihnen?"

Bevor ich antworten konnte, kam Frau Cranz zurück und riss das Gespräch an sich: „Ach, Sie sprechen gerade über den Chor? Wir sind ja so froh, dass Marie mit ihrer guten Alt-Stimme unsere Gruppe bereichert."

Nun war es wirklich nicht mehr zu übersehen, dass man im Schilde führte, uns zu verkuppeln. Ich war ja mit Mitte dreißig schon ein „altes Mädchen" und man rechnete sich für mich anscheinend nicht mehr allzu viele Chancen beim männlichen Geschlecht aus. Ob Karl die Absicht der beiden älteren Damen wohl auch durchschaute? Männern fehlt ja meistens das Gespür für solche Dinge. Er beteiligte sich weiterhin höflich am Gespräch, blieb mir gegenüber aber zurückhaltend. Dieses Verhalten hatte ich bei den Grebensteiner Männern schon öfter zu spüren bekommen. Sie waren einer Frau wie mir eher misstrauisch gegenüber. Für sie war ich ein „Mensche" (Grebensteiner Ausdruck für „Mädchen") aus der Großstadt. Und dann auch noch berufstätig mit einer guten Ausbildung als Dentistin. Das kam einem Wesen von einem anderen Stern gleich.

Seit diesem Tag grüßten Karl und ich uns freundlich, wenn wir uns auf der Straße begegneten. Mussten seine Söhne zum Zahnarzt, kam er plötzlich des Öfteren mit. Seine Blicke und der Ton seiner Stimme ließen mich sein Interesse an mir spüren. Es fing an zu knistern zwischen uns.

Meine Mutter begegnete ihm in dieser Zeit einmal in der Stadt und hatte ein Gespräch begonnen, von dem sie mir anschließend berichtete.

„Ich habe Herrn Graf auf der Straße getroffen!"

Ich bemühte mich keinerlei Regung zu zeigen, aber mein Herz pochte sofort schneller.

„Mich hat interessiert, wer sich nun, da die junge Frau tot ist, um seine Kinder kümmert. Er sagte, dass er eine Tochter aus erster Ehe hat. Offenbar war er schon einmal verheiratet. Theresia, so heißt die Tochter, hat einen Teil der Mutterrolle übernommen. Außerdem sieht, wie er sagte, seine Schwester regelmäßig nach den Kindern. Aber oft sind die drei Jungen sich selbst überlassen. Und stell dir vor, Marie, Herr Graf kann kochen! Er erzählte davon, dass er den Kindern gestern eine Linsensuppe zubereitet hat." An dieser Stelle machte meine sie eine bedeutungsvolle Pause. Sie kannte ja mein Desinteresse gegenüber dem Kochen. Dann meinte sie beiläufig: „Er hat dich und mich zum Kaffee eingeladen!"

Ich starrte meine Mutter ungläubig an.

„Am Sonntag treffen sich bei ihm ein paar Leute des Oberstädter Männerchors. Der Chorleiter, dessen Frau und noch zwei Paare werden kommen. Er meinte, da sich die Gespräche hauptsächlich um Chorthemen drehen werden, dass das für dich vielleicht auch interessant sein könnte."

„Und du hast zugesagt?", fragte ich mit großen Augen.

Meine Mutter lächelte. „Natürlich habe ich zugesagt! Gut, dass ich ihn angesprochen habe, sonst wäre er nie auf die Idee gekommen. Man muss die Männer oft nur mit der Nase auf ihr Glück stoßen", stellte sie vergnügt fest.

Karl gefiel mir, das wusste meine Mutter, und ich hatte schon lange auf ein Eingreifen des Schicksals gewartet. Jetzt hatte sie einfach etwas nachgeholfen. So war sie nun einmal.

Er hatte Streuselkuchen gebacken. Als wir das alte Fachwerkhaus betraten, empfing uns ein köstlicher Duft nach frischem Kuchen. Karl führte uns an seiner Schreinerwerkstatt vorbei direkt in den alten Bauerngarten, in dem die noch erstaunlich kraftvolle Herbstsonne ein goldenes Licht auf die bunten, sich bereits stark verfärbenden Blätter der Bäume warf. Am Morgen hatten lange Zeit dichte Nebel über der Unterstadt gelegen und es war nicht vorauszusehen gewesen, dass der

Nachmittag so wunderbar werden würde. Von Karls Garten aus sah man über andere Gärten und Wiesen hinweg bis hin zur Esse, dem Fluss, der sich durch Grebenstein schlängelt. Große, alte Weiden ließen dort ihre langen Zweige ins Wasser hängen.

Im Garten hatte die Tochter Karls, Theresia, liebevoll den Tisch für uns gedeckt. Sie ist nur zehn Jahre jünger als ich, damals war sie sie-benundzwanzig Jahre alt. Eine freundliche junge Frau mit einem weichen, runden Gesicht. Wie ich später von Karl erfuhr, hatte sie mit neunzehn Jahren geheiratet und bereits zwei eigene Kinder. Wie schon erwähnt, half sie in der Familie aus, wenn man sie brauchte. Theresia sagte nicht viel, setzte sich aber zu uns und achtete darauf, dass Kaffee nachgeschenkt und die Kuchenplatte neu aufgefüllt wurde. Die Jungen waren offenbar dazu gezwungen worden, an der Kaffeetafel teilzuneh-men, und man sah ihnen an, dass es ihnen schwerfiel, stillzusitzen. Wie die Orgelpfeifen saßen sie auf ihren Stühlen. Auf Fragen gaben sie höf-liche Antworten, aber als Karl ihnen erlaubte aufzustehen, waren sie im Nu verschwunden. Sie waren zwölf, zehn und acht Jahre alt. Theo, der Jüngste, schien ein regelrechter Wirbelwind zu sein, aber ein kleiner Charmeur. Als Einziger verabschiedete er sich später von den Gästen, als diese aufbrachen:

„Auf Wiedersehen. Ich wünsche Ihnen noch einen schönen Nachmit-tag." Und schon hatte er alle Herzen für sich gewonnen. Karl schmunzelte über das ganze Gesicht und der Stolz auf seine Sprösslinge war ihm anzusehen.

Meine Mutter war durch unseren Besuch noch in ihrer guten Meinung über Karl bestärkt worden. Das tat sie mir gegenüber auch kund. „Herr Graf wäre genau der Richtige für dich, mein Kind", warb sie. „Er ist interessant, ein liebevoller Vater und als Schreinermeister mit einer eigenen Werkstatt genießt er Ansehen in der Stadt. Er könnte dir die Geborgenheit geben, die du brauchst. Er ist ein zuverlässiger, liebenswürdiger Mensch, der sicher alles für dich tun würde."

Ich war ja schon länger dieser Meinung, sagte aber nichts dazu. Dass er sich den ganzen Nachmittag sehr um mich bemüht hatte, war niemandem entgangen, und ich war innerlich ganz aufgewühlt. Dieses Gefühl, dass etwas in mir hüpfte und mir die Fassung raubte, wenn dieser Mann mich nur ansah, hatte ich, seit ich Viktor gekannt hatte, nicht mehr erlebt. Karl hatte einige Erfahrung mit Frauen und wusste, wie ein Mann seinen Charme am besten einsetzt, um zu gefallen. Ich war jetzt schon so lange allein, dass ich aufgeregt war wie eine Jugendliche, als er am nächsten Tag in der Zahnarztpraxis auftauchte, um sich mit mir zu verabreden.

Von nun an trafen wir uns regelmäßig. Die zwanzig Jahre Altersunterschied, die uns trennten, waren für mich nicht von Bedeutung.

Karl ist ein ruhiger, liebevoller, sensibler Mensch. Wenn ihn etwas rührt oder traurig stimmt, kommen ihm manchmal die Tränen. Das ist ihm dann höchst unangenehm. „Ich bin so nah am Wasser gebaut", versuchte er beim ersten Mal, als es in meinem Beisein passierte, zu erklären. Ich bin aber der Meinung, dass diese Eigenschaft seine Herzenswärme zeigt.

Als wir an einem der letzten sonnigen Tage dieses Herbstes spazieren gingen, erzählte er mir von seinem Leben. Reden ist nicht seine Stärke, und so hatte er bisher meistens mir zugehört, wenn ich aus meiner Vergangenheit berichtet hatte. Wir saßen an diesem Tag unter einem großen Kastanienbaum, dessen Krone in allen Herbstfarben über uns leuchtete, auf der Mauer der Steinernen Brücke, die über die Esse führt. Das ist einer meiner Lieblingsplätze in Grebenstein. Die Mauer ist breit gebaut, man kann bequem darauf sitzen und auf das fließende Wasser sehen.

„Willst du mir etwas aus deinem Leben erzählen?", fragte ich Karl.

„Ach, Marie, es gibt so viel Trauriges darin. Warum willst du dir das alles anhören?" Er war sehr ernst geworden und ich zweifelte, ob ich den richtigen Zeitpunkt für meine Frage gewählt hatte. Offenbar hatte er den inneren Rückzug in meinen Augen bemerkt, denn er sprach nun ruhig und entschlossen weiter: „Ja, mir ist viel Schlimmes im Leben passiert, aber auch viel Schönes. Schwere Schicksalsschläge geben dem Leben oft eine bestimmte Richtung. Aber wenn man sich wiederaufrichtet und nicht ständig zurückschaut, weil das den Blick auf den Weg nach vorn versperrt, wird aus dem Dunkel immer wieder Hell. Es gab Zeiten, in denen ich das Helle nicht mehr sehen konnte, aber jetzt habe ich wieder Hoffnung geschöpft für die Zukunft. Daran hast du einen Anteil." Ein liebevolles Lächeln überzog sein Gesicht und er legte behutsam seinen Arm um mich.

Den Blick auf die Strömung des unter uns vorbeiziehenden Flusses gerichtet, begann er dann doch, in kurzen Umrissen, mir die Geschichte seines bisherigen Lebens zu erzählen. Aus dem kleinen Nachbardorf Udenhausen stammend erlernte er das Schreinerhandwerk in Grebenstein. „Mit meinem Gesellenbrief ging ich dann auf Wanderschaft, um den Meistertitel zu erlangen. Zu Fuß, manchmal auch auf einem Bauernkarren, der mich mitnahm, kam ich bis Freiburg."

„Ach, da warst du ja ganz in meiner Nähe!", entfuhr es mir.

„Nur, dass ich damals noch nichts von dir geahnt habe und du noch nicht geboren warst." Ein liebevolles Schmunzeln überzog sein Gesicht. „Zurück in Grebenstein fertigte ich mein Meisterstück an, einen Schreibtisch mit feinen Drechselarbeiten. Vielleicht hast du ihn bei uns im Wohnzimmer stehen sehen, Marie. Durch meine Schwester, die seit ihrer Heirat in Grebenstein wohnte, lernte ich meine erste Frau, Elfriede, kennen. Elfriede und ich heirateten und zogen zu meinen Schwiegereltern ins Haus. Es war groß genug für alle. Im Erdgeschoss richtete ich mir die Schreinerei ein. Wir hätten nicht zufriedener sein können. Ich konnte selbständig arbeiten, hatte eine liebevolle Frau, die in allem Verständnis für mich aufbrachte. 1899 wurde unsere Tochter Theresia geboren. Nur zehn Jahre später ist Elfriede unerwartet an einer Embolie gestorben." Entsetzt sah ich Karl aus den Augenwinkeln an. Aber er hatte den Blick starr auf das fließende Wasser gerichtet und ich spürte, dass er es gar nicht bemerkte.

„Meine Schwiegermutter übernahm den Haushalt. Elfriedes Vater hat den Schmerz über den frühen Tod seiner Tochter nicht verwinden können. Er wurde zusehends verschlossener, unzugänglicher, und nahm sich ein Jahr später das Leben."

Es fiel Karl sichtlich schwer, weiterzusprechen: „Dann erlitt meine Schwiegermutter einen Schlaganfall und wurde bettlägerig. Jetzt war sie keine Hilfe mehr, sondern eine starke, zusätzliche Belastung. Wenn meine Schwester nicht geholfen hätte und Theresia nicht ein so ein braves Kind gewesen wäre, hätte ich all die Arbeit, die ich fortan hatte, nicht geschafft."

Ich fasste Karl zärtlich am Arm. Welches Leid doch über eine Familie kommen konnte! Er fuhr fort: „Ich brauchte dringend eine neue Frau. 1912 lernte ich Amalie Neumann kennen. Wir verliebten uns ineinander und heirateten ein Jahr später. 1914 kam unser gemeinsamer Sohn Leonhard zur Welt. Jetzt herrschten wieder Freude und Lachen im Haus. Amalie war eine lebenslustige, anpackende, kräftige junge Frau. Sie war auch eine liebevolle Mutter für meine Tochter Theresia. Zudem pflegte sie meine Schwiegermutter bis zu ihrem Tod.

1916 wurde Albert geboren. Und – da wir nun einmal dabei waren, am laufenden Band Kinder zu bekommen – kam zwei weitere Jahre später unser dritter Sohn, Theodor, zur Welt. Eigentlich hätten wir uns ein kleines Mädchen gewünscht, aber Theo ließ uns das ganz schnell vergessen und war in kürzester Zeit unser Sonnenschein. Im Haus wurde es jetzt turbulent. Drei Jungs zu bändigen ist wie einen Sack Flöhe hüten, das kannst du dir sicher vorstellen, Marie." Und er fügte nachdenklich hinzu: „Es ist schon erstaunlich, wie unterschiedlich die drei sich entwickeln, obwohl sie unter denselben Bedingungen aufwachsen."

Ich dachte an meine eigene Kindheit zurück und an die verschiedenen Charaktere und Wesenszüge von uns vier Geschwistern und konnte ihm nur beipflichten.

„Leo ist eine treue Seele, ausgeglichen, und gutmütig. Vielleicht ein bisschen zu still. Albert ist recht verschlossen, ich komme nie richtig an ihn heran und Theo ist ein liebes, schlaues kleines Schlitzohr." Als Karl dies erzählte, war Theo bereits ein Schulkind. Was er wohl meinte mit „kleines Schlitzohr"?

„Erzähl mir von Theo", bat ich. Bei der Beschreibung seiner Kinder hatte ganz der stolze Vater aus ihm gesprochen und ich hatte gemerkt, dass er seinen Jüngsten, seinen Sonnenschein, besonders gern mochte.

„Nun ja", meinte er. „Theo wird von allen Seiten verwöhnt. Er ist wie ich sehr weichherzig, aber er hat auch eine gewisse Schläue und findet immer einen Weg, die Leute um den kleinen Finger zu wickeln." Der Gedanke an seinen jüngsten Sohn hatte ein kurzes Leuchten in Karls Gesicht gezaubert. Aber dann verdunkelte es sich wieder und er schien darüber nachzudenken, wie er fortfahren sollte.

„Du musst nicht weiterreden, wenn es dich zu sehr belastet", sagte ich. Ich ahnte, wie schwer es für ihn sein musste, über die Tragödien, die sich in seinem Leben abgespielt hatten, mit mir zu sprechen.

„Nein", wehrte er ab. „jetzt erzähle ich dir auch noch den Rest, so schwer es mir auch fällt."

Ich fasste nach seinen Händen.

„Theresia hatte in der Zwischenzeit geheiratet. Sie bekam einen Sohn, Martin, und eine Tochter, Marianne. Sie wohnen, wie du vielleicht weißt, gleich hier in der Nähe." Karl zeigte auf ein Haus unweit der Steinernen Brücke. „Ihr Mann, Hubert, ist kein guter Vater. Er behandelt beide Kinder unterschiedlich. Während Marianne sein Schätzchen ist, schlägt er oft auf den kleinen Martin brutal ein. Alle wissen davon, aber niemand kann dem Jungen helfen. Theresia scheint einfach wegzuschauen. Ich weiß nicht, was in ihr vorgeht. Hat sie Angst vor Hubert? Vielleicht schlägt er auch sie. Ich weiß es nicht. Wie kann sie es als Mutter zulassen, wenn ihr sechsjähriger Sohn vom Vater mit einem Ledergürtel misshandelt wird! Selbst in meinem Beisein hat Hubert Martin einmal blitzblau geschlagen. Wegen einer Nichtigkeit packte mein Schwiegersohn das Kind, zog es in den Schuppen und schlug wie von Sinnen auf es ein. Ich bin dazwischen gegangen und habe versucht zu schlichten. Dieser Jähzorn und diese Härte sind offenbar die andere Seite von Theresias Mann, der auf den ersten Blick ein freundlicher Mensch zu sein scheint. Vielleicht hätte ich mich nicht einmischen sollen? Aber ich konnte doch nicht zusehen, wie mein kleiner Enkelsohn gepeinigt wird! Seit diesem Vorfall sehen wir uns seltener. Theresia kommt nur noch sporadisch vorbei. Ich habe den Verdacht, dass Hubert versucht sie von uns fernzuhalten. Bisher ist es ihm nicht vollständig gelungen, aber meine Tochter verschließt sich mir immer mehr.

Meine Schwiegermutter aus der Ehe mit Elfriede starb nach etlichen Jahren, in denen sich Amalie aufopfernd um sie gekümmert hatte. Ich habe Amalies Stärke bewundert, mit der sie es auf sich nahm, neben den vielen anderen Pflichten, die auf ihr lasteten, für eine ihr eigentlich fremde kranke Frau zu sorgen. Aber sie hat nie geklagt."

Ich spürte Bewunderung für Karls zweite Frau, er schien Amalie sehr geliebt zu haben. Ich wusste, welchen Aufwand die Krankenpflege einer Bettlägerigen bedeutete. Allein das Auskochen der Bettwäsche, das Bügeln und das Füttern der hinfälligen Frau mussten viel Kraft gekostet haben. Zupackend und tatkräftig musste Amalie gewesen sein, eine Eigenschaft, wie ich sie bei den hiesigen jungen Frauen schon oft beobachtet hatte. Stets gepflegt und proper aussehend, bewältigten sie anscheinend ihren Alltag mit einer Leichtigkeit, die mich immer wieder erstaunte.

Karl fuhr fort: „Ich brauche für meine Schreinerei oft kleineres Werkzeug, Schrauben usw., Dinge, die ich in Grebenstein nicht bekomme. Früher, ja, da kamen regelmäßig fahrende Händler aus dem Sauerland in die Stadt, die die Eisenwaren, die ich für meinen Beruf benötige, verkauften. Und noch dazu in guter Qualität! Anscheinend war das irgendwann kein lohnendes Geschäft mehr. Jetzt beziehe ich meine Hartwaren aus Kassel vom Eisenwarenhändler. Da mir häufig die Zeit fehlte und sie gern diese Aufgabe übernahm, fuhr Amalie von Zeit zu Zeit in die Stadt zum Einkaufen für unser Geschäft. Sie nahm dann die Eisenbahn nach Kassel-Hauptbahnhof und musste danach noch ein paar Stationen mit der Straßenbahn fahren. Anschließend nutzte sie die Zeit, um noch Haushaltsdinge oder ein Kleidungsstück, je nachdem wie weit das Geld reichte, einzukaufen. Als sie das letzte Mal nach Kassel fuhr, kam sie nicht wieder zurück. Ach, Marie, das war eine harte Zeit für uns."

Und dann erzählte mir Karl von dem Tag, an dem Amalie starb. Sie war morgens sehr früh losgefahren. Karl erwartete sie am frühen Nachmittag zurück. Nachmittags um fünf war sie immer noch nicht wieder nach Grebenstein zurückgekehrt. Er begann sich Sorgen zu machen. Wenig später klingelte die Polizei an seiner Tür und er ahnte, dass etwas passiert sein musste. „Man sagte uns, dass Amalie in der Straßenbahn einen Herzinfarkt erlitten hatte und dass sie auf der Stelle tot gewesen ist." Karls Mundwinkel zitterten. Sein Blick war nach innen gekehrt. Er war in Gedanken gerade weit entfernt. Und dann klagte er sich selbst an: „Sie war doch erst sechsunddreißig Jahre alt. Sie hat so kräftig und gesund gewirkt! Wenn ich gewusst hätte, dass sie herzkrank ist, hätte ich sie doch niemals allein nach Kassel fahren lassen!"

Ich suchte nach Trost spendenden Worten: „Du sagtest doch gerade, dass sie jung und gesund wirkte. Wie hättest du ahnen können, dass mit ihrem Herz etwas nicht stimmt?" Fest umschloss ich die Hände des Mannes, in den ich mich so sehr verliebt hatte, und ich hoffte ihm in diesem Augenblick etwas von meiner Kraft abgeben zu können.

19.

Eigentlich hätte Karl nun eine Frau gebraucht, die gut kochen und einen großen Haushalt führen konnte, um wieder Ordnung in das Familienleben zu bringen. Die Pflichten, die auf ihm lasteten, waren einfach zu viel für einen allein. Seine Kunden wollten rechtzeitig beliefert werden, in dieser Beziehung stand er ständig unter Druck. Manchmal blieben Aufträge aus, das bedeutete Verdienstausfall, dann wieder kamen mehrere auf einmal, und die Termine durchkreuzten sich. Karls Schwester besaß ihre eigene Familie und konnte sich nicht ständig um seine Kinder kümmern. Theresia kam nur noch, wenn er sie dringend darum bat. So blieben auch die Kindererziehung und die Haushaltspflichten zum überwiegenden Teil ihm überlassen. An das regelmäßige Kochen hatte er sich schon gewöhnt. Aber um die Hausaufgaben der Kinder kümmerte sich niemand. Dazu blieb einfach keine Zeit.

Nun war ich zwar eine selbstständige junge Frau, aber überhaupt keine Hausfrau. Viele Frauen wuchsen, meist von ihren Müttern dazu angehalten, von klein auf in dieses Metier hinein und konnten schon früh gut kochen und ihre Erfahrungen in anderen Haushaltsplichten sammeln. Das war bei mir nicht der Fall. Ich hatte mich noch nie besonders um Haushaltsangelegenheiten gekümmert, wofür meine Mutter Verständnis gezeigt hatte, und war mein gesamtes Erwachsenenleben über arbeiten gegangen in einem Beruf, der körperlich nicht anstrengend ist und in dem mehr das Fachwissen und die Feinarbeit zählen.

Da ich die meiste Zeit meines Lebens bei meinen Eltern gewohnt hatte, war ich auch stets umsorgt gewesen. Als sich zeigte, dass ich heiraten würde, waren sie zum einen froh, mich endlich „unter die Haube" gebracht zu haben, andererseits sorgten sie sich unendlich, wie ich mit einem fünfköpfigen Haushalt zurechtkommen sollte. Ein über zwanzig Jahre lang gelebtes Berufsleben mit eigenem Verdienst prägt eine Frau. Ich hatte mich durch die stete Fürsorge meiner Mutter oft zurückziehen und Dinge tun können, die mir Spaß machten. Dazu zählte vor allem das Lesen. In der Stadtbibliothek in Grebenstein gehörte ich zu den eifrigsten Leserinnen. Und mit diesem ruhigen, angenehmen Leben sollte es nun vorbei sein, wenn ich heiratete?

Aber ich liebte nun einmal diesen warmherzigen, klugen Mann. Und er liebte mich. Er war so ganz anders als die meisten Männer, die ich in Grebenstein kennengelernt hatte. Es war klar für mich, dass ich bei ihm sein wollte. Ob ich ihm jemals eine große Hilfe sein könnte, wusste ich nicht. Ich hatte auch nicht die leiseste Ahnung, was jetzt alles auf mich zukommen würde. Aber einen Weg zurück gab es nicht mehr.

Im Januar 1926 erkrankten meine Eltern an einer heftigen Grippe. Sie lagen beide eine ungewöhnlich lange Zeit mit hohem Fieber im Bett. Während meine Mutter die Erkrankung gut überstand, brauchte mein Vater sehr lange, bis wir den Eindruck hatten, es ginge ihm wieder ein wenig besser. Aber der schlimme Husten blieb und verfolgte ihn über Monate hinweg. Dann, im Sommer, setzten starke Atemprobleme ein. Er hatte nie zuvor Asthma oder Ähnliches gehabt. Die Probleme wurden täglich gravierender.

„Sein Körper ist verbraucht", stellte Herr Dr. Cranz fest. „Ich kann ihm nicht mehr helfen."

Am 28. November desselben Jahres blieb bei einem Hustenanfall das Herz meines Vaters stehen und er verstarb. Er war neunundsiebzig Jahre alt geworden. Als er auf dem Friedhof in Grebenstein beigesetzt wurde, ermaß ich die Größe des erlittenen Verlustes. Ich hatte ihn unwiederbringlich verloren, würde ihn nie wieder um Rat fragen können. In diesem Augenblick wurde mir die Endlichkeit unseres Lebens schmerzlich bewusst. Viele Jahre später las ich einmal ein Zitat von Albert Schweitzer: „Das einzig Wichtige im Leben sind die Spuren der Liebe, die wir hinterlassen, wenn wir gehen." Wenn ich an meinen Vater denke, weiß ich, dass ihm dies gelungen ist.

Nach dem Trauerjahr, ich war damals achtunddreißig Jahre alt, setzten Karl und ich den Termin für unsere Hochzeit fest. Wir hatten uns entschlossen im kleinsten Kreis, nur mit der Familie und meinen engsten Freundinnen, zu feiern. Ernst und Clara kamen aus dem Elsass angereist, allerdings ohne die Kinder, und wohnten bei meinen Eltern. Charlotte kam aus Osnabrück. Für sie hatte ich ein Zimmer unter dem Dach hergerichtet.

Sie hegte starke Bedenken gegen meine Heirat. „Du kannst es dir immer noch überlegen, Marie", sagte sie eindringlich, als wir einen Tag vor der Hochzeit mit unserer kleinen Gesellschaft im Ort spazieren gingen und hinter den anderen etwas zurückblieben. „Dein zukünftiger Mann ist klug und warmherzig, ja, aber willst du von nun an alles aufgeben, was dein bisheriges Leben ausgemacht hat? Du bist keine Frau, die im Hausfrauendasein aufgehen könnte. Abgesehen vom Kochen, Backen und allem anderen, was dir von heute auf morgen abverlangt werden würde. Du wirst nicht mehr arbeiten gehen können. Als Ersatzmutter von drei fremden Kindern kann ich dich mir auch nicht vorstellen."

Tief im Inneren bohrten die Zweifel auch in mir. Aber ich sagte mir immer wieder, dass man im Leben auch Veränderungen zulassen sollte, Ungewissheiten oder sogar Ängste in Kauf nehmen muss, um sein Glück zu finden. Nein, ich schwankte nicht mehr. Ich hatte mich entschieden und es gab kein Zurück.

So wurde ich „Frau Graf". In der Kirche verzichtete ich auf ein weißes Hochzeitskleid. Ich hätte es lächerlich gefunden, mich in meinem Alter noch in das Unschuldsweiß der Jugend zu hüllen. Mit meiner Mutter zusammen suchte ich in Kassel ein schlichtes cremefarbenes Kleid aus. Mein Mann war hingerissen. Wir heirateten im Herbst 1927, ein Jahr nachdem wir uns näher kennengelernt hatten. Da mich durch meine Tätigkeit bei Dr. Zanner viele Grebensteiner kannten, kamen von überall her Geschenke. So hatte ich schnell einen neuen Hausrat zusammen und konnte viele Teile, die mir aus dem Nachlass von Elfriede und Amalie nicht gefielen, wegwerfen und ersetzen. Beide Frauen hatten das Innenleben des Hauses geprägt. Etliches entsprach nicht meinem Geschmack, aber ich würde damit leben müssen. Karl hätte nicht verstanden, wenn ich alles verändert hätte.

Karl war zu diesem Zeitpunkt siebenundfünfzig, seine Söhne zwölf, zehn und acht Jahre alt. Ich hatte also nun auf einen Schlag drei junge

Stiefsöhne mit der großen Problematik, ihre Mutter verloren zu haben. Der Älteste, Leo, zeigte bereits Anzeichen von Pubertät. Das also sollte jetzt meine Familie werden, um die ich mich kümmern wollte. Schon hörte meine Mutter in Grebenstein Stimmen munkeln, die, wie meine Freundin Charlotte, stark bezweifelten, dass ich dieser Aufgabe gerecht werden könnte. Vielleicht waren solcherlei Zweifel ja sogar berechtigt. Aber ich war entschlossen, mich der Herausforderung zu stellen und es zumindest auf meine Art zu versuchen.

Karls altes Fachwerkhaus hatte drei Stockwerke. Im Erdgeschoss hatte er seine Schreinerwerkstatt eingerichtet, die beiden oberen Stockwerke bewohnten wir mit den Kindern. Hinter dem Haus befanden sich eine kleine Wiese mit Obstbäumen und angrenzenden Beerensträuchern und ein angebauter Schuppen für Holzvorräte. Wenn der Platz dort nicht ausreichte, stapelte mein Mann die geschnittenen, vom Sägewerk gelieferten Baumstämme auch schon mal vor dem Haus. Der Schuppen beherbergte außerdem noch einen Hühnerstall, Hasenställe und einen Verschlag für ein Schwein. In einem weiteren Garten hinter dem Bahndamm baute Karl Kartoffeln an. All das bildete nun mein neues Reich, in dem ich fleißig schalten und walten sollte.

Nach dem Umbruch, den unsere Vertreibung aus Straßburg für mich bedeutet hatte, gab es jetzt, durch meine Heirat, noch einmal einen gravierenden Wandel in meinem Leben. Ich kündigte meine Arbeitsstelle und widmete mich von nun an ganz meinen neuen Pflichten als Mutter und Hausfrau. Sehr schnell bemerkte ich, dass das Wichtigste für einen reibungslosen Tagesablauf eine gute Organisation war. So stand ich, wie die anderen Frauen im Ort auch, morgens um 6 Uhr auf und ging erst spätabends, wenn das Gröbste erledigt war, ins Bett. Ich kochte, putzte, wusch die Wäsche in einem großen Kübel in der Waschküche neben der Schreinerei, erntete im Sommer die reifen Beeren im Garten und kochte zusammen mit meiner Mutter so viel Marmelade ein, dass die Gläser im Herbst ganze Regale füllten. Ich versorgte das Schwein, die Hühner und Hasen und ging einkaufen. Strümpfe stopfen und Stricken, diese Arbeiten übernahm meine Mutter. Handarbeiten machten ihr Spaß und so hatte sie abends eine Beschäftigung. Sie kam so oft bei uns vorbei, wie ihre Zeit es zuließ. Manchmal kochte sie für uns. Zum ersten Mal in meinem Leben fing ich an, mich für ihre Rezepte zu interessieren und schrieb sie auf. Abends fiel ich wie ein Stein ins Bett. Ich war zwar fleißig und bemüht, aber vieles missglückte auch. Kochen zum Beispiel war eine immense Herausforderung für mich. Ich versuchte die Gerichte meiner Mutter nachzukochen, aber weil mir vieles nicht gelang, beschränkte ich mich oft auf einfache Gerichte.

„Immer gibt es nur Pfannkuchen oder Linsensuppe", beschwerten sich die Kinder. Ich hingegen war heilfroh, wenn die Pfannkuchen nicht anbrannten und ich meine Marmelade darauf verwerten konnte.

„Papa soll wieder kochen", verlangte Albert. Ich schickte einen Stoßseufzer gen Himmel und ignorierte seinen Einwand.

Sonntags, gingen wir zum Essen zu meiner Mutter und genossen es, umsorgt zu werden. Oft aber, wenn es seine Zeit zuließ, stellte Karl sich in die Küche und zauberte etwas Gutes. Er war ein ausgezeichneter Koch. Einmal jährlich schlachteten wir ein Schwein. Dann gab es eine

Zeit lang etwas Abwechslung auf unserem Speiseplan. Die Kinder liebten das „Weckewerk" und die frischen Bratwürste. Das Schwein
schlachten zu lassen, das ich zuvor ein Jahr lang gefüttert hatte, war für
mich jedes Mal ein Graus. Der Tag selbst bedeutete unglaublich viel
Arbeit und das Haus roch anschließend sehr unangenehm. Die Kinder
waren das Schlachten von klein auf gewöhnt und freuten sich auf das
kleine Ferkel, das nun neu angeschafft wurde und das sie beim Bauern
aussuchen durften. Die Liebe zu meiner neuen Familie gab mir die
Kraft, all die neuen, für mich ungewohnten, anstrengenden Aufgaben zu
bewältigen.

Meine drei Stiefsöhne hätten in ihrer Art nicht unterschiedlicher sein
können. In dem jüngsten, Theo, erkannte ich deutlich die Anlagen meines Mannes wieder. Er war sehr sensibel und genauso „nah am Wasser
gebaut" wie Karl. Nachts kam er oft zu uns ins Bett, wenn er sich fürch-
tete. Wahrscheinlich vermisste er seine Mutter sehr. Er war ja noch so
jung, als sie starb.

Ich bemühte mich stets alle drei Kinder gleich zu behandeln. Aber
schon bald bemerkte ich, dass das eigentlich nicht möglich ist, weil
Kinder bereits eine ausgeprägte Persönlichkeit besitzen. Sie verfügen
wie die Erwachsenen über die verschiedensten Charaktereigenschaften,
von denen man die einen mehr und die anderen weniger mag. Vielleicht
war ich manchmal ungerecht, obwohl ich mich sehr bemühte, es nicht
zu sein.

Theo, dem Jüngsten, fiel meine Gunst wie von selbst zu. Ich fand
den Achtjährigen einfach bezaubernd. Man neigt ja immer dazu, die

Kleinsten zu beschützen, und dieser Beschützerinstinkt spielte bei der Verteilung meiner Zuneigung sicher auch eine Rolle. Theo kritisierte meine Kochkünste nicht, aß tapfer leicht angebrannte Pfannkuchen, auch mal zwei Tage hintereinander Linsensuppe und er versuchte mir zu helfen, wo er konnte.

„Du hast jetzt viel Arbeit", bemerkte er einmal einfühlsam, als ich in der Küche am Tisch saß und Bohnen schnippelte. Das fand ich rührend. Er passte sich der neuen Lebenssituation an und schon hatte er mein Herz und auch das meiner Mutter für sich gewonnen.

Leo, dem Ältesten, gelang das nicht so leicht. Er war schwer zugänglich und sehr verschlossen. Wegen seiner stillen, zurückgenommenen Art übersah man ganz schnell seine Bedürfnisse und Gefühle. Kinder, die nicht fordernd sind, stellt man oft hintenan, wenn man selbst sehr beschäftigt ist. Als seine Mutter damals starb, musste Leo sich häufig um seine kleineren Geschwister kümmern und bekam daraufhin Schwierigkeiten in der Schule. Niemand hatte die Zeit, sich mit ihm zu befassen, und dass er Schulprobleme hatte, nahm man hin.

„Er ist ein guter Junge und wird später ohnehin einmal die Schreinerei übernehmen", war Karls Meinung, der ihn sehr liebte und viele Hoffnungen in seinen Ältesten setzte. „Ich weiß, dass er technisch begabt ist und ein guter Schreiner werden wird."

Der Mittlere, Albert, und ich gerieten bei vielen Gelegenheiten aneinander, weil er als Kind ein unglaublicher Dickkopf war. Wenn ich mich meinen Gedanken überlassen konnte, wie beispielsweise bei der Gartenarbeit, dachte ich oft über ihn nach. Er war mein Sorgenkind und ich konnte nicht zu ihm vordringen, wusste nicht wirklich, was er dachte. Er lebte zwar in unserer Familie, zog sich aber, soweit es ihm möglich war, zurück und grenzte sich ab. Albert wollte mich auch nicht als seine neue Mutter akzeptieren. Meine beiden anderen Stiefsöhne sagten „Mutter" zu mir, das Wort „Mama" blieb ihrer verstorbenen Mutter vorbehalten. Für mich war das in Ordnung. Aber Albert sprach mich auch nach meinem Einzug ins Haus konsequent weiterhin mit „Frau Grüneberg" an. Einmal versuchte ich mit ihm darüber zu sprechen, aber er reagierte so, als wäre es das Natürlichste der Welt, seine Stiefmama so zu nennen, er schaute nicht einmal zu mir auf, sondern beschäftigte sich weiter mit seinem Buch, in dem er gerade las.

Als ich dies meiner Mutter erzählte, schmunzelte sie nur. „Immerhin akzeptiert er, dass du verheiratet bist und nennt dich ‚Frau Grüneberg' und nicht ‚Fräulein Grüneberg'."

Danach versuchte ich die Sache mit dem gleichen Humor wie meine Mutter zu nehmen. Manchmal kam Albert nach der Schule einfach nicht nach Hause und trieb sich irgendwo herum. Er kümmerte sich nicht weiter darum, dass ich mir Sorgen machte und dass ich schimpfte und mich aufregte, wenn er dann endlich am späten Nachmittag aufkreuzte.

„Wo warst du, Albert?", fragte ich resigniert, im Wissen, dass ich ohnehin keine Antwort bekam. Dass er deshalb kein Mittagessen bekam, störte ihn nicht weiter.

„Wenn er nicht zum Essen kommt, gibt es auch nachträglich nichts für ihn", entschied mein Mann streng. Er konnte sich furchtbar über dieses Verhalten seines Sohnes echauffieren. Wenn Albert sich dann heimlich einen Apfel holte, tat ich so, als wenn ich es nicht bemerkt hätte.

Ich liebte meine neue Familie von Tag zu Tag mehr und bemühte mich, meinen neuen Pflichten so gut, wie es mir möglich war, nachzukommen. Am wichtigsten fand ich es, den Kindern mit Güte, aber auch mit Strenge zu begegnen. Schon sehr schnell bemerkte ich, dass es dringend notwendig war, sich um die Hausaufgaben der beiden Älteren zu kümmern. Theo hatte meist im Nu alles erledigt. Die Dinge fielen ihm zu und er benötigte keinerlei Hilfe. Er hatte sehr viele Interessen, die ihn beschäftigten. Zum Beispiel sammelte er Liebig-Bildchen, kleine Lithographien, auf der Rückseite mit erklärenden Texten, meist zu naturkundlichen und geschichtlichen Themen, die dem Fleischextrakt beilagen, den ich regelmäßig kaufte. Wenn ich ihm die Bildchen überließ, konnte ich ihm eine große Freude bereiten.

Leo und Albert fiel das Lernen schwer. Leo bemerkte schnell, dass es ihm zugutekam, wenn ich mir die Zeit nahm und ihm bei Aufgaben half, die er nicht verstanden hatte. Mir war diese Hilfestellung für ihn wichtiger, als einem perfekten Haushalt vorzustehen. Die Zeit, die ich für die Hilfestellung bei Leo benötigte, fehlte mir natürlich woanders. Es hatte sich noch nie jemand in dieser Weise um den Jungen gekümmert und langsam verbesserte sich durch meine Zuwendung unser Verhältnis. In so vielen Dingen war Leo bisher auf sich selbst angewiesen gewesen. Er war durchaus aufnahmefähig und wissbegierig, aber man merkte deutlich, dass es, was die Schule betraf, große Lücken gab, die selbst mein guter Wille nicht mehr füllen konnte. Er würde die

Hauptschule schaffen, aber dann, da hatte Karl recht, sollte er am besten einen handwerklichen Beruf erlernen. Albert ließ mich auch auf schulischem Gebiet nicht an seinem Leben teilhaben. Er hatte den Ehrgeiz, seine Dinge allein zu regeln. Irgendwann gab ich meine Bemühungen auf.

Anfang Januar 1928 bekamen mein Neffe Siegfried in Hessisch Lichtenau und seine Freundin Gerda ein kleines Mädchen, Anna. Sie waren noch nicht verheiratet, holten aber zwei Monate später, am 4. März, die Trauung nach. Die Hochzeit fand in Kassel statt. Die kleine Anna war ein Püppchen und entzückte uns, als wir sie bei der kirchlichen Trauung zum ersten Mal sahen. Ihre Mutter war bei allen in unserer Familie gern gesehen. Siegfried, ein hübscher Mann, war inzwischen beruflich als Straßenbauingenieur recht erfolgreich. Ein Jahr später wurde die zweite Tochter des jungen Paares, Karin, geboren.

„Wie schön, dass ich es noch erleben darf Uroma zu werden", meinte meine Mutter stolz, als das kleine Mädchen getauft wurde.

Am Sonntagabend hatte ich Zeit für mich. Dann setzte ich mich in einen Sessel, genoss den Blick auf die Stadtmauer und den alten Wehrturm, den man von unserem Haus aus sehen konnte, und hatte endlich mal ein paar Stunden, um zu lesen. In Grebenstein gibt es, wie schon erwähnt, eine Bücherei, sie befindet sich neben dem Pfarrhaus. Dort stöberte ich, so oft sich mir die Gelegenheit dazu bot und ich ein paar freie Minuten meiner knapp bemessenen Zeit abzweigen konnte.

Karl und ich verstanden uns sehr gut. Wir hatten meistens nur wenig Geld, aber er verwöhnte mich auf seine liebevolle Art. Zu meinem Geburtstag hatte er für mich ein Schmuckkästchen geschreinert. Er hatte das Holz dunkel gebeizt und mit Jugendstilmotiven versehen, weil er wusste, dass ich diese Kunstrichtung mochte. Für mich war es ein wundervolles Geschenk.

Nach etwas mehr als einem Jahr wurde ich schwanger. Die Schwangerschaft verlief gut. Als mein Bauch sich immer mehr rundete, fiel mir meine Arbeit oft schwer, aber meine Familie unterstützte mich, wo es ging. Sie hatten sich auch daran gewöhnt, dass bei uns nicht alles so proper war wie anderswo. Mit 39 Jahren gehörte ich bereits zu den Spätgebärenden. Das machte mir ein wenig Angst, aber ich versuchte, nicht zu oft darüber nachzudenken. Es würde schon alles gut gehen. Ich freute mich sehr auf ein eigenes Kind.

Und dann kam der Februar 1928. Es war spät in der Nacht, als Albert zu uns ins Schlafzimmer geschlichen kam und sagte: „Ich kann nicht schlafen, es riecht so komisch."

In der Tat, es roch nach Qualm und aus der Werkstatt unter uns kamen knisternde Geräusche. Ich schreckte auf, lief zur Treppe, riss die Werkstatttür auf und sah die Flammen, die bereits in dem gesamten Raum zur Decke züngelten. Ich schmiss die Tür wieder zu.

„Lauf zu deinen Brüdern und wecke sie! Greift eure Schuhe und Jacken und nehmt die Bettdecken mit!", schrie ich Albert an.

Verstört rannte er an seinem Vater vorbei, der war inzwischen auch wach geworden und zur Treppe gekommen. Plötzlich gab es einen lauten Knall und die Werkstatttür flog auf. Flammen züngelten an der Wand hoch. Karl und ich rannten zu den Kindern, die uns entgegenkamen. Wir schützten uns mit den Bettdecken, ergriffen unsere Schuhe, die neben der Haustür standen, und rannten ins Freie. Kurze Zeit später stand das Treppenhaus in Flammen. Was für ein Glück, dass Albert rechtzeitig den Geruch bemerkt hatte. Es dauerte nicht lange und das gesamte Haus brannte lichterloh. Voller Entsetzen blickten wir auf die lodernden Flammen. Jemand hatte die Feuerwehr benachrichtigt. Als sie kam, konnte sie nur noch den Schaden an den Nachbarhäusern begrenzen.

Wir mussten froh sein, dass wir gesund und wohlbehalten draußen stehen konnten, eingehüllt in unsere Decken, von vorn erhitzt durch das Feuer, das unser Zuhause zerstörte, von hinten blies ein eisiger Wind, der einen erneuten Schneefall begleitete.

An meiner Hand hielt ich Theo, der leise vor sich hin wimmerte: „Meine Liebigbildchen-Sammlung. Ich habe sie vergessen mitzunehmen."

„Wir können neue Bildchen sammeln. Ich verspreche dir, dass ich in nächster Zeit ganz viel Fleischextrakt kaufen werde", versuchte ich ihn zu trösten. Es würden uns in der nächsten Zeit noch viele Dinge einfallen, die dieses Feuerhaus verschlungen hatte.

Albert hatte die ganze Zeit regungslos neben Leo und Karl gestanden. Er wirkte wie versteinert. Ich sah, wie Leo ihm kurz über den Kopf strich. Leo kann am besten mit seinem Bruder umgehen, ging es mir bei dieser liebevollen Geste durch den Kopf.

Für die Kinder war der Brand auch deshalb schlimm, weil die letzten Erinnerungen an ihre Mutter mitverbrannten. Das Haus, dieses alte Gemäuer, dessen Zimmer niedrig und klein gewesen waren, war auch mir ans Herz gewachsen. Die Feuerwehr konnte zwar die angrenzenden Gebäude retten, aber unser Haus brannte bis auf seine Grundfesten nieder. Das alte Fachwerk und ein Gemisch aus Stroh und Lehm dazwischen hatten das Feuer schnell um sich greifen lassen. Die Nachbarn starrten mit uns zusammen ungläubig auf das Schauspiel.

Übermüdet und schockiert gingen wir später zu meiner Mutter in die Burgstraße, um den Rest der Nacht im Warmen zu verbringen. An Schlaf war nicht mehr zu denken.

Von diesem Tag an sagte Albert „Mutter" zu mir. Als er es das erste Mal tat, war ich tief gerührt. Ich spürte, dass er einsam war durch seine ablehnende Art und nahm mir vor, mich in Zukunft noch mehr um ihn zu bemühen. Irgendwann würde ich vielleicht das Eis ganz brechen. „Lass ihm Zeit", sagte meine Mutter zu diesem Thema.

Unsere gesamte Lebensgrundlage, alles, was Karl sich aufgebaut hatte, war uns genommen worden. Jetzt waren wir zunächst auf die öffentliche Fürsorge angewiesen. Wir brauchten eine neue Bleibe, denn meine Mutter war schon etwas gebrechlich; das Zusammenleben mit den drei Jungen und uns zwei Erwachsenen in ihrer Wohnung war einfach zu viel für sie. Ich war damals im sechsten Monat schwanger.

„In der Hofmühle ist eine kleine Wohnung frei geworden", sagte Karl eines Abends, als er nach Hause kam. „Der Müller hat sie ursprünglich für seine alten Eltern ausgebaut", fuhr er fort.

In Grebenstein gab es so gut wie keine Mietobjekte. Die Menschen hatten fast alle ein eigenes Haus, das sie mit ihren Angehörigen bewohnten. So waren wir froh, in die alte Mühle einziehen zu können. Das Wohnen dort war etwas beengt, aber wir hatten immerhin wieder eine abgeschlossene Etage für uns. In der Wohnung der Mühle hörte man den ganzen Tag das beruhigende Plätschern des Mühlbachs und das Knarzen des alten Mühlrades. Ich unterhielt mich gern mit der Müllerin. Weil sie um unsere Not wusste, schenkte sie uns ab und zu ein paar Eier und Mehl. Dann konnte ich die bekannten Pfannkuchen und auch mal Hefeschnecken oder einen Elsässer Gugelhupf backen.

Die Brandversicherung zahlte die Summe aus, auf die unser zerstörtes Haus geschätzt worden war. Es stellte sich dann aber heraus, dass Theresia als Kind und Erbin der ursprünglichen Besitzer fünf Achtel der Versicherungssumme bekam, Karl erhielt nur drei Achtel. Diese Summe reichte bei weitem nicht aus, um wieder eine Werkstatt und neuen Wohnraum für unsere fünfköpfige Familie zu schaffen. Damit hatten wir nicht gerechnet. Karl hatte die Versicherungsbeiträge zwar all die Jahre über eingezahlt, den Vertrag aber nie genau durchgelesen. Das war typisch für ihn und später übernahm ich für ihn die Buchführung. Jetzt aber standen wir vor massiven Problemen. Wie sollten wir unseren weiteren Lebensunterhalt erwirtschaften und wo konnten wir wohnen?

In der gleichen Woche, in der wir von der Versicherung den niederschmetternden Bescheid erhalten hatten, klopfte morgens Herr Hofer, unser Hausherr, an unsere Tür. „Ich habe ein Vorhaben, von dem ich Sie in Kenntnis setzen möchte, weil es für Sie interessant sein könnte", sagte er auf seine bedächtige Art. Als ich ihn hereinbat und er sich etwas umsah, meinte er: „Diese Wohnung ist für Ihre Familie auf Dauer viel zu eng."

Natürlich war sie das. Worauf wollte er hinaus? Ich bat ihn Platz zu nehmen und er kam nun ohne Umschweife zu seinem Anliegen.

„Ich beabsichtige auf der anderen Seite der Esse ein Doppelhaus mit jeweils drei Wohnungen bauen zu lassen. Eine Haushälfte, diejenige mit dem direkten Grundstück an der Esse, ist schon verkauft. Das andere Haus zum Grundstück Bauer Fuhrmann hin wäre noch frei."

Der erste Gedanke, der mir in den Sinn kam und den ich auch aussprach, war: „Ist es denn erlaubt, dort zu bauen? Wenn die Esse über die Ufer tritt, ist der Garten überschwemmt und man hat Wasser im Keller."

Selbstbewusste Frauen mochte Herr Hofer anscheinend nicht so gern, denn er meinte herablassend: „Die gesamte Unterstadt war früher Sumpfgelände. Seit ein paar hundert Jahren wohnen hier nun schon Leute und bis jetzt ist noch niemand abgesoffen."

Ach wirklich!, dachte ich angriffslustig, behielt es aber für mich. Die Geschichte Grebensteins war mir bestimmt ebenso geläufig wie dem Müller. Ich ärgerte mich über seinen Tonfall.

Karl schaute mich an und ahnte, was in mir vorging. Ein kaum wahrnehmbares Schmunzeln lag um seinen Mund, während der Müller die Bebauungspläne auf dem Tisch legte. Ein Kostenvoranschlag war auch dabei. Bevor Karl etwas sagen konnte, kam ich ihm zuvor. „Wir werden uns die Unterlagen gern ansehen und geben Ihnen dann bescheid", bemerkte ich höflich.

193

Zu meiner Überraschung verzog sich das Gesicht des Müllers zu einem freundlichen Grinsen. Er sagte nichts weiter und ging davon.

Wir sahen die Pläne durch und mussten feststellen, dass das Angebot in der Tat außergewöhnlich günstig war – hauptsächlich aus dem Grund, weil das Haus auf Hochwasser gefährdetem Gebiet stehen würde.

„Glaub nicht, dass uns da jemand etwas schenken will!", sagte ich zu Karl. „Und was sollen wir mit drei Wohnungen?"

„Wir benötigen dringend Wohnraum und eine Werkstatt. Ein so günstiges Angebot bekommen wir nicht so schnell wieder", stellte er fest. „Natürlich hast du Recht, die Esse tritt manchmal über die Ufer. Aber bis zu den geplanten Wohnhäusern wird sie nicht herankommen. Wenn Theresia uns ihren Anteil von der Brandversicherung leiht, können wir den Rest des Preises als Kredit bei der Bank aufnehmen", überlegte er hoffnungsvoll.

Da Theresias Mann zwar nicht wohlhabend war, aber doch genügend Geld verdiente, um der Familie ein angenehmes Leben zu bieten und diese die Versicherungssumme nicht dringend brauchte, setzte Karl all seine Hoffnung in die Großzügigkeit seiner Tochter. Er schilderte ihr offen seine Verzweiflung und Not und versichert ihr, dass sie das Geld monatlich zurückgezahlt bekäme. Aber Theresia lehnte ab. Ihre Hartherzigkeit machte Karl unendlich traurig. Sie war sein geliebtes Kind und er hatte alles für sie getan, was ein guter Vater tun konnte. Karl tat mir so sehr leid. Bald nach dem Gespräch zog Theresia nach Kassel mit ihrer Familie. Ihr Mann eröffnete dort einen Elektrohandel. Wir haben sie seitdem nur noch sehr selten gesehen.

Jetzt mussten wir dringend eine andere Lösung finden. Ohne ein gewisses Grundkapital lieh uns keine Bank den benötigten Betrag. Da kam mir eine Idee. Eine Frau hatte mir erzählt, dass ein Bauer aus der Unterstadt jemandem in Grebenstein Geld geliehen hatte. Vielleicht würde er auch uns die benötigte Summe leihen …

„Niemals gehe ich bei fremden Leuten um Geld betteln", sagte Karl, als ich ihm meinen Plan unterbreitete.

„Gut, dann gehe ich", sagte ich entschlossen. Noch am selben Abend suchte ich den Bauern Heinrich auf und erzählte ihm von meinem Anliegen. Der Mann war sehr nett und gar nicht abgeneigt. Er bat mich mit Karl vorbeizukommen, um über einen Vertrag zu reden.

Dann ging alles ganz schnell. Wir bekamen den Kredit und konnten beim Neubau mitreden, beispielsweise bei der Gestaltung der Innenräume. Die Doppelhaushälfte wurde in drei Wohnungen aufgeteilt, wovon zwei vermietet werden sollten, um so den Kredit mitzufinanzieren. Karl baute aus Backsteinen eine Werkstatt an die Scheune des Bauern Fuhrmann, wir erwarben neue Maschinen und Werkzeuge, die ein Vermögen verschlangen. Von den alten Geräten war nach dem Brand nur noch wenig zu gebrauchen gewesen.

Täglich konnte ich von der Mühlenwohnung aus mein neues Heim entstehen sehen. Ich freute mich riesig darauf, dort endlich einzuziehen.

20.

Nach einem relativ verregneten Frühling wurde es schön warm. Mein Bauch wurde runder und runder. Als in der Nacht zum 23. Juni 1928 die Wehen kamen, weckte ich Karl, der ruhig neben mir schlief. „Lauf, hol Herrn Dr. Cranz und bring die Hebamme mit. Ich glaube, es geht los!" In einem kleinen Ort wie Grebenstein waren Hausgeburten normal.

Mit dem Arzt kam auch meine Mutter. Da sie im gleichen Haus wie der Herr Sanitätsrat Dr. Cranz wohnte, hatte Karl auch bei ihr geklingelt. Sie hatte sich in Windeseile angezogen und war mitgekommen. „Ich hoffe, das ist dir recht, Marie?", sagte sie und streichelte meine Hand.

Ich war sehr froh, dass sie da war. Die Geburt verlief noch viel schwieriger, als ich mir das hätte jemals ausdenken können. Mein Kind hatte eine Steißlage. Hebamme und Hausarzt gaben ihr Bestes. Irgendwann nach Stunden ging es den Helfern nur noch darum, mein Leben zu retten. Mir war inzwischen alles egal, so erschöpft war ich. Ich kann nicht mehr, es wird nicht gutgehen, schoss es mir unter all den Schmerzen ständig durch den Kopf. Ich begann mit meinem Leben und dem des Kindes abzuschließen. Aber dann schaffte die Hebamme es doch, das Kind zu drehen. Hoffnung keimte in uns allen auf. Plötzlich verlief der Geburtsvorgang normal und ein kleiner Junge kam auf die Welt. Ich ließ mich in das Kissen fallen und atmete auf. Dann sah ich die erschrockenen Gesichter um mich herum. Augenblicklich wurde mir klar, dass nichts gut war. Die Hebamme versuchte unserem Kind einen Schrei zu entlocken. Es atmete nicht und war bereits blau angelaufen.

„Was ist los?", fragte ich verzweifelt.

„Der Kleine ist tot", sagte die Hebamme. „Sein Herz hat der Belastung nicht standgehalten. Da kann man nichts machen. Gott sei Dank", dabei sah sie zu mir, „haben wir zumindest Ihr Leben retten können."

Das war für mich aber kein Trost. Ich starrte auf diesen winzigen Menschen, der nach den Anstrengungen und dem Leiden dieser schwierigen Geburt nicht leben sollte. Ich konnte mich nicht erinnern, jemals so traurig gewesen zu sein. Der Kleine hatte hellblonden Flaum auf dem Köpfchen und sah so friedlich aus.

Da unterbrach die dunkle Stimme von Herrn Dr. Cranz die bedrückende Stille: „Wenn Sie einverstanden sind, könnte ich noch einen letzten Versuch unternehmen, den Kleinen ins Leben zu holen. Aber das müsste schnell gehen."

Wie will er das machen?, dachte ich zweifelnd. Aber ich hatte Vertrauen zu dem Arzt und willigte dankbar ein. Der Arzt zog eine Spritze auf, die mir viel zu groß erschien für den winzigen Säugling, und gab sie dem Kleinen direkt ins Herz. Wir hielten den Atem an. Niemand von uns wandte den Blick von dem Kind. Es wird umsonst sein, dachte ich bei mir. Tot ist tot.

Nichts geschah. Der Säugling zeigte keinerlei Anzeichen von Leben. Aber plötzlich, nach scheinbar unendlich langer Zeit, verzog der Kleine seinen winzigen Mund und sog hörbar die Luft ein. Dann gab er seinen ersten, wenn auch nicht sehr lauten Schrei von sich. Das winzige Herz hatte tatsächlich angefangen zu schlagen! Max, so sollte unser Kind heißen, bekam zusehends eine rosigere Hautfarbe. Sein erster Schrei hatte sich fast angehört, als habe er sich im letzten Moment umentschieden und wolle es nun doch versuchen auf dieser Welt. Ich liebte ihn für seine Entscheidung und war sicher, dass er sie nicht bereuen würde.

Was für ein Wunder! Jetzt war mein kleiner Sohn wirklich und lebendig auf der Erde. Eine tiefe Ehrfurcht vor dem Leben erfasste mich, als ich den Winzling im Arm hielt. Abgesehen von seinen abstehenden Ohren war alles perfekt an dem kleinen Menschen. Das war Glück! Ich konnte es fühlen, konnte es spüren. Fassungslos kam Karl ins Zimmer und streichelte meine tränennassen Wangen. Meine Mutter saß ganz blass neben meinem Bett. Sie hatte sich während der Geburt sicherlich große Sorgen gemacht.

Später sagte sie einmal zu mir: „Es werden zurzeit so viele Jungen geboren. Hoffentlich gibt es nicht wieder Krieg …"

Ja, das war mir auch aufgefallen. Wir hatten jetzt vier Söhne, und auch um uns herum wurden weit mehr Jungen als Mädchen geboren. Aber solchen Aberglauben schob ich weit von mir. Eigentlich war auch meine Mutter eine pragmatische Person. Nur ganz selten äußerte sie solche von Generation zu Generation weitergetragenen Prophezeiungen.

Anfang 1929 war unser neues Heim fertig und wir konnten endlich einziehen. Wir hatten auch bereits Mieter für den ersten Stock gefunden; eine nette Familie mit drei Kindern. Wir hatten uns für sie entschieden, weil mir die junge Frau sehr sympathisch war. Sie kam aus

Düsseldorf, war in ihren Ansichten modern und unkompliziert und hatte den gewissen Chic einer Frau aus der Stadt, der sich besonders in ihrer Kleidung ausdrückte. Meine Mutter zog aus der Wohnung des Sanitäts-rates Dr. Cranz aus und richtete sich in unserer dritten Wohnung im Dachgeschoss ein. Ich machte mir ein wenig Sorgen, ob ihr die vielen Treppenstufen nicht zu schaffen machen würden, sie war ja schon 76 Jahre alt.

„Mach dir nicht immer so viele Sorgen, Kind", sagte sie zuversicht-lich und stolz darauf, dass sie noch so rüstig war. „Meine neue Wohnung hat einen wunderschönen Ausblick, den ich jeden Tag genie-ßen werde."

Karl hatte für unser neues Heim viel Arbeit in Eigenleistung er-bracht. Sämtliche Schreinerarbeiten, wie die Türen und Fenster, hatte er in seiner neuen Werkstatt gegenüber unseres Wohnhauses, fertiggestellt. So hatten wir die Kosten niedrig halten können. Die finanziellen Verlus-te, die durch das Feuer entstanden waren, mussten irgendwie wieder aufgefangen werden. Wir werden es schon schaffen, sagte ich mir. Ir-gendwie geht es doch immer weiter.

Vor unserer neuen Wohnung im Erdgeschoss baute Karl außerdem einen kleinen Wintergarten. Er erfüllte mir damit einen Herzenswunsch. Der Wintergarten hatte eine Verbindungstür zur Küche und einen Aus-gang zum Hof. Wie gemütlich war es, wenn es draußen regnete und man unter dem Dach sitzen konnte, windgeschützt und dank der vielen Fenster fast wie im Freien. Unter den beiden Mauern, die das Ganze trugen, konnte ich meinen kleinen Leiterwagen abstellen, mit dem ich schwerere Dinge transportierte. Außerdem bot der Wintergarten direkten Zugang zum Hof, zur Werkstatt und zum Garten. Es war mein liebster Ort. Der romantische Blick auf die alte Hofmühle mit dem Mühlrad, auf die historische Stadtmauer und den Hügel, auf den das Städtchen gebaut ist, die Oberstadt mit der großen alten Kirche des Ortes – all das bildete ein wunderschönes Panorama. Auch meine Mutter liebte diesen kleinen Raum sehr. Tagsüber war sie unten bei uns und half mir beim Kochen oder saß im Wintergarten und las. Und immer war Dackel Puck dabei. Er hatte eine Lieblingsecke, aus der er meine Mutter meistens aus einem halboffenen Auge beobachtete.

„Er wagt es nicht, beide Augen zu schließen. Offenbar hat er Angst, dass du verschwindest", sagte ich einmal scherzhaft zu ihr.

Karl schreinerte für den Wintergarten eine neue Sitzecke. Die Sitze und die Rückenlehnen wurden mit Rattan ausgeflochten. Das rundete das Gesamtbild ab. Meine Mutter kaufte einen Gummibaum, den wir in eine der Ecken stellten. Er wuchs gut in dem lichtdurchfluteten Raum. Im Winter, wenn ich den Küchenofen gut angeheizt hatte, öffnete ich die Tür zum Wintergarten. So konnte man dort auch in der kalten Jahreszeit gemütlich sitzen.

Hinter der Werkstatt, von der Wohnung aus nicht sichtbar, hatten wir einen Stall mit einer Kuh und einem Schwein. Auch unsere Gänse und Hühner hatten dort einen Verschlag. Im Garten wuchsen die Früchte und das Gemüse. So konnte ich unsere Familie mit allem Lebensnotwendigen versorgen. Die Gartenarbeit war intensiv, machte mir aber auch viel Spaß und ich liebte es, mich um die Tiere zu kümmern. Das

Schlachten übernahm Karl. Bei den größeren Tieren holten wir einen Metzger.

Meine Gänse liefen tagsüber überall herum. Wenn sie abends noch nicht da waren, weil sie beim Müller Hofer vorbeischauten oder auf der Esse herumschwammen, musste ich nur rufen und schon kamen sie im Trupp angewackelt.

„Du bist die reinste Gänseliesel geworden", sagte meine Mutter einmal voller Staunen.

„Ach, die Gänseliesel…" Sofort tauchten wehmütige Gedanken in mir auf. Erinnerungen an die Orangerie und den Park in Straßburg, in dem die Skulptur der Gänseliesel stand. Viel Zeit war vergangen und die schönen Erinnerungen waren ein wenig verblasst. Aber manchmal kamen sie mit voller Wucht zurück und kurzzeitig überfiel mich eine starke Trauer um die verlorene Heimat, die zu einem anderen Leben gehörte.

21.

Lutetia lud mich in einem kurzen Brief zur „Vierten großen Kunstausstellung Kassel" ein. Die Vernissage hatte bereits am 1. Juni 1929 in der Orangerie stattgefunden. „Es geht um das Thema ‚Neue Kunst', schrieb sie. „Ich habe dir mal von Arnold Bode erzählt, erinnerst du dich? Er hat die Kassler Sezession ‚Die Fünf' gegründet, ist selbst Maler, und Mitinitiator der Ausstellung."

Ja, ich erinnerte mich. Sie hatte schon ein paarmal davon erzählt und ich hatte auch in der Zeitung darüber gelesen. Diesmal wollte ich mir die Ausstellung nicht entgehen lassen. Ich musste auch unbedingt einmal wieder raus aus dem Alltag. Meine Mutter schaute in solchen Fällen zu Klein-Mäxchen und dem Rest der Familie. Für einen Nachmittag würde das schon gehen, der Kleine war relativ pflegeleicht.

„Mach dir einen schönen Tag, Marie. Es wird dir guttun", sagte sie.

Bei meiner Ankunft in Kassel, das bis 1926 übrigens „Cassel" geschrieben wurde, regnete es in Strömen. Lutetia empfing mich am Bahnhof mit einem großen Regenschirm.

„Genau der richtige Tag, um eine Ausstellung zu besuchen, findest du nicht auch?", bemerkte sie durch die Pfützen stapfend, während wir zur Orangerie liefen. Die Orangerie in Kassel ist ein altes Barockschloss, das einen imposant-schönen Rahmen für Kunstausstellungen bietet. Im Winter pflegte man dort die tropischen Gewächse und empfindlichen Pflanzen der angrenzenden Parkanlage Karlsaue. Im Sommer nutzte man die Räumlichkeiten für Ausstellungen.

Ein Raum war diesmal den Exponaten des Bauhauses Dessau gewidmet. Wassily Kandinsky, Paul Klee, Oskar Schlemmer und Lyonel Feininger, Künstler, die man in Deutschland zur Avantgarde rechnete, waren hier durch ihre Werke vertreten. Wir bewunderten Ausstellungsstücke, die Ausdruck einer völlig neu entwickelten Ästhetik waren. Das traditionell Verspielte war gänzlich verschwunden, das Kunstwerk war von der Funktion eines Produktes geprägt.

Lutetia war eine begeisterte Anhängerin des Bauhausstils und interessierte sich besonders für diesen Teil der Exposition. Auch ich fand die Idee, die Trennung zwischen Handwerk und Kunst aufzuheben, reizvoll, aber die daraus entstandenen Werke waren mir oft zu kühl und sachlich.

„Wenn das Wetter schöner wäre, würden wir jetzt einen ausgiebigen Spaziergang durch die Karlsauen unternehmen", sagte Lutetia lächelnd. „Das müssen wir nun leider verschieben. Zu schade aber auch!"

Da es wie aus Kübeln regnete, entschlossen wir uns, das Café Schmoll in der Königsstraße aufzusuchen. Wie die wenigen anderen Menschen auf der Straße kämpften auch wir gegen den Wind, der ständig die Regenschirme umbog, und kamen pitschnass im Café an.

„Nehmen wir uns doch einen Tisch weiter hinten", sagte Lutetia, deren Haare am Kopf zu kleben schienen, als wir eintraten. „Wenn jemand hier vorn die Tür öffnet, kommt immer ein kalter Windstoß herein."

Wir gingen an einer langen Bar vorbei und fanden einen netten Tisch, an dem man sich ungestört unterhalten konnte. In letzter Zeit hatten wir uns nicht oft gesehen und somit eine Menge zu erzählen. Da

Lutetia keine Kinder hatte, arbeitete sie nun halbtags als Dentistin in der Zahnarztpraxis ihres Mannes mit. Heinrich hatte sehr viele Patienten und war froh, dass seine Frau einen Teil der Arbeit übernahm.

„Es ist schwierig, wenn der eigene Mann der Chef ist", sagte meine Freundin schelmisch, aber auch ein wenig resigniert. „Ich habe viele Jahre Erfahrung in diesem Beruf, aber er will mir ständig Vorschriften machen. Die Zahnärzte werden sich immer schwertun, uns Dentisten anzuerkennen. Ganztägig würde ich es niemals in seiner Praxis aushalten, das würde unsere Ehe gefährden", berichtete sie ehrlich und mit einem Augenzwinkern.

Das kann ich verstehen, dachte ich, ich hatte es auch nicht immer leicht gehabt in der Zahnarztpraxis Dr. Zanner.

Dann erzählte mir Lutetia begeistert von ihrer ehrenamtlichen Tätigkeit im Deutschen Evangelischen Frauenbund. Sie arbeitete schon lange im sozialen Bereich und war dem Bund gleich beigetreten, als sie damals nach Kassel kam. „Die Organisation hilft Frauen in Notlagen, ist aber längst nicht so militant wie beispielsweise die Suffragetten", hatte sie mir damals stolz erklärt. Die Frauenvereinigung war schon Anfang des Jahrhunderts entstanden und repräsentierte einen rechten Flügel christlich-sozialer Frauenarbeit. Man richtete sogenannte „Rettungshäuser" ein, in denen ledige, schwangere Mädchen und Frauen Zuflucht fanden. „Ich war vor kurzem auf einem Fürsorgerinnenseminar in Hannover", berichtete Lutetia, als wir im Café saßen. „Nach dieser Ausbildung betreue ich nun die Kinder armer Familien in Kassel."

Als ich abends im Zug nach Grebenstein zurück saß, dachte ich, dass dieser wunderschöne Tag eine weitere Bereicherung in meinem Leben war und mir neue Kraft für meinen arbeitsreichen Alltag geben würde.

Im selben Jahr, als die Sommerferien vor der Tür standen, lud mich der Klassenlehrer unseres Sohn Theo zu einem Gespräch ein. Überrascht fragte ich mich, worum es dabei wohl gehen würde. Theo war ein guter Schüler und alle mochten ihn gern.

„Hast du etwas angestellt, Theo?", fragte ich ihn. Als Antwort bekam ich nur ein Grinsen. Theo war nie ein Freund vieler Worte gewesen. Aber ich wusste nun auch so, dass alles in Ordnung war.

Der Lehrer Herr Kühne, der auch ein Nachbar von uns war, wusste nicht recht, wie er anfangen sollte. Er kam aus der Großstadt und war noch ganz jung und voller Enthusiasmus, gerade mit seiner Ausbildung fertig geworden. „Es geht um Ihren Stiefsohn Theo", fing er an. „Der Junge ist begabt und gehört eigentlich auf das Gymnasium nach Hofgeismar." Es folgte eine kurze Sprechpause, bevor er fortfuhr: „Er langweilt sich hier bei uns auf der Schule und ist auf jeden Fall unterfordert. Aus ihm könnte einmal etwas Besonderes werden." Beim Sprechen war die kleine runde Brille des Lehrers heruntergerutscht. Nun schaute er mich über den Brillenrand hinweg erwartungsvoll an.

Mir war natürlich nicht entgangen, dass Theo klug war und ich fand es sehr liebenswürdig, dass sein Lehrer sich über die Kinder Gedanken machte. Aber Herr Kühne hatte keine Ahnung von dem finanziellen Druck, unter dem wir standen! Wir mussten den Kredit für unser Haus und die Werkstatt zurückzahlen. Karl hatte in der Schreinerei zurzeit wenig neue Aufträge.

„Mein Mann und ich haben auch schon darüber nachgedacht, ob der Junge hier auf der Schule am richtigen Ort ist. Aber manchmal im Leben muss man sich dem eigenen Rahmen anpassen", versuchte ich zu erklären und fügte noch hinzu: „Aber es ist sehr nett von Ihnen, dass Sie sich diese Gedanken um einen einzelnen Schüler machen."

Als ich den Raum verließ, war ich traurig. Wir konnten auf keinen Fall das Schulgeld und die Fahrkosten für Theos Ausbildung im Gymnasium aufbringen, ganz abgesehen von den anderen Kosten, die auf uns zugekommen wären. Wir werden das Kind nicht auf diese Schule schicken können, auch wenn wir uns das von Herzen wünschen, ging es mir durch den Kopf, als ich durch den Potthagen, einem Weg an der Stadtmauer entlang, nach Hause lief. Das Geld reichte kaum für unsere täglichen Bedürfnisse. Etwas niedergeschlagen kam ich zu Hause an.

„Was hat Herr Kühne dir zu sagen gehabt, Marie?", fragte meine Mutter. Nachdem ich ihr alles berichtet hatte, sagte sie: „Ich habe die monatliche Rente von Papa. Das sollte eigentlich auch noch für Theos Schulausbildung reichen. Ich werde ihm die Bahnfahrten und die anfallenden Kosten in der Schule zahlen."

Damit hatte ich nicht gerechnet. Meine Mutter hatte Karls Kinder zwar auch in ihr Herz geschlossen, aber ihre Rente war nicht so hoch, dass sie sich davon irgendeinen Luxus leisten konnte. Zudem hatte sie noch viele eigene Enkelkinder. Umso netter und berührender fanden Karl und ich ihre Großzügigkeit. Vielleicht tat sie es mir zuliebe. Sie wusste, wie sehr ich den Kleinen mochte. Unser Theo würde nun also das Gymnasium besuchen und vielleicht sogar einmal Abitur machen können. Was für ein Glück! Und wie aufgeregt und stolz war er, als wir berichteten, dass seine Stief-Oma Elise ihm das Geld fürs Gymnasium geben würde und er nach den Ferien jeden Tag ganz allein mit der Eisenbahn nach Hofgeismar würde fahren dürfen. Er ging gleich in die Stadtbücherei, um sich ein Englischlehrbuch für Anfänger auszuleihen.

„Siehst du, Marie, meine Entscheidung war auf jeden Fall gut", sagte meine Mutter zu mir. Da hatte sie wohl Recht.

Als der erste Schultag kam, fuhren meine Mutter und ich mit Theo zu seiner neuen Schule. Baby Max ließ ich so lange bei Frau Schäfer, unserer Mieterin. Ich tat dies nur ungern. Aber sie hat ja selbst drei Kinder, dachte ich, für einen Vormittag wird das schon gutgehen.

Am Gymnasium in Hofgeismar gab es eine kleine Feier für die Eltern und Kinder. Anschließend gingen wir zu meiner Schwester Meta, die uns bereits erwartete, um Theos neuen Lebensabschnitt mit einem Stück Kuchen und einer Tasse Kaffee zu feiern. Außerdem wollte ich mich von Ruth verabschieden, sie sollte in Bayern zur Kunstgewerblerin ausgebildet werden. Mein Schwager Emil war inzwischen stellvertretender Leiter des Finanzamtes Hofgeismar und verdiente gut. Da Ruth das einzige Kind war, bekam sie von allem nur das Beste. Die Familie war vor ein paar Jahren umgezogen und wohnte nun in einem Haus mit einem Steingarten um die Terrasse herum. Theo liebte es, Meta zu besuchen, weil es in ihrem Garten Eidechsen gab, die sich bei schönem Wetter gerne in der Sonne aufwärmten. Er hoffte immer, irgendwann einmal eine fangen zu können, aber es gelang ihm natürlich nicht.

Als wir um den Mittag herum nach Grebenstein zurückkamen, fanden wir Leo, der eigentlich für die Schule lernen sollte, friedlich mit seinem kleinen Bruder spielend vor. Inzwischen hatten sich wahre Dramen abgespielt.

„Frau Schäfer wusste nicht mehr, wie sie Max beruhigen konnte, er hat die ganze Zeit wie am Spieß geschrien. Sie brachte ihn dann zu mir, als ich aus der Schule kam", erklärte mein Stiefsohn.

Als ich bei seinen Worten meinen kleinen Max ansah, setzte dieser sein charmantestes Lächeln auf, als wüsste er genau, um was es ging. Er hatte seinen Willen durchgesetzt. Man konnte ihm einfach nicht böse sein.

Unsere Familie fand sich beim Essen zusammen und Theo berichtete voller Stolz von seinem ersten Schultag im Gymnasium und dem neuen Federmäppchen, das ihm meine Schwester zum Abschied geschenkt hatte.

Es wurde ein schöner Sommer, dieser Sommer 1929, der erste in unserem neuen, hellgrün gestrichenen Haus mit den dunkelgrünen Fensterläden und dem schönen Wintergarten. Meine Mutter kümmerte sich intensiv um Klein-Mäxchen und dieser schien sich bei ihr wohlzufühlen. Seit er krabbeln konnte, robbte er hinter Puck her. Der gutmütige Hund ließ es geschehen. Wir wussten, er würde nicht zuschnappen. Wenn es ihm zu lästig wurde, verzog er sich in eine unzugängliche Ecke und kam eine Weile nicht mehr zum Vorschein.

Nun hatten wir wieder oft Besuch. Lutetia kam öfter mal am Wochenende mit Heinrich vorbei; die beiden besaßen jetzt ein Automobil. Manchmal kam sie auch allein am Nachmittag mit dem Zug und setzte sich zwei Stunden mit mir, meiner Mutter und meinem jüngsten Sohn im Wintergarten. Gerne ließ ich dann meine Arbeit liegen.

Lutetia war vernarrt in den kleinen Max. „Du kommst gar nicht mehr wegen mir, sondern nur wegen meinem Sohn", sagte ich scherzhaft zu ihr.

„Ganz richtig", gab sie zur Antwort. „Ich spekuliere schon darauf, ihn mal nach Kassel einzuladen", ergänzte sie mit einem Augenzwinkern.

Auch meine Geschwister freuten sich, dass wir in dem neuen Haus mehr Platz hatten und sie uns und Mutter besuchen konnten. Sogar mein Bruder Vincent kam an einem Wochenende aus Hessisch Lichtenau mit seiner Frau Marie vorbei. Er hatte sich ebenfalls ein Automobil gekauft. Marie und ich hatten einander eine Menge zu erzählen. Siegfried und Anton, ihre Kinder, waren inzwischen erwachsen und gingen ihre eigenen Wege.

Im August bemerkte meine Mutter plötzlich, dass in ihrer Brust ein Knoten gewachsen war. Als sie nach anfänglichem Zögern endlich zum Arzt ging, wurde sie sofort nach Kassel in die Klinik überwiesen. Man stellte ein Krebsgeschwür fest und entfernte es. Aber die Krankheit war schon zu weit fortgeschritten. Am 1. September starb meine Mutter im Kasseler Stadtkrankenhaus. Sie war 76 Jahre alt geworden. Ihr Tod war ein weiterer großer Schock in meinem Leben. Natürlich weiß jeder, dass das Leben endlich ist. Aber wenn die eigene geliebte Mutter stirbt, bricht einem dies das Herz.

22.

Ich musste lernen, ohne meine Mutter zu auszukommen. Ohne sie wurde mein Leben schwieriger. Alle Aufgaben, die sie übernommen hatte, musste ich nun allein bewältigen. Erst als sie nicht mehr da war, wurde mir richtig bewusst, was sie mir alles abgenommen hatte. Sie fehlte an allen Ecken und Enden. Die gesamte Familie vermisste sie sehr.

Eine weitere Katastrophe war ihr Tod für Theos Schulausbildung. Wer sollte jetzt das Schulgeld und die Fahrtkosten bezahlen? Wir konnten uns diesen Luxus nicht leisten. Das Geld war einfach nicht da. So musste der arme Junge, trotz der Proteste der Lehrer, wieder nach Grebenstein auf die Hauptschule zurück. Er tat mir unendlich leid, als wir ihm die Situation erklärten. Er beschwerte sich nicht und akzeptierte alles ohne Murren. Doch auf der Grebensteiner Schule gab er sich überhaupt keine Mühe mehr. Er langweilte sich wohl einfach zu sehr.

Da unsere Erdgeschosswohnung nicht sehr groß war, zogen unsere zwei ältesten Kinder in die Wohnung ihrer verstorbenen Stief-Oma unters Dach. Puck, der Dackel, war inzwischen in einem Hunde-Greisenalter und ruhiger geworden. Jetzt saß er meistens traurig in seiner Ecke. Auch er spürte den Verlust meiner Mutter. Dank Max, der ihn ständig als unfreiwilligen Spielkameraden forderte, konnte er jedoch nicht allzu sehr in Trauer versinken.

Albert und Leo waren nun bereits in der Pubertät. Leo war ein hübscher Kerl. Großgewachsen, mittelblond, mit einem schmalen, feinen

Gesicht. Nun begann bei ihm schon der Bartwuchs und die Mädchen liefen häufiger mal an unserem Haus vorbei. Manchmal klingelte eine von ihnen und hatte eine „dringende" Frage an ihn. Ihm war das jedes Mal sehr peinlich. Er ist so schüchtern, dachte ich oft. Manchmal kam er mir sogar etwas eigenbrötlerisch vor. Ich konnte mir nicht vorstellen, dass er von sich aus mit einem Mädchen Kontakt aufnehmen würde. Er wurde rot, wenn sie auf ihn zugingen. Mit seiner stillen Art hatte er es in der Schule nicht leicht; die Lehrer unterschätzten ihn oft. Er ging auch nicht gern in die Schule. Lieber saß er stundenlang hinter unserem Schuppen im Garten und las in den Büchern, die er sich in der Bücherei geliehen hatte. Sein Interesse galt den technischen Errungenschaften unserer Zeit. Er träumte davon, als Erwachsener ein Automobil zu besitzen und auch auf diesem Gebiet zu arbeiten. Er wusste genau Bescheid über die Konstruktion von Autos, Flugzeugen, Eisenbahnen.

Er sollte Ingenieur werden, dachte ich oft. Jetzt sah ich deutlich die Vorteile, die meine Geschwister und ich dadurch genossen hatten, dass wir in einer Großstadt aufgewachsen waren. Die weiterführenden Schulen waren ganz in unserer Nähe gewesen und Vater hatte genügend Geld verdient, um unsere Ausbildungen zu finanzieren. Das war hier in Grebenstein anders. Karl wollte seinen Ältesten als Nachfolger für seine Schreinerei haben und legte auch keinen großen Wert darauf, dass er eine höhere Schulbildung erhielt. Mein Mann war zwar bei seiner Ausbildung zum Schreinermeister auf Wanderschaft gewesen und hatte viele lehrreiche Erfahrungen gemacht, aber in diesem Punkt dachte er wie seine Vorfahren. Wir führten lange Gespräche über dieses Thema.

„Bei euch in der Familie war das anders", sagte Karl. „Dein Vater
war Beamter und bekam später eine gute Pension. Ich habe keine Rente
und auch keine Kranken-ver.-sicherung. Wenn ich nicht mehr arbeiten
kann, sind wir auf die Versorgung unserer Kinder angewiesen. Ich brauche Leo in der Werkstatt. Ich werde sie ihm vererben und im Gegenzug
wird er für uns sorgen." Und er fuhr fort: „Sein tech-nisches Verständnis
und dass er gut zeichnen kann, wird ihm für den Schreinerberuf von
Nutzen sein. Auch wenn die Schreinerei jetzt wieder mehr Gewinne er-
wirtschaftet, haben wir kein Geld für eine teure Ausbildung unserer
Kinder. Wir müssen zusehen, dass wir die Schulden abbezahlen können.
Außerdem gibt Leo sich nicht genug Mühe in der Schule."

Da musste ich meinem Mann allerdings zustimmen. Und so begann
Leo noch im Todesjahr meiner Mutter in der Schreinerwerkstatt meines
Mannes seine Lehre. Da Karl schon recht alt war und Buchführung
überhaupt nicht seine Stärke war, übernahm ich diese Aufgabe und bekam so einen besseren Überblick über unsere finanzielle Lage.
Allmählich ging es ein wenig aufwärts. Der Betrieb warf wieder Geld
ab, es kamen mehr Aufträge rein. Bald musste Karl zwei Gesellen einstellen, um alles zu bewältigen. Als Leo zu arbeiten anfing, gab es jede
Menge zu tun.

Karl war mit seinem Sohn viel strenger als mit irgendeinem anderen
Lehrling zuvor. Er wollte den perfekten Schreiner aus ihm machen und
ihm auf keinen Fall das Gefühl geben, dass er einen Vorteil hatte, weil
sein Vater der Meister war. Ständig fand er kleine Fehler bei den Arbeiten, die Leo verrichtete, nie wurde der Junge gelobt.

„Wenn du deinem Sohn gegenüber weiterhin so unbarmherzig hart bist und ständig Perfektion von ihm forderst, kann er doch nur an sich zweifeln und macht dann auch tatsächlich Fehler. Leo ist noch ein Kind mit seinen fünfzehn Jahren. Da braucht man auch mal ein Lob!", versuchte ich mich vorsichtig einzumischen und erinnerte mich an die wunderbare Erziehung meiner Eltern.

Gerade am Tag zuvor hatte Leo zu mir gesagt: „Ich bin zu ungeschickt. Immer passieren mir die Fehler." Der arme Junge, dachte ich für mich.

Leo zog sich immer mehr in sich zurück und wurde mein Sorgenkind. Ich war oft wütend auf meinen sonst so weichherzigen Mann, der seinen Sohn in meinen Augen überforderte. Im Nachhinein betrachtet denke ich, dass Söhne nicht im gleichen Betrieb arbeiten sollten wie ihre Väter. Karl sorgte sich ständig, ob er mit Leo alles richtigmachte und war aus dieser Unsicherheit heraus einfach oft zu streng. Wenn die Kinder abends im Bett waren und wir uns noch ein wenig unterhielten, erklärte er mir, dass er Leo für „zu weich" hielt und Angst hatte, dass sein Sohn mit dieser Art nicht durchs Leben komme.

„Was soll das sein, das du zu weich an ihm findest?", fragte ich ihn ungeduldig.

„Jede freie Minute sitzt er in einer Ecke und liest. Er sollte in seinem Alter mit anderen Jungen um die Ecken ziehen …"

„… und den Mädchen hinterherlaufen?", ergänzte ich ungehalten.

„Er hat es gar nicht nötig, den Mädchen hinter-herzulaufen! Sie laufen ihm hinterher! Außerdem habe ich neulich beobachtet, als Rosa ihn abholte, um mit ihm zum Jahrmarkt zu gehen, dass er sie an der Hand fasste. Lass ihm doch seine Art. Hauptsache, er ist ein glücklicher Mensch. Wir dürfen nicht alles nach unseren Maßstäben messen."

Ich glaube, Karl wollte bei seinem Sohn gegen die eigenen Probleme ankämpfen. Er selbst hatte sich immer für seine Weichherzigkeit geschämt und versuchte schon sein ganzes Leben lang dem Bild eines harten, starken Mannes gerecht zu werden. Dabei machte gerade seine warme, freundliche Art ihn so liebenswürdig. Wenn ihm vor Rührung mal wieder die Tränen kamen, liebte ich ihn nur umso mehr. Die Menschen kamen von allein auf ihn zu, er musste gar nicht viel dafür tun. Man mochte ihn einfach und spürte sofort seine gütige Ausstrahlung, seine angenehme ruhige Art. Genauso war in meinen Augen auch Leo. Aber Eltern haben immer Angst, in der Erziehung ihrer Kinder etwas falsch zu machen. Sie wollen die Fehler ihrer Eltern vermeiden und neigen dabei manchmal selbst zu überzogenen Verhaltensweisen.

Es war das Jahr 1930. Max war unser Sonnenschein. Er war ein braves Kind, aber auch ein Schelm. Leo hatte bei seiner Geburt sofort die Verantwortung des älteren Bruders übernommen. Kaum konnte Max sprechen, begann Leo ihm die Errungenschaften der Technik zu erklären. Der Kleine war damit bestimmt überfordert, trotzdem fand der Große einen dankbaren Zuhörer in ihm.

„Er versteht überhaupt nicht, was du ihm da alles erzählst", bemerkte ich schmunzelnd, wenn ich hörte, wie Leo in seiner Begeisterung eine Eisenbahnlokomotive bis ins letzte technische Detail beschrieb. Und doch schien Max alles aufzunehmen, was sein Bruder ihm erzählte.

Oder zumindest tat er so. Vielleicht liebte er es auch einfach, dass sich ihm der Große so intensiv widmete. Ein gewisses Interesse für Technik steckt aber in fast allen kleinen Jungen, das hatte ich schon früh bei meinen Neffen und Brüdern festgestellt.

Meine beiden anderen Stiefsöhne, Albert und Theo, waren zu der Zeit stark mit ihrem Jungskram beschäftigt. Sie empfanden den kleinen Bruder eher als lästig. In ihren Augen konnte man absolut nichts mit ihm anfangen und wurde nur geschimpft, wenn man nicht richtig auf ihn aufgepasst hatte. So versuchten sie sich meistens unsichtbar zu machen, wenn sie Gefahr sahen, dass ich sie als Aufpasser brauchte. Aber wenn sie mit ihm allein waren oder es zu sein glaubten, schmusten sie auch mal mit ihm. Das beruhigte mich dann. Ich denke, Theo war ein wenig eifersüchtig. Früher war er der Kleinste gewesen, der, um den sich alle bemüht hatten; jetzt gab es den viel jüngeren kleinen Bruder.

Ich erinnere mich an den 23. Juni 1930, als Max zwei Jahre alt wurde. Zu der Zeit war die Wirtschaft unseres Landes zusammengebrochen, aber in Grebenstein bemerkten wir zunächst nicht so viel von den Auswirkungen. Seit dem Ersten Weltkrieg hatten wir in Deutschland in einer parlamentarischen Demokratie, der Weimarer Republik, gelebt. Nach den vielen Anfangsproblemen der jungen Republik, den Krisenjahren von 1919 bis 1923, hatte dann auch in Deutschland bis 1929 eine Phase relativer Stabilität geherrscht. Das waren die sogenannten „Goldenen Zwanziger" gewesen, in denen sich eine allgemeine Euphorie unter der Bevölkerung ausbreitete. Die Wirtschaft hatte einen riesigen Aufschwung erlebt, die Kaufkraft wuchs. Jetzt hatten die Menschen erneut die Mittel und Zeit, sich nicht nur Dingen zu widmen, die dem Lebensunterhalt dienten. Man wandte sich wieder der Kunst und Kultur zu, emanzipatorische Bewegungen fanden statt, die sich in einem ungezwungenen Kleidungsstil äußerten.

Aber wenn man genauer hinsah, war unsere Republik immer noch stark von der alten Monarchie beeinflusst. Der seit 1925 amtierende Reichspräsident Paul von Hindenburg, 1847 geboren wie mein verstorbener Vater, war mit 83 Jahren einfach schon zu alt für sein Amt. Er war stark den Traditionen des Kaiserreiches verhaftet und folgte dem Rat seiner antidemokratisch eingestellten Berater. Die staatlichen Beamten waren ausnahmslos konservativ rechts orientiert. So wurde die Regierung immer schwächer. Sie trug mit ihrem veralteten Handeln selbst dazu bei, dass sie nach und nach an Macht verlor.

Die wunderbaren „Goldenen Zwanziger" endeten auch in Deutschland mit der Weltwirtschaftskrise, die im Oktober 1929 begonnen hatte. Weil kein Auslandskapital mehr zur Verfügung stand, konnte die Industrie nur noch die Hälfte produzieren, Firmen und Banken mussten schließen. Es kam zu einem starken Anstieg der Armut und Kriminalität und einer Massenverelendung in den Großstädten. Bedingt durch die allgemeine Krise, die Verzweiflung der Menschen und die Unzulänglichkeit der schwachen Regierung bekamen die extremen Rechts- und Linksparteien stärkeren Zulauf. Auch wir waren überzeugt davon, dass eine starke Regierung hermusste. Eine, die unser Land wieder lenken konnte, ohne der alten Monarchie hinterher zu trauern.

Immer öfter hörten wir im Radio von Schlägereien zwischen Kommunisten und Nationalsozialisten. Die Gemüter waren hocherhitzt. Mal provozierten die einen, mal die anderen. Fünf Tage vor dem zweiten Geburtstag unseres jüngsten Sohnes kam es in Kassel bei Kundgebungen der Nationalsozialisten zu blutigen Auseinandersetzungen mit den Kommunisten. Hintergrund dafür waren weitere Kürzungen der Gehälter und Löhne. Die Regierung hatte neue Steuern erhoben. Während die Polizei in einem Lokal in Kassel die Versammlung der Nationalsozialisten gegen die protestierende Menge abschirmte, fand auf dem Königsplatz eine Schlägerei und Messerstecherei zwischen den rechten und linken politischen Gegnern statt. Ein NS-Stadtverordneter wurde erstochen, viele Leute wurden verletzt, zehn davon schwer. Der traurige Vorfall ging als „Blutiger Mittwoch" in die Kasseler Geschichte ein.

Zur Geburtstagsfeier unseres kleinen Max hatte ich auch meinen Cousin Walter und Onkel Willi aus Berlin eingeladen, wenn ich auch nicht davon ausgehen konnte, dass sie kommen würden. Die Lehrer – Walter arbeitete an derselben Schule, an der Onkel Willi zuvor beschäftigt war – hatten noch keine Sommerferien. Doch früh am Freitagmorgen, zwei Tage vor der Feier, standen die Berliner überraschend vor der Tür. Was für eine Freude! Gut sah Walter aus, schlank und sportlich wie immer, und Onkel Willi wirkte mit seinen 73 Jahren noch lebenslustig und wohlauf wie eh und je.

„Wir dachten, so eine nette Einladung bekommt man nicht oft", sagte Walter, als er mich begrüßte. „Außerdem kann ich bei dieser Gelegenheit auch einmal deine neue Familie kennenlernen", fügte er hinzu. Er hatte Unterrichtsstunden mit seiner Kollegin getauscht und so ein freies Wochenende bekommen.

Es war so lange her, dass wir uns gesehen hatten. Onkel Willi war das letzte Mal in Grebenstein gewesen, als mein Vater starb. „Ich wollte auch schon längst mal wieder nach Grebenstein kommen, aber als Rentner ist man unglaublich beschäftigt", sagte er mit einem Augenzwinkern.

Max kam sogleich angerannt, um nachzusehen, wer gekommen war.

„Oh, ein kleiner Wikinger", bemerkte mein Cousin, auf die längeren blonden Haare meines Sohnes anspielend.

Lachend stellte ich der Familie unsere Besucher vor. Ich hatte so oft von ihnen erzählt, dass sie für alle schon wie alte Bekannte waren. Für die drei Großen stellten sie eine besondere Attraktion dar, weil sie aus der Großstadt Berlin, einer anderen Welt, kamen.

Onkel Willi bewunderte unser schönes neues Haus und vor allem den romantischen Blick auf die alte Mühle, die Stadtmauer und die dahinter aufragende alte Kirche. „Ein schönes Fleckchen hast du dir zum Leben ausgesucht, Marie", sagte er.

„Ich würde sagen, es hat mich ausgesucht", antwortete ich schmunzelnd. Ich ahnte schon, womit Onkel Willi den größten Teil seines Aufenthaltes in Grebenstein verbringen würde – und so war es dann auch. Schon am nächsten Tag setzte er sich mit unserem alten Hocker an den Mühlbach und malte. Zwei Stunden später kam er mit einem Korb voller Lebensmittel zurück. Der Müller hatte das entstandene Bild sogleich gegen Eier, Honig, Mehl, Wurst und eine gute Flasche Wein eingetauscht.

Wir freuten uns über die leckeren Dinge. „Aber beim nächsten Mal, wenn du Naturalien erwirtschaftest, zeigst du uns das Bild vorher", sagte ich lächelnd, während ich die Wurst und den Wein mit auf den Abendbrottisch stellte.

Am Sonntag übernahm Karl das Kochen. So hatte ich etwas freie Zeit, um mit den Berlinern durch die Stadt zu gehen und die Gräber meiner Eltern zu besuchen. Onkel Willi wollte noch ein wenig allein sein am Grab meines Vaters, seines Bruders. So lief ich mit Walter zum alten Steinbruch. Bewegung tat uns beiden gut.

„Dein Vater bekommt schlecht Luft beim Gehen", stellte ich etwas traurig fest und dachte an die langen Wanderungen, die ich früher mit ihm im Schwarzwald unternommen hatte.

„Mir war das bisher gar nicht bewusst, es ist mir heute zum ersten Mal aufgefallen", antwortete mein Cousin. „Bestimmt liegt das an den Zigarren, die er täglich raucht", fügte er noch besorgt hinzu. Aber dann erfreuten wir uns an der schönen Natur im alten Steinbruch und genossen anschließend von oben am Berg den Blick auf Grebenstein, der mich, bedingt durch das Licht, an ein Bild von Onkel Willi erinnerte, das in Italien entstanden war.

Walter war immer wie ein guter Freund für mich gewesen und nach all der Zeit, die wir uns nicht gesehen hatten, war die Vertrautheit und Übereinstimmung von früher sofort wieder da. Er war einer der Menschen, mit denen ich herzhaft lachen und reden konnte, wie ich es sonst

nur mit meinen Freundinnen tat. Er wirkte so herzerfrischend jugend-
lich, dass es eine Freude war, mit ihm zusammen zu sein. Mein Cousin
erzählte von seinen wechselnden Frauenbekanntschaften, die nie lange
anhielten. Auf Dauer waren die Interessen zu unterschiedlich und die
Ansprüche an das Leben zu groß.

„Einer festen Bindung fühle ich mich noch nicht gewachsen", bemerkte er. „Die Frauen denken immer gleich daran eine Familie zu
gründen. Mir geht das in der Regel zu schnell."

„Irgendwann wird die Richtige vor dir stehen", sagte ich überzeugt.
„Dann wirst du es nicht abwarten können sie zu heiraten." Walter sah
mich nur mit einem skeptischen Grinsen im Gesicht an und sagte nichts
dazu.

Am Nachmittag kamen die Kasseler Freunde zum Kaffeetrinken.
Lutetia und Heinrich hatten Lutetias Eltern mitgebracht. Für mich war
es eine besondere Freude, die beiden Alten bei uns begrüßen zu können.

„Bei dem schönen Wetter waren sie bereit mitzukommen", bemerkte
Heinrich. Nachdem sie Max gebührend begrüßt hatten und der kleine
Kerl stolz eine Holzeisenbahn hatte in Empfang nehmen können, gesell-
ten sie sich zu Onkel Willi, den Lutetias Eltern schon in Straßburg
kennengelernt hatten.

Es war ein sonniger und warmer Tag. Wir hatten im Garten hinter
den Beerensträuchern unter einem alten Apfelbaum den Geburtstags-
tisch gedeckt. Im Schatten des Baumes konnte man angenehm sitzen.
Lutetia freute sich auch sehr, Onkel Willi und Walter wiederzusehen.
Walter und sie waren nur noch gute Freunde, darüber war ich sehr froh.

Für meinen Sohn hatte Lutetia einen weißen Pumphosen-Anzug mit kurzen Beinen genäht. Sie nähte die schönsten Sachen mit einer Geschicklichkeit, die ich bewunderte. Max durfte das Teil gleich anziehen. Mit seinen blonden Haaren sah er goldig aus darin. Die langen Locken verdeckten seine kleinen „Fliegerohren". Nachdem wir die Berliner am Spätnachmittag zum Bahnhof gebracht hatten und einen Spaziergang machten, nahm er einen Stock und lief immer ein Stück voraus. Alle waren entzückt von dem kleinen Kerl mit den pummeligen Beinchen, und er genoss es, im Mittelpunkt zu stehen. Man sah, dass das Kind schon genau seine Wirkung auf die Erwachsenen kannte.

Er sprach für sein Alter auch schon recht viel. Alles versuchte er nachzuplappern. „Tante Lutetia" war ihm aber dann doch zu schwer auszusprechen, so machte er schlicht und einfach „Tante Lutz" daraus. Den Namen fand er anscheinend so gut, dass Lutetia von da an für ihn nur noch „Tante Lutz" hieß. Wenn bei Max der kleine Schelm durchkam, lächelte er auf eine bestimmte wissende und gleichzeitig unschuldige Art, die die Menschen für ihn einnahm. Auch Lutetia konnte diesem Lächeln nicht widerstehen. Sie fand ihren neuen Spitznamen lustig. Max hatte zu Lutetia von Anfang an ein sehr gutes Verhältnis. Er versuchte immer ihre Aufmerksamkeit auf sich zu ziehen, setzte sich wie zufällig manchmal auf ihren Schoß und war ständig bemüht, ihr seinen Hund Puck vorzuführen, der darüber natürlich nicht so begeistert war. Lutetia war ganz verliebt in meinen kleinen Sohn und Karl und ich freuten uns darüber.

Beim Kaffeetrinken kamen wir Erwachsenen wie selbstverständlich auf die Weltwirtschaftskrise zu reden. Wir waren schockiert, als wir von den Erfahrungen der Großstädter hörten. Natürlich lasen wir täglich in der Zeitung darüber, aber es war nochmal etwas anderes, die Schilderungen der direkt Betroffenen zu hören.

„Diese Krise hat die Existenz so vieler Menschen zerstört. Ich bin froh, dass ich als Lehrer nicht betroffen bin", bemerkte Walter. „Hier bei euch hat man kurzfristig die herrliche Illusion, dass die Welt noch in Ordnung ist. Aber in der Großstadt gibt es viele Menschen, die keinen Ausweg mehr sehen, weil sie ihre gesamte Lebensgrundlage verloren haben."

„Gerade gestern stand wieder eine kurze Notiz in der Zeitung über den Freitod des Besitzers einer kleinen Bäckerei bei uns um die Ecke", bemerkte Lutetia. „Ich war ganz betroffen, als ich es las, weil ich manchmal auch dort einkaufen ging."

Walter fuhr fort: „Viele versuchen in Berlin durch Heimarbeit, Hausieren und Tauschgeschäfte zu überleben. Aber für manche alleinstehenden Frauen ist Prostitution die einzige Möglichkeit, um ihre Kinder und sich selbst zu versorgen. Viele haben im Großen Krieg ihren Mann verloren und konnten sich bisher irgendwie über Wasser halten. Jetzt sind sie in unvorstellbaren Schwierigkeiten. Es ist so traurig, diese furchtbaren Schicksale mitansehen zu müssen."

So ernst hatte ich Walter selten erlebt. Das hörte sich tatsächlich schrecklich an. Aber dann kam der kleine Max und wollte unsere Aufmerksamkeit. Dadurch hellte sich die besorgte Stimmung wieder auf.

Lutetia nahm ihn bei der Hand und alberte mit ihm herum. Bald schon lachten wir wieder.

Die Berliner waren die ersten, die sich verabschieden mussten. Wir bedauerten sehr, dass die schöne Zeit schon wieder vorbei war. Die drei Tage waren einfach zu schnell vergangen. Heinrich hatte sich auch gut mit Walter verstanden. Manche Menschen haben einfach die gleiche Wellenlänge. Da Heinrich im darauffolgenden Jahr eine Reise nach Berlin für eine berufliche Weiterbildung geplant hatte, verabredeten sie, sich dort zu treffen. Lutetia wollte auch mitkommen, da sie die Stadt schon so lange nicht mehr gesehen hatte. Ich freute mich, dass sich die Menschen, die ich mochte, untereinander gut verstanden. Für mich selbst war eine Berlin-Reise zu der Zeit undenkbar. Zum einen fehlte das Geld, zum anderen hatte ich meine Familie und die Tiere zu versorgen.

„Beim nächsten Mal müsst ihr euch unbedingt mehr Zeit nehmen", sagte ich beim Abschied zu Walter und Onkel Willi und versprach: „Wenn die Kinder groß genug sind, komme ich mit Mäxchen auch einmal zu euch."

„Platz ist genug da", gab mein Cousin zur Antwort und nahm mich in den Arm.

Starke Wehmut ergriff mich, als die beiden beim Abfahren des Zuges aus dem Fenster winkten. Wann würde ich sie wiedersehen?

Meine Familie aus Hessisch Lichtenau und Hofgeismar kam ein Wochenende später zum Geburtstag. Da ich selbst sehr gern Elsässer Gugelhupf aus Hefeteig mit Rosinen und einer Mandelkruste aß, gehörte dieser Kuchen zu meinen Standardrezepten. Außerdem konnte man ihn praktischerweise ein paar Tage lang aufheben und die Zutaten kosteten nicht viel. Ich war mittlerweile bekannt dafür, dass es bei mir keine großen kulinarischen Abwechslungen gab und alle akzeptierten dies. „Ich habe eben andere Qualitäten", sagte ich nur, wenn mal wieder jemand eine witzige Bemerkung dazu fallen ließ.

Ich liebte es, Gäste zu haben. Was gibt es Schöneres, als mit nahestehenden Menschen einen anregenden Tag oder Abend zu verbringen? So war unser Haus stets gut besucht. Alle kamen gern, weil sie spürten, dass sie willkommen waren. Wenn wir Besuch hatten, konnte ich immer etwas auf den Tisch zaubern, auch wenn das Geld sonst nicht weit reichte. Aber eine „Ahle Wurst" hing auf jeden Fall in der Speisekammer, da wir regelmäßig schlachteten. (Eine „Ahle Wurst" ist übrigens eine hessische Art Salami.) Und für eine gute Flasche Wein fand ich auch stets ein paar Groschen. Für mich als Elsässerin gehörte das Glas Wein zu einem guten Essen dazu.

Auch bei unserem zweiten Familienfest hatten wir Glück mit dem Wetter. Max war eben in der schönsten Jahreszeit geboren. Meta und Emil waren bereits da, als Vincent mit seiner Familie im Automobil vorfuhr. War das eine Freude. Siegfried und Gerda saßen, samt ihren beiden kleinen Mädchen, zu viert auf dem Rücksitz. Das Auto war proppenvoll. Die Kinder, Karin und Anna, waren einfach entzückend. Sie waren nur ein Jahr auseinander und Gerda hatte sie wie Zwillinge angezogen. Sie glichen sich, trotz des Altersunterschieds wie ein Ei dem anderen. Während ich nun einen Sohn im gleichen Alter hatte, war mein

Bruder Vincent schon Opa der Mädchen. Als Max etwas älter war, war er immer sehr stolz auf seine beiden gleichaltrigen „Tanten".

Am Nachmittag drehte sich alles um die kleinen Kinder. Und ich freute mich sehr, mich einmal wieder persönlich mit meiner liebgewonnen Schwägerin Marie austauschen zu können.

„Komm du doch mal zu uns, Marie", sagte sie. „Du packst dein Kind ein und fährst mit der Bahn über Kassel nach Hessisch Lichtenau. Deine Familie kann bestimmt auch zwei Tage ohne dich auskommen", sagte sie.

Was für ein verlockender Gedanke. Vielleicht sollte ich das wirklich einmal tun, dachte ich.

23.

Die Weltwirtschaftskrise und ihre Auswirkungen beeinflussten das tägliche Leben in Deutschland zusehends mehr. Als Armut und Verzweiflung um sich griffen, war es wie immer in Krisen: Die Menschen waren offen für alles, was einen Ausweg aus der Situation versprach. Sie suchten nach Neuem. Nun bekamen sowohl die linken als auch die rechten Parteien im Staat, die schon Anfang der zwanziger Jahre beachtliche Erfolge zu verzeichnen gehabt hatten, stärkeren Zulauf. Es kam in Deutschland jetzt auch fast täglich zu gewalttätigen Auseinandersetzungen zwischen den rechten und linken Parteianhängern. Wir konnten von den Saalschlachten der SA, einer paramilitärischen Kampforganisation der Nazis, in der Zeitung lesen. Die SA hatte sich bereits in den zwanziger Jahren gebildet. Sie spielte eine entscheidende Rolle beim Aufstieg der Nazis. Zunächst hieß diese Gruppe SS, was „Saalschutz" bedeutete (nicht zu verwechseln mit der später von Hitler aufgestellten parteiinternen Ordnertruppe SS, der Sturmstaffel), dann benannte man den „Saalschutz" in „Sturmabteilung", SA, um. Sie wurde zu einer straff gegliederten Organisation geformt. Wirtschaftskrise und Wahlerfolge der NSDAP begünstigten ein starkes Anwachsen der Mitgliederzahl. Immer mehr Menschen hielten die Partei Adolf Hitlers für die einzige Rettung aus der Krise.

Am 21. Januar 1931 hielten die Nationalsozialisten auch in der Unterstadt von Grebenstein eine Versammlung ab. Grebensteiner Linke, extra angereiste Kommunisten und SPD-Anhänger provozierten eine

Auseinandersetzung, die in einer schrecklichen Schlägerei endete – genau so, wie man es von überall ständig gehört und gelesen hatte. Die
Konfrontation endete damit, dass SA-Leute einen Kommunisten aus
dem Fenster warfen, der dabei tödlich verletzt wurde. Das Geschehen
wühlte die Kleinstadt auf. Zunächst hieß es, dass unser direkter Nachbar, Herr Franke, beteiligt gewesen sei. Aber es stellte sich schnell
heraus, dass er lediglich anwesend gewesen war und man ihn nicht be-
langen würde. Herr Franke war sehr stolz auf seine Mitgliedschaft bei
der SA. Man musste sich vorsehen bei ihm. Ich war fast sicher, er würde selbst seinen besten Freund verraten, wenn dieser politisch anders
denken würde als er.

Man gab man den Kommunisten die Schuld an dem Gemetzel vom
21. Januar. Es zeigte sich, dass es in unserem kleinen Städtchen schon
eine größere Anzahl von Anhängern der NSDAP gab. „Sollen die
Kommunisten doch nach Russland gehen", empörte sich am nächsten
Morgen unser Metzgermeister. „Dort wird Stalin ihnen schon zeigen,
was Kommunismus bedeutet."

Als in Kassel der Prozess gegen die Nazis stattfand, die am Tode des
Kommunisten maßgeblich beteiligt gewesen waren, fand sich eine
Truppe von SA-Leuten aus der Umgebung ein und provozierte Schlägereien mit ebenfalls anwesenden Kommunisten. Wieder wurden
mindestens sechs Leute schwer verletzt.

In diesen Zeiten der politischen Unruhen, der wirtschaftlichen Insta-
bilität und Unsicherheit, in denen es den Menschen finanziell oft sehr
schlecht ging, erhoffte sich fast jeder eine Änderung der Situation durch

eine der politischen Parteien. Nahezu alle Menschen im Land waren un-
zufrieden mit der bestehenden Weimarer Republik. Man war an einem
Punkt angekommen, an dem sich unbedingt etwas ändern musste.

Mein Neffe Siegfried in Hessisch Lichtenau trat zusammen mit seinen besten Freunden einer paramilitärischen Organisation bei, die sich
„Der Stahlhelm" nannte. Sie war bereits nach dem Großen Krieg aus
der Unzufriedenheit über den Versailler Vertrag heraus, entstanden.
„Der Stahlhelm" war eine gewaltfreie, aber sehr konservative Vereini-
gung. Man orientierte sich an der ehemaligen Monarchie und verstand
sich als Reservearmee, da der Versailler Vertrag das Deutsche Heer auf
ein Minimum beschränkte. Finanziert wurde der Verband von ehemaligen Militärs, Unternehmern und Großgrundbesitzern. Der Versailler
Vertrag hatte allein Deutschland und seinen Verbündeten die Schuld für
den Ersten Weltkrieg gegeben. Auch ich war der Meinung, dass dieser
Vertrag mit den riesigen Forderungen an die Kriegsverlierer nicht zum
Frieden in Europa beitrug. Deutschland wurde von den Kriegsgewin-
nern regelrecht ausgeblutet. Es verlor einen Drittel seiner
Kohlevorkommen, einen Viertel seiner Erzvorkommen, 70 000 m^2 Land
und sämtliche Kolonien. Die finanziellen Entschädigungszahlungen
würden wohl noch unsere Enkel zu tragen haben. Es war offensichtlich,
dass die Empörung der Menschen darüber das Erstarken der extremen
Parteien förderte.

Als Siegfried uns später einmal mit dem Motorrad besuchte und wir
über dieses Thema sprachen, erklärte er stolz: „Wir beim Stahlhelm

wollen nicht die Macht im Staate, sondern den machtvollen, gestärkten Staat."

Wie will er das schaffen? Deutschland liegt am Boden, dachte ich für mich und mir fiel am Beispiel meines Neffen wieder einmal auf, wie sehr doch die erlebten Kindheitsideale in das Erwachsenenleben mit hineingenommen werden. Ich sah vor meinen Augen den kleinen Siegfried, wie er mit seinem Bruder zusammen an unserem Fenster in der Feggasse den Studenten der schlagenden Verbindung von gegenüber zusah. Und wie sehr die beiden Jungen die Husaren bewundert hatten. Wahrscheinlich sehnt man sich im Leben zurück nach dem, was in der Kindheit Sicherheit, Glück und Geborgenheit bedeutet hat …

Mich berührte die Politik nicht besonders. Zu sehr war ich mit meinem Alltag beschäftigt, der morgens um sechs Uhr bereits begann und spät abends endete. Da sie selbst keine Kinder hatte, kam Lutetia neuerdings oft wegen Max zu uns. Stets hatte sie kleine Geschenke dabei. Bei größeren Anlässen war ab und zu auch Heinrich mit dabei, aber meistens kam sie allein. Wenn Karl etwas für die Schreinerei benötigte, fuhr ich auch manchmal mit meinem Kleinsten nach Kassel und wir machten einen Abstecher zu ihr in den Stadtteil Wehlheiden. Man konnte bequem und sehr zur Freude meines kleinen Sohnes mit dem Zug nach Kassel Hauptbahnhof fahren und anschließend in die Straßenbahn umsteigen. Schon damals liebte Max seine „Tante Lutz" und sie liebte ihn. In ihrem Haus hatte sie extra für ihn Spielzeug bereitgestellt, damit er sich nicht langweilte, wenn wir Frauen uns mal ungestört unterhalten wollten.

Wenn Lutetia und ich uns dann beim Kaffee gegenübersaßen, dachte ich oft, dass sie kaum älter wurde und ausnehmend gut aussah. Die neue Bob-Frisur, die sie seit einiger Zeit trug, stand ihr ausgesprochen gut. Aber ihre hübsche äußere Erscheinung war es nicht allein, die ihre Ausstrahlung ausmachte. Sie war sehr glücklich in ihrer Ehe mit Heinrich und trug dieses Glück nach außen. Die beiden waren sich in allem einig. Leider bekamen sie, wie ja auch meine Freundin Charlotte, keine Kinder. Aber Lutetia nahm ihr Schicksal an und setzte ihre Kraft anders ein. Letztlich liegt es in den Menschen selbst und hängt nicht von den äußeren Umständen ab, ob sie glücklich sind oder nicht. Das führte mir Lutetia immer wieder deutlich vor Augen. Manche Menschen bekommen diese Glücksanlagen schon mit in die Wiege gelegt. Sie sehen alles im Leben positiv und sind mit den Dingen, wie sie kommen, zufrieden. Sie können ihre Mitmenschen tolerieren und lassen auch ihr eigenes Leben nicht von deren Anderssein beeinflussen. Das gibt ihnen viel Kraft für ein glückliches und erfülltes Dasein.

Mein kleiner Sohn war ganz versessen darauf, nach Kassel zu Tante Lutz zu fahren. Während ich in der Stadt Schrauben und andere Dinge für Karl besorgte, ließ ich Max in Wehlheiden und konnte in Ruhe meine Aufgaben erledigen.

„Lass dir ruhig alle Zeit der Welt beim Stadtbummel. Ich kümmere mich schon um deinen Kleinen", sagte Lutetia. Sie hatte stets einen Plan im Kopf, was sie mit Max unternehmen wollte. Heinrich hatte im Garten eine Schaukel anbringen lassen, was meinen Sohn natürlich besonders freute.

„Mach's gut, Mama", sagte er und schon hing er am Rockzipfel von Lutetia. Die nächsten Stunden gehörten den beiden allein.

Neben meinem Auftrag von Karl hatte ich nun auch Zeit für mich. Ich fuhr mit der Straßenbahn Richtung Innenstadt, lief durch die Königsstraße, vorbei an all den eindrucksvollen alten Prachtbauten dieser wunderschönen Stadt, und blickte neugierig in die Schaufenster der Geschäfte. Eines meiner Ziele war oft das Kaufhaus Tietz. Es gehörte einer jüdischen Gesellschaft, die inzwischen überall im Land Filialen eröffnet hatte. Voller Bewunderung sah ich mich in den einzelnen Abteilungen um. Da mein Geldbeutel sehr klein war, erfreute ich mich schon an ein paar Metern Stoff oder einer neuen Bluse. Die Stadt war so lebendig und eindrucksvoll. Ich liebe alte Städte, in denen jedes Gebäude von vergangenen Jahrhunderten erzählt und diese Stadt hatte viel zu erzählen mit ihrer 1000jährigen Geschichte. Schick gekleidete Menschen liefen an mir vorbei. Die Mode hatte sich geändert. Nach den kurzen Kleidern mit der tiefen Taille reichten die Rocksäume jetzt wieder bis zur Wade, und die wilden Mädchen der Charleston-Zeit sahen aus wie erwachsen gewordene Damen. Die Taille saß wieder da, wo sie die Natur vorgesehen hat. Was man in den Geschäften und auf der Straße an den modischen Frauen sah, wirkte sehr weich und feminin. Viele trugen nun wieder Mieder, um die erwünschte Figur zu erhalten. Zum Glück waren diese nicht mehr vergleichbar mit den Folterinstrumenten der Jahrhundertwende. Mir gefiel der Garçon-Stil der früheren Zeiten mit der Anlehnung an die Herrenmode, weil die Hosen Bewegungsfreiheit und Ungezwungenheit bedeuteten.

Wenn ich dann am Spätnachmittag meinen Max wieder abholen wollte, ignorierte er mich in der Regel zunächst. Mein Erscheinen bedeutete, dass wir zurück nach Grebenstein fahren würden, dabei bot doch die Welt bei Lutetia für ihn viel mehr Abwechslung und Abenteuer. Der Kleine stand bei meiner Freundin im Mittelpunkt und wurde von allen Seiten verwöhnt. Das gefiel ihm natürlich. In Grebenstein waren wir so sehr mit unserer täglichen Arbeit beschäftigt, dass für die Kinder nur wenig Zeit blieb. Als er älter war, durfte Max in den Ferien auch allein nach Wehlheiden fahren, um Lutetia und Heinrich zu besuchen. Karl und ich hatten ein gutes Gefühl, wenn er dort war. Für Kinder ist es nur gut, wenn sie mal die Umgebung wechseln. Sie werden selbständiger und innerlich stärker.

Ich denke, dass Max eine schöne Kindheit hatte. Im Kindergarten, der sich gleich bei uns um die Ecke neben einem alten Hospital befand, fühlte er sich sehr wohl. Als er drei Jahre alt wurde, waren seine Geschwister schon siebzehn, fünfzehn und dreizehn Jahre alt. Selbst Theo weigerte sich inzwischen, längere Zeit auf meinen Jüngsten aufzupassen. Der kleine Max hatte bei seinen älteren Brüdern gelernt, dass er sich anpassen musste. So kam er mit den fremden Kindern im Kindergarten prima zurecht. Die Kindergärtnerinnen waren reizend. Sie ließen sich immer etwas einfallen. So wurden wir Eltern in der Osterzeit etwa zu einem Fest eingeladen, bei dem sich eine von ihnen als Osterhase mit einer richtigen Hasenmaske verkleidet hatte und bunte Eier an die Kinder verteilte.

„Warum hat Fräulein Schulze so getan, als wäre sie der echte Osterhase?", fragte mein kleiner Sohn später empört. Er glaubte noch daran,
dass ein wirklicher Osterhase im Garten Eier versteckte und wunderte
sich, dass man den Kindern weismachen wollte, Fräulein Schulze sei
der Osterhase, obwohl jeder sie unter der starren Maske gleich an ihrer
Stimme erkannt hatte.

Wenn Max im Kindergarten war, konnte ich in aller Ruhe meiner
Arbeit nachgehen. Inzwischen kochte ich einigermaßen gut. Ich bildete
den Rahmen für das harmonische Familienleben – jedenfalls gab ich
mein Bestes. Seit meine Mutter gestorben war, kochte Karl an den
Sonntagen. Nur den Abwasch machten wir danach zusammen. Mein
Mann verwöhnte mich mit seiner Liebe. Er regte sich auch niemals auf,
wenn er mich, statt die Wohnung zu putzen, mit einer Tasse Kaffee und
einem Buch im Wintergarten vorfand.

Als Max fünf Jahre alt war, kam Adolf Hitler an die Macht. Seine
Ernennung zum Reichskanzler durch Paul von Hindenburg am 30. Januar 1933 war auch der Todestag unseres altersschwachen Hundes
Puck. Als ich morgens in die Küche kam, lag er tot in seinem Korb. Für
Max war der Abschied besonders schwer. Für mich war das Tier so
wichtig gewesen, weil es zu meiner Mutter gehört hatte. Wir beerdigten
ihn hinter unserem Komposthaufen am Ende des Gartens und Karl bastelte ein Holzkreuz für das Grab.

Mit Hitlers Machtergreifung war die Politik auch in Grebenstein ein
großes Thema geworden. Man forderte uns auf, die Geschäfte von Juden zu boykottieren. An die Fenster ihrer Häuser und Geschäfte hatte

man Schimpfwörter geschrieben. Wie anderswo hatten die jüdischen Familien auch bei uns verschiedene Handelsgeschäfte besessen. Plötzlich achteten Nachbarn und Bekannte darauf, nicht mehr in diese Geschäfte zu gehen. Jeder kramte irgendwelche Bedenken den Juden gegenüber hervor, den Rest tat die Propaganda, die man ständig von allen Seiten hörte. Ich hatte eigentlich gedacht, dass die fünfzig jüdischen Menschen in einem Ort mit fast 3 000 Einwohnern nun wirklich keine Bedrohung darstellen sollten. Sie hatten ihre eigene kleine Gemeinde in der Stadt und blieben meistens unter sich, versuchten aber auch am politischen Stadtgeschehen teilzunehmen. Ihre wenigen Kinder gingen nicht in die öffentliche Schule, sondern wurden von einem Lehrer aus Meimbressen in einem Raum der Synagoge in der Unterstadt unterrichtet. Es gab sogar einen jüdischen Friedhof auf dem Burgberg. Die Synagoge entstand 1895 mit Hilfe einer Spende des Frankfurter Bankiers Goldschmidt, der seine Wurzeln in Grebenstein hatte.

Die Grebensteiner Juden hatten niemandem etwas getan. Aber je kleiner ein Ort ist, desto mehr wird eingefordert, dass sich alle anpassen – oder, besser gesagt: einfügen. Die Bildung einer eigenen Gemeinde mit einem stark religiösen Hintergrund innerhalb des Ortes verunsicherte die Menschen. Ich versuchte mir das so zu erklären: Wenn jemand, der in meinem Haus wohnt, sich nicht mit mir gleichstellen will, seine Kinder meine Kinder nicht heiraten dürfen, weil das nur mit Gleichgesinnten geschehen darf, aus welchen Gründen auch immer, kann ich durchaus verletzt sein. Und verletzte Gefühle rufen bekanntermaßen oft Verunsicherung bis hin zur Aggression hervor. Wenn die Tür des anderen nicht offensteht für mich, denke ich, er will nichts mit mir zu tun haben und wundere mich, was er dahinter treibt. Es entsteht Misstrauen. Wenn dieser Fremde dann auch noch wohlhabender ist als ich, kommt Missgunst hinzu. Wenn ich so darüber nachdachte, fragte ich mich manchmal, ob unser Regime nicht genau diese Gefühle gegenüber der Minderheit der Juden schürte: Wut, Misstrauen und Missgunst. Das Ergebnis war dann wohl Hass.

Für uns Grebensteiner war es ein Verlust, nicht mehr in den Läden der Juden einkaufen gehen zu können. Am Hochzeitsberg, direkt am Mühlgraben gelegen, befand sich das Geschäft von Else und Bernhard Goldmann. Sie verkauften Textilwaren, Kurzwaren, Schuhe und sogar Möbel. Goldmanns Geschäft hatte mir eine nahe Einkaufsmöglichkeit für allerlei Dinge geboten. Wenn ich ein kleines Geschenk benötigte, ging ich schnell mal zu Goldmanns. Sie hatten schöne Taschentücher, Tischwäsche, Handtücher. Man fand immer etwas. Wenn Max sich ein Loch in die Hose gerissen hatte, holte ich dort das Flickmaterial. Auch unsere Schuhe kauften wir meistens dort. Ich unterhielt mich öfter mit Frau Goldmann. Sie hatte drei Kinder, davon zwei Jungen. Sie fragte nach meinen Kindern und interessierte sich für die Entwicklung von Klein-Max. Manchmal schickte ich ihn zu ihr, etwa wenn ich dringend Nähgarn benötigte. Daher kannte sie mein Kind. „Er hat Charme, Ihr Kleiner", sagte sie einmal zu mir.

Nun sollte man dort nicht mehr einkaufen gehen dürfen. Die Juden verloren bei uns, wie überall im Lande, immer mehr ihre Rechte. Ganze Familien zogen aus Grebenstein weg. Wir wussten nicht, wohin sie gingen. Irgendwann waren ihre Geschäfte geschlossen und sie waren einfach nicht mehr hier. Gewaltsame Abtransporte haben wir nicht erlebt. Manche dieser Menschen mochte ich gern und es tat mir leid, dass sie wegzogen.

„Na endlich sind wir das Pack los", sagte unser Nachbar Herr Franke einmal zu mir, als wieder ein jüdisches Geschäft geschlossen war. Selbstverständlich voraussetzend, dass ich seiner Meinung war, fuhr er fort: „Jetzt werden sie immer weniger in Grebenstein. Bald sind wir judenfrei. Da kann man wirklich froh sein."

Dass es Menschen gibt, die davon ausgehen, dass alle anderen genauso denken wie sie und die sich niemals die Mühe machen, in den Gesichtern der Mitmenschen zu lesen zu versuchen, verwunderte mich immer wieder. Als Mitglied der paramilitärischen SA war Herr Franke besonders engagiert. Man musste sich vorsehen, was man ihm gegenüber äußerte. Da er unser direkter Nachbar im Doppelhaus war, fühlte ich mich von ihm beobachtet und war auf der Hut. Er observierte die gesamte Nachbarschaft. Alle fürchteten sich ein wenig vor ihm. Man konnte nicht mehr frei heraus sagen, was man dachte. Entweder man war Anhänger oder Mitglied der NSDAP und gab dies auch bei jeder Gelegenheit stolz kund oder man zog sich zurück. Aber das war wohl überall so, nicht nur in Grebenstein.

24.

Wir hatten immer noch mit großen finanziellen Problemen zu kämpfen. Mein Mann verdiente zwar wieder besser, aber die Schulden auf dem Haus und der Werkstatt verschlangen fast alles Erarbeitete. Manchmal war das Geld so knapp, dass wir nicht wussten, wie wir die Gehälter der Angestellten auszahlen konnten. Leo und Albert arbeiteten jetzt beide in der Schreinerei. Da sie noch nicht fest liiert waren, kamen sie mittags zum Essen und ich kümmerte mich weiterhin um ihre Wäsche.

Den Mietern der Wohnung im ersten Stock unseres Hauses, Familie Schäfer, war über die Frauenschaft ein Dienstmädchen vermittelt worden. Das war eines der sozialen Projekte in der Hitlerzeit: Deutsche Familien, die mehrere Kinder hatten, erhielten bei Bedarf Hilfe bei der täglichen Arbeit. So bekam Frau Schäfer mit ihren drei kleinen Mädchen eine junge Frau, Lisbeth, zugeteilt. Lisbeth kannte sich in Haushaltsdingen gut aus, war kräftig, praktisch und zupackend. In ihrer natürlichen, ruhigen, warmherzigen Art kam sie mit Frau Schäfer gut zurecht. Sie fühlte sich in dem Haushalt wohl und liebte die Kinder. Da sie im Ort wohnte, konnte sie abends nach Hause gehen und musste nicht bei Schäfers schlafen.

Dass Albert sich in Lisbeth verliebt hatte, bemerkten wir zunächst gar nicht. Als die beiden uns irgendwann von ihrer Beziehung erzählten, waren sie schon so gut wie verlobt. Albert war immer unzugänglich und verschlossen gewesen, aber ein wenig verletzt und übergangen fühlten Karl und ich uns dann doch. Vielleicht war es auch die Enttäuschung darüber, dass es uns nie wirklich gelungen war, ein Vertrauensverhältnis mit ihm aufzubauen.

Theo war jetzt siebzehn Jahre alt und hatte eine Bäcker- und Konditorlehre absolviert. Er arbeitete in Kassel in einer bekannten Konditorei und beabsichtigte, seinen Meister zu machen.

Leo hatte sich mit einem Kollegen in der Schreinerei angefreundet. Hermann Müller war etwas älter als Leo, doch die beiden teilten das gleiche Interesse für technische Dinge. Leo war ein zurückgezogener junger Mann und hatte nicht so viele Freunde. Dieser junge Kollege war aufgeschlossen und kontaktfreudig und holte unseren Sohn ein wenig aus seiner Reserve. Sie gingen sonntags zusammen auf den Sportplatz und schauten sich das Fußballspiel an, oder sie trafen sich auf ein Bier in der Sportgaststätte. Karl und ich waren glücklich über diesen Kontakt.

Hermann Müller war seit ein paar Jahren verheiratet. In seine Frau Lieselotte, eine richtig Hübsche, war er unendlich verliebt. Man konnte es sofort sehen, wenn man ihnen in der Stadt begegnete oder sie ihn hin und wieder von der Arbeit abholte. Lilo arbeitete tagsüber bei einem Bauern in der Unterstadt als Dienstmädchen. Es waren noch keine Kinder da und das Gehalt von Hermann allein reichte nicht für größere Anschaffungen.

„Der Hermann vergöttert seine Lilo", erzählte Leo einmal beim Abendessen.

„Das ist doch wunderbar", erwiderte ich.

„Ja schon. Aber sie macht jedem Mann schöne Augen und er will es nicht wahrhaben."

„Für solche Frauen zählt nicht der Charakter, sondern das Portemonnaie", warf Theo altklug grinsend dazwischen.

Verblüfft sah mich Karl mit einem Augenzwinkern an. Woher hatte unser Sohn solche Ansichten? Aber auch wir hatten schon weniger gute Dinge über Lilo vernommen. In einem so kleinen Städtchen wie Grebenstein sieht und hört man vieles, was man vielleicht gar nicht wissen will. So erzählte mir unsere Nachbarin Frau Franke eines Tages, dass Lilo ein Verhältnis mit ihrem Arbeitgeber, dem Landwirt, angefangen habe. „Sie war schon immer so ein Frauenzimmer", war ihr abwertender Kommentar. Ich maß dem Ganzen nicht viel Bedeutung bei, weil im Ort ständig über die hübschen jungen Frauen hergezogen wurde. Doch in diesem Fall zeigte sich schon bald die bittere Wahrheit. Hermanns Frau hatte sich tatsächlich verliebt und beabsichtigte ihn zu verlassen.

Das darauffolgende Unglück fing damit an, dass Hermann eines Morgens nicht zur Arbeit kam. Es hatte seit Tagen geregnet und war bitterkalt. Die Esse, der kleine Fluss durch Grebenstein, führte nach der langen Regenperiode Hochwasser und hatte an manchen Stellen die Ufer überspült. Normalerweise hätte Hermann sofort jemanden vorbeigeschickt und Bescheid gesagt, wenn er krank gewesen wäre. Als er zwei Stunden nach Arbeitsbeginn immer noch nichts von sich hatte hören lassen, fühlte Leo sich plötzlich alarmiert. Seinem Freund war es in letzter Zeit nicht gut gegangen. Ihm fielen Aussagen von Hermann ein wie „Ich bringe mich um, wenn Lilo mich verlässt" oder dass es bestimmt am einfachsten wäre, sich selbst zu töten, indem man „ins Wasser" ginge. Leo war nicht weiter darauf eingegangen, solche Gedanken kamen ihm einfach zu verrückt vor. Aber nun machte er sich doch Sorgen um seinen Kumpel. Vielleicht hatte Lilo sich tatsächlich von Hermann getrennt und Hermann war im Begriff, eine Verzweiflungstat zu begehen?

Leo verließ die Werkstatt und lief zum Müllerschen Haus. Zwei Stunden später kam er triefend nass und durchgefroren nach Hause. Während er sich schnell seiner nassen Kleidung entledigte und sich in trockene Decken hüllte, bis das Wasser des Badeofens heiß wurde und er endlich in die warme Wanne steigen konnte, saß er zähneklappernd vor dem Ofen in der Küche. Ich hatte ihm einen Pfefferminztee aufgebrüht, den er mit zitternden Händen zu trinken versuchte. Das Einzige, was er uns vorab mitteilen konnte, war, dass sich Hermann in der Esse zu ertränken versucht hatte, dass man ihn gerade noch hatte retten können und in das nächstbeste Haus in der Nähe der Unglücksstelle gebracht hatte.

Während Leo badete, wärmte ich die Linsensuppe vom Vortag auf. Als er in die Küche zurückkam, hatte er fast schon wieder eine normale Gesichtsfarbe. Am Tisch erzählte er uns die vollständige Geschichte. Bei den Müllers sei niemand zu Hause gewesen. Dann habe er es bei Lilo auf dem Bauernhof versucht. Sie war gerade damit beschäftigt die Küche zu fegen, als er kam.

„Was ist los?", fragte sie ahnungslos.

„Hast du Hermann gesehen?"

„Ja, natürlich. Heute Morgen, als er sich für die Arbeit fertiggemacht hat."

„Aber er ist nicht zur Arbeit gekommen", sagte Leo.

„Bestimmt musste er irgendwas erledigen", bemerkte sie gleichgültig.

Leo hatte keine Lust, ihr zu erklären, dass Hermann niemals ohne eine Nachricht zu geben von der Arbeit fernbleiben würde. Er ließ die Frau stehen und lief zu Nachbarn von Müllers. Der Mann war Feuerwehrmann, Leo kannte ihn vom Fußballplatz her. Er hatte Glück, er war zu Hause.

„Irgendwas ist passiert", stieß Leo hervor. „Hermann hat mir gegenüber gedroht sich umzubringen. Er hat erwähnt, dass er ins Wasser gehen will. Heute früh kam er nicht zur Arbeit und ich kann ihn nirgends finden."

Der Nachbar nahm seine Aussage sofort ernst. Sie organisierten ein paar Männer, um einen kleinen Suchtrupp zu bilden. Ein paar Helfer gingen in die eine, ein paar in die andere Richtung. Weit hinter der Steinernen Brücke wurde die Gruppe fündig.

„Da liegt er", schrie einer.

Hermann lag ohnmächtig im eiskalten Wasser. Sein Körper hatte sich in einer, ins Wasser hängenden Astgabel verfangen. Er sah aus wie eine große, leblose Puppe und wurde von der Strömung hin- und her bewegt. Leo wollte sofort in den Fluss springen, wurde aber am Arm zurückgehalten.

„Zuerst müssen wir uns selbst mit einer Leine sichern", hieß es.

Als Leo seinen Freund mit einem anderen Mann zusammen aus dem Wasser gezogen hatte, stellten sie fest, dass Hermann noch lebte.

„Legt ihn hierher", rief der Feuerwehrmann. Er hatte gelernt, wie man Wiederbelebungsversuche macht und tatsächlich, nach kurzer Zeit fing Hermann an zu spucken und öffnete stumm die Augen.

„Wir müssen ihn sofort ins Warme bringen!", rief einer.

„Ich sah noch, wie man ihn in das nächste Haus brachte und bin dann gleich zu uns gelaufen", beendete unser Sohn seinen Bericht und fügte noch verzweifelt hinzu: „Er hat die ganze Zeit Andeutungen gemacht und ich habe sie nicht ernst genommen. Es fielen mir lediglich banale Sprüche dazu ein oder ich habe gar nichts gesagt."

„Du hättest es nicht verhindern können", versuchte ich ihn zu beruhigen. „Man kann Menschen selten von ihren Vorhaben abhalten. Meistens verstricken sie sich zu sehr in ihren eigenen Gedanken und dann gibt es für sie nur noch ihre Wahrheit." Aber ich konnte Leo nicht von den Selbstvorwürfen befreien. Wie wir tags darauf erfuhren, war Siegfried etwas später trotzdem gestorben, wahrscheinlich an Unterkühlung.

Und dann wurde unser Leo krank. Am nächsten Tag schon lag er oben in der Dachwohnung in seinem Bett und glühte vor Fieber, hatte starken Schüttelfrost und hustete entsetzlich. Karl lief morgens gleich zu Dr. Cranz, der dann auch umgehend kam. Der Zustand unseres Sohnes wurde rasch schlimmer. Er hatte sehr hohes Fieber und fing an zu fantasieren. Dr. Cranz stellte eine Lungenentzündung fest. Die Diagnose traf uns wie ein Fausthieb. Karl war nicht mehr fähig zu arbeiten und saß nur noch am Bett von Leo. Auch unser kleiner Max verbrachte viele Stunden dort. Was mochte in dem Siebenjährigen vorgehen, der mit ansah, wie sein großer Bruder von Minute zu Minute mehr litt?

„Jetzt komm zu uns herunter. Leo wird bestimmt bald wieder gesund", versuchte ich ihn zu trösten. Aber Kinder spüren, wenn Erwachsene selbst nicht an das glauben, was sie sagen. Max schaute mich nur traurig an und blieb bei Leo sitzen. Ich sah, wie er ab und zu die Hand seines Bruders streichelte.

1935 gab es noch keine wirksame Möglichkeit, um eine Lungenentzündung zu behandeln. Dr. Cranz konnte ihm nicht wirklich helfen. Ich hatte Leo im Laufe meiner Ehe sehr liebgewonnen und machte mir genau wie mein Mann solche Sorgen, dass ich glaubte, verrückt zu werden. Die ganze Zeit war jemand von uns bei Leo oben und versuchte ihn mit kalten Wadenwickeln abzukühlen. Aber wir brachten das Fieber einfach nicht herunter. Hinzu kam, dass der Husten ständig schlimmer wurde. Als er seinen Vater am Tag vor seinem Tod fragte, ob er nun sterben müsse, brach Karl psychisch zusammen. Er sprach kein Wort mehr und starrte nur noch vor sich hin.

Am 29. Januar starb Leo in den Armen seines Vaters. Wie kann es sein, dass ein Mensch mitansehen muss, wie sein Kind stirbt! Kinder sollten überhaupt nicht vor ihren Eltern gehen müssen. Es ist das Schlimmste, was passieren kann.

Dr. Cranz erzählte mir später einmal, dass im gleichen Jahr ein deutscher Mediziner namens Gerhard Domagk ein wirksames Medikament mit dem Namen Prontosil gegen tödliche Infektionskrankheiten entwickelt hatte. Kokkeninfektionen, die beispielsweise Lungenentzündung hervorrufen, konnten nach der Entdeckung erfolgreich bekämpft werden. Für Leo kam dieser Segen zu spät. Warum hatte der Mediziner nicht ein paar Jahre vorher mit seiner Entdeckung fertig sein können! Aber es ist Unsinn, nach dem „Warum" zu fragen, das war mir klar.

Leo fehlte überall. Der kleine Max vermisste ihn besonders stark. Manchmal fand ich ihn hinter dem Schuppen, wo er an Leos Lieblingsplatz saß und weinte. Dann setzte ich mich neben ihn, nahm ihn in den Arm und weinte mit ihm. Es ist unglaublich schwer, ein kleines Kind zu trösten, erst recht, wenn man selbst in ein tiefes Loch gefallen ist. Ich versuchte erst gar nicht, mein elendes Befinden vor den Kindern zu verbergen. Es wäre mir auch nicht gelungen. Nachts lag ich stundenlang wach und mir gingen tausend Gedanken durch den Kopf. Karl und ich weinten so viel, dass wir glaubten, irgendwann keine Tränen mehr zu haben. Wir liefen mit tiefen Augenringen herum, weil wir kaum noch schlafen konnten.

Karl machte sich schlimmste Vorwürfe, weil er dachte, die ganze Zeit zu streng zu Leo gewesen zu sein. Wenn ein geliebter Mensch stirbt, hat man oft das Gefühl, dieses oder jenes falsch gemacht zu haben, und wenn es nur Kleinigkeiten sind. Zu dem großen Verlust und dem Nicht-Wissen-Wohin mit der Liebe zu einer Person, die nicht mehr da ist, kommt dann noch das Bewusstsein, Versäumtes nie wieder nachholen zu können.

25.

Im Herbst, ich war gerade damit beschäftigt, die Blätter im Garten zusammenzukehren, kam Frau Franke zum Gartenzaun und fragte mich, wie es mir geht. Sie war im Gegensatz zu ihrem Mann eigentlich ganz nett. Wie immer, wenn mich jemand nach meinem Befinden fragte, brach ich in Tränen aus.

„Sie müssen unter Menschen gehen", sagte sie mitfühlend. „Oft ist Ablenkung das Einzige, was nach einem schweren Schicksalsschlag hilft. Haben Sie keine Lust, zur Frauenschaft zu kommen? Wir können Mütter wie Sie dringend gebrauchen. Sie haben so viel Erfahrung gesammelt mit Ihren Jungen."

Seit ein paar Jahren war ich nun schon nicht mehr berufstätig. Meine Mitgliedschaft im Chor hatte ich ebenfalls aufgegeben, weil es in unserer Familie so viel zu tun gab, dass selbst dafür keine Zeit blieb. Abends war ich einfach zu erschöpft, um noch aus dem Haus zu gehen. Der Wunsch, außerhalb meines täglichen Lebensbereiches wieder etwas zu tun und andere Menschen zu treffen, war schon öfter in mir aufgetaucht. Eine soziale Tätigkeit erschien mir durchaus reizvoll und die Frauenschaft hatte einen guten Ruf. Ich dachte kurz an Lutetia, die sich mit Sicherheit aufregen würde, wenn ich der Frauenschaft beitreten würde. Sie echauffierte sich jedes Mal, wenn wir uns trafen, darüber, dass Hitler die bestehenden Frauenorganisationen in Deutschland aufgelöst und durch andere Strukturen wie eben die NS-Frauenschaft ersetzt hatte. Der Deutsche Evangelische Frauenbund, dem sie angehörte, hatte der vollkommenen Auflösung gerade noch entgehen können, indem man die Eigenständigkeit aufgegeben hatte und die Mitglieder nur noch in der Kirche tätig waren.

„Der Staat will uns wieder auf die Rolle der Hausfrau und Mutter reduzieren. Entschuldige, Marie, aber es ist doch so!", waren beim letzten Treffen ihre Worte gewesen. Sie hatte ja Recht. Aber es gab auch andere Stimmen. Die Nationalsozialistinnen strebten nicht die Gleichberechtigung der Geschlechter, sondern eine „Gleichwertigkeit" an, die die Frau stärken sollte in ihrer Rolle als Hausfrau und Mutter und ihr die, ihr zustehende Anerkennung in diesem Bereich geben sollte. Dafür gab es entsprechende soziale Projekte.

Frau Franke erklärte mir über den Zaun hinweg, dass sich die Mitglieder der Frauenschaft in Grebenstein einmal in der Woche trafen und sozialen Aufgaben zugeteilt wurden. Ich wusste, dass diese Nachbarin völlig unpolitisch dachte. Sie wollte mir mit ihrer Idee einfach nur helfen.

Wenig später klingelte sie bei mir an der Haustür und überreichte mir die neueste Ausgabe der *NS Frauen-Warte*, einer Zeitschrift der Frauenschaft. „Da können Sie mal ein bisschen drin lesen. Man findet sehr interessante Dinge. Die Kochrezepte gelingen immer, wenn ich sie nachkoche." Sie ahnte nicht, dass sich meine Ambitionen, was das Kochen betraf, in Grenzen hielten. Ich hatte die Zeitschrift schon ein paarmal angesehen. Der Großteil des Blattes war für Strickmuster, Kochrezepte und einen Groschenroman reserviert. Nichts, was mich interessierte.

Nach meinem Gespräch mit Frau Franke am Gartenzaun wurde ich im September 1935 Mitglied der Frauenschaft. Der innere Aufbau der Frauenschaft entsprach im Kleinen, genau wie alle anderen Gruppierungen im Staat, der Unterteilung der NSDAP in Gau, Kreis, Ortsgruppe, Zelle und Block bzw. „Haushaltungsgruppe". Ich gehörte nun zur untersten Gruppe, der „Haushaltsgruppe" und erhielt die Bezeichnung „Blockwart". Fortan unterstützte ich kinderreiche Familien in Grebenstein. Ich kümmerte mich hauptsächlich um die Hausaufgaben und achtete darauf, dass die Kleinen regelmäßig am Schulunterricht teilnahmen. Manche jungen Mütter waren restlos überfordert mit ihren Kindern und all den anderen auf sie einstürmenden Aufgaben. Wenn ich bemerkte, dass ein Haushalt im Chaos zu versinken drohte, forderte ich ein Dienstmädchen an, das dort Ordnung schuf.

Meine Mitgliedschaft in der Frauenschaft brachte Karl geschäftlich deutlich spürbare Vorteile. Es kamen nun plötzlich viel mehr Aufträge herein als in den letzten Jahren. Man bevorzugte offenbar die Geschäfte und Handwerksbetriebe von Gleichgesinnten und Parteitreuen. Alle Nicht-Parteimitglieder wurden misstrauisch beäugt. Für jeden Winkel im Land war eine parteikonforme Person zuständig, die einer der Gruppierungen der NSDAP zugehörte. Wenn man selbst in irgendeiner Form dazugehörte, war man auf der sicheren Seite.

Es war das Jahr 1937. Nach einem regnerischen April wurde der Mai sonnig und schön. Leo war nun schon zwei Jahre tot. Ich ging einmal in der Woche zu seinem Grab und brachte ihm Blumen, meistens aus dem Garten. Der Friedhof war sehr schön. Er lag etwas außerhalb des Ortes,

hinter der Schule. Vom Eingang her führte eine Baumallee zur Fried-
hofshalle. Gleich links hinter der Baumreihe, auf halbem Weg zur Halle,
waren die Gräber unserer Familie. Diesmal hatte ich für Leo einen bunten Frühlingswiesenstrauß gepflückt. Das schöne Wetter hatte mich
zuvor eingeladen, einen Umweg über unseren Garten an der Bahn zu
machen. Er lag idyllisch unterhalb von Feldern, oberhalb der Bahnbö-
schung. Wir hatten unter einem großen Kastanienbaum eine Bank
aufgestellt, von der aus man einen herrlichen Blick auf den Burgberg,
die alte Burg und Grebenstein hatte. Die Dächer des Städtchens schim-
merten an diesem Tag noch silbrig vom Morgentau. Wenn ich in dem
Garten saß, genügte eine Viertelstunde der Ruhe und Besinnung und ich
wurde zutiefst dankbar um das Leben. Ich hackte ein wenig die Kartof-
felpflanzen auf und pflückte dann auf unserer Wiese den Blumenstrauß
für Leo`s Grab. Vom Garten aus führte der Weg über die Steinerne Brü-
cke Richtung Friedhof. Als ich ankam, war ich fast allein dort. Nur eine
alte Frau, die vor kurzem ihren Mann verloren hatte, war damit beschäftigt, die vertrockneten Blumen von seinem Grab zu entfernen und durch
frische zu ersetzen. Sie grüßte mich, als sie bei mir vorbeikam und
machte eine Bemerkung über das schöne Frühlingswetter.

Ich stand lange Zeit reglos an Leo`s Grab. Wie konnte Gott es nur
zulassen, dass ein so lieber junger Mensch sterben musste. Sein Leben
hatte doch gerade erst begonnen. Aber die Dinge sind, wie sie nun mal
sind. Jeder hat sein Schicksal, an dem niemand etwas ändern kann. Es
gab keinen Trost für mich. Ich musste akzeptieren, dass wir einen wun-

dervollen jungen Menschen verloren hatten. In Gedanken strich ich liebevoll über sein Haar und war wieder einmal unglaublich traurig.

Lutetia gab sich seit Leo`s Tod große Mühe, mich abzulenken. Ich war sehr froh um sie. An einem Morgen kam eine Karte mit ganz vielen Frühlingsblumen, die sie selbst für mich mit ihrer Agfa Billy Klappkamera fotografiert hatte. Nun lud sie mich fürs Wochenende nach Kassel ein. Sie hatte geplant, mit mir ins Kino zu gehen. Es gäbe einen neuen Film mit einer wunderschönen Schauspielerin, Zarah Leander. Der Film hieß *Zu neuen Ufern.*

Karl hatte nichts dagegen, wenn ich mit Lutetia ins Kino ging. „Ein bisschen Abwechslung wird dir guttun. Macht euch einen schönen Frauenabend. Ich hole dich dann am Sonntag vom Zug ab“, sagte er liebevoll schmunzelnd.

Zwei Jahre lang hatte ich nur Schwarz getragen. Jetzt holte ich zum ersten Mal ein buntes Blumenkleid aus einem weich fallenden Stoff aus meiner Kleidertruhe.

„Wie schön du aussiehst, Marie“, sagte meine Freundin, als sie mich am Bahnhof abholte. Darüber, dass das Kleid etwas schlapp an mir herunterhing, weil ich seit Leo`s Tod stark abgenommen hatte, sagte sie kein Wort und ich war ihr dankbar dafür. Wir fuhren zunächst zu ihr nach Hause.

„Das Kino wird sehr voll werden“, bemerkte sie. „Die Karten sind immer schon mehrere Tage im Voraus ausverkauft.“

Der Film, der in Deutschland viel Erfolg hatte, verzauberte auch uns. Zarah Leander sang mit ihrer ungewöhnlich tiefen Kontra-Alt-Stimme die Lieder „Yes Sir", „Ich steh' im Regen" und „Tiefe Sehnsucht". Ihre selbstbewusste, frech-kokette Ausstrahlung gefiel mir sehr. Alle drei Lieder wurden sofort nach dem Kinostart des Films Schlager, die man jeden Tag im Radio hörte und die ich nach kurzer Zeit allesamt mitsingen konnte.

Als wir nach dem Film zu Lutetia nach Hause gingen, hatte Heinrich schon eine Flasche Wein für uns geöffnet. Wir saßen noch bis spät in die Nacht mit ihm zusammen und erzählten von der Begeisterung, die Zarah Leander in uns ausgelöst hatte. Ich berichtete den beiden auch von Grebenstein, von meiner Zugehörigkeit zur Frauenschaft und meiner Tätigkeit dort.

Lutetia wusste bereits, dass ich beigetreten war. „Wie kannst du Ordnung in die fremden Familien bringen?", fragte sie mit einem schelmischen Schmunzeln etwas amüsiert. „Du bist ja nicht die beflissene Hausfrau, die den ganzen Tag putzt." Sie wusste natürlich, dass mein Haushalt nicht gerade vorbildlich geführt war und ich, wenn ich ein spannendes Buch hatte, auch mal Arbeit liegen ließ. Nur sie durfte Bemerkungen dieser Art machen, ohne dass ich beleidigt war.

„Um die Ordnung in den fremden Familien kümmert sich jemand anderes", gab ich mit einem Augenzwinkern selbstbewusst zur Antwort.

Lutetia regte sich dann wieder über die Vereinnahmung der anderen Frauenverbände auf. Als sie dazu überging, die Frauenschaft zu kritisieren, griff Heinrich ein.

„Lass Marie doch dort tätig sein! Warum willst du ihr das wieder ausreden?", sagte er kopfschüttelnd. „Ich habe den Eindruck, dass es ihr

Freude bereitet, was sie dort tut, und wenn sie den Kindern hilft, die Schule zu bewältigen, ist das eine wichtige und lobenswerte Tätigkeit."

Jetzt erst wurde Lutetia bewusst, wie wichtig es für mich war, unter Menschen zu kommen. In ihrem Eifer hatte sie diesen Punkt übersehen. Ich sah, wie sie Heinrich einen dankbaren Blick dafür zuwarf, dass er sie unterbrochen hatte. In ihrer Spontaneität und ihrem Engagement sagte sie manchmal Dinge, die ihr hinterher leidtaten. Heinrich hatte ein gutes Gespür dafür, sie rechtzeitig zu unterbrechen. Aber ich kannte Lutetia und ihr französisches Temperament schon so lange, dass ich gut damit umgehen konnte. Wir hatten einander an diesem Abend noch viel zu erzählen, sodass es sehr spät wurde. Aber ich durfte ja am nächsten Morgen länger schlafen. Lutetia hatte ein gemütliches Zimmer für mich hergerichtet. Ich glaube es war schon zwei Uhr nachts, als ich in einen tiefen Schlaf fiel.

Mittlerweile schlief Lutetia morgens auch etwas länger. Welch ein Glück für mich. Heinrich hatte am nächsten Tag einen Frühschoppen mit Kollegen eingeplant, so waren Lutetia und ich allein. Es war ein traumhaft schöner, schon richtig warmer Frühlingsmorgen, als wir auf der Terrasse in Wehlheiden zusammen frühstückten. Ihr Haus lag nicht weit entfernt von der Wilhelmshöher Allee, der Prachtstraße Kassels. Es gab einen großen Garten mit altem Baumbestand. Die beiden legten, im Gegensatz zu ihren Nachbarn, keinen großen Wert auf ein parkanlagenähnliches Aussehen ihres Grundstücks. So saßen wir auf der Terrasse umgeben von einer Wiese mit blühenden Kirschbäumen und wilden

Blumen, um uns herum schwirrten die Bienen. Die Vögel zwitscherten um die Wette.

„Es ist schon fast kitschig, so schön ist es hier", sagte ich verträumt zu meiner Freundin. Besser konnte ein Tag nicht beginnen.

„Erzähl mir was von Max, dazu sind wir gestern Nacht gar nicht gekommen", bat Lutetia, wie immer frisch und munter und gut gelaunt, während ich, wie in alten Zeiten, etwas verstrubelt am Frühstückstisch saß.

„Ach ja, da fällt mir ein, er hat einen Brief an dich mitgegeben. Er muss noch in meiner Tasche sein", sagte ich und lief schnell zu meinem Zimmer, um ihn zu holen. Lutetia strahlte, als ich ihn ihr überreichte. „Max hat sich in unseren Wintergarten gesetzt, um zu schreiben und ich durfte ihn nicht stören. Ich weiß auch nicht, was in dem Brief drinsteht", bemerkte ich lächelnd. Ich freute mich, dass meine beste Freundin ein Vertrauensverhältnis zu meinem Sohn aufgebaut hatte.

Max war jetzt neun Jahre alt. Unser Thema zu Hause war die Schule. Also berichtete ich davon. Die wirklich „wichtigen" Dinge würden schon in dem Brief stehen, dachte ich. „Er wird auf der Hauptschule in Grebenstein bleiben. Wir können es uns nicht leisten, ihn auf die höhere Schule nach Hofgeismar zu schicken", berichtete ich. „Aber Hauptschulabgänger haben auch viele Möglichkeiten. Er ist technisch sehr interessiert, da werden wir schon etwas für ihn finden. Karl meint, wir schicken ihn später mal zur Bahn. Dort kann er Beamter werden, das ist ein sicherer Posten." Unsere weiteren Gespräche drehten sich ebenfalls um die Kinder, mein Leben in der Kleinstadt und Lutetias Leben in Kassel.

Als ich am späten Sonntagnachmittag in Grebenstein ankam, hatte Karl einen Schweinebraten vorbereitet und den Tisch im Wintergarten liebevoll für den Abend gedeckt. Was für ein wunderbarer Mann, schoss es mir durch den Kopf. Ich berichtete von „Tante Lutz" und war sehr glücklich in meinem Leben.

Im Frühjahr 1938 bekamen wir Besuch aus Berlin. Mein Cousin Walter war, neben seiner Tätigkeit als Lehrer, Mitglied des „Berliner Lehrer Gesangvereins". Man hatte schon Schallplatten aufgenommen und nun gab der 150 Mann starke Chor ein Konzert in der Kasseler Stadthalle. Walter hatte inzwischen geheiratet. Seine junge Frau und Onkel Willi waren mit dem Chor zusammen im Bus nach Kassel gefahren. Im Anschluss kamen sie mit dem Zug nach Grebenstein, während Walter dortblieb, um für das Konzert am Abend zu proben.

Ich staunte, wie rüstig Onkel Willi mit seinen 84 Jahren noch war. Er war zwar noch kurzatmiger geworden, aber seine Augen strahlten jung wie eh und je. Ich spürte noch die gleiche Verbundenheit zu ihm wie früher. Als ich mit Max die zwei Besucher vom Bahnhof abholte, stellte Onkel Willi uns seine bezaubernde Schwiegertochter vor. Man merkte deutlich, wie stolz er auf sie war.

„Das ist die Frau von Walter, Marga. Wir wollten sie euch nicht vorenthalten", sagte Onkel Willi mit schelmischem Blick. Er wirkte sehr glücklich.

Marga erinnerte mich von ihrem Äußeren her an die Frauen in den Modezeitschriften. Mir entging auch nicht, wie mein zehnjähriger Sohn die schicke junge Frau anhimmelte. Sie schien einen großen Eindruck auf ihn zu machen. Ich freute mich sehr, sie kennenzulernen. Sie war mir auf Anhieb sympathisch mit ihrer offenen Berliner Art.

„Leider können wir nur ein paar Stunden bleiben", sagte sie bedauernd. „Aber ich wollte unbedingt einmal Grebenstein und die Familie von Walter kennenlernen. Er hat so viel von Ihnen erzählt."

„Hatten Sie eine gute Reise?", fragte ich, als wir über das Kopfsteinpflaster liefen.

„Sagen Sie doch ‚Du' zu mir", protestierte sie und fuhr fort: „Na ja, es waren schon ein paar anstrengende Stunden im Bus. Wir machten uns Sorgen, ob die Reise nicht zu lang und beschwerlich für Vater ist", sagte sie mit einer ruhigen, freundlichen Stimme.

Worauf Onkel Willi sich schmunzelnd einschaltete: „Es war überhaupt kein Problem. Marga ist Krankenschwester. Ich war in besten Händen."

Zu Hause wartete Karl schon auf uns. Wir hatten den Kaffeetisch im Wintergarten gedeckt. Es war zwar sonnig, aber zum Draußen sitzen noch zu kalt.

Onkel Willi erzählte von Berlin. Viele seiner früheren Freunde und Bekannten waren gestorben. „Wenn man alt wird, bleiben kaum noch Freunde übrig. Da ist man froh, wenn man Kinder hat", bemerkte er traurig. Marga und Walter waren zu ihm gezogen. Die junge Frau schien sich dort ganz wohl zu fühlen. „Marga hatte zu Anfang viel Arbeit damit, unseren Junggesellenhaushalt in Ordnung zu bringen", erzählte Onkel Willi mit einem schuldbewussten Schmunzeln. „Aber jetzt ist das Haus wie eine feine kleine Villa."

Dass Marga da viel zu tun gehabt hatte, konnte ich mir lebhaft vorstellen, ich erinnerte mich noch gut an meinen letzten Besuch in Berlin. Ich bin ja auch kein Putzteufel, aber für Männer ist es oft pure Zeitverschwendung, sich den Haushaltsdingen zu widmen. Da kann eine Haushaltshilfe, die von Zeit zu Zeit kommt, auch nur die dringendsten Aufgaben verrichten.

Am Abend fuhren Karl und ich mit Marga und Onkel Willi nach Kassel zum Konzert. Die Halle war ausverkauft. Wir mussten uns durch die Menge drängen, um unsere Familien aus Hofgeismar und Hessisch Lichtenau zu finden. Sie standen bereits in einer kleinen Gruppe zusammen. Alle freuten sich besonders, Onkel Willi wiederzusehen und Marga kennenzulernen. Nach einem wunderschönen Liederabend – wir waren sehr stolz auf Walter – fuhren die drei Berliner Gäste mit meinem Neffen Siegfried und seiner Frau Gerda nach Hessisch Lichtenau, um dort zu übernachten. Am Mittag des nächsten Tages sollte es dann im Bus wieder nach Berlin gehen. Meta und Emil nahmen uns in ihrem Automobil mit bis Grebenstein und setzten uns vor der Haustüre ab.

„Erstaunlich, wie munter Onkel Willi noch wirkt", sagte meine Schwester.

„Ja, es ist eine Freude, wenn ein alter Mensch geistig noch so rege ist", antwortete ich.

Aber es sollte der letzte Besuch von ihm gewesen sein. Zwei Jahre später verstarb er an einem Herzinfarkt. Walter schickte uns ein Telegramm mit der traurigen Nachricht. Sie traf mich tief im Herzen. Da wir nicht zur Beerdigung fahren konnten, rief ich Walter vom Postamt aus an.

„Er hätte so gern noch gelebt", sagte Walter. Was kann man darauf antworten? Ich wusste, das Leben hatte ihn geliebt und das war ein Trost für mich.

Früher gab es in der Grebensteiner Unterstadt eine Synagoge. Sie war Ende des 19. Jahrhunderts erbaut worden. Mit Beginn des NS-Regimes – ich erwähnte es schon – verringerte sich die Einwohnerzahl der jüdischen Bewohner in Grebenstein immer mehr. Waren es Anfang der dreißiger Jahre noch etwa fünfzig Personen, zählte man 1939 nur noch zehn Juden im Ort, die dann aber auch wegzogen. Einmal begegnete ich Frau Goldmann, als sie gerade vom jüdischen Friedhof auf dem Burgberg kam. Ich war mit Meta, die am Morgen für ein paar Stunden zu Besuch gekommen war, auf einem Spaziergang zur Burg unterwegs. Seit zum Boykott der jüdischen Geschäfte aufgerufen war, ging es den alten Goldmanns finanziell und menschlich nicht mehr gut. All der Kummer drückte sich in ihrer Körperhaltung aus. Beide wurden immer krummer. Frau Goldmann erzählte, dass ihre Kinder, Jacob, Inge und Richard, nach Amerika und Palästina ausgewandert waren.

„Warum sind Sie und Ihr Mann nicht mitgegangen?", fragte ich.

„Unsere Kinder möchten uns unbedingt nachholen. Aber wir sind Grebensteiner und lieben diesen Ort. Wir gehören hierher. Am liebsten würden wir auch irgendwann einmal hier sterben", sagte sie und hob den Kopf, als sie fortfuhr: „Alte Menschen kann man nicht mehr verpflanzen. Aber die jungen werden sich eine neue Heimat aufbauen." Sicher vermissten die beiden Alten ihre Kinder sehr. Frau Goldmann tat mir und Meta leid.

1938 kam es auch in unserer Stadt zu Ausschreitungen von Nazianhängern und SA-Männern gegen Juden. Es fing damit an, dass eine größere Gruppe die Inneneinrichtung der Synagoge und weitgehend auch das Gebäude zerstörte. Anschließend wurden jüdische Wohn- und Geschäftshäuser stark beschädigt. Die Menge steigerte sich in ihren Fanatismus hinein und prügelte jüdische Kaufleute durch die Stadt. Soweit ich weiß, hat niemand eingegriffen und geholfen. Wie auch?! Die wenigsten Menschen sind zum Helden geboren und andererseits hatte die Propaganda auch bei uns Viele so stark beeinflusst, dass sie nicht mehr Recht und Unrecht unterscheiden konnten. Nach diesen Vorfällen verließen auch die Goldmanns die Stadt. Wir wussten nicht, wohin. Es hieß nur, dass sie weggezogen seien. Das war das Letzte, was wir über sie erfuhren.

Lutetia erzählte mir einmal, dass in ihrer Nachbarschaft eine jüdische Familie abgeholt und, wie sie zu Ohren bekommen habe, in ein Arbeitslager gebracht worden war. Mein erster Gedanke dazu war, dass die Goldmanns zu alt und gebrechlich für ein Arbeitslager wären. Sie hätten keine körperliche Leistung mehr erbringen können.

„Was geschieht mit den Alten und Kranken?", fragte ich meine Freundin.

„Ich weiß es nicht", sagte sie unsicher.

Die Synagoge in Grebenstein war so stark beschädigt, dass sie zwei Jahre später, 1940, abgerissen wurde. Schade, dachte ich, weil es ein schönes Gebäude gewesen war und zum Ort dazugehört hatte. Aber das sagte ich natürlich nicht laut. Meine wahren Gedanken tauschte ich nur noch mit Karl und manchmal mit Lutetia aus, wenn ich wusste, wir waren allein und niemand hörte zu.

26.

Adolf Hitler begeisterte die Menschenmassen in unserem Land, wie man es nicht für möglich gehalten hätte. Selbst der Kaiser war damals nicht so vom Volk verehrt worden. In Zeiten der Armut und Demütigung hatten die Menschen in den dreißiger Jahren einen starken Führer gesucht und glaubten nun, ihn in Hitler gefunden zu haben. Er versprach alle ihre Probleme zu lösen. Die Wirtschaft nahm einen unglaublichen Aufschwung. Schwer vermittelbare Arbeitslose wurden im Straßenbauprogramm eingesetzt, viele fanden Beschäftigung im Schiffs- und Flugzeugbau, die letztendlich der Rüstungsindustrie dienten. Die Einführung der Wehrpflicht im Jahre 1935 trug ebenfalls zur Vollbeschäftigung bei. Auch außenpolitische Erfolge waren zu verbuchen. Und dann gab es, wie schon beschrieben, unzählige soziale Projekte.

Wir fühlten uns in diesem Volk wie eine große Gemeinschaft. Nach dem verlorenen Weltkrieg, der das Land in den Ruin getrieben hatte, war Deutschland nun wirtschaftlich anerkannt und wir glaubten wieder an uns. Hitler hatte eine starke charismatische Ausstrahlung, die Menschen unterwarfen sich ihm freiwillig. Es ging ihnen so gut wie schon lange nicht mehr. Die an die Antike erinnernden monumentalen Bauten, die er errichten ließ, suggerierten Großartigkeit und unterstrichen seine autoritäre Persönlichkeit. Ein ganzes Volk wurde in seinen Bann gezogen. Anstelle des Kaisers hatte man nun einen jüngeren, stärkeren Führer, der alle Probleme des Landes gut im Griff zu haben schien.

1938 waren Karls Söhne Theo und Albert erwachsen. Theo arbeitete als Konditor in einem Café in Kassel-Harleshausen und Albert in der Schreinerei meines Mannes. Das Café Bachmann, in dem Theo beschäftigt war, gehörte zu den „feinen" Häusern. Die Tochter des Konditormeisters war ein reizendes Mädchen. Theo erzählte uns, dass er eine Liebschaft mit ihr angefangen hatte, was mich sehr entzückte. Mit Lutetia fuhr ich einmal mit der Straßenbahn nach Harleshausen, um die Arbeitsstelle meines Stiefsohnes kennen zu lernen.

„Die Einrichtung ist sehr modern", bemerkte Lutetia.

Emma, die Tochter des Hauses, half bei der Bedienung der Gäste mit. Sie war ein achtzehnjähriges, hochgewachsenes, blondes Mädchen mit strahlenden blauen Augen. Sehr wohlerzogen und freundlich.

„Theo hat eine gute Wahl getroffen", bemerkte Lutetia, als wir wieder allein waren. „Sie ist hübsch."

Ich selbst war voller Enthusiasmus. „Theos Freundin ist bezaubernd", erzählte ich Karl am Abend bei einem Glas Wein. „Sie wäre eine Schwiegertochter ganz nach meinem Geschmack."

„Jetzt warte erst mal ab. Die beiden sind noch sehr jung", gab Karl, der immer sehr skeptisch war, zurück.

„Wenn Theo in die Konditorei einheiraten würde, hätte er die Chance, einmal richtig wohlhabend zu werden", bemerkte ich nachdenklich.

Emma war das einzige Kind des Konditors und sollte später das Geschäft übernehmen. Ihr Vater wünschte sich einen Schwiegersohn, der sie dabei unterstützen konnte. Theo war also ganz in seinem Sinne. Und als er auch noch den „Konditormeister" anstrebte, war Emmas Vater vollends von unserem Theo begeistert.

„Bring` Emma doch mal mit nach Grebenstein", sagte ich zu unserem Sohn. „Dein Vater würde sie auch gern kennenlernen. Er kommt ja so gut wie nie nach Kassel."

Aber Theo ließ sich Zeit. Erst ein paar Wochen später, es war an einem Montag und regnete in Strömen, standen er und Emma vor dem Wintergarten und klopften. Ich hatte gerade am Küchentisch über unserer Buchhaltung gesessen und versucht, ein paar ungeklärte Fragen zu lösen, Karl war drüben in der Schreinerei. Jetzt ging ich zur Tür und öffnete.

„Wir dachten, wir gucken mal bei euch rein und überraschen euch", sagte Theo verschmitzt. Sie waren trotz des Schirms nass geworden, so sehr hatte es gegossen.

„Na, das ist mal eine nette Überraschung", erwiderte ich lächelnd und nahm meine Brille ab. „Jetzt kommt erst einmal rein."

Theo holte zwei Handtücher aus dem Kleiderschrank, um sich die nassen Haare und Schultern ein wenig abzutrocknen. Ich kochte einen Kaffee und lief schnell zu Karl hinüber, um ihn zu holen. Dann setzten wir uns zu den Kindern, die sich inzwischen im Wintergarten ein schönes Plätzchen gesucht hatten und dem Regen zusahen. Emma war uns gegenüber sehr zurückhaltend und schüchtern. Aber es war nicht zu übersehen, wie sehr sie unseren Theo anhimmelte. Wenn er etwas sagte, sah sie bewundernd zu ihm auf.

Als die beiden gegangen waren, blieben Karl und ich noch eine Weile sitzen. Karl bemerkte: „Sie scheint sehr verliebt in Theo zu sein. Ein hübsches Mädchen."

Ja, das konnte man nicht abstreiten. „Aber wie es aussieht, beruht die starke Verliebtheit nicht ganz auf Gegenseitigkeit", gab ich zur Antwort. „Ich habe Theo beobachtet. Er genießt es, angehimmelt zu werden, aber hast du gesehen, wie er damit umgeht? Er bleibt ganz entspannt, ja teilweise sogar desinteressiert, wenn sie ihm ihre Blicke zuwirft. Ich denke, sie ist für ihn zu angepasst."

„Was kann sich ein Mann mehr wünschen als eine Frau, die angepasst ist?", gab Karl scherzend zur Antwort, wohlwissend, wie ich darüber dachte. Manchmal reizte es ihn, mich ein wenig zu provozieren.

„Ach, wirklich?", sagte ich mit einem überlegenen Lächeln. „Du magst doch auch keine unterwürfigen Frauen. Unser Theo ist mehr der Typ Mann, der sich eine Frau wünscht, die ihm Widerworte gibt und ihm gewachsen ist, wenn er anfängt, seine Späße zu machen. Das weißt du, weil du in diesem Punkt genauso bist wie er."

„Emma ist einfach noch sehr jung und unerfahren und wird sich weiterentwickeln", antwortete Karl bedauernd und zog sich damit aus der Affäre.

Ich war ja der gleichen Meinung, wünschte mir aber in diesem Moment sehr, dass Theo diese Chance in seinem Leben wahrnehmen würde. Wir würden ihn finanziell sicher nie unterstützen können. Aber tief in mir drin wusste ich genau, dass die Beziehung keine Zukunft hatte. Wie schade.

Unser Max war am 23. Juni 1938 zehn Jahre alt geworden. Er war ein hübscher kleiner Kerl, aber die abstehenden Ohren – na ja, inzwischen hat sich auch dieses Problem von selbst gelöst. Jetzt sind sie anliegend, wie bei den meisten Menschen. Es gab Kinder in der Schule, die ihn manchmal hänselten wegen der „Segelfliegerohren". Aber da Max sehr beliebt war unter seinen Klassenkameraden, waren diese Lästereien niemals wirklich boshaft.

Kurz nach seinem Geburtstag wurde Max Mitglied beim „Jungvolk". Seine beiden besten Freunde, Erwin und Erich, waren seit zwei Monaten dabei und Max hatte stets neidvoll deren Berichte gehört. Die Lehrer in der Schule erzählten oft während des Unterrichts vom „Jungvolk" und fragten die Kinder regelmäßig, ob sie denn auch schon beigetreten wären. Manchmal durften Schüler, die bereits Mitglieder waren, hervortreten und den Klassenkameraden über ihre Erfahrungen berichten. Darauf waren sie dann sehr stolz. Offiziell nannten sie sich „Jungvolkjungen", aber umgangssprachlich hießen sie „Pimpfe".

Max wurde ein begeisterter Hitlerjunge. Als er das erste Mal in seinem neuen braunen Hemd, der kurzen schwarzen Hose und dem geflochtenen Lederknoten vom „Dienst" kam, wir saßen gerade am Tisch und aßen zu Abend, gab er stolz das Gelernte wieder: „Was sind wir? Pimpfe! Was wollen wir werden? Soldaten! Rührt euch!" Reizend sah er aus, wie er da so vor dem Tisch stand.

Karl und ich schauten uns mit einem lächelnden und einem weinenden Auge an. Da wir den Ersten Weltkrieg erlebt hatten, dachten wir in diesem Moment, wie sich später, als Max im Bett war, herausstellte, das

Gleiche, nämlich: „Hoffentlich wird er niemals in einen Krieg ziehen müssen." Wir wussten nicht, dass ein Jahr später, am 1.9.1939, ein weiterer Weltkrieg beginnen würde, der selbst den vorherigen, den wir alle nur den „Großen Krieg" nannten, in den Schatten stellen sollte.

Auf dem Weg zum Mann waren die Kinder in der Hitlerjugend aufgefangen. Man gab ihnen dort ihre Identifikationsmöglichkeit. Bei schönem Wetter machten sie Sport und sogenannte Geländespiele.

„Es gab heute zwei gegnerische Gruppen, die im Nahkampf den Feind überwältigen sollten", berichtete Max mal beim Abendessen. „Zum Schluss entstand eine riesige Rauferei. Wir haben versucht, unsere Gegner fertig zu machen, aber es ist unentschieden ausgegangen."

„Aha, daher die schmutzige Kleidung", sagte ich lächelnd und dachte für mich: Dass Jungs immer raufen müssen!

Die Kinder lernten Marschlieder, wanderten, hörten Geschichten über die Heldentaten von Soldaten und von den Nationalsozialisten. Es gab Lagerfreizeiten, die ihnen sehr gut gefielen, weil sie sie als ein einziges großes Abenteuer in einer Gemeinschaft erlebten. Mit strahlenden Augen erzählte Max, was er in der Gruppe erlebt hatte; das Einüben von Befehl und Gehorsam, Kameradschaft und das bedingungslose Dasein für die Gemeinschaft. Den Jungen gefiel das.

„Ich bin schon ein richtiger kleiner Soldat", sagte Max voller Stolz zu uns.

Was ich sehr bedenklich fand, war der Rassenhass, der auch in der Hitlerjugend gepredigt wurde. Ab und zu erzählte Max davon. Ich versuchte ihn dann vorsichtig in eine andere Richtung zu lenken und ihm zu vermitteln, dass es in unserer Kultur Werte gab wie Mitgefühl, Schutz der Schwächeren und Toleranz, die man hochhalten sollte.

In der Mühlenwohnung wohnte bereits seit einiger Zeit eine Frau Heinemann. Sie war mit unserem Metzger verwandt und half ihm bei der Arbeit. Ich fand sie sehr nett und unterhielt mich öfter mit ihr, wenn ich sie beim Einkaufen oder auf der Straße traf. Frau Heinemann bekam hin und wieder Besuch von ihrer Nichte, Frida. Da ich ja gern Besucher hatte, lud ich die beiden einmal zum Kaffee ein. Wir saßen im Wintergarten und unterhielten uns, als Theo nach Hause kam. Er war durch die Küche gekommen, um mich zu begrüßen. Ich bemerkte sofort ein verräterisches Blitzen in seinen Augen, als er Frida sah.

„Wenn ich gewusst hätte, dass Mutter so hübschen Besuch hat, wäre ich früher nach Hause gekommen", sagte er mit seinem charmantesten Lächeln.

Typisch Theo, dachte ich mir. Frida reagierte selbstbewusst und schaute ihn offen an. Theo setzte sich, das hätte er sonst nie getan, zu uns und ich beobachtete, dass sein Interesse an der jungen Frau von Minute zu Minute wuchs. Frida war ihm gewachsen. Diese Begegnung bedeutete wenig später das Ende der Beziehung von Theo und Emma, der Tochter des Konditors aus Kassel.

27.

Am 1. September 1939 fing der Zweite Weltkrieg an. Wir hatten einen wunderschönen, wie es schien nie enden wollenden Sommer erlebt. Morgens wurde es jetzt schon etwas frischer und man konnte den kommenden Herbst riechen, aber tagsüber stiegen die Temperaturen immer noch auf sommerliche Temperaturen an. Der Tag fing ganz normal an. Max hatte mich wie meistens stark gefordert. Vor der Schule trödelte er immer so lange herum, dass er jeden Tag zu spät gekommen wäre, wenn ich nicht ständig Druck gemacht hätte.

„Beeile dich jetzt mal ein bisschen! Und vergiss nicht wieder dein Pausenbrot einzupacken!", versuchte ich ihn anzutreiben.

Wenn er dann endlich aus dem Haus war, trank ich noch eine Tasse Kaffee im Wintergarten, las die Tageszeitung, die sich Familie Schäfer mit uns teilte, und räumte dann erst einmal die Wohnung auf. Natürlich war ich um sechs Uhr aufgestanden und hatte bereits die Tiere gefüttert.

An diesem Tag war wieder herrliches Spätsommerwetter. Morgens lag noch Nebel über der Esse und unserem Grundstück, aber er verzog sich schnell und um acht Uhr strahlte bereits die Sonne. Gegenüber in der Werkstatt kreischte in Intervallen die Sägemaschine, die Tür stand offen und man konnte zwischendurch einen der Männer reden hören. Im Gegensatz zu dem betriebsamen Leben in der Werkstatt war es friedlich um uns herum. Die Esse floss leise ihren Weg, wenn eine der Maschinen gerade stoppte, konnte ich das Mühlrad sanft rauschen hören und die Sonne erreichte bereits über unser Haus hinweg Teile des Hofes und den Garten, wo das Licht sich in den Baumkronen der Bäume brach. Der Baum mit den leuchtenden Herbstäpfeln erinnerte mich daran, dass sie bald reif werden würden und ich sie pflücken musste. Als ich an meine Hausarbeit ging, sang gerade Zarah Leander in unserem Volksempfänger, einem kleinen Radio, das kraftvolle Lied „Nur nicht aus Liebe weinen". Ich summte wie immer mit, wenn ihre Lieder gespielt wurden. Die Welt schien in Ordnung zu sein.

Dann unterbrach ein Sprecher den wunderschönen Morgen mit den Worten: „Unser Führer, Adolf Hitler wird nun eine kurze Erklärung an sein Volk abgeben." Vollkommen überrascht dachte ich sofort, dass das um diese Uhrzeit sehr ungewöhnlich war und nichts Gutes bedeuten konnte. Es musste etwas passiert sein. Ich lief zum Radio, stellte es lauter und hörte voller Anspannung, wie Hitler sagte, dass am Abend zuvor, dem 31. August, der deutsche Rundfunksender Gleiwitz von einigen Polen hinterhältig überfallen worden sei. Es habe einen Toten gegeben. Diese Grenzverletzung könne man nicht hinnehmen. Deshalb werde seit 5 Uhr 45 zurückgeschossen. Und dann kam der Satz, der das Blut in meinen Adern gefrieren ließ: „Von jetzt ab wird Bombe mit Bombe vergolten."

Ich war wie erstarrt, stand einfach nur da und stierte auf das Radio. Zurückschießen wegen einer Grenzverletzung, wegen eines einzelnen Toten? Hatten wir wieder Krieg? Dieses Wort, „Krieg", hatte ich allerdings nicht gehört, man sprach nur von einer „Strafaktion". Trotzdem konnte es doch nichts anderes als Krieg bedeuten, wenn bereits von Bomben gesprochen wurde! Ich konnte es nicht fassen. Zu sehr waren

noch die Angst und das Grauen des letzten Weltkrieges in meiner Erinnerung. Hoffentlich würden wir das jetzt nicht noch einmal erleben
müssen. Alles nur keinen Krieg!, schoss es mir wild durch den Kopf.

Voller Panik lief ich zu Karl in die Werkstatt und berichtete von dem
Gehörten. Zunächst schrie ich gegen den Lärm der Hobelmaschine an:
„Hitler lässt seit den frühen Morgenstunden auf Polen schießen! Die Po-
len haben den Gleiwitzer Radiosender überfallen!"

Die Männer merkten, dass etwas passiert sein musste. Karl stellte die
Maschine ab und ich wiederholte fassungslos das gerade Gehörte. Niemand dachte jetzt mehr an seine Arbeit. Wir stellten in der Werkstatt das
Radio an und lauschten gebannt auf weitere Informationen. Aber es
wurde nur noch einmal die Rede des Führers zitiert. Bedrückt und stark
beunruhigt nahmen wir unsere Tätigkeiten wieder auf. Was sollten wir
auch anderes tun?

Und das Unglaubliche wurde tatsächlich wahr. Wir befanden uns
wieder im Krieg, in einem Krieg, den unser Land begonnen hatte und in
den sehr schnell Europa und Länder der ganzen Welt verwickelt werden
würden. Unsere beiden großen Söhne wurden gleich zu Beginn der
Auseinandersetzungen als Soldaten eingezogen. Albert hatte sich zuvor
noch schnell mit Lisbeth verlobt. Zunächst waren viele Menschen in
Deutschland zurückhaltend, als Hitler den Krieg begann. Es ging ihnen
wie mir, sie hatten die Schrecken des letzten Infernos noch vor Augen.
Als aber die hochgerüstete Wehrmacht Deutschlands auf immer mehr
Kriegsschauplätzen Erfolge zu verzeichnen hatte, entstand eine spürbar
wachsende Siegeseuphorie und neues Vertrauen in den Führer, der

nichts ausließ, um seine Stärke zu demonstrieren. Die Massen jubelten Hitler wieder zu. Ich konnte es nicht fassen. Wie konnten die Menschen sich nur darauf einlassen!

Für unsere Familie hatte die Eroberung von Teilen Frankreichs ganz direkte Auswirkungen. Mein Bruder Ernst war durch die Heirat mit der Elsässerin Clara Kepper aus La Wantzenau, wie der Ort Wanzenau nun hieß, ein „naturalisierter Franzose" geworden und durfte nach dem Ersten Weltkrieg in Straßburg, wo er mit seiner Familie seit Jahren lebte, wohnhaft bleiben. Clara und er hatten dort von 1914 bis 1922 fünf Kinder bekommen. Zwei Mädchen, Ann-Elise, die uns einmal besucht hatte und Clémence, die ich nicht kennenlernen konnte, waren noch im Kindesalter im Abstand von wenigen Jahren gestorben. Das war ein sehr trauriges Kapitel in unserer Familiengeschichte. Wir konnten nicht einmal zu ihrer Beerdigung gehen, da die Franzosen uns Altdeutschen die Einreise ins Elsass verwehrten. Ich hätte Ernst gern in den Arm genommen und ihm beigestanden. Aber er musste die Zeit ohne seine Grüneberg-Familie überstehen.

Von den anderen drei Kindern meines Bruders hatte sich der ältere Sohn, Hartmut, einem deutschen Spionagering angeschlossen. Er wurde 1938, ein Jahr vor Beginn des Krieges, von den Franzosen enttarnt und erschossen. Ich hatte ihn noch als Kleinkind in Erinnerung, ihn aber seit wir nach Grebenstein flüchten mussten, nicht mehr gesehen und ich wusste nichts von seiner politischen Gesinnung. Hartmut war 1914 geboren worden, als der Erste Weltkrieg tobte. Nach dem „Großen Krieg", er war sechs Jahre alt und somit alt genug, um die Welt schon ein wenig zu verstehen, erlebte er mit, wie seine nicht elsässisch-stämmigen Verwandten das Land unter Tränen verlassen mussten und die im Elsass Zurückgebliebenen mit vielen Vorgehensweisen der neuen Machthaber nicht einverstanden waren. Hartmuts Eltern fühlten sich mehr als Deutsche denn als Franzosen. Sie empfanden die französischen Zwänge als eine Schmach.

Hartmuts Bruder Richard und eine weitere Schwester von ihm, Marianne, die später in diesen wiedereroberten, neuen Teil Frankreichs hineingeboren worden waren, wurden durch die Schule und die Umgebung zu überzeugten Franzosen erzogen. Richard ging später sogar zur französischen Kriegsmarine. Hier sah ich mal wieder ganz deutlich, welchen Einfluss der Staat und besonders die Schulen auf unsere Kinder haben. Erlebnisse und Erlerntes in der Kindheit und Jugend sind stark prägend für ein Leben.

Schon bald, nachdem uns die Nachricht von Hartmuts Schicksal erreicht hatte, nahm man seinen Vater, meinen Bruder Ernst, gefangen. Von einem französischen Gericht wurde er zu zehn Jahren Zuchthaus mit anschließendem zwanzigjährigem Aufenthaltsverbot im Lande verurteilt. Außerdem wurde die Familie enteignet. „Die Franzosen haben uns nichts gelassen von dem, was wir besessen haben. Die Arbeitsstelle von Ernst ist sofort anderweitig besetzt worden, unsere Wohnung wurde konfisziert mitsamt dem Inventar, alles ist weg", schrieb Clara. Ernst war verurteilt worden, weil er mit dem Elsässisch-Lothringischen Heimatbund sympathisierte, der eine Autonomie der beiden Länder innerhalb Frankreichs anstrebte und für den Schutz der deutschen Sprache eintrat. Solche Vereinigungen weckten bei den Franzosen besondere Nervosität. Ernst und auch andere Altdeutsche waren bereits längere Zeit argwöhnisch beobachtet worden. Wenn einer von ihnen dann auch noch eine Pro-Deutsche Gesinnung zeigte, wurde er schnell abgeurteilt. So hatte man meinen Bruder 1939 in ein französisches Gefangenenlager gebracht, in dem er harte Bedingungen vorfand. Seine jüngste Tochter Marianne, geboren 1922, zog nach der Enteignung mit ihrer Mutter Clara zu den Verwandten nach La Wantzenau. Clara unterrichtete uns in ihren Briefen über die Vorfälle.

Ich dachte, dass ich meinen Bruder Ernst vielleicht nie wiedersehen würde. Doch im Juni 1940, ein Jahr nach Beginn des zweiten großen Krieges, standen meine Schwägerin Clara, mein Bruder Ernst und ihre Tochter Marianne plötzlich ohne Vorankündigung vor unserer Tür. Mir zitterten die Knie vor Freude, als ich meine Lieben, die ich so viele Jahre nicht gesehen hatte, in die Arme schließen konnte. Wie betäubt führte ich sie in unsere Wohnung.

„Wir haben nur ganz eilig unsere notwendigsten Dinge gepackt und sind sofort zu euch gefahren", sagte Clara auf dem Weg ins Wohnzimmer. „Die politische Lage ist noch hochgefährlich für Ernst."

Wir setzten uns zusammen und mein Bruder erzählte von der schrecklichen Zeit in einem französischen Gefangenenlager. Wir waren sehr betroffen von seinen Schilderungen. Ich wunderte mich nicht, dass er so stark abgemagert war. Und dann berichtete er von der Befreiung durch die Deutschen während des Westfeldzuges. Nach dem Einmarsch der deutschen Wehrmacht in Polen 1939, der den Zweiten Weltkrieg ausgelöst hatte, hatten sich die deutschen und französischen Truppen längere Zeit diesseits und jenseits des Rheins ohne Kampfhandlungen gegenübergestanden. Man hatte schon gehofft, dass der Krieg sich auf Osteuropa beschränken würde, als Hitler aber noch vor dem Russlandfeldzug erfolgreich gegen Dänemark, Norwegen, Holland, Belgien, Luxemburg und Frankreich ins Feld zog. Er eroberte nach und nach immer größere Gebiete in Frankreich und die deutschen Truppen erreichten auch das Gefangenenlager, in dem Ernst sich befand.

„Wir mussten gerade einen Graben auszuheben, als eine deutsche Truppe das Lager eroberte. Die politischen Gefangenen wurden sofort freigelassen, nachdem man die Papiere geprüft hatte und ich begab mich schnellstens auf den Weg nach Wanzenau zu Clara." Meine Familie benutzte, wenn wir unter uns waren, immer noch den alten Namen des Ortes. Ernst fuhr fort: „Die Deutschen sind inzwischen wieder im Elsass, aber die Übergabe ist noch nicht offiziell, wir müssen vorsichtig sein."

„Was heißt das?", fragte ich.

„Es gibt, bedingt durch die Kriegswirren, noch keine Verträge zwischen den Ländern, die die offizielle Hoheit über das Elsass festlegen. Unser Land ist zunächst mit dem Gau Baden zu einem neuen Gau Baden-Elsass zusammengeschlossen worden."

Als Ernst geendet hatte, schaltete Clara sich in das Gespräch ein: „Stellt euch vor, welche Überraschung es für uns bedeutete, als Ernst plötzlich in Wanzenau stand! Zunächst überwältigte uns die Wiedersehensfreude. Dann wurde uns die Gefahr bewusst, in der er sich befand.

Viele Elsässer sind inzwischen frankophil geworden und ihre Kinder kämpfen bereits seit einem Jahr auf der Seite Frankreichs gegen Deutschland. Wir wussten nicht, wem wir noch trauen konnten. So haben wir uns kurzfristig entschlossen, nach Grebenstein zu flüchten, bis politische Stabilität einkehrt. Jetzt rekrutieren die Deutschen viele Elsässer gegen ihren Willen für die Wehrmacht. Wie ich hörte, werden sie oft an die Ostfront geschickt."

Marianne sagte zu alledem nichts. Sie saß stumm am Tisch, während ihre Eltern von den Geschehnissen berichteten. Sie hatte schwere Zeiten erleben müssen in ihren jungen Jahren und tat mir sehr leid.

Clara sprach weiter: „Ist es nicht verrückt?! Richard kämpft bei der französischen Kriegsmarine und Freunde von ihm werden für die Wehrmacht eingezogen!"

Ernst ergriff wieder das Wort: „Wenn doch die Elsässer endlich das Recht bekämen, sich selbst zu verwalten! Wir sind ein Spielball zwischen zwei Nationen." Ja, das war ein schwieriges Kapitel.

„Ihr könnt oben in den Zimmern von Theo und Albert wohnen, bis die beiden wiederkommen", sagte ich und der Gedanke an meine Stiefsöhne, die sich an der Front befanden, schnürte mir mal wieder das Herz zusammen.

Schon bald darauf wurde im Nachbarhaus, über den Familien Franke und Schwarz, eine Wohnung frei, die die drei Elsässer bezogen und in der sie auch heute, 1946, noch wohnen. Ich freute mich, in diesen schweren Kriegszeiten meine lieben Verwandten als Nachbarn bekommen zu haben, auch wenn die Umstände traurig waren. Gute

Verwandtschaftsbeziehungen waren für mich sehr wichtig. Wir waren eine Familie, die fest zusammenhielt.

Die deutsche Luftwaffe griff 1940 London und andere Zentren der britischen Rüstungsindustrie an. Es gab unglaublich viele Opfer, aber Großbritannien gab sich nicht geschlagen. Im Gegenzug flogen von England aus jetzt immer öfter Bomberverbände nach Deutschland und zerstörten unsere Großstädte. Dabei ging man nicht nur gezielt gegen Rüstungsindustriestandorte vor, sondern vernichtete bewusst die Herzen der Städte und tötete ihre Einwohner, die vorwiegend nur noch aus Frauen, Kindern und Alten bestanden. Die jüngeren Männer waren ja bereits als Soldaten rekrutiert worden. Großbritannien hatte eine Methode entwickelt, bei der entsetzliche Feuerstürme über die Städte hinwegfegten. Zunächst wurden mit Sprengbomben und Luftminen die Dächer der Häuser abgedeckt, dann warf man Stabbrandbomben ab. Nach fünfzehn Minuten kam die dritte Bomberwelle mit Sprengbomben, um die Feuerwehr am Verlassen der Schutzräume zu hindern und zusätzlich Teile des Wasserversorgungsnetzes zu zerstören. Dadurch wuchsen die Einzelbrände zu sogenannten Feuerstürmen an. Viele Leute, die in Luftschutzkellern Zuflucht gesucht hatten, erstickten. Diese Schreckensberichte bekamen wir nun ständig zu hören.

Zugleich rissen die Siegesmeldungen unserer Regierung nicht ab. Hitler marschierte mit der deutschen Armee unaufhörlich vorwärts. Glaubte man der Propaganda, waren wir immer noch auf einem großen Siegesfeldzug. Der Volksempfänger berichtete täglich von den Heldentaten unserer Soldaten und lobte unseren siegessicheren Führer.

Vielleicht hatten sich die alten Römer, oder, was zeitlich näherliegt, Napoleon und seine Franzosen, ähnlich gefühlt, als sie die Welt erobern wollten. Hitler beabsichtigte offenbar, sie alle in den Schatten zu stellen. Was für ein Wahnsinn! Wir hörten auch vermehrt von den Güterzügen, die Juden aus Deutschland und Europa in Lager brachten. Es hieß immer, es seien Arbeitslager. Die nicht auszudenkende Wahrheit ahnten wir damals nicht, man kann sich so etwas als Mensch normalerweise auch gar nicht vorstellen. Die Bilder, die man später zu sehen bekommen würde, zeigte man uns während des Hitler-Regimes natürlich nicht. Alle diese verhungerten, misshandelten toten Körper! Welcher halbwegs normale Mensch hätte so etwas zugelassen?

Max hatte im Sommer 1942 die Hauptschule verlassen und eine Lehrzeit bei der Deutschen Reichsbahn begonnen. In der Berufsschule gab es auch das Fach „Technisches Zeichnen", für das er eine besondere Begabung hatte. Unser Leben auf dem Lande ging fast seinen normalen Weg. Clara und Ernst waren jetzt oft mit uns zusammen. Meine Schwägerin konnte wunderbar kochen und wir genossen die mir altvertraute elsässische Küche.

Das Deutsche Reich kämpfte währenddessen gegen die Verbündeten USA, Großbritannien und die Sowjetunion und erlitt immer größere Verluste. Alle Berichte vom Kriegsgeschehen bedeuteten, dass es bereits unermesslich viele Tote gab. Und zu jedem Toten gab es trauernde Mütter, Väter, Großeltern, Geschwister, Ehepartner, Kinder, Freunde. Aber in seiner Sportpalastrede in Berlin proklamierte Goebbels den „totalen Krieg".

Den Menschen im Land ging es inzwischen schlecht. Hatte es zu Anfang des Krieges noch keine Versorgungsengpässe gegeben, so litten die Leute in den Städten jetzt Hunger. Sie kamen auf die Dörfer und in die Kleinstädte, um von den Bauern Lebensmittel zu kaufen. Die Bauern nutzten ihre Überlegenheit oft aus, indem sie nur Tauschgeschäfte eingingen, die ihnen große Vorteile brachten. So überbezahlten die Leute dringend benötigte Grundnahrungsmittel mit teurem Schmuck und anderen Dingen. Das war ein sehr einträgliches Geschäft für die Landwirte.

Wir bekamen im Februar 1943 einen französischen Zwangsarbeiter zugeteilt. Auch auf Bauernhöfen und in anderen Kleinbetrieben der Umgebung wurden gefangene Franzosen als Hilfskräfte untergebracht. Ich konnte mein Glück kaum fassen. Endlich „musste" ich wieder französisch sprechen. Als der stille junge Mann morgens gebracht wurde, wies Karl ihn zunächst in seine Aufgaben ein. Ich ging später hinüber in die Werkstatt und Karl stellte ihn mir als „Louis" vor.

Mein Mann erklärte mir: „Der Soldat, der Louis gebracht hat, sagte, dass die Kriegsgefangenen sich zwar tagsüber frei bewegen dürfen, aber abends werden sie abgeholt und schlafen nachts unter strenger Bewachung in einer Baracke. Man denkt, dass ein Einzelner nicht versuchen wird zu fliehen." Und mit einem leicht ironischen Grinsen fügte er hinzu: „Wir haben die Auflage bekommen, den Gefangenen nicht mit am Tisch essen zu lassen und ihn auf keinen Fall wie Unseresgleichen zu behandeln. Schließlich sei er unser Feind."

Gegen diese und andere Auflagen verstießen wir, wenn wir uns unbeobachtet fühlten, regelmäßig. Wenn allerdings an der Tür geklingelt wurde, nahm Louis schnell seinen Teller vom Tisch und setzte sich in eine dafür vorbereitete Ecke. Das hatten wir oft geübt und uns gemeinsam über den „Katzentisch" amüsiert. Wenn der Feind im Haus ist und sich als netter Mensch entpuppt, lässt man den Krieg gern draußen vor der Tür. Louis kam aus dem Norden Frankreichs, aus Nancy, nur etwa 150 km von Straßburg entfernt. Dort hatte er als Lehrer gearbeitet. Ich konnte mich mit ihm über viele Dinge unterhalten, die mich interessierten. Er sprach auch Deutsch, aber ich redete mit ihm ausschließlich Französisch. Wenn wir am Tisch saßen und angeregt über ein Thema diskutierten, beschwerte sich Karl manchmal schmunzelnd: „Ihr beiden und eure Geheimsprache!"

Louis liebte den Elsässer Gugelhupf, den ich von Zeit zu Zeit buk, wenn ich genügend Margarine, Zucker, Mandeln und Mehl hatte. Für Louis bedeutete ich ein Stück Heimat und er fühlte sich nicht ganz so verloren wie die meisten der anderen Kriegsgefangenen, die zudem oft kein Wort Deutsch verstanden. Ernst und Clara im Nachbarhaus mieden den Kontakt zu ihm. Aber das war verständlich.

Max fuhr manchmal abends nach der Arbeit mit Karl zum Sägewerk Tucher in Udenhausen. Karl hatte zu Tuchers geschäftlichen Kontakt. Unser Sohn erzählte jetzt öfter von Luise, der jüngsten Tochter der Familie, mit der er sich ab und zu unterhielt. „Ein hübsches Ding", bemerkte Karl grinsend zu mir. „Sie ist immer sehr gepflegt und hat mit

ihren dreizehn Jahren eine sichtbar feine Art, die sie von den Bauern-
mädchen unterscheidet."

Eines Abends, als mein Mann und mein Sohn von Tuchers wieder-
kamen und das Holz auf unserem Hof abgeladen hatten, hörte ich, wie
sie herzlich lachten.

„Stell dir vor", berichtete Max, als er zu mir in die Küche kam, „die
Tochter von Tuchers hat mir erzählt, dass man ihnen auch einen
Zwangsarbeiter zugeteilt hat. Er hilft bei der Feldarbeit und soll die Kuh
melken. Ich habe ihn schon ein paar Mal gesehen. Er ist ein kleiner,
schmächtiger Mann. Luise sagte, er sei von Beruf Schneider und habe
furchtbare Angst vor der Kuh!" Max musste bei der Vorstellung erneut
lachen. „Sobald die Kuh sich beim Melken bewegt, springt er wie ein
Floh auf und hüpft und rennt voller Panik ins Haus. Dort überschlägt er
sich dann jedes Mal fast dabei, Luises Mutter irgendwelche Dinge in einem riesigen Wortschwall und voller Empörung auf Französisch zu
erklären. Natürlich versteht niemand auch nur ein einziges Wort von
dem, was er sagt. Aber sie wissen inzwischen, um was es geht. Meistens
erbarmt sich Luises Mutter oder eine von den zwei Töchtern und über-
nimmt dann das Melken."

Irgendwie tat mir der Schneider leid. Aber in diesen Zeiten gab es so
wenig zu lachen und so ließ ich Max seine Schadenfreude über die Geschichte des kleinen Mannes und seiner Todfeindin, Tuchers Kuh.

28.

Und dann kam der Schrecken des Krieges ganz nah. Es hatte schon zwölf Mal vorher Bombenangriffe auf Kassel gegeben, aber diese Freitagnacht, von der ich jetzt erzähle, als ein weiterer Angriff stattfand, war das Schlimmste, was der Stadt bisher passiert war und als wäre das nicht genug, wurden die Trümmer später bis zum Ende des Krieges in weiteren 27 Angriffen wieder und wieder umgepflügt, neue Schäden angerichtet und Menschen getötet oder verletzt. Von dem alten Kassel mit seinem einzigartigen kulturellen Erbe, von dieser Stadt, seit dem Mittelalter gewachsen, in der neben großzügig gebautem Neuen noch der ländliche Ursprung zu spüren war, sollte nichts übrigbleiben.

Der 22. Oktober 1943 war ein schöner Herbsttag. Karl und ich hatten soeben ein spätes Abendessen beendet, als wir plötzlich Geräusche von Bomberflugzeugen wahrnahmen. Wir liefen auf den Hof und sahen, wie ganze Bomberverbände Richtung Kassel flogen. Sie dröhnten über unsere Köpfe hinweg und wir wussten, was sie bedeuteten. Von weitem heulten Sirenen auf, man konnte sie bis zu uns hören. Irgendwann liefen wir, wie andere Nachbarn auch, zum Burgberg. Oben auf dem Hügel sahen wir dann das Unfassbare: Während über uns ein unschuldiger Sternenhimmel funkelte, waren von weitem riesige Feuerwolken über Kassel zu sehen. „Ganz Kassel scheint zu brennen!", murmelte Karl. Er stand reglos neben mir, umgeben von anderen entsetzten Grebensteinern.

Ich konnte mich gar nicht mehr beruhigen. Meine Sorge galt den vielen Menschen, die dort wahrscheinlich gerade verbrannten, und insbesondere meiner besten Freundin. Ihr Mann Heinrich war bei der Kriegsmarine eingezogen worden. Sie war also ganz allein mit ihren alten Eltern. Wie es ihnen wohl gerade erging? Als wir zurück ins Haus kamen, zitterten meine Knie und mir liefen ständig die Tränen über die Wangen. Das Feuer sah nicht aus, als gäbe es hier und da einen Brandherd. Nein, Karl hatte recht. Die gesamte Stadt schien zu brennen. Der Rest der Nacht war eine einzige Qual, weil ich nur an Lutetia denken konnte.

Am frühen Morgen lief der Ortsdiener mit einer Schelle durch die Straßen und gab bekannt, dass Kassel von den, nach einem Bombenhagel einsetzenden Feuersbrünsten zu großen Teilen zerstört wurde und man den Notstand ausgerufen hatte. Man forderte die Leute auf zu helfen. Die Überlebenden mussten mit dem Nötigsten, wie Lebensmittel und Decken, versorgt werden. Eine Stunde später kam ein Transportunternehmer aus Udenhausen und hielt vor unserem Haus in der Molkereistraße. Er hatte seine Tochter dabei. Die beiden sammelten Dinge ein, die Nachbarn und wir hastig zusammengetragen hatten und verstauten sie auf dem LKW. Vollbepackt fuhren sie weiter nach Kassel.

Im Volksempfänger überschlugen sich die Nachrichten. Es hatte tausende Tote gegeben, fast nur Frauen, Alte und Kinder. Die Berichte über Schreckensszenarios rissen nicht ab. Ein Überlebender berichtete, dass die Leute oft in den Luftschutzkellern erstickt waren. Viele der Keller hatte man vor ein paar Jahren untereinander verbunden. Die armen

Menschen waren durch die Gänge geirrt, fanden keinen Ausgang und erstickten. Man bat in regelmäßigen Abständen um Spenden für obdachlos Gewordene, die das Inferno überlebt hatten. Ich hatte inzwischen weitere Dinge ausgesucht, die wir entbehren konnten und brachte sie zur Rot-Kreuz-Station in Grebenstein. Die Helfer berichteten, dass überall zwischen den Trümmern Leichen und Verletzte lagen. Man sah in ihren Gesichtern die Erschöpfung und das Grauen, das sie erlebt hatten. Die Sorge um meine beste Freundin und ihre Eltern wuchs.

Gegen Mittag kam der Udenhäuser LKW-Fahrer mit seiner Tochter aus Kassel zurück. Da er eine Fuhre Holz in das Sägewerk seines Bruders mitnehmen sollte, lenkte er sein Fahrzeug auf unseren Hof und lud mit erstarrten Gesichtszügen zusammen mit Karl und einem Gesellen die Stämme ein. Die Männer redeten kein Wort. Ich ging inzwischen zu seiner, im Auto wartenden Tochter Agnes, die ich kannte. Neben ihr saßen zwei völlig verstörte, schmutzige kleine Mädchen. „Bleibt schön im Auto", sagte sie als sie mich kommen sah, zu den bewegungslosen Kindern, „Ich komme gleich wieder." Ich hatte den Eindruck, dass die Kleinen gar nicht wahrnahmen, dass Agnes etwas gesagt hatte. Sie stieg aus, schlug die Tür hinter sich zu. Ängstliche Augen beobachteten uns durch die Scheibe des Autos und Agnes berichtete kurz: „Die beiden hat uns das Rote Kreuz mitgegeben. Ihre Eltern sind wahrscheinlich tot. Ich habe aber unter einem Stein die Nachricht hinterlassen, dass die Kinder leben und wir sie mit nach Udenhausen nehmen. Es könnte ja sein, dass doch noch jemand nach ihnen sucht. Irgendwelche Verwandten vielleicht." Was hatten diese Kleinen erleben müssen! Was hatten sie

gesehen, das nie wieder aus ihren Köpfen verschwinden würde! Sie ta-
ten mir so unendlich leid. Aber ich wusste, dass Agnes sich gut um sie
kümmern würde.

Später erfuhr ich, dass der Vater der Kinder einen Tag vor den Bom-
benangriffen auf Fronturlaub bei seiner Familie in Kassel gewesen war
und sich bereits auf dem Rückweg zu seiner Kompanie befand, als ihn
die Nachricht von der Zerstörung Kassels ereilte. Er war sofort umgekehrt, durch die verbrannte Stadt geirrt und fand die Nachricht von
Agnes. Seine Frau hatte das Inferno nicht überlebt. Unglaublich froh,
dass seine beiden Töchter noch am Leben waren, war er augenblicklich
nach Udenhausen gefahren, um sie dort abzuholen.

Am frühen Abend klingelte es bei uns. Vor der Haustür stand eine
völlig fertige, verschmutzte und abgerissene Lutetia. Sie lebte und war
unverletzt! Meine Knie fingen an zu zittern, als ich sie sah. Ich nahm sie
in den Arm und meine Tränen der Erleichterung wollten nicht mehr ver-
siegen. Aus einer hinteren Ecke unserer Wohnung tauchte Max auf. Er
hatte ihre Stimme gehört.

„Hallo Tante Lutz, ich bin froh, dass du da bist", kam es bedrückt
und leise aus seinem Mund. „Mama hat sich viele Sorgen gemacht und
dauernd geweint." Das kannte mein Sohn von mir so gar nicht. In unserer Familie war immer ich die Starke, Durchgreifende, diejenige, die
Entscheidungen fällte und sich um alles kümmerte.

Lutetia ging auf Max zu und drückte ihn. Das war dem Fünfzehnjäh-
rigen zwar etwas peinlich, aber er war so froh, sie lebend zu sehen, dass
er es über sich ergehen ließ. Was für ein Glück, dass sie da war. Aber

wie war es ihren Eltern ergangen? Ich schürte den Ofen im Bad ein, ließ die Badewanne mit dem warmen Wasser volllaufen und gab ihr ein paar Kleidungsstücke von mir, damit sie die verschmutzten Sachen ablegen konnte. Eine halbe Stunde später saßen wir zusammen am Tisch in der Küche vor ein paar Butterbroten und etwas Wurst vom letzten Schlachten. Lutetia war ausgehungert, da sie den ganzen Tag nichts gegessen hatte. Völlig in sich zusammengesunken saß sie da und berichtete mit Tränen in den Augen von dem Erlebten.

„Ein Mann vom Roten Kreuz hat mich mitgenommen nach Grebenstein. Das Grauen ist unbeschreiblich", kam es stockend aus ihrem Mund. „Gestern Abend war ich mit Leni, einer Frau, die ich durch die evangelische Frauenarbeit kenne, im Café Resi verabredet. Du hast Leni mal bei mir getroffen, Marie, erinnerst du dich?" Lutetia sah mich mit geröteten, müden Augen an.

Ich nickte. Leni war mir gut in Erinnerung. Zwischen Lutetia und ihr hatte sich eine Freundschaft entwickelt, seit ihre Männer beide bei der Kriegsmarine eingezogen worden waren.

Meine Freundin berichtete stockend weiter: „Wir saßen noch im Café, als am Abend der Fliegeralarm losging. Es müssen an die hundert Gäste dagewesen sein. Der Besitzer des Cafés und seine Frau riefen in die Menge, dass gegenüber, unter dem Residenzpalais ein öffentlicher Luftschutzraum sei. Stühle fielen um, wir rannten hinter dem Cafébesitzer her über den Friedrichsplatz in den Schutzraum. Zwei Luftschutzwarte, Jugendliche noch, hatten bereits die Türen zu dem Keller unter dem massiven Steingebäude geöffnet. Wir liefen in den Raum, hofften darauf, dass es ein Fehlalarm war. Aber schon wenig später hörten wir ein Brummen, gefolgt von einem gewaltigen Dröhnen. Wir vernahmen das Zischen und Heulen herabstürzender Bomben im Sekundentakt. Erdrückende, übermächtige Angst überfiel uns. Dicht zusammengedrängt bangten wir um unser Leben. Die beiden Jungen bedienten die Pumpe, die Frischluft in den Schutzraum leitete. Plötzlich kam ein Schwall wirbelnder Funken aus dem Belüftungsrohr. Entsetzte Aufschreie gellten durch das Gewölbe. Die Menschen drängten in Panik zum Ausgang, Leni und ich mittendrin. Die Tür war bereits durch Flammen versperrt und die Luft zum Atmen wurde von Minute zu Minute weniger. Leni klammerte sich verzweifelt an meinen Arm. Jemand zertrümmerte ein Kellerfenster, das sich zuvor nicht öffnen ließ. Die Menschen kletterten nacheinander, so schnell es ging nach draußen. Das Bild, das sich uns bot, als wir ins Freie kamen, war unbeschreiblich. Ein riesiger Feuerkreis loderte um den Friedrichsplatz, die Altstadt versank im Feuersturm. Wir liefen auf den Platz, dessen Ausdehnung uns das Leben rettete. Es war wohl der einzige Ort weit und breit, an dem man noch atmen konnte. Aus einem trichterartigem Loch im Boden, in dem sich Wasser gesammelt hatte, befeuchteten wir unsere Kleidung, um die unerträgliche Hitze aushalten zu können." Lutetia bebte beim Erzählen. Es fiel ihr sichtlich schwer zu reden.

Aber sie fuhr fort: „Als die schlimmsten Feuerstürme vorbei waren, sahen wir überall Militär anrücken. Vermutlich waren es Zwangsarbeiter mit denen die Einsatztruppen noch mitten im Inferno bei glühender Hitze begannen die Straßen zu räumen, Verwundete zu versorgen, Verschüttete zu befreien, Löscharbeiten zu leisten. Erst heute Morgen wagten wir den Platz zu verlassen. Leni und ich beschlossen uns zu trennen. Jede wollte nur noch nach Hause, um zu sehen, wie es unseren Angehörigen ging. Ich suchte durch die glühende, immer noch brennende Stadt den Weg nach Wehlheiden – oder besser gesagt, dahin, wo einmal Wehlheiden gewesen war. Kassel gibt es nicht mehr. Teilweise glühte noch der Bodenbelag und ich musste einen anderen Weg finden. Überall verkohlte Leichen. Unseren Stadtteil hat es schlimm erwischt. In der Wilhelmshöher Allee gibt es fast nur noch zerstörte Gebäude und Tote. Der ganze Bereich um den Bahnhof Wilhelmshöhe ist ein Trümmerfeld. Merkwürdigerweise ist das benachbarte NS-General-kommando, soweit ich gesehen habe, unversehrt. Es wirkt, als wollte es daran erinnern, wer für all das verantwortlich ist." Ich sah es beim Zuhören vor mir, das große monumentale Bürogebäude, das erst kurz vor dem Krieg eingeweiht wurde. Während ich Lutetia etwas warmen Tee nachgoss, sprach sie weiter:

„Mein einziger fieberhafter Gedanke war, dass ich meine Eltern finden musste. Ich lief in Richtung unseres Hauses im Kirchweg. Glimmende Steine und verkohlte Leichen, wohin ich auch sah. Ihr könnt es euch nicht vorstellen. Von der Friedenstraße steht, wie ein Mahnmal, nur noch das Straßenschild. Ein kleiner Junge, vielleicht vier Jahre alt, saß vor einer Haustür, die vor den Trümmern in der Verankerung stehen geblieben war, und weinte. Der Kleine bot ein Bild der Verlorenheit. Mir blieb fast das Herz stehen. Als er mich sah, schluchzte er und stammelte immer wieder: ‚Ich will zu meiner Mama.' Ich nahm das Kind auf den Arm. In der Wilhelmshöher Allee hatte ich kurz zuvor einen Trupp vom Roten Kreuz gesehen. So lief ich zurück und übergab ihn einem Helfer.

Als ich den Kirchweg wieder erreichte und die Reste der Häuser sah, in denen liebe Nachbarn gewohnt hatten, überfiel mich große Angst. Von unserem Haus stehen nur noch Teile und ein paar Wände. Ich konnte es nicht betreten, da alles noch glühend heiß ist. Das Nachbarhaus, in dem meine Eltern wohnten, ist vollständig niedergebrannt. Überall liegen glimmende Teile herum. Eine Klammer umspannte augenblicklich mein Herz. In diesem Haus konnte niemand überlebt haben. Dann sah ich da, wo zuvor das Haus gestanden hatte unter einem Stein einen Zettel. Jemand hatte darauf geschrieben, dass alle Bewohner wohlbehalten in einem Nachbarkeller gefunden worden seien und man versuchen würde, sie in einem der hastig errichteten Sammellager unterzubringen. Jetzt wusste ich, es geht ihnen gut. Sie wurden versorgt und ich konnte mich nun um mich selbst kümmern. Ich war fix und fertig und hatte nicht mehr die Kraft, nach den Sammellagern zu suchen. Außerdem wollte ich auf keinen Fall zurück in die Stadt. Sogar die Kirchen haben sie zerbombt", murmelte Lutetia verstört und etwas zusammenhanglos.

„Ich lief wie benommen durch die Straßen und dachte, dass vielleicht irgendein Auto der Helfer vom Roten Kreuz, die überall Tote bargen und Verletzte versorgten, in die Grebensteiner Richtung fahren würde. Erst einmal nur raus aus dieser Hölle, war mein einziger Gedanke. Meine Eltern würde ich morgen suchen. Jetzt brauchte ich einfach nur ein Dach über dem Kopf. Ich fragte mich durch, ob zufällig jemand Richtung Grebenstein fährt und hatte Glück. Und da bin ich nun", beendete sie ihren Bericht.

Wir hatten die ganze Zeit, in der sie erzählte, stumm dagesessen. Als ich einigermaßen die Fassung wiedergewonnen hatte, ergriff ich das Wort: „Du solltest gleich morgen früh, wenn die Post öffnet, ein Telegramm an Heinrich auf dem Schiff senden, damit er weiß, dass du noch lebst. Er hat bestimmt von der schlimmen Bombennacht im Radio gehört und macht sich große Sorgen um dich."

Das Telegramm war nicht mehr nötig. Am nächsten Morgen stand Heinrich vor unserer Tür. Er hatte Sonderurlaub bekommen, nachdem bekannt geworden war, dass die Stadt Kassel fast völlig zerstört worden war. Gut, dass er hatte kommen können. Seine Stärke gab Lutetia ein wenig Sicherheit und Kraft. Es war so schön zu sehen, dass er nicht viele Worte machte, sondern sie einfach in den Arm nahm und tröstete. Die beiden fuhren wenig später nach Kassel, um Lutetias Eltern zu suchen. Heinrich hatte nicht viel Zeit, da er schon am nächsten Tag zurück auf das Schiff musste. Wir boten Lutetia an, dass sie mit den alten Leuten bei uns wohnen konnte. Ich richtete oben unter dem Dach die kleine Wohnung von Theo und Albert her. Ein paar Tage später entschlossen sie sich allerdings nach Kassel zu Verwandten von Heinrich zu ziehen.

„Im Haus von Heinrichs Tante ist genug Platz. Von dort aus kann ich in den Kirchweg zu unserem zerstörten Haus laufen. Ich muss nachsehen, was noch zu gebrauchen ist und anfangen den Schutt wegzuräumen. Ich kann nicht tatenlos warten, bis Heinrich zurückkommt. Außerdem wird in Kassel jeder gebraucht", erklärte Lutetia uns.

Auch, wenn die Versorgung mit Lebensmitteln in der Stadt Kassel schwierig war, konnte ich meine Freundin gut verstehen.

Unsere beiden großen Söhne waren nun schon seit ein paar Jahren im Krieg. Albert hatte in Italien gekämpft und war in die Gefangenschaft der Alliierten geraten. Ab und zu erhielten wir eine kurze Nachricht von ihm. Er lebte, das war die Hauptsache. An seine Verlobte Lisbeth schrieb er lange Briefe. Sie berichtete uns regelmäßig davon, was er schrieb. Theo war immer noch in Russland. Um ihn musste man sich wirklich Sorgen machen. Wir hatten seit geraumer Zeit kein Lebenszeichen mehr von ihm bekommen. Die Ungewissheit, wie es ihm wohl ging, verfolgte uns jeden Tag mit Schrecken. Ich betete abends für ihn. Irgendwie spürte ich aber, dass er lebte und wir ihn wiedersehen würden. Das wusste ich ganz einfach. Ich buk für ihn Kuchen, den ich anschließend in Scheiben schnitt und diese so lange in den Backofen legte, bis sie kross wie Zwieback waren. So hielten sie eine Weile, ohne zu schimmeln. Dann schickte ich sie in einem Päckchen an die letzte, von ihm angegebene Adresse. Wir hörten immer wieder, dass die Jungs in Russland hungern mussten. Hoffentlich bekam er die Päckchen.

Es war im Oktober 1944. Karl und ich saßen gerade am Frühstückstisch, als wir im Volksempfänger hörten, dass nun ein sogenannter Volkssturm gebildet werden sollte, wobei alle waffenfähigen Männer zwischen sechzehn und sechzig Jahren eingezogen würden, um, wie es hieß, zum Endsieg beizutragen. Mein Hals fühlte sich schlagartig wie zugeschnürt an.

„Kinder und Alte sollen jetzt unser Land verteidigen?", stieß ich fassungslos hervor. „Nicht auch das noch! Man wird uns unseren jüngsten
Sohn auch noch wegnehmen", hörte ich mich wie von weitem sagen.

Max war gerade mal vor gut drei Monaten sechzehn Jahre alt geworden. Auch wenn er seit einem halben Jahr sichtbar wuchs und nun
aussah wie ein junger Mann, hatte er doch noch nicht die Zeit gehabt,
erwachsen zu werden. Auch Karl war ganz blass geworden und saß mir
stumm gegenüber.

„Die Angehörigen des Volkssturms werden auf Hitler vereidigt und
eine entscheidende Reserve gegen die vorrückenden Alliierten sein",
klärte der Sprecher die Zuhörer auf. Erstaunt vernahmen wir, dass man
nicht mehr genügend Uniformen zur Verfügung hatte und man deshalb
beabsichtigte, umgefärbte Partei- und HJ-Uniformen, Uniformen der
Reichsbahn und Uniformen des alten kaiserlichen Heeres zur Ausstat-
tung des Volkssturmes zu nehmen. „Zur Erkennung bekommen die
Männer eine Armbinde mit der Aufschrift ,Deutscher Volkssturm –
Wehrmacht'", las der Sprecher vor.

„Vielleicht haben wir ja Glück und Max wird nur zu Hilfsarbeiten
hier bei uns in der Nähe herangezogen", sagte Karl hoffnungsvoll und
wohl auch, um mich etwas zu beruhigen. Dann fügte er voller Überzeugung hinzu: „Wenn der Feind kommt, wird man bestimmt keine Kinder
schießen lassen."

„Hoffentlich hast du recht", antwortete ich schwach.

In der Zeitung stand am nächsten Tag Genaueres. Für den Jahrgang
1928 – das war der Jahrgang von Max – war eine kurze militärische

Ausbildung vorgesehen, danach sollten die Jugendlichen eingezogen werden. Da sie in der Hitlerjugend bereits sozialisiert worden waren, meldeten sich siebzig Prozent seines Jahrgangs freiwillig zum Waffendienst. Wie oft hatte uns Max von den Geländespielen erzählt, die uns an den Krieg erinnerten! Auch er teilte uns nun eines Abends nach der Arbeit stolz mit, dass er sich soeben gemeldet habe, um für den Führer in den Kampf zu ziehen.

„Das ist kein Spiel, Max!", stammelte ich schockiert. „Du hättest doch noch abwarten können!"

Wir konnten es nicht verhindern. Den Kindern war gesagt worden, dass sie, obwohl sie noch nicht volljährig waren, diesen Schritt selbständig entscheiden konnten. Als ich meinen Sohn ansah, wie er da mit seinen sechzehn Jahren vor mir stand, noch nicht erwachsen und so sehr überzeugt von der Ideologie unserer Machthaber, wusste ich, dass wir auch ihn ziehen lassen mussten.

29.

Am 8.12.1944 sollte Max sich in Mittelaschenbach in der Rhön zum Reichsarbeitsdienst melden. Dort würde er zur Wehrertüchtigung eine vormilitärische Ausbildung bekommen, hieß es. Max war stolz und fühlte sich mutig und stark bei dem Gedanken, für das Vaterland kämpfen zu dürfen.

„Seid nicht traurig. Ich schreibe euch und bestimmt darf ich Weihnachten nach Grebenstein kommen", sagte er beim Abschied, als er in die Bahn stieg. Wir waren mit Tränen in den Augen kaum in der Lage, uns zu verabschieden.

Tatsächlich stand er Heilig Abend vor der Tür. „Kurzurlaub", war die knappe Erklärung. Seine Begeisterung für den Krieg war deutlich merkbar der Realität gewichen, einer Realität, die der Junge nun kennenlernen musste und vor der ich ihn nicht bewahren konnte. Ich hatte den Küchenofen ordentlich eingeheizt, sodass wir im Wintergarten sitzen konnten. Max, der beschützt und glücklich gerade seine Kindheit hinter sich hatte, berichtete nun von seinen Erlebnissen in der Erwachsenenwelt.

„Wir müssen uns morgens bei eisiger Kälte in kurzen Unterhosen und nur mit einem Unterhemd bekleidet im nahegelegenen Bach waschen", berichtete er.

Mir fiel natürlich sofort unser Leo ein und ich machte mir augenblicklich zusätzliche Sorgen um meinen Jüngsten. Schreckensszenarios tauchten blitzartig vor meinen Augen auf. Hoffentlich blieb dieses Kind gesund!

„Man hat uns an Karabinern und Maschinengewehren ausgebildet. Zu unserer Hauptwaffe gehört allerdings die Panzerfaust. Ich kann gut damit umgehen. Sie ist leicht und hat eine hohe Durchschlagskraft. Wir können sie einfach transportieren", berichtete Max engagiert, ganz der ehemalige kleine Hitlerjunge.

Welcher Wahnsinn, Kindern solche Waffen in die Hand zu drücken, dachte ich still, voller Sorge und im Innern unendlich traurig. Als die wenigen Tage, die er bei uns sein konnte, vorbei waren und Max sich von uns verabschiedete, fiel es ihm sichtlich schwer, wieder zu gehen. Wir sahen deutlich das noch nicht erwachsene Kind in ihm, dem gerade ein Teil seiner Jugend genommen wurde.

Es war im Januar 1945. Lutetia kam ab und zu nach Grebenstein, um beim Bauern ein paar Lebensmittel zu erwerben. Die Versorgungslage in Kassel war prekär. Bei dieser Gelegenheit kam sie immer auf einen Sprung bei uns vorbei. Ich habe dann auch von unseren Vorräten Wurst und Essbares, das wir entbehren konnten, für sie eingepackt.

„Wenn die Zeiten sich wieder ändern, werde ich versuchen all das zurückgeben, was du für mich tust, Marie", sagte sie dankbar. Sie berichtete uns von der gefährlichen Situation in der sich Heinrich zu der Zeit befand. Erste Verbände der Sowjet-Armee hatten bereits Ende des Jahres 1944 deutsches Gebiet erreicht. Die Bevölkerung in den deutschen Ostgebieten sollte durch die deutsche Kriegsmarine mit allen, ihr zur Verfügung stehenden Schiffen, auch dem, auf dem Heinrich eingesetzt war, evakuiert werden. Es gab starke Verluste auf deutscher Seite, weil die sowjetischen U-Boote bereits in den Gewässern waren und Lutetia machte sich unglaubliche Sorgen um ihren Mann. Sie tat uns so leid. Aus einem seiner Feldpostbriefe, den sie dabeihatte, las sie vor: „Ich kann dir das menschliche Elend, das ich jetzt Tag für Tag sehen muss, kaum beschreiben. All die Kinder, die ihre Eltern verloren haben, Mütter, die nicht einmal wissen, wo ihre Kinder geblieben sind, ganz zu schweigen von den vielen Schwerverletzten, die oft die Überfahrt auf unserem Schiff nicht überstehen." Hoffentlich erwischen die sowjetischen U-Boote nicht auch einmal das Schiff, auf dem er ist, blieb es unausgesprochen im Raum stehen.

Ende Januar 1945 wurde Max in Mittelaschenbach entlassen und es folgte ein Stellungsbefehl zur Wehrmacht, Infanterie Geschützkompanie 519 in Siegen. Dort bekam seine Truppe, fünfzehn bis siebzehnjährige Jungen, eine kurze Ausbildung am Infanteriegeschütz und sollte anschließend in den Krieg ziehen. Das hatte uns unser Sohn noch kurz auf einer Karte berichtet. Wir hörten dann eine Weile nichts mehr von ihm und machten uns jetzt auch um ihn riesige Sorgen. Jeden Morgen lief ich zum Briefkasten, aber es kam keine Nachricht von Max. Auch von Theo hörten nichts.

Eines Morgens, es regnete und war ungemütlich kalt, ich war gerade dabei, die Gänse und Hühner zu füttern, blickte ich auf und sah Max über den Hof kommen. Er humpelte etwas und steckte in einer Uniform aus Zeiten des alten Kaiserreichs, was bei mir blitzartig Erinnerungen wachrief. Dann aber ließ ich meinen Eimer fallen, lief auf ihn zu, schloss ihn in die Arme und wollte ihn nie wieder loslassen. Alle Sorgen fielen vorübergehend von mir ab. Karl kam aus der Werkstatt, weil er Stimmen gehört hatte. Auch er konnte unser Glück kaum fassen.

Das Erste, was unser Sohn fragte, war, ob ich noch eine „Ahle Wurst" in der Speisekammer habe. Natürlich hatte ich. Er war völlig ausgehungert. „Ich zeige euch gleich den Grund, warum ich hier sein darf", sagte er, als wir im Haus waren und zog seine Schuhe und Strümpfe aus. An seinen Füßen waren riesige Wunden, bereits am Abheilen. Ich ging in die Küche, setzte Wasser für ein Fußbad auf den Herd und heizte ordentlich ein, so dass es auch im Wintergarten warm wurde.

Unser Junge fing an zu erzählen, es sprudelte nur so aus ihm heraus. „Habt ihr meine Karte aus Siegen bekommen?", fragte er.

„Schön, dass du noch geschrieben hast", sagte ich. „Wir sind so froh um jedes Lebenszeichen von unseren Kindern. Wie hast du es jetzt geschafft, zu uns zu kommen und wo warst du in der Zwischenzeit?"

Mit den Füßen im Bottich mit warmem Wasser antwortete er: „Der Führer meiner Kompanie hat mich nach Hause geschickt. Ich habe die offizielle Erlaubnis, mich gesund pflegen zu lassen."

Verblüfft sah ich ihn an. Vielleicht hatten diese Blasen ihm das Leben gerettet. Er war schon seit seiner Geburt ein Glückskind gewesen. Da saß er nun im Wintergarten, ein dünner Sechzehnjähriger, aus meinem Schutz hinausgeschubst in eine Zeit, in der für ein glückliches Heranwachsen kein Platz war.

„Habt ihr was von meinen Brüdern gehört?", fragte er.

Ich dachte an Theo. Da war sie wieder, die Klammer um mein Herz. „Albert hat an Lisbeth geschrieben. Er ist in Gefangenschaft der Engländer geraten. Aber von Theo haben wir immer noch kein Lebenszeichen." Wie stets, wenn wir an ihn dachten, trat eine bedrückende Stille ein. Außer Beten und Hoffen gab es nichts, was wir tun konnten.

Inzwischen war es Mittag geworden. Ich hatte die Linsensuppe vom Tag zuvor aufgewärmt, Stücke der gewünschten „Ahlen Wurst" darin verteilt und alles auf den Tisch gebracht. Karl sperrte die Werkstatt ab und setzte sich zu uns in die Küche. Er hatte nicht viel zu tun. Jetzt, in Kriegszeiten, bekam er nur noch wenige Aufträge. Seine Gesellen waren an der Front. Er arbeitete allein. Unsere Schulden weiterhin abzubezahlen fiel uns sehr schwer. Ich hatte bei dem Bauern einen Zahlungsaufschub bewirken können, das würde uns eine kurze Zeit über Wasser halten. Irgendwie musste es dann weitergehen … Aber finanzielle Sorgen sind nichts im Vergleich zur Angst um die Kinder. Unser jüngstes Kind saß glücklicherweise mit einem großen Appetit vor uns und wir vergaßen vorübergehend alles, was uns bedrückte.

Nachdem mein Sohn seinen ersten großen Hunger gestillt hatte, setzten wir uns in den Wintergarten und er fing an, von seinen Erlebnissen zu berichten: „Am besten, ich fange mal von vorn an", sagte er. „Das erste Problem, als wir von Siegen aus in den Krieg geschickt werden sollten, war, dass man gar nicht genügend Waffen und Kleidung für uns hatte. Zum Teil half man sich mit den vom Feind erbeuteten Waffen aus. In der Kompanie wurden die unterschiedlichsten Uniformen verteilt."

„Ich hätte nicht gedacht, jemals wieder einen Soldaten in dieser alten Uniform zu sehen", murmelte Karl.

Max grinste: „Und dann auch noch deinen eigenen Sohn, stimmt's? Man hat uns das gegeben, was uns am besten passte, es waren auch nicht alle Größen da. Die Armbinden, die darauf genäht sind, zeigen ja deutlich an, dass wir zum Volkssturm gehören." Wir hörten mit Verwunderung, was er weitererzählte: „In den Krieg ziehen sah dann in der Praxis so aus, dass zunächst unsere gesamte Kompanie in ein kleines Dorf bei Siegen, nach Trupbach, verlegt wurde. Dort gibt es eine alte Schule, die von den Nazis für das Militär benutzt wird. Oberhalb des Ortes hat man vor Jahren einen Truppenübungsplatz angelegt. So warteten wir auf unseren Einsatzbefehl. Nach ein paar Tagen wurden wir früh geweckt mit der Parole: Kampf gegen die Amerikaner bei Marburg an der Lahn! Große Aufregung. Sammeln und los ging es. Aber wie dahin kommen? Es gab keine Militärfahrzeuge für uns. ‚Nicht nur die Waffen und die Uniformen, auch die Fahrzeuge werden knapp', sagte unser Kompanieführer. ‚Wir müssen zu Fuß Richtung Marburg marschieren.'

Ein paar Kameraden und auch ich hatten neue Stiefel bekommen. Das war einerseits sehr angenehm, weil sie nicht nach den Stinkefüßen von anderen Menschen rochen, aber den Nachteil bekamen wir bald zu spüren. Die nicht eingelaufenen Stiefel fingen schon nach den ersten Kilometern zu schmerzen an. Als ich bei einer Rast endlich Schuhe und Strümpfe auszog, konnte ich kaum glauben, was ich sah. Riesige Wasserblasen hatten sich gebildet. Für eine gute medizinische Behandlung hatte in dieser Kompanie niemand die Zeit und Ausbildung. So wurden

die Blasen von einem jungen, unerfahrenen Sanitäter kurzerhand abge-
schnitten, nach dem Motto ‚Weg ist weg‘." Max quälte bei dem
Gedanken ein leichtes Grinsen hervor und fuhr fort: „Er hat anscheinend noch nie gesehen, wie es unter solchen Blasen aussieht. Das rohe
Fleisch kam zum Vorschein und entzündete sich sofort. Als meine Kameraden sahen, wie es mir ging, hielten sie sich mit ihren Blasen von
dem Sanitäter fern.

Natürlich wollte ich kein Weichei sein und unbedingt mithalten.
Aber es ging einfach nicht. Ich humpelte so stark, dass mein Kompanieführer aufmerksam wurde und auf mich zukam. ‚Soldat, warum
humpeln Sie so?‘, fragte er in strengem Ton. ‚Sie behindern die gesamte
Truppe.‘ Ich erklärte ihm meine Situation und zeigte ihm meine Füße.
Sofort kam er zu dem Schluss, dass man mich nicht weiter mitnehmen
konnte. Die Wunde wurde unter seiner Aufsicht desinfiziert und neu
verbunden. ‚Wir können nicht mehr für Sie tun‘, sagte der Mann. ‚Sehen Sie zu, dass Sie nach Hause finden und sich gesund pflegen lassen.‘

Ich setzte mich an den Straßenrand und wartete auf den nächsten
RAD, den nächsten Reichsarbeitsdienst-Transporter. Die Männer wollten nach Thüringen. In der Nähe von Bebra ließ man mich aussteigen
und ich sollte mich, mit meinen offenen Wunden an den Füßen, allein
weiter Richtung Kassel durchschlagen. Stark humpelnd schaffte ich es
irgendwie zu einer nahegelegenen Schlucht und fand dort eine einsame
alte Scheune. Endlich ausruhen! war mein einziger Gedanke. Völlig erschöpft baute ich etwas Gerümpel und Stroh auf, um mich zu
verstecken. Draußen war es nasskalt. Im trockenen, warmen Stroh war

es auszuhalten. Der ‚Ami' wird eine alte, freistehende Scheune schon nicht bombardieren, dachte ich. Ein leichtes Unbehagen, dass das vielleicht doch der Fall sein könnte, stieg noch kurz in mir auf, dann war ich schon eingeschlafen. Irgendwann wachte ich auf und hörte laute Maschinengewehrsalven, die deutlich näherkamen. Sekundenlang wagte ich mich nicht zu bewegen, als hätte man mich durch die Scheunenwände sehen können. Dann aber sprang ich auf und lief, einem Impuls folgend, ins Freie.

Ein Militärwagen raste auf mich zu. Mein Gedanke war sofort: Das ist der Ami! Ich riss meine Arme hoch, um zu zeigen, dass ich mich ergebe. Der Kübelwagen kam näher und ich erkannte, dass es Deutsche waren. Zwei Unteroffiziere. Der Fahrer stieß hastig hervor: ‚Nimm endlich mal die Arme runter! Was machst du denn in dieser gottverlassenen Gegend, Junge? Steig schnell ein, wir hatten gerade einen Schusswechsel mit ein paar Amis. Du musst unbedingt weg! Sie werden bald hier sein!' Kaum saß ich auf dem Rücksitz, raste er weiter.

Nach einer Weile, es war weit und breit kein Feind in Sicht, hielt er kurz an und ich erklärte meine Situation. ‚Was sollen wir mit einem verletzten Jungen machen?', wandte sich er sich an seinen Beifahrer. Ich saß ängstlich auf meinem Sitz und fragte mich, ob die Offiziere nicht Fahnenflüchtige waren. Was sollte ein einzelner Kübelwagen des Militärs sonst hier machen? Wenn meine Vermutung stimmte, war auch klar, dass sie mich auf keinen Fall mitnehmen konnten. ‚Bis Kassel sind es noch 65 km', sagte der Fahrer weiter zu dem Mann neben ihm. Sie schienen tatsächlich in Schwierigkeiten zu stecken und wollten mich unbedingt loswerden. Andererseits konnten sie mich auch nicht in der freien Landschaft meinem Schicksal überlassen. Da hatte der Beifahrer eine Idee: ‚Ich habe in Bebra eine gute Bekannte. Zwar habe ich seit ein paar Jahren keinen Kontakt mehr zu ihr, aber wir könnten nachsehen, ob sie noch dort wohnt und den Kleinen in ihre Obhut geben.' Ohne mich zu fragen, waren sie sich einig, so vorzugehen. Auf Anhieb fanden wir das Haus der Bekannten. Sie öffnete die Tür und war nach einer kurzen Erklärung des Mannes bereit, mich zu übernehmen. Jetzt hatte ich erst einmal wieder ein Dach über dem Kopf, wie man so schön sagt."

Karl und ich sahen uns an und dachten, wie sich später bestätigen sollte, beide das Gleiche: Unser Max kommt immer auf irgendeine Weise durchs Leben. Draußen hatte inzwischen ein hässlicher Schneeregen eingesetzt. Ich ging kurz in die Küche und brühte uns einen warmen Pfefferminztee auf. Dann hörten mein Mann und ich weiter dem Bericht unseres Sohnes zu. Die Frau, zu der ihn die beiden Soldaten in Bebra gebracht hatten, war offenbar voller Mitgefühl und sehr nett zu ihm.

„Na Kleiner, du hast bestimmt Hunger", vermutete sie und schmierte ihm ein paar Schmalzbrote, die er mit großem Appetit verschlang. Danach holte sie ihren Verbandskasten, säuberte die inzwischen stark entzündeten Stellen an seinen Füßen und desinfizierte sie. Anschließend verband sie die Wunden fachgemäß. „Ich bin beim Roten Kreuz", erklärte die Frau unserem Jungen, als dieser über ihre Medizinkenntnisse und ihre gute Ausrüstung staunte. „Du hast Glück, dass ich gerade zu Hause bin. Morgen früh werde ich wieder zum Einsatz abgeholt. Bis dahin müssen wir herausfinden, wie du von hier weiterkommst." Mit frisch verbundenen Füßen und einem gefüllten Magen fühlte sich Max gleich besser.

„Immer wieder fragte ich mich, ob meine Kameraden wohl Marburg erreicht hatten", beschrieb er seine Gedanken, die ihm durch den Kopf gingen, während die Schneeflocken gegen die Scheiben unseres Wintergartens flogen, um gleich danach als kleine Wasserrinnsale daran herunterzulaufen. In der Nacht brachte die Frau ihn zum Bahnhof in Bebra. Sie schlichen durch den Ort, der wie ausgestorben wirkte, und erreichten ungesehen ihr Ziel. Die Frau hatte sich darüber informiert, dass noch ein Personenzug nach Kassel fahren würde.

„Versteck dich im Gebüsch, bis alle eingestiegen sind. Wenn der Zug dann anfährt, springst du auf. Mit deiner komischen alten Uniform und der Armbinde, die dich als Mitglied des Volkssturms enttarnt, musst du dich auf jeden Fall verstecken. Man würde dich für einen Fahnenflüchtigen halten und auf der Stelle erschießen", riet sie dem Jungen.

So versteckte sich Max im Gebüsch und wartete. Als der Zug Richtung Kassel anfuhr, sprang er heimlich auf. „In Kassel angekommen hätte ich Richtung Warburg fahren müssen", erzählte er. „Aber ich getraute mich nicht, zur Anschlagtafel zu gehen und nachzusehen, ob noch ein Zug in diese Richtung fahren würde. Am Hauptbahnhof konnte ich auf keinen Fall bleiben, das war zu gefährlich. So orientierte ich mich an den Schildern über den Gleisen, auf denen das Ziel der Züge angegeben war. Es blieb mir nichts Anderes übrig, als auf den Bahngleisen Richtung Warburg zu Fuß weiterzukommen. Zum Glück hatte ich eine Taschenlampe in meiner Ausrüstung. Bald stellte ich fest, dass die Gleise von Tieffliegern beschossen worden waren. Darauf fährt sowieso kein Zug mehr, dachte ich.

Ich erreichte den Bahnhof Kassel-Harleshausen, die Richtung stimmte also. Weit und breit kein Mensch. Etwa fünfhundert Meter weiter fiel der Strahl meiner Taschenlampe auf die grausam entstellte Leiche eines Soldaten, der völlig verdreht und verkrümmt mitten auf den beschädigten Schienen lag. Ich konnte den Blick einfach nicht abwenden. Vielleicht hat er sich auch an den Gleisen orientiert, um seinen Heimatort zu finden, schoss es mir durch den Kopf. Dann kam der Beschuss und er hat es nicht mehr geschafft … Er war noch ganz jung, als sein Leben grausam ausgelöscht wurde. Diesen Anblick werde ich nie mehr vergessen. Wie betäubt ging ich weiter. Nur weg, weg! Nach Hause."

Max war ganz blass geworden beim Erzählen und es waren Tränen in seine Augen getreten. „Immer größere Angst trieb mich vorwärts. Irgendwann erreichte ich endlich Obervellmar. Es wurde bereits hell, ich durfte in meiner Uniform auf keinen Fall gesehen werden. Mir fiel ein, dass eine Cousine von Papa dort wohnt. Vielleicht würde ich bei ihr Unterschlupf finden, bevor ich weitergehen konnte. Meine Füße mussten dringend wieder verbunden werden und großen Hunger hatte ich auch. Ich setzte mich auf einen Stein und überlegte, wie die Cousine hieß. Es war lange her, dass wir sie besucht hatten. Ich sah sie vor mir. Eine kleine, runde, mütterliche Frau. Wie war bloß ihr Name? Dann fiel er mir plötzlich wieder ein. Johanna Koch. Ja, so hieß sie. Aber wo wohnte sie? Auf den Straßennamen hatte ich früher nicht geachtet. Da kam mir der rettende Gedanke: Bestimmt würde ich den Weg zu ihr rekonstruieren können, wenn ich, wie wir es damals getan haben, direkt vom Bahnhof aus loslaufe. Das tat ich dann auch und plötzlich wusste ich wieder wie ich zu ihr kommen würde. Im Ort waren noch keine Leute unterwegs. So konnte ich mich unbemerkt orientieren. Schließlich fand ich das Haus und klingelte. Nichts regte sich. Dann, nach endlosen Minuten, bemerkte ich, dass über mir ein Fenster geöffnet wurde. `Was willst du?`, fragte die Frau ängstlich. Sie wusste nicht, wer ich war, schließlich hatte sie mich jahrelang nicht gesehen."

„Bin der Sohn von Karl Graf, dem Schreinermeister aus Grebenstein, Ihrem Cousin", stellte Max sich vor.

Jetzt ging ein Lächeln über das Gesicht der Frau und sie beeilte sich ihm die Tür zu öffnen. „Der kleine Max aus Grebenstein!", sagte sie gerührt und ließ einen regelrechten Wortschwall auf ihn los, während er eintrat: „Wo kommst du denn her? Was für ein Glück, dass du lebst! So viele Kinder deines Alters sind schon gefallen in diesem Krieg! Deine Eltern machen sich sicher große Sorgen!"

„Ich fand die Frau schon als Kind sehr sympathisch. Jetzt war sie rührend um mich besorgt", hörten wir von Max und ich beschloss, ihr einen netten Brief zu schreiben und mich zu bedanken. Währenddessen fuhr er fort: „Wie gut es tat, in Sicherheit zu sein, wenn auch nur für kurze Zeit. Wir saßen zusammen in ihrer Küche und ich berichtete ihr von meinen Erlebnissen. Der Anblick des Toten hatte mich so tief erschüttert, dass ich einfach darüber reden *musste!* Verständnisvoll hörte sie zu und zeigte mir dann ein Zimmer, in dem ich mich über den Tag ausschlafen konnte, bis es dunkel wurde. Am späten Abend brachte sie mich zum Bahnübergang der Strecke Kassel-Warburg. ‚Lauf einfach auf den Gleisen in diese Richtung. So, wie du es zuvor getan hast‘, riet mir Frau Koch. ‚Dann kommst du direkt nach Grebenstein. Aber sei vorsichtig, dass du nicht ausrutschst, es scheint frostig zu werden. Und sag deinen Eltern liebe Grüße von mir.‘ Einen Zug würde es sicher auch hier nicht geben, offenbar war die gesamte Strecke zerstört. So lief ich zuversichtlich los. Doch nach nur wenigen Metern wurde ich von zwei deutschen Militärposten bemerkt. Ihr wisst schon, die ‚Kettenhunde‘, wie man sie nennt.“

„Wie gut, dass man nicht bei allem dabei ist, was unsere Kinder erleben“, bemerkte ich entsetzt zu Karl. „Aber sprich weiter, Max.“

Als mein Sohn mit seiner Erzählung fortfuhr, hatte ich das Gefühl, dass er auch diese Geschichte dringend loswerden musste. Die Männer hatten sich im Gebüsch versteckt und waren ganz plötzlich vor ihm aufgetaucht.

„Was machen Sie hier? Sie sind wohl desertiert?!“, herrschte einer der Uniformierten ihn an. Max erklärte, dass sein Kommandeur ihn wegen einer schlimmen Fußverletzung auf den Weg nach Hofgeismar ins Lazarett geschickt habe. Spitzbübisch sah er nun zu Karl: „Da es in Hofgeismar ja tatsächlich ein Lazarett gibt – das war mir zum Glück auf die Schnelle eingefallen – und man den Verband um meine Füße aus den Stiefeln rausblitzen sah, hoffte ich, dass die beiden mir glauben würden.“

„Und haben Sie ein offizielles Schreiben Ihres Kommandeurs vor-
zuweisen?", wurde unser Sohn angeschnauzt. Er versuchte ihnen zu
erklären, dass es dazu keine Möglichkeit gab, da die Kompanie sich auf
dem Fußmarsch nach Marburg befand. Max sah Karl und mich kopfschüttelnd an, bevor er weitersprach: „Die Männer glaubten mir nicht.
Im Schein ihrer Taschenlampen sah ich, dass sie kurze Blicke wechselten. Dabei hielten sie ihre Waffen ununterbrochen auf mich gerichtet.
Als ob ich humpelnd hätte fliehen können. Sie brachten mich nach
Obervellmar auf einen verlassenen Bauernhof und stießen mich in einen
Stall, den man mit Stroh ausgelegt hatte. Dann wurde die Tür von außen
verriegelt. Stille und tiefe Dunkelheit umgaben mich. Der Geruch nach
Schweinen lag noch in den Räumen. Ich spürte, dass ich ganz allein
war. Wie merkwürdig, schoss es mir voller Angst durch den Kopf, was
hat man mit mir vor? Allmählich gewöhnten sich meine Augen an die
Finsternis und ich stellte fest, dass es keinen Fluchtweg gab. Die hohen
Fenster waren vergittert und einen zweiten Ausgang fand ich nicht. Ich
setzte mich auf das Stroh und wartete. Hoffentlich sind die Männer keine gewöhnlichen Gewaltverbrecher, kam mir der beklemmende
Gedanke."

Dieser Gedanke war mir bei der Erzählung von Max auch kurz gekommen. In Zeiten wie diesen fielen einzelne Verbrecher nicht weiter
auf. Ich sah in das junge Gesicht meines Sohnes. Er hatte schon leicht
gerötete Wangen von dem warmen Tee und der Aufregung.

„Plötzlich hörte ich einen Lastwagen kommen", nahm er den Faden
wieder auf. „Stimmen. Der Riegel des Tores wurde zurückgeschoben,

weitere jugendliche Soldaten wurden rüde in den Stall geschubst. Das beruhigte mich ein wenig. Es waren also ganz ‚normale Kettenhunde‘, die hier am Werk waren. Innerhalb der nächsten Stunden wurden etwa zwanzig weitere Leute in den Stall gebracht. Niemand wusste, was man mit uns vorhatte. Allen war mulmig zumute. Tatsächlich waren die meisten unter uns Deserteure. Vielleicht würde man uns exekutieren. Manche saßen in einer Ecke und weinten, andere suchten verzweifelt nach einem Ausweg. In der Nacht fuhren dann zwei Militär-LKWs vor, das Tor wurde entriegelt, schwer bewaffnete Soldaten riefen: ‚Alle Mann raus und in die LKWs einsteigen!‘ Zumindest stellte man uns nicht gleich an die Mauer und erschoss uns Wir saßen streng bewacht auf der Ladefläche der Fahrzeuge, bis wir das Ziel, die Frontleitstelle in Kassel, erreicht hatten. Dort waren noch andere Gefangene, auch Offiziere, manche mit leichten Verletzungen, versammelt. Ein Militärinspektor trat vor die Reihen. Er war außer sich vor Empörung.“

„Was haben Sie sich dabei gedacht, Ihre Kompanie zu verlassen? In anderen Zeiten würde man Sie auf der Stelle erschießen!“ Er sah die Männer, die befangen vor ihm standen, an. Niemand sagte ein Wort. Etwas milder werdend fuhr er fort: „Da wir jeden Mann brauchen, haben Sie nochmal Glück gehabt!“

Ein kaum hörbares Aufatmen kam durch die Reihen. Und dann ging alles ganz schnell. Man fügte die Männer zu einer Kompanie zusammen. Zwei Unteroffiziere, ein Oberleutnant und eine Horde Jungs, denen man ein Gewehr in die Hand drückte – oder auch nicht, je nachdem, wie viel Waffen noch verfügbar gewesen waren.

„So begann mein Einsatz in der Wittich-Kaserne in Kassel", fuhr Max fort. „Meine Wunden waren soweit verheilt, dass ich inzwischen nur noch schwach hinkte. Man hatte erfahren, dass sich die amerikanische Infanterie, unterstützt von Panzern, irgendwo Richtung Hofgeismar befand. Niemand wusste wo genau, aber wir sollten gegen die Amerikaner kämpfen. So marschierten wir, müde, hungrig und ängstlich, immer in Richtung Hofgeismar. Was uns wohl erwartete? In einem Wald kurz vor Wilhelmstal verlor einer der Panzerfaustträger die Nerven und feuerte kurzerhand zwischen die Bäume. Er meinte, eine Bewegung wahrgenommen zu haben. Der Schreck fuhr uns in die Glieder. Doch nichts passierte, kein Feind in Sicht. Es war stockdunkle Nacht und regnete. Wir liefen durch eisigen Matsch, bis wir irgendwann Burguffeln erreichten. Jetzt war es nur noch einen Katzensprung nach Grebenstein. Der Kompanieführer rief: ‚Eine kurze Rast, dann geht's weiter.' Das ist meine Chance, schoss es mir durch den Kopf. Ich nahm allen meinen Mut zusammen und sprach den Mann an: ‚Herr Offizier, eine Frage. Mein Name ist Max Graf. Meine Eltern wohnen im Nachbarort Grebenstein. Sie haben länger nichts von mir gehört und machen sich sicherlich große Sorgen. Dürfte ich sie kurz besuchen?'"

Als Max dies erzählte, blieb mir die Luft weg vor Schreck. Auch wenn er in seiner Uniform erwachsen aussah, war er doch noch so kindlich. Wie konnte er eine solche Frage stellen! Ich staunte umso mehr, als er fortfuhr:

„Der Offizier, ein etwa vierzigjähriger Mann, strich minutenlang mit der Hand über seinen Schnauzbart. Ich konnte seinen Gesichtsausdruck dahinter nicht sehen. Jetzt wurde mir ganz schön mulmig. Mit strenger Miene und sehr ernsthaft sagte er nach einer mir unendlich lang erscheinenden Zeit: ‚Soldat, das ist eine gute Idee und ganz im Sinne unserer Kompanie. Wir haben da eine Vorhut in Grebenstein' – was gar nicht stimmt! – ‚und ich gebe Ihnen den Befehl, diese Vorhut zurück zur Kompanie zu holen.'"

Karl und ich sahen uns an und konnten ein breites Grinsen nicht verkneifen. Dieser Kompanieführer schien die Verrücktheit, Kindersoldaten in einem eigentlich schon verlorenen Krieg einzusetzen, auch nicht gutzuheißen.

„So! Das war mein Freibrief, um mich abzusetzen", fuhr Max fort. „Ich schlug die Hacken zusammen, jubelte innerlich und fragte nicht lange nach dieser fiktiven Vorhut, die mir ein Alibi geben würde, falls ich aufgehalten würde. Dann lief ich nach Hause."

Wir saßen jetzt schon lange zusammen und hatten mal entsetzt, mal erstaunt, manchmal auch amüsiert dem Bericht unseres Sohnes zugehört. Da schreckte uns ein Klingeln an der Haustür auf. Wer konnte das sein? Wir erwarteten niemanden. Karl ging zur Tür und kam mit unserem Nachbarn Herrn Franke in den Wintergarten. Warum hatte er ihn hereingelassen? Dieser Mann war nach allen Kriegswirren und den unendlich vielen Toten noch immer mit vollem Herzen SA-Mann. Ob er uns durch die Fenster des Wintergartens hatte sitzen sehen? Oder hatte ein Nachbar ihm berichtet, dass Max in Uniform bei uns aufgetaucht war? Längst traute niemand mehr dem anderen … Alle Nachbarn beäugten sich misstrauisch. Wir sollten nie erfahren, woher Herr Franke von der Heimkehr unseres Sohnes wusste, aber es war nun auch egal. Er stand mit steinernem Gesicht vor Max, der immer blasser wurde. Er kannte den Jungen seit seiner Geburt, hatte ihn aufwachsen sehen und wusste, dass Max eigentlich noch ein halbes Kind war.

„Ich befehle dir in meiner Eigenschaft als SA-Mann, dich sofort auf den Weg nach Hofgeismar zur Infanterie-Truppe zu begeben! Andernfalls wirst du als Fahnenflüchtiger morgen am Eisenbahnbogen aufgehängt werden! Das haben wir letzte Woche schon mit einem, wie du es bist, getan!", sagte er in einem Ton, der keine Widerrede zuließ.

Ich erstarrte. Eine Woche zuvor hatte man tatsächlich einen siebzehnjährigen Soldaten aus Grebenstein in der Unterführung am Eisenbahnbogen erhängt aufgefunden. Alle hatten an eine Tat der SA gedacht, aber niemand hatte sich getraut nachzufragen. Es war auch niemand auf die Idee gekommen, die Tat zu ahnden. Die Polizei kümmerte sich nicht um solche Morde.

Herr Franke fuhr fort: „Da ich euer Nachbar bin und deine Mutter sich in Grebenstein verdient gemacht hat, bekommst du noch diese Verwarnung." Er sah mich wohlwollend an und mir lief ein Schauer über den Rücken vor Ablehnung und Abscheu, aber auch vor Angst.

Karl und ich saßen stocksteif auf unseren Stühlen und schauten entsetzt auf den Boden. Was sollten wir sagen? Bereits bei einem Verdacht auf Abtrünnigkeit konnte man erschossen werden. Die Drohung dieses Mannes, der selbst nie in den Krieg ziehen musste, war auf jeden Fall ernst zu nehmen. Wir hatten keine andere Wahl, als unseren Sohn noch am selben Tag zur Kaserne nach Hofgeismar zu schicken. Gleich nachdem Herr Franke unsere Wohnung verlassen hatte, brachte ich mein Kind zum Bus. Mein Herz wurde schwer, sehr schwer.

An Ostern, das dieses Jahr auf den 1. April fiel, standen die Amerikaner vor Hofgeismar. Sie kamen aus westlicher Richtung. In Grebenstein war es damals noch ganz ruhig. Einmal hatte es einen Fehlalarm gegeben und viele Grebensteiner waren in den alten Steinbruch geflüchtet. Inzwischen sahen wir dem, was kommen würde, gelassener entgegen. Grebenstein würde sich nicht verteidigen, das war klar. Bei uns sollte es keine Toten geben. Unser Bürgermeister würde die Stadt kampflos übergeben, darüber waren sich die Herren im Rathaus glücklicherweise einig.

Als Hofgeismar schon in der Hand der Amis war und das Ausgehverbot dort gelockert wurde, kamen Meta und Emil kurz bei uns vorbei. Es war der erste schöne Tag nach einem verregneten Ostern, als sie vor der Tür standen. Ich freute mich, meine Schwester in den Arm schließen zu können und hoffte, durch sie auch etwas von unserem Jüngsten zu erfahren, von dem wir, seit ich ihn zum Bus gebracht hatte, keine Nachricht mehr erhalten hatten. Wir setzten uns zusammen, ich holte eine Ahle Wurst auf den Tisch, auch eine Scheibe Brot für jeden war noch da.

„Ach Marie", begann Meta, „wir sind so froh, dass jetzt in Hofgeismar alles vorbei ist. Du kannst dir nicht vorstellen, wie oft wir im Keller saßen und gezittert haben vor Angst. Bevor sich die Stadt ergeben hat, waren überall Soldaten. Die alten Männer und Hitlerjungen vom Volkssturm mussten Panzersperren bauen. Viele Kinder und Alte wurden an diesen Wällen noch eingesetzt und beim Schusswechsel mit den Amis getötet oder verletzt, obwohl man schon wusste, dass Hofgeismar verloren war. Wie oft haben wir Verletzte gesehen, die man auf das Gelände der Kaserne zum Lazarett brachte. Da unser Haus ja direkt gegenüberliegt, waren wir sehr nah am Kriegsgeschehen dran."

Ich saß stumm da und hörte ihr zu. Meta war noch so erfüllt von dem schrecklichen Geschehen, dass sie nicht bemerkte, wie ich von Minute zu Minute blasser wurde. Dann sah sie endlich mein aschfahles Gesicht.

„Aber mach dir keine Sorgen, Marie, wir haben deinen Max noch am letzten Tag der Gefechte gesehen, da ging es ihm gut", sagte sie. Dachte sie, das würde mich beruhigen?

„Wo hast du ihn gesehen?", wollte ich, voller Anspannung, wissen.

„Er kam bei einem Beschuss der Amerikaner kurz zu uns in den Keller. Er war einfach über die Straße gelaufen und wollte bei uns Schutz suchen."

„Ach du meine Güte!", rief ich entsetzt aus. Karl fasste mich am Arm, weil meine Reaktion so heftig war.

Meta fuhr betreten fort: „Dadurch brachte er uns natürlich auch in große Gefahr. Du weißt ja, dass man auf der Stelle erschossen wird, wenn man einen Deserteur versteckt und erwischt wird. Emil musste ihn wieder wegschicken", murmelte sie und schaute zu Boden. „Wir sahen keine andere Möglichkeit."

Bei dieser Vorstellung wurde mir ganz schummrig. Dringende Fragen tauchten in mir auf. Auch Karl bekam einen grimmigen Gesichtsausdruck.

„Wir konnten ihn nicht bei uns behalten, glaub mir!", beschwor mich meine Schwester mit Nachdruck und schaute mich bittend an. „Du musst auch unsere Lage verstehen, Marie!"

Indessen fühlte ich mich einer Ohnmacht nahe.

Meta fügte noch kleinlaut hinzu: „Aber wir haben noch gesehen, wie er unverletzt wieder das Kasernengelände erreichte."

Karl und ich blieben minutenlang still. Ich weiß, dass Karl in dem Moment überlegte, Meta zu bitten, die Wohnung zu verlassen. Aber sie war meine Schwester und ich fühlte, dass er diese Entscheidung mir überließ. Wie hätten wir uns wohl verhalten, wenn die Tochter meiner Schwester, meine Nichte Ruth, in Lebensgefahr gewesen wäre und uns um Hilfe gebeten hätte? Mein Verstand sagte mir aber, dass man Situationen nicht wirklich beurteilen kann, wenn man nicht selbst dabei war. Außerdem hätte ein Bruch mit den Verwandten an der Unsicherheit über den Verbleib von Max nichts geändert. Meine Schwester war eine der wichtigsten Personen in meinem Leben und Emil bis jetzt immer ein liebenswerter Schwager gewesen. Ich musste ihnen im Moment einfach verzeihen. Sie hatten aus Angst so gehandelt, nicht jeder Mensch ist ein Held. Irgendwann würde Max mir die Geschichte aus seiner Sicht erzählen. Plötzlich fühlte ich deutlich, dass ich ihn wiedersehen würde. Nur dieser Glaube hielt mich in diesem Moment aufrecht.

„Die Sirenen heulten letzte Woche ständig Vollalarm", fuhr Meta mit ihrem Bericht von der Kapitulation Hofgeismars fort. „Wir waren fast nur noch im Keller. Ab und zu hörte man Panzer, dann wieder Schüsse. Wir versuchten im dunklen, muffigen Keller zu schlafen und wussten nicht, was über uns vor sich ging. Auf einmal hörten wir Fahrzeuge und Panzer durch die Straßen rasen, dann Schritte auf der Treppe zum Keller. Ängstlich rückten wir mit unseren Nachbarn, mit denen wir da unten ausharrten, zusammen. Plötzlich riss eine Gruppe von Amerikanern die Tür auf. Sie erkannten natürlich auf der Stelle, dass wir Zivilisten waren und befahlen uns auf Englisch, nach oben zu gehen. Wir verstanden kein Wort, konnten aber an den Gesten erkennen, was man von uns wollte. Mit zwei Mann untersuchten sie dann den Keller. Als sie nichts Verdächtiges fanden, kamen sie hoch und zogen weiter auf ihrer Suche nach versteckten Waffen und Soldaten. Wir saßen noch eine Weile in unserer Küche mit den Nachbarn zusammen, bis wir unsere Fassung wiedergewonnen hatten. Für Hofgeismar ist der Krieg jetzt vorbei. Zum Glück hat die Stadtverwaltung den Ort rechtzeitig übergeben. Ihr habt sicher von den vernichtenden Angriffen auf Istha bei Wolfhagen gehört. Dort steht kein Stein mehr auf dem anderen."

Wir hatten davon gehört. Istha liegt ungefähr 30 km von Hofgeismar entfernt. Die Menschen dort hatte es schlimm getroffen.

„Die Amerikaner verhängten sofort nach der Übernahme ein absolutes Ausgehverbot", schilderte Meta weiter. „Die Bevölkerung sollte, falls vorhanden, alle Waffen und Munition abliefern. Die Kinder waren ganz fasziniert von den dunkelhäutigen Amerikanern. Auch wir Erwachsenen haben ja zuvor, außer auf Fotos, noch nie solche Menschen gesehen. Es sind die Nettesten unter den Besatzern, wenn man das so sagen kann. Seit sich das Chaos etwas gelegt hat, verteilen die Amis den Kindern Obst, Schokolade und Kaugummi", berichtete sie.

Hofgeismar hatte die Schrecken also hinter sich. Aber wie war es meinem Sohn ergangen? Warum meldete er sich nicht?

Am 5. April 1945 marschierten die Bodentruppen der Amerikaner dann auch bei uns ein. Sie kamen aus der Richtung Schachten. Unser Bürgermeister lief ihnen mit einer weißen Fahne in der Hand entgegen und übergab ihnen die Stadt. So wurden Kämpfe vermieden und Grebenstein überstand den Krieg unbeschädigt. Die Amerikaner durchsuchten die Häuser und beschlagnahmten sie teilweise, um darin zu wohnen oder vorübergehend ihre Gefangenen unterzubringen. Der Bauernhof neben unserem Haus war schon kurz darauf beschlagnahmt worden. Wir sahen, wie die Amis Kriegsgefangene in die Scheune des Landwirtes brachten. Ständig kamen neue verstörte deutsche Soldaten dort an.

„Es scheint ein Sammellager für Kriegsgefangene zu sein", meinte Karl nachdenklich.

Sooft ich konnte, beobachtete ich das Geschehen, immer in der Hoffnung, meinen Max zu entdecken.

30.

Einen Tag später klingelte Herr Kühne, der frühere Lehrer meines Sohnes, der nur drei Häuser neben uns wohnte, an der Tür. Wegen einer Lungenerkrankung hatte er nicht an diesem Krieg teilnehmen müssen. Er war ein ruhiger, besonnener Mensch, aber jetzt merkte man ihm die Aufregung an.

„Gerade habe ich gesehen, dass Max in die Scheune von Bauer Fuhrmann gebracht wurde", berichtete er atemlos.

Er lebte also! Max hatte mal wieder Glück gehabt! Ich hatte es gewusst! Ich bat den Lehrer herein. Man konnte nie wissen, wer gerade zuhörte.

„Ist er verletzt?", kam sofort meine vorsichtige Frage, als Herr Kühne in unserem Wohnzimmer Platz genommen hatte.

„Ich sah ihn nur kurz. Er wirkte blass und müde, aber er schien unverletzt."

Erleichtert atmeten wir auf. Aber dann realisierten wir, was es bedeutete, dass dieses Kind nun Kriegsgefangener war. Die Sorgen wuchsen schlagartig erneut ins Unermessliche. Bestimmt würde man ihn in ein Kriegsgefangenenlager bringen. Man hörte, dass dort schlimme Zustände herrschten.

Herr Kühne sah in unseren Gesichtern, welche Ängste uns überfielen und dachte darüber nach, ob und wie er uns helfen konnte. Er sprach gut Englisch und hatte schon tags zuvor ein paar Worte mit den Wachposten gewechselt. „Ich könnte versuchen, mit den amerikanischen Soldaten zu reden und sie zu bitten, dass Max kurz zu Ihnen kommen kann, um sich zu verabschieden. Auch unter den amerikanischen Soldaten wird es Väter geben, die vielleicht ein wenig Mitgefühl haben", überlegte er.

Wir waren glücklich, dass der Lehrer dies für uns versuchen wollte. Leider war es doch keine so gute Idee, wie sich gleich herausstellen sollte. Wir gingen zusammen zum Nachbarzaun und er sprach einen der wachhabenden amerikanischen Soldaten an. Wir verstanden kein Wort, sahen aber, wie sich die Miene des Amerikaners sofort verfinsterte. Hasserfüllt schaute er vom Lehrer zu uns und gab einem anderen Soldaten ein paar strenge Befehle. Auch ohne die Sprache zu verstehen merkte ich, dass das nichts Gutes zu bedeuten hatte. Der arme Herr Kühne war auf der Stelle blass geworden.

„Kommen Sie, wir gehen wieder ins Haus", sagte ich zu ihm.

Er wirkte völlig verstört. Als wir sicher waren, dass niemand mithörte, berichtete er, dass der Amerikaner zu seinem Kameraden ungefähr folgende Worte gesagt hatte: „Sieh nach, wer Max Graf ist! Seine Eltern wohnen direkt nebenan und es besteht Fluchtgefahr. Er muss jetzt besonders streng bewacht werden. Die Nazis hier halten alle zusammen!"

Ach, es war so traurig. Unser Kind war so nah und wir wussten nicht, wie es ihm ging und was auf ihn zukommen würde.

Am nächsten Morgen in aller Früh war nebenan lautes Rufen und Rangieren von Fahrzeugen zu hören.

„Steh auf, Marie!" Karl rüttelte leicht an meiner Schulter. Als ich aufwachte, hörte ich den Lärm auf dem Nachbargrundstück.

Vom Fenster unseres Treppenhauses aus sahen wir hilflos zu, wie unser Sohn Max zusammen mit anderen Gefangenen auf einen Militärlastwagen gebracht und abtransportiert wurde.

Am 8. Mai 1945 war der Krieg offiziell beendet. Er war wohl das Schrecklichste, was es je auf der Welt gegeben hat. Unzählige junge Frauen trugen schwarze Kleider und hatten diesen tieftraurigen, verhangenen Blick in den Augen. Louis, unser Kriegsgefangener, war schon vor ein paar Tagen Richtung Frankreich aufgebrochen. Er hat fest versprochen, mir zu schreiben. Ob ich wirklich einmal Post von ihm bekommen würde …? Unsere Gespräche waren für mich eine Bereicherung gewesen. Vielen anderen Zwangsarbeitern, hauptsächlich in den Großstädten, war es nicht so gut ergangen wie ihm. Man hörte jetzt ständig von ehemaligen Kriegsgefangenen, die sich zusammenrotteten und plündernd durch die Straßen zogen, um sich auf diese Art an ihren Peinigern zu rächen.

Es dauerte nicht lange und die Amerikaner beschlagnahmten auch unser Haus mitsamt der Werkstatt. Ohne Vorwarnung standen sie morgens vor der Tür. Aber wir hatten bereits damit gerechnet, anderen Grebensteinern war es zuvor ähnlich ergangen. Wir durften noch ein paar Dinge zusammenpacken, dann mussten wir zur Familie Mengin umziehen, die auf der gegenüberliegenden Seite der Esse wohnte. Auch die Mengins waren überrascht worden und sicher nicht erfreut darüber, als die Amis ihnen mitteilten, dass man beschlossen hatte, uns dort einzuquartieren. Es ist schon gewöhnungsbedürftig, wenn man morgens mit Menschen, die man nicht näher kennt, in deren Küche zusammen am Frühstückstisch sitzt. Wir lebten so nah aufeinander, dass ich manchmal mit den Nerven ganz fertig war. Aber Mengins waren sehr nett und wir versuchten alle mit der Situation umzugehen, so gut es eben ging. Diese Zeit würde auch noch vorübergehen … Zumindest war unser Hab und Gut, wenn auch momentan nicht nutzbar, noch vorhanden. Vielen Menschen in den Großstädten war alles verlorengegangen, sie standen vor dem Nichts. In unserem Haus lagerten derweil die amerikanischen Soldaten. In Karls Werkstatt hatten sie zwischen und auf den Maschinen ein Lebensmittellager eingerichtet. Manchmal erhaschte ich einen Blick durch die Fenster darauf, wenn ich daran vorbeiging zum Schuppen, um unsere Tiere zu versorgen. Durch die Belagerung der Werkstatt konnte Karl nicht mehr arbeiten und es war uns unmöglich unsere Schulden weiter abzubezahlen.

Lutetia kam, wie die Zeit zuvor, auch bei uns vorbei, wenn sie nach Grebenstein fuhr, um Dinge gegen Lebensmittel einzutauschen. Heinrich war in englische Gefangenschaft geraten und befand sich in einem Internierungslager auf Fehmarn. Die „Hansa", sein Schiff, war von den Engländern beschlagnahmt und nach England gebracht worden. Aber zuvor hatten die Deutschen mit der Hansa über einen längeren Zeitraum hinweg 12 000 Flüchtlinge aus Ostgebieten retten können.

31.

Eines Morgens brachte uns der Briefträger einen Brief aus Frankreich – von unserem Max! Karl öffnete ihn mit zittrigen Händen und gab ihn mir zum Vorlesen. Sein Hals war wie zugeschnürt. Alle Sorgen, die er sich um das Kind gemacht hatte, flossen nun in einem Strom von Tränen aus ihm heraus. Jetzt endlich wussten wir, dass unser Max den Gefangenentransport überlebt hatte. Man hörte so oft in diesen Zeiten, dass Kriegsgefangene auf dem Weg in die Lager starben. Wenn doch nur auch von Theo ein Lebenszeichen kommen würde!

Ich las mit beschlagener Stimme vor:

Liebe Eltern,

ich hoffe sehr, dass euch dieser Brief erreichen wird. Wie ihr am Absender seht, bin ich in Attichy, in Frankreich, „gelandet" und mir geht es gut. Ich befinde mich hier in einem amerikanischen Gefangenenlager. Es gibt einen Pfarrer, der mich und meine Gruppe, die nur aus Jugendlichen besteht, betreut und der auch unsere Briefe aufgibt. Ich werde euch jetzt wahrscheinlich regelmäßig schreiben können. Ihr könnt mir auch schreiben! Hoffentlich ist bei euch alles in Ordnung. Ich hatte großes Glück, dass ich es gesund bis hierher geschafft habe. Wenn ich darüber nachdenke, was ich alles erlebt und gesehen habe, muss ich sehr dankbar sein für mein Schicksal. Ich weiß gar nicht, wo ich anfangen soll zu erzählen. Am besten mache ich da weiter, wo ich das letzte Mal, als ich in Grebenstein war, aufgehört habe.

Nachdem du, Mama, mich zum Bus gebracht hast, bin ich in Hof-
geismar sofort zur Kaserne gelaufen. Man war zwar erstaunt, dass ein
Soldat sich freiwillig meldete, nahm mich aber sofort auf und zeigte mir
die Baracke, in der alle ausgerissenen Kindersoldaten versammelt wa-
ren. Ich suchte nach bekannten Gesichtern, konnte aber keines finden,
bis ich plötzlich neben mir hörte: „Hallo Max, auch hier?" Es war
Heinrich Schiller aus Grebenstein. Ihr könnt euch vorstellen, wie er-
leichtert ich war. Henner war mir bekannt durch die Hitlerjugend. Er
war einer der Gruppenführer. Die Familie Schiller aus der Unterstadt
müsstet ihr eigentlich kennen. Henner ist ja ein paar Jahre älter als ich.
Er war in Grebenstein als Frauenheld bekannt, aber das spielte hier
keine Rolle. In der Kaserne war er einfach ein guter, verlässlicher
Kumpel.

Karl und ich schauten uns belustigt an. Dann las ich weiter:

Henner hatte in der Kaserne eine gute Beschäftigung als Kraftfahrer
bekommen. Ich wusste, ihm konnte ich vertrauen und das tat gut. Er
wohnte zwar in einem anderen Block, aber wir sahen uns täglich, etwa
beim Mittagessen. Das gab mir etwas Sicherheit. Bei uns und unseren
Kameraden in der Kaserne ging die Angst um. Ständig hörten wir, dass
wir bald zum Einsatz kommen sollten. Wie sollten wir die Amerikaner
aufhalten? Wir hatten noch niemals das Gewehr auf jemanden gerich-
tet. Ihr kennt mich und wisst, dass ich bestimmt niemals einen
Menschen erschießen könnte.

Das wussten wir und waren uns fast sicher, dass er es auch dann
nicht getan hätte, wenn es um sein eigenes Leben gegangen wäre. Wie-

der einmal dankte ich Gott, dass Max noch lebte. Ich las aufgeregt weiter:

Henner und ich schmiedeten Pläne, wie wir flüchten könnten. Uns allen war klar, dass es niemals gut für uns ausgehen konnte, wenn es zum Gefecht käme. Wir kamen auf die verrücktesten Ideen – Hauptsache, wir würden nicht kämpfen müssen! Leider waren wir nicht erfolgreich bei der Ausführung unserer Pläne, wurden aber glücklicherweise auch nicht erwischt ...

Ich muss jetzt leider Schluss machen mit meinem Brief. Gerade kam jemand vorbei und sagte, dass wir uns sammeln sollen. Wir wollen vom Gefangenenlager aus nach Attichy hinunterlaufen. Ich schreibe, sobald ich kann, meine Geschichte weiter und warte auf Post von euch. Der Pfarrer hat gesagt, er gibt sie uns, wenn etwas ankommt. Meine Adresse steht ja oben.

Ich drücke euch ganz fest, euer Max

Karl und ich staunten, als wir lasen, dass die Gefangenen als Trupp durch Attichy liefen. Max hatte wieder einmal Glück gehabt. Von den Angehörigen anderer Strafgefangener hörte man oft Schlimmes . Wenn man Briefe schreiben darf, darf man bestimmt auch Päckchen schicken, so wie Lisbeth es bei Albert tat, dachte ich und fing sofort an, meinen berüchtigten Elsässer Hefe-Gugelhupf zu backen. Dann holte ich eine Ahle Wurst aus unsrem Vorrat. Gleich am nächsten Tag brachte ich das fertige Päckchen zur Post.

Die amerikanischen Besatzer richteten sich für längere Zeit in Grebenstein ein. Beim Bäcker hörte ich, dass einer der Offiziere etwas außerhalb des Ortes sogar einen Tennisplatz bauen ließ.

„Sie scheinen sich in Grebenstein ganz wohl zu fühlen", sagte die Verkäuferin. „Hoffentlich werden wir sie überhaupt noch einmal los."

Ich hoffte inständig, dass die Soldaten unser Haus nicht allzu sehr herunterwirtschafteten. Wir warteten sehnlichst auf den Zeitpunkt, dass sie abziehen würden. Karl musste dringend wieder arbeiten. Wie sollten wir jemals die aufgelaufenen Schulden abzahlen? Diese Sorge plagte uns täglich. Unsere Tiere hatten wir beim Müller Hofer unterbringen dürfen. Der Garten hinter der Bahn ernährte uns mit Kartoffeln und Gemüse. So hatten wir zumindest noch etwas zu essen.

Dann bekamen wir neue Post von Max. Andächtig setzten Karl und ich uns zusammen, um gemeinsam die Zeilen zu lesen. Er schrieb:

Liebe Eltern,

jetzt bin ich schon zwei Wochen hier im Gefangenenlager. Mir geht es gut. Ihr müsst euch keine Sorgen machen um mich. Es interessiert euch bestimmt, wie es in der Kaserne in Hofgeismar weiterging.

Wir erfuhren mit keinem Wort, ob er unser Päckchen bekommen hatte. Aber vielleicht hatte er nur vergessen, es zu erwähnen.

Eines nachts wachten wir durch Maschinengewehrfeuer auf. Einzelne Granaten schlugen in den Kasernenhof ein. Glas zersplitterte. Anschließend herrschte kurz Stille. Dann vernahmen wir von weiter weg weitere Maschinengewehrsalven und wieder Granaten, die auf das Kasernengelände einschlugen, diesmal ganz nah vor unserer Unterkunft.

Zum Glück trafen sie nicht ihr Ziel ... Wir liefen kopflos aus der Bara-
cke. Es war ein ziemliches Durcheinander. Jeder versuchte irgendwohin
zu flüchten. Gegenüber der Kaserne wohnen ja Tante Meta und Onkel
Emil. Ich rannte in Panik auf die andere Straßenseite. Sie hatten die
Granateneinschläge auch gehört und kauerten mit Nachbarn dicht zu-
sammengedrängt in einer Ecke im Keller. In diese Situation platzte ich
nun hinein, total verstört und mit der Hoffnung, Schutz zu bekommen.
Tante Meta sagte kein Wort, sah mich nur mit großen Augen an und zit-
terte am ganzen Leib. Als Onkel Emil mich sah, führte er mich
umgehend wieder ins Freie.

„Wir können dich nicht hierbehalten", sagte er so beherrscht, wie es
ihm möglich war. „Du bringst uns in große Gefahr, weißt du das, Jun-
ge? Wenn man dich als Deserteur bei uns erwischt, werden wir auf der
Stelle erschossen."

Er hatte selbst große Angst, glaube ich. Onkel Emil hatte Recht. Ich
durfte das Leben dieser Menschen nicht gefährden. So stand ich nun
wieder auf der Straße, völlig alleingelassen.

Als Karl und ich dies lasen, wurden wir sehr traurig. Wir kannten
die Geschichte ja schon von Meta. Wir wussten nicht, wie wir selbst gehandelt hätten und wollten niemanden verurteilen. Es war eine
Ausnahmesituation. Aber tief in mir drin glaube ich, dass ich den Jungen versteckt hätte. Entschuldigend für Emil, der im Herzen ein
wirklich lieber Kerl ist, kann man vielleicht sagen, dass er so handeln
musste. Als ehemaliger Husar war er immer noch in jeder Beziehung
der aufrechte Soldat. Das wurde mir klar, je länger ich darüber nach-

dachte. Emil war in der Kaiserzeit aufgewachsen und hatte den gelernten Gehorsam in der Hitlerzeit weitergelebt. Jemand wie er konnte keinen Deserteur im Keller verstecken. Ich würde Meta und Emil das Leben nicht schwermachen, indem ich diese Geschichte noch einmal ansprechen würde. Ob ich allerdings diesen Großmut auch gehabt hätte, wenn meinem Max etwas passiert wäre, weiß ich nicht. Allein die Vorstellung, dass unser Kind wieder allein auf der Straße stand und in diesen irrsinnigen Krieg zurückgeschickt wurde, der sowieso bereits verloren war, zerriss uns im Nachhinein das Herz. Was hätte ihm nicht alles passieren können! Welche Angst musste er gehabt haben!

Max schrieb weiter:

Der Granatenbeschuss hatte aufgehört. Ich musste zurück in die Kaserne, wo sollte ich auch sonst hin. Beim Henner würde ich mich wieder aufgehoben fühlen. Er würde sich um mich kümmern, ihm würde vielleicht ein Ausweg einfallen. Hoffentlich erwischte mich jetzt kein Wachposten. Ohne aufzufallen erreichte ich das Gelände. In dem Chaos waren noch andere auf die Straßen gelaufen und kleinlaut zurückgekommen. Henner stand vor dem Kasernenblock, er hatte mich gesucht. Ich lief zu ihm rüber, als ein Offizier mit einer Gruppe sehr junger Waffen-SS-Leute an uns vorbeikam.

„Was machen Sie zwei noch hier? Schließen Sie sich sofort der Truppe an. Es kommt gleich zum Gefecht!"

Jetzt war es also soweit! Wir gingen bedrückt in einer Reihe hintereinander her. Henner und ich waren die beiden Letzten.

„Wahrscheinlich müssen wir jetzt sterben", murmelte er hinter mir.

Als wir zur Stadtmauer an der Bleiche kamen, sahen wir die jungen SS-Leute mit ihren Hilfsgewehren auf der Mauer liegen. Wollten sie damit die Panzer der Amerikaner aufhalten? Das war einfach nur Wahnsinn. Wie Opferlämmer lagen die Jungs auf der Mauer, wurden beschossen und hatten keine Chance. Sie waren nichts als „Kanonenfutter". Einer von den jungen Kerlen fiel, an der Schulter getroffen, direkt vor Henner und mir auf den Boden. Wir sahen uns an, überlegten nicht lange, hievten ihn hoch und schleppten ihn in Richtung Lazarett. Unser Kommandeur sah es, ließ uns aber gehen.

In einiger Entfernung stand ein Militärarzt am Eingang des Lazaretts und rief uns von weitem zu: „Aufpassen! Erst dann mit dem Verletzten in Bewegung setzen, wenn die Maschinengewehrsalven kurze Pause machen!"

Tatsächlich, von Niedermeiser herkommend, schossen die Amis Maschinengewehrsalven direkt auf den Eingang des Lazaretts ab. Wir warteten auf das Zeichen des Arztes und liefen los, so gut es mit dem jungen, inzwischen ohnmächtigen Mann ging. Wir schleiften ihn über das Gelände und schafften es mit letzter Kraft, ihn zu übergeben. Und nun? Henner und ich sahen uns kurz an. Um uns herum wurde geschossen. Dann sprach er aus, was auch ich dachte:

„Nichts wie abhauen. In dem Durcheinander merkt's keiner."

Wir liefen, so schnell wir konnten, zunächst in Richtung Reinhardswald. Unterwegs trafen wir einen Soldaten aus Udenhausen, der auch dem Wahnsinn zu entfliehen versuchte. Von einem Gutshof aus, der noch vor dem Reinhardswald liegt, konnten wir das Geschehen in Hofgeis-

mar beobachten. Uns wurde schnell klar, dass wir weitermussten. So-
fort. Wir beschlossen, durch den Wald in Richtung Hombressen zu
laufen. Dieses Dorf stand aber, als wir ankamen, auch schon teilweise
unter Beschuss. Man hörte den Abschuss einzelner Artilleriegeschosse
und Sekunden später den Einschlag. Wieder gab es nur eins: Nichts wie
weg. Im nächsten Dorf, Udenhausen, besaß unser Mitflüchtling – er
heißt Baumann – eine Scheune. Wir beschlossen, uns dort zu verstecken.

„Die Scheune kenne ich", bemerkte Karl.

Ich fuhr fort mit dem Vorlesen:

Wir erreichten unser Ziel am frühen Morgen und ließen uns zuerst
mal völlig erschöpft ins Stroh fallen. Aber an Schlaf war noch nicht zu
denken. Wie sollten wir weiter vorgehen? Konnten wir in der Scheune
bleiben? Wie lange würde der Ami benötigen, bis er da sein würde?
Aber wir brauchten dringend Ruhe. Wir entschlossen uns, dass jeweils
einer von uns Wache schob, während die beiden anderen ein paar Stun-
den schliefen.

Gegen Abend, ich war gerade dran mit aufpassen, klopfte es am
Scheunentor. Da es ein leises Klopfen war, dachte ich nicht an den
Feind und öffnete. Eine etwas korpulente, etwa 35-jährige Frau, die ein
wenig außer Atem war, stand vor dem Tor. Sie trug einen Korb bei sich
mit Lebensmitteln: selbstgebackenes Brot, Wurst und eine Flasche mit
Milch.

„Mein Mann, Heinrich Baumann, ist er da? Unser Nachbar hat ge-
sehen, wie Sie zu dritt zu unserer Scheune gelaufen sind", sagte sie.

In dem Moment kam unser Kumpel auch schon angelaufen und nahm seine Frau in den Arm. Ich war ganz gerührt von der Wiedersehensfreude der beiden. Auch der Henner bekam feuchte Augen. Aber dann meldete sich unser Magen. Ihr könnt euch sicher vorstellen, wie froh wir waren, endlich etwas zu essen zu bekommen. Wir beschlossen, uns bis zum Ende des Krieges in der Scheune zu verstecken. Lange konnte es nicht mehr dauern. Aber am nächsten Morgen schon kam Frau Baumann zu uns und brachte die Nachricht, dass die Amis in der Früh kampflos im Dorf eingezogen seien.

„Es ist friedlich abgelaufen", sagte sie. „Aber man durchsucht die Häuser und hat gesagt, dass sich alle deutschen Soldaten freiwillig auf der eingerichteten Kommandantur melden müssen. Wenn man sie findet, werden sie erschossen." Frau Baumann sah sehr besorgt aus. „Heinrich, du musst dich sofort melden", beschwor sie ihren Mann. Und das tat er dann auch.

Henner und ich waren nun wieder zu zweit. Wir mussten weiter, das war uns klar. Die Scheune würde mit Sicherheit durchsucht werden. Außerdem gab es nun, da die Amis in Udenhausen waren, niemanden mehr, der uns versorgen konnte. Wir wollten unbedingt nach Grebenstein. Sich freiwillig melden, fanden wir keine gute Idee. Man wusste ja nicht, was mit den Gefangenen passieren würde."

Was für eine Geschichte! „Sie hätten sich auf jeden Fall mit Herrn Baumann zusammen freiwillig melden müssen!", stieß ich hervor.

„Es hilft nichts, sich im Nachhinein aufzuregen. Anscheinend haben sie es ja geschafft, lebend weiterzukommen", gab Karl zu bedenken.

Wir saßen an der Esse vor dem Haus Mengin, als ich den Brief vor-las. Es war schön warm geworden. In diesem Mai blühte die Natur so unschuldig auf wie eh und je. Alles wirkte friedlich. Aber gegenüber vom Fluss konnten wir unser besetztes Haus und die zum Lebensmittel-lager umfunktionierte Werkstatt sehen. Auf dem Hof standen Armeefahrzeuge. Ein paar Männer waren gerade damit beschäftigt, schwere Kartons einzuladen. Hoffentlich war noch unser Werkzeug da und die Maschinen unbeschädigt.

Ich war für den Moment tief versunken in meine Gedanken, als Karl mich unterbrach: „Lies doch weiter, Marie." Auch er hatte beobachtet, was gegenüber in seiner Werkstatt geschah. Aber wir konnten nichts weiter tun, als abzuwarten.

Es waren noch viele Seiten, die Max dicht beschrieben hatte. Es musste ihm wirklich gut gehen in dem Lager, sonst hätte er nicht die Zeit für so einen langen Bericht gehabt. Das beruhigte mich und ich fuhr fort mit unserer Lektüre:

Henner Schiller hat, ihr wisst das bestimmt, hinter dem Sauertal eine Scheune. Vielleicht würden wir uns dort verstecken können und warten, bis keine Gefahr mehr bestand. Wir hatten keine Ahnung, wie weit Grebenstein inzwischen in den Krieg verwickelt war. Also machten wir uns auf den Weg Richtung Heimatstadt. Wir kamen ungesehen bis zu den Bahngleisen beim Hof Steinmühle. Hier allerdings lauerte Gefahr: Die Amerikaner suchten in kurzen Abständen mit Taschenlampen den Bahnkörper ab. Wir legten uns flach auf den Boden und beobachteten das Geschehen. Als gerade wieder eine Patrouille vorbei war, schlichen wir uns über die Gleise und erreichten im Schutz der Dunkelheit einen Steg über die Esse. Glücklicherweise hatte es nicht so viel geregnet und wir konnten trotz tiefer Finsternis zügig weiterlaufen, ohne auszurutschen. Die Hofgeismarer Straße war nicht mehr weit und von dort wäre es einen Katzensprung bis zu Henners Scheune gewesen. Etwa vier Meter vor dem Ende des Weges glaubte ich plötzlich etwas im Dunkeln zu sehen. Oder hatte ich mich vor Anspannung vielleicht getäuscht?

„Was ist das?", flüsterte ich Henner zu.

„Was?", kam es leise von Henner zurück.

„Da, an der Hecke. Bewegt sich da etwas?"

Kaum hatte ich es ausgesprochen, war es auch schon zu spät. Zwei US-Soldaten hatten eine Plane als Abdeckung benutzt. Sie sprangen aus der Hecke hervor und riefen: „Hands up!"

Wie Geschosse gingen unsere Arme, ohne weiter zu überlegen, in die Höhe. In eine Art Schockstarre geraten, gaben wir keinen Ton von uns. Ob Henner auch daran dachte, dass wir beide eine Pistole bei uns trugen? Würden wir jetzt erschossen werden? Die US-Soldaten leuchteten uns mit ihren Taschenlampen an. Es waren zwei junge Schwarze. Vielleicht hatten sie selbst Angst, als sie uns kommen sahen, ging es mir durch den Kopf. Aber offenbar wirkten wir dann doch nicht so bedrohlich. Die beiden schienen nicht viel älter als ich. Sie nahmen uns fest, entwaffneten uns und führten uns ab. Was würde jetzt geschehen? Ich schielte zu Henner hinüber, konnte aber im Dunkeln nicht sehen, ob er auch so viel Angst hatte wie ich. Die Amerikaner sprachen kein Wort. Wir mussten vor ihnen herlaufen, über die Straße, direkt in das Haus der Familie Lichtenstein. Dort lagerten schon mehrere andere US-Soldaten. Sie hatten es sich gemütlich gemacht. Auf dem Tisch standen noch Reste von Geflügel und Braten. Unwillkürlich fing mein Magen an zu knurren. Zwei der Männer bewaffneten sich mit MPs und führten uns zu Fuß weiter Richtung Stadtmitte. Vom Marktplatz aus wurden wir die Bahnhofstraße hinuntergebracht. Mein Herz fing heftig an zu klopfen, als es über die Esse und direkt in die Molkereistraße ging. Ich konnte es kaum glauben, wir wurden zu unseren Nachbarn, dem Bauernhof Fuhrmann, in die Scheune gebracht. Nun war ich ganz nah bei euch. So oft sich eine Möglichkeit bot schaute ich hinüber, habe aber niemanden gesehen.

Wir waren nicht die einzigen Gefangenen. Zu unserem Erstaunen gab es hier viele Grebensteiner, bekannte Gesichter, die man aufgegriffen hatte. Man bewachte uns streng. Mein einziger Gedanke war, ob ich euch irgendein Zeichen geben könnte, dass es mir gut ging. Aber da gab es keine Möglichkeit. Im Gegenteil, man fing plötzlich an, mich besonders scharf zu bewachen. Ich fragte mich natürlich warum, dachte aber dann, dass die Amis vielleicht irgendwie gemerkt hatten, dass ich gegenüber Verwandte wohnen habe. Ich konnte nur hoffen, dass ihr mich zufällig sehen würdet, vielleicht wenn wir abgeholt werden würden ... Ihr habt euch sicher große Sorgen um mich gemacht, weil ihr lange Zeit nicht wusstet, wie es mir geht. Aber ich hatte keine Möglichkeit, euch eine Nachricht zu senden. Am nächsten Morgen mussten wir uns im Hof aufstellen und auf Fahrzeuge warten, die uns zur Bahn bringen sollten. Und da endlich sah ich euch. Obwohl es noch so früh war, standet ihr *am Fenster unseres Treppenhauses. Ich war unglaublich glücklich, euch zu sehen.*

32.

In seiner etwas krakelig-kindlichen Schrift fuhr Max auf dem eng beschriebenen Blatt fort:

Die LKWs brachten uns nach Ippinghausen, wo bereits mehrere Hundert Gefangene waren. Wir warteten den ganzen Tag auf den Weitertransport, der, wie es hieß, in Eisenbahnwaggons stattfinden sollte. Aber es ging nicht weiter. Das Gelände war so verschlammt, dass man mit den Schuhen im Matsch steckenblieb. Die Nacht kam. Ich fand einen großen Stein, auf dem ich sitzen konnte. Die Stunden vergingen unglaublich langsam. Einer der Mitgefangenen, der gut Englisch sprach, hatte aufgeschnappt, dass wir über Namur nach Frankreich in das Gefangenenlager Attichy gebracht werden sollten.

Am nächsten Morgen, wir waren allesamt durchnässt und schmutzig vom Schlamm, ging's los. Plötzlich sah ich Jupp Heymann und noch ein paar andere Grebensteiner auf dem Bahnsteig. Wir verhielten uns, als würden wir uns nicht kennen, vielleicht würden wir so zufälligerweise in den gleichen Waggon kommen. Ich wurde, was sich später als großes Glück herausstellen sollte, in einen geschlossenen Waggon geführt.

„Hallo Graf", hörte ich den Jupp neben mir leise flüstern. Ihr könnt euch nicht vorstellen, wie dankbar ich war, ihn bei mir zu haben. Weiter hinten entdeckten wir Otto Jung, Karl Klein und Hartmut Hofer. Wenn ihr den Angehörigen begegnet, erzählt ihnen doch bitte, dass die Männer wohlbehalten in Attichy angekommen sind. Was weiter aus ihnen geworden ist, weiß ich nicht, ich habe sie seitdem nicht mehr gesehen.

Da sie älter sind als ich, kamen sie in einen anderen Lagerabschnitt.
Vielleicht haben sie nicht die Möglichkeit zu schreiben. Ich erwähnte ja,
dass wir Jugendlichen unter achtzehn Jahren hier im Lager eine Son-
derbehandlung bekommen.

Unsere Reise führte durch einen Teil Hollands, dann nach Namur in
Belgien und schließlich nach Attichy in der Nähe von Paris. Jupp er-
zählte uns, dass Namur beim deutschen Westfeldzug 1940, 1944 und
anschließend nochmals bei der deutschen Ardennenoffensive am 16.
März 1944 stark beschädigt worden war. Während der ganzen Fahrt
sahen wir zerstörte Städte und Dörfer. Durch die Lücken zwischen den
Brettern, mit denen unser Waggon zugenagelt war, bekamen wir einen
ungefähren Eindruck von dem, was der Krieg den Menschen angetan
hatte. Die Gefangenen in den offenen Waggons mussten Schreckliches
ertragen. Die Holländer, Belgier und Franzosen sahen in uns Diejeni-
gen, die ihnen so viel Leid zugefügt hatten. Wir empfingen den
unendlichen Hass der Bevölkerung. Man spuckte von Brücken und aus
den Fenstern der Häuser auf unsere Kameraden in den offenen Wag-
gons, beschimpfte uns, warf schwere Steine und andere Geschosse auf
die ungeschützten Männer. Einige Soldaten wurden schwer verletzt,
vielleicht starben auch einige. Unsere Kameraden hatten kein Ver-
bandszeug oder anderes Hilfsmaterial zur Verfügung. Es war
grauenvoll. Was immer auch unsere Armee den Menschen angetan hat-
te, wir Gefangenen waren nur noch hilflose, verängstigte, größtenteils
noch ganz junge Männer. Und diese Menschen mussten irgendwo hin
mit ihrem aufgestauten Hass. Als wir endlich in Attichy ankamen, waren

wir völlig übermüdet, schmutzig, erschöpft, verstört und hungrig. Irgendwie schafften wir es vom Bahnhof zum Lager zu laufen. Manche blieben unterwegs vor Erschöpfung liegen. Was aus ihnen wurde, weiß ich nicht. Wie ich hörte, gab es auch hier Tote.

Jetzt endlich komme ich dazu, von meinem Aufenthaltsort zu berichten. Attichy liegt auf einem Hügel. Das Gefangenenlager besteht aus Holzbaracken, in denen die Amerikaner wohnen, und aus riesigen Zeltlagern für die Kriegsgefangenen. Wir Neuankömmlinge wurden zunächst mit DDT gegen das Ungeziefer besprüht, dann durften wir in die uns zugewiesenen Zelte. Für die gefangenen Jugendlichen unter achtzehn Jahren haben die Amerikaner ein „Baby Cage" eingerichtet.

Die Zeltlager sind durch hohe Stacheldrahtzäune und Wachtürme voneinander getrennt. In mindestens zwölf sogenannten „Compounds", die zusätzlich einzeln mit Stacheldraht eingezäunt sind, wurden jeweils ungefähr 3 000 deutsche Gefangene untergebracht. Wir Jugendlichen haben wirklich Glück, im Baby Cage zu sein. Ihr müsst euch also keine Sorgen um mich machen, es geht uns relativ gut. Muss nun Schluss machen, wir haben Unterricht. Demnächst schreibe ich wieder. Grüßt alle von mir, die ich kenne!

Habe euch sehr lieb, euer Max

Damit endete der Bericht unseres Sohnes vorerst. Wir waren so froh, dass er lebte und es ihm anscheinend ganz gut ging. Er war, wie so oft schon, auch hier wieder ein Glückskind. Max im Glück. Karl und ich waren wie benommen von dem, was wir gelesen hatten. Ich lief noch am gleichen Tag zu den Angehörigen der Männer, die bei Max im Eisenbahnwaggon gewesen waren. Sie hatten alle schon Nachricht bekommen. Anscheinend hielten sich die Amis an die Genfer Konventionen und ließen auch diese Gefangenen schreiben. Allerdings hatten alle vier von schlimmen Dingen berichtet.

Ein paar Tage später kam ein weiterer Brief unseres jüngsten Sohnes. Unsere Freude war riesengroß. Max schrieb jetzt:

Liebe Eltern,

ich hoffe, euch geht es gut. Hier ist es auszuhalten. Aber denkt nicht, dass wir uns auf die faule Haut legen dürfen. Man hat für die Kindersoldaten deutsche Pfarrer aus den Kriegsgefangenen herausgepickt, die uns schulmäßigen Unterricht geben. Wir müssen jeden Morgen früh im Schulzelt erscheinen und werden in Englisch und anderen Fächern unterrichtet, auch in Religion. Englisch und Religion sind den Amerikanern ein besonderes Anliegen. Mir gefällt das gar nicht, dachte ich doch, die Schulzeit endlich hinter mir zu haben ... Anschließend müssen wir im Lager anfallende Arbeiten verrichten. Dann haben wir frei und ich nutze die Zeit, um meine Erlebnisse aufzuschreiben. Wenn man will, kann man sich hier sogar im christlichen Glauben konfirmieren lassen.

Man hält uns allesamt für Heiden. Manche unter uns sind auch tatsächlich nicht zur Konfirmation gegangen. Wenn sie damit einverstanden sind, sich nachträglich konfirmieren zu lassen, bekommen sie nach der Feier zwei Stück Kuchen und eine Tafel Schokolade. Das ist natürlich sehr überzeugend und sie lassen sich darauf ein. Ich habe hier gute Beziehungen und komme auch so an die besseren Dinge heran. Unter den Kameraden gibt es welche, die ganz schön gerissen sind. Obwohl bereits konfirmiert, lassen sie das Ganze hier nochmals über sich ergehen, um in den Genuss der süßen Dinge zu kommen. Es kann niemand kontrollieren, steht schließlich nicht im Pass drin, ob man konfirmiert ist. In unserem Baby Cage habe ich einen Kumpel aus Grebenstein getroffen, Hans Sommer. So klein ist die Welt.

Als ich das las, dachte ich mir, am nächsten Morgen gleich mal bei Frau Sommer vorbeizuschauen. Mal hören, was ihr Sohn so schrieb. Sie würde bestimmt auch an den Berichten von Max interessiert sein.

Unser Sohn erzählte weiter:

Sommer hat das Privileg, im Lager direkt einem evangelischen Pfarrer als Dienstbursche zugeteilt zu sein, was auch für mich ein großes Glück ist. Durch ihn bekomme ich täglich mindestens eine süße Suppe aus Trockenmilch, Reis, Zucker und etwas Dörrobst.

Jetzt konnte ich mir ein Grinsen nicht verkneifen. Wie gut zu wissen, dass er gehaltvolle Nahrung bekam.

„Kannst du dir vorstellen, dass unser Sohn freiwillig eine solche Suppe isst?", wandte ich mich an Karl.

„Und sie dann auch noch als Köstlichkeit ansieht", stellte mein Mann ebenfalls schmunzelnd fest.

Mein Freund Sommer hat noch andere gute Dinge für mich übrig, unter anderem hier und da ein Stück Schokolade. Die Pastoren haben von allem im Überfluss. Sie sind die Gefangenen, denen es hier am besten geht. Sie haben sogar jeweils ein Zelt für sich allein und genießen auch sonst viele Privilegien. Wir Jungs sind in Gemeinschaftszelten von

je zwanzig Mann untergebracht. Der lehmige Boden ist etwa einen Me-
ter tief ausgegraben, damit man aufrecht stehen kann. Als „Bett" haben
wir bei unserer Ankunft Stroh bekommen, woraus jeder, mit mehr oder
weniger Geschick, eine Matte formen musste. Die Normalverpflegung
besteht morgens aus Weißbrot und etwas Marmelade, mittags gibt es
wochentags weiße Bohnensuppe, die ich ja, wie ihr wisst, besonders
hasse."

Ach, deshalb die plötzliche Vorliebe für süße Suppe, dachte ich für
mich. Das ist für ihn das kleinere Übel.

Abends essen wir wieder Weißbrot, manchmal mit etwas Käse. Oft ist
auch eine dünne Scheibe Wurst dabei. Obwohl diese Mahlzeiten sehr
wenig Abwechslung bieten, müssen wir froh darum sein. Wir hungern
nicht und man behandelt uns gut. In meinem Zelt wohnt jetzt auch Frie-
del Sandner aus Grebenstein. Ist das nicht merkwürdig? Jetzt sind
schon zwei Männer aus meinem Heimatort bei mir im Zelt. Der Friedel
hat bei der Gefangennahme behauptet, dass er seinen Pass verloren hat
und gesagt, er wäre erst siebzehn Jahre alt. In Wahrheit ist er schon
neunzehn. So kam er in den Baby Cage. Ganz schön mutig und gerissen,
was? Ich bin sehr froh, noch einen weiteren Kumpel hier zu haben.
Nach dem Unterricht werden wir zurzeit mit Schippe und Hacke ausge-
stattet und müssen eine Art Stadion in dem Boden errichten. Hier sollen
später, neben anderen Zusammenkünften, auch die Konfirmationen
stattfinden, erklärte unser Pfarrer. Momentan veranstaltet man das
noch auf einer Wiese.

Die Amerikaner haben extra für uns Jungen einige Wachmannschaften aufgestellt, bestehend aus schwarzen Soldaten. In der ersten Zeit waren sie noch schwer bewaffnet, jetzt machen sie ganz ohne Gewehre zweimal in der Woche außerhalb des Camps einen Ausflug mit dem Herrn Pfarrer und uns. Sie wissen, dass wir nicht abhauen. Wäre viel zu gefährlich für uns und außerdem haben wir es ja relativ gut. Wir freuen uns immer sehr darauf, mal hier raus zu kommen. Es geht vom Berg hinunter in das Dorf Attichy und in andere französische Dörfer. Die Einheimischen beäugen uns misstrauisch. Man schläft hier morgens lang und geht abends viel später ins Bett als bei uns in Grebenstein. Noch im Nachthemd rufen die Dorfbewohner uns um zehn Uhr morgens Sätze auf Französisch hinterher. An ihrem Gesichtsausdruck und Tonfall ist deutlich zu erkennen, dass die Rufe nicht freundlich sind. Na ja, wir sind ja seit Jahrhunderten Erzfeinde ...

Weil die Politik es so wollte, dachte ich und erinnerte mich an meine netten französischen Freunde in Straßburg und an Louis, unseren liebenswerten Zwangsarbeiter. Das Wort „Erzfeind" hasste ich. Aber es existierte nun einmal. Max schrieb weiter:

Die schwarzen Soldaten sind teilweise sehr nett zu uns, viel netter als die weißen. Es entstehen richtige Freundschaften zwischen ihnen und Gefangenen. Man hat sogar eine Fußballmannschaft aufgestellt, bestehend aus jugendlichen Gefangenen und schwarzen Amerikanern. An manchen Tagen holen uns die amerikanischen Offiziere zu sich, um uns Vorträge über ihr Heimatland zu halten. In Englisch, der Pfarrer übersetzt für uns, weil wir die Sprache noch nicht so gut beherrschen.

Ich finde das ganz interessant. Vielleicht komme ich ja in meinem Leben auch mal nach Amerika.

Den gefangenen deutschen Offizieren und Soldaten auf der anderen Seite des Zauns geht es nicht gut. Sie hungern furchtbar und bekommen oft auch nicht genügend zu trinken, weil nicht ausreichend Wasser zur Verfügung steht. Es ist sehr traurig zu sehen, wie ausgemergelt sie sind. Sie tun uns so leid. Der Herr Pfarrer meinte, es wären einfach viel zu viel Gefangene und die Amerikaner seien mit der Unterbringung und Verpflegung überfordert. Wenn unsere Freunde, die schwarzen Amerikaner, auf den Türmen Wache schieben, drehen sie sich oft demonstrativ um, so dass sie uns nicht im Blickfeld haben und wir schnell Brot und andere Lebensmittel über den Zaun werfen können. Die geschwächten Männer stürzen sich auf das alte Brot und die paar Stücke Käse.

Manchmal führen diejenigen unter uns, die schon besser Englisch sprechen, bei den Ausflügen in die Dörfer nette Gespräche mit den schwarzen Soldaten. Neulich erzählte einer dieser Männer einem Kumpel, dass es ihnen in Amerika auch nicht gut gehe, man behandle sie nicht wie gleichwertige Menschen.

Am 8. Mai fand im Lager der Amis ein großes Fest statt. Wie man uns mitteilte, hatte sich Hitler am 30. April das Leben genommen. Die Amerikaner schleppten viele Kisten von dem französischen Rotwein, den sie lieben, in ihre Baracken und wir hörten sie singen und feiern. Jetzt ist sie endgültig vorbei, die Hitlerzeit. Für uns Gefangene hat sich dadurch auch einiges geändert. Wir Jugendlichen haben hier jetzt fast jeden Tag nur noch Unterricht, als wolle man uns noch im Eiltempo et-

was beibringen. Wir müssen uns die KZ-Filme anzusehen, die die Amerikaner gedreht haben. Die Aufnahmen sind so grausam, dass ich seitdem nur noch schlecht schlafen kann. Habt ihr davon gewusst, was man in diesen Lagern mit den Juden gemacht hat? Ich kann kaum glauben, was man uns da zeigt. Es hieß doch immer nur „Arbeitslager" ... Ganz oft gibt es jetzt psychologische Tests. Friedel meinte, man wolle sehen, ob die Umerziehung was gebracht hat. Ich lerne fleißig weiter Englisch.

Gestern war ja mein siebzehnter Geburtstag. Mein Heimweh ist so groß. Meins und auch das der anderen. Ich vermisse euch sehr. Ihr habt geschrieben, dass ihr zwei Päckchen geschickt habt. Es ist leider keines bei mir angekommen. Da hat es wohl andere gegeben, die sich darüber gefreut haben. Schade. Bestimmt hast du dir viel Arbeit gemacht, liebe Mama. Jetzt, wo klar ist, dass der Krieg vorbei ist, fangen die Amerikaner tatsächlich an, Trupps von Jungen zu entlassen. Die Pfarrer erzählten, dass die Russen im Osten Deutschlands begonnen haben, ihre Zone abzugrenzen und auszubeuten. Man warnt ständig die Jungen, die in diese Richtung wollen, vorsichtig zu sein. Mein Kumpel Friedel Sandner und ich werden wohl erst später entlassen werden. Man lässt zuerst die gehen, die am längsten hier sind. Hans Sommer war einer von ihnen. Er ist schon seit zwei Wochen nicht mehr im Lager. Seitdem gibt's leider auch keine Schokolade und süße Suppe mehr. Aber lange kann die Zeit hier ja nicht mehr dauern.

Ich schreibe bald wieder. Mal sehen, wie's weitergeht. Freue mich schon auf Grebenstein. Viele liebe Grüße, euer Max

Dieser Brief erreichte uns Anfang Juli. Dann kamen noch zwei An-
sichtskarten. Anscheinend wartete er nur darauf, endlich entlassen zu
werden.

33.

Ende September stand Max vor der Tür der Mengins. Frau Mengin hatte ihm geöffnet. Sie rief freudig: „Frau Graf, hier ist jemand für Sie."

Ich war in der Küche und hatte seine Stimme bereits gehört. Ehe ich mich versah, stand mein Sohn in der Küchentür und wir lagen uns in den Armen. Karl kam auch sofort dazu. Als wir die Freudentränen getrocknet hatten, schaute ich mir Max erst einmal an. So lange hatte ich ihn nicht gesehen. Er kam mir plötzlich viel erwachsener, aber noch dünner vor. Ich würde ihn wieder aufpäppeln.

„War zuerst drüben bei unserem Haus, weil ich hoffte, ihr wohnt wieder dort. Einer der Amis sagte, dass ihr noch immer hier, bei Mengins, untergebracht seid. Ich kann ja jetzt Englisch sprechen", ergänzte Max stolz.

Friedel Sandner und er waren mit ein paar Mark allein auf die Reise geschickt worden und am frühen Morgen am Grebensteiner Bahnhof angekommen. Wir setzten uns mit Max zusammen und hatten eine Menge zu erzählen. Er genoss es, nach der langen Zeit auf dem Stroh in einem richtigen Bett schlafen zu können und schwor, nie wieder im Leben Bohnensuppe zu essen.

Die Zeiten wurden ruhiger. Mehr und mehr Amis zogen aus Grebenstein ab. Aber erst im Jahr darauf, 1946, konnten wir wieder in unser Haus ziehen. Was für eine Wohltat! Karls Schreinerei wurde allerdings von den Amerikanern noch ein weiteres halbes Jahr als Lebensmittellager verwendet. Er konnte also auch jetzt nicht arbeiten und wir hatten

somit kein Einkommen. Aber wir hielten uns mit unserem selbstange-
bauten Gemüse und Obst, den Hühnern, Gänsen und unserer Kuh über
Wasser. Während die Menschen in den Großstädten hungern mussten,
ging es uns auf dem Land schon wieder vergleichsweise gut.

Auch mein Stiefsohn Albert war aus dem Krieg zurückgekehrt und
bereitete seine Hochzeit mit Lisbeth vor. Es war schön zu sehen, wie
glücklich die beiden waren. Karl wollte ihn nach und nach darauf vor-
bereiten, die Werkstatt zu übernehmen. Dann bekam Frida, die Freundin
meines Stiefsohns Theo, ein Telegramm. Nach so langer Zeit der Ungewissheit schrieb Theo nur drei Worte an sie: „Bin bald da." Sie kam
ganz aufgeregt mit dem Zettel in der Hand zu uns, wusste sie doch,
welch großen Sorgen auch wir uns gemacht hatten. Meine Gebete waren also erhört worden. Ich war so froh. Wir alle konnten das Glück
kaum fassen. Als er dann endlich wieder bei uns war, hörten wir die
furchtbaren Geschichten aus dem Krieg in Russland. So viel Hass war
aufgebaut worden und hatte in einem Sterben unvorstellbaren Ausmaßes
gegipfelt. Das Erlebte würde Theo sicher noch lange verfolgen. Mein
Cousin Walter war im Krieg ebenfalls in Russland gewesen. Seine Frau
Marga informierte uns, nur zwei Wochen, nachdem Theo zurückgekehrt
war, dass auch Walter wieder unversehrt in Berlin angekommen war.
Ein Stein fiel mir vom Herzen, als ich die Nachricht bekam. Es gab so
unglaublich viele Vermisste, von denen die Angehörigen nicht wussten,
was mit ihnen geschehen war.

Allmählich fanden wir zu unserem normalen Leben zurück. Max
brauchte allerdings dringend eine Beschäftigung. Inzwischen war er

achtzehn Jahre alt. Er wollte unbedingt wieder bei der Reichsbahn arbeiten. Vor seiner Soldatenzeit hatte er bereits eine Erstprüfung zum Technischen Angestellten erfolgreich abgelegt, diesen Werdegang wollte er nun fortsetzten. Sein früherer Vorgesetzter, Oberinspektor Laufer, setzte sich daraufhin mit Karl in Verbindung und erklärte, dass die Aussichten bei der Bahn sehr schlecht wären.

„Die während des Krieges abgezogenen Beamten kommen, wenn sie nicht gefallen oder verletzt sind, zurück und wollen ihre alten Posten wiederhaben. Sie haben natürlich ein Vorrecht auf die Stelle", sagte Herr Laufer zu meinem Mann und fuhr fort: „Da Max noch jung und kräftig ist, könnten wir ihn zunächst in der Rotte als Gleisarbeiter unterbringen."

Aber das entsprach nun ganz und gar nicht den Vorstellungen unseres Sohnes. Er war niedergeschmettert. Schließlich entschloss er sich, bei Karl das Tischlerhandwerk zu erlernen. Bei der Bahn war er ja schon in Zeichnen und manchem anderen Verwertbaren ausgebildet worden. So erhielt mein Mann, nach Abzug der Amerikaner aus unserer Werkstatt, wieder einen neuen Lehrling, seinen jüngsten Sohn. Und wie ich beobachten konnte, war er mit ihm besonders streng. Aber das kannten wir ja schon von Leo. Auch Albert arbeitete wieder als Geselle in unserem Betrieb. Theo wollte das Café am Sauertal übernehmen, wenn er seinen Konditormeister geschafft haben würde. Vorher beabsichtigte er Frida zu heiraten.

In der Schreinerei lief noch nicht alles wie früher, aber wir verdienten nun zumindest wieder so viel, dass wir nicht auf die Hilfe anderer angewiesen waren. Unsere Schulden waren immens angestiegen. Wir wussten nicht, ob wir sie jemals würden zurückzahlen können. Und auch andere tägliche Hürden bereiteten uns Kopfzerbrechen. Zum Beispiel war der Kraftstrom so knapp zugeteilt, dass die Männer vieles in Handarbeit erstellen mussten. Dinge des täglichen Lebens waren knapp oder nicht vorhanden. So gab es kein Schreibpapier zu kaufen. Glücklicherweise hatte ich aus der Zeit, in der die Amis in unserem Haus gewohnt hatten, noch eine ganze Schublade voller Brotpapiertüten. Daraus bastelte sich Max seine Hefte für die Berufsschule.

Wenn ich heute auf alles zurückblicke, was ich erlebt habe, bin ich sehr froh. Was für ein Glück, dass wir gesund sind und dass unsere Kinder wohlbehalten wieder bei uns sind. Es gab so viele Millionen Tote in diesem Krieg. Das Leid ist unendlich groß. Ich hoffe sehr, dass es nie wieder Krieg geben wird. Das ist mein Wunsch für die Kinder der Zukunft.

Über Max sagt mein Mann immer: „Der hat die sieben Leben einer Katze." Na ja, eins davon hat er bei seiner Geburt schon verbraucht. Ein zweites vielleicht letztes Jahr. Ich hoffe, es wird ihm immer gut gehen. Das Wichtigste im Leben sind unsere Kinder.

---

www.ingramcontent.com/pod-product-compliance
Lightning Source LLC
Chambersburg PA
CBHW020641030726

47498CB00002B/309